KAREN WYNNE

Weites Land der Hoffnung

Zu diesem Buch:
Sarah Mayfield, die junge, schöne Tochter eines millionenschweren New Yorker Unternehmers, soll den Sohn eines Geschäftspartners heiraten. Dieser zeigt aber schon bald sein wahres Gesicht und vergewaltigt sie am Tag ihrer Verlobungsfeier. Unter Schock stehend und aus Sorge um den guten Ruf des Hauses Mayfield, verheimlicht sie den Vorfall zunächst. Erst als sie entdeckt, dass sie schwanger ist, vertraut sie sich ihren Eltern an. Doch es kommt zum Streit, in dessen Folge sie das Baby verliert und ihre Familie sich aus Angst vor einem Skandal von ihr abwendet. Da erscheint die Kontaktanzeige eines gewissen Joseph Rankin aus Wyoming wie ein Wink des Schicksals: Dies könnte Sarahs Chance auf einen Neuanfang weit weg von den starren Konventionen der New Yorker Gesellschaft sein! Da sie nichts mehr zu verlieren hat, ergreift sie die Gelegenheit und reist auf Einladung von Joseph in den Westen. Dort angekommen, muss sie bald feststellen, dass die schöne Beschreibung aus der Anzeige nicht ganz der Wahrheit entspricht. Die Farm hat schon bessere Zeiten gesehen und Joseph, der den Tod seiner geliebten Frau nicht überwunden hat, ist noch nicht bereit, eine andere in sein Herz zu lassen.

Über die Autorin:
Karen Wynne wurde in Frankfurt am Main geboren, verbringt aber die Hälfte des Jahres in den USA und hat den amerikanischen Westen zu ihrer Wahlheimat gemacht. Bis heute ist sie von der Weite des Landes und ihren interessanten Menschen fasziniert.

KAREN WYNNE

Weites Land der Hoffnung

Roman

LYX
EGMONT

Originalausgabe Februar 2016 bei LYX
verlegt durch EGMONT Verlagsgesellschaften mbH,
Gertrudenstr. 30–36, 50667 Köln

1. Auflage
Redaktion: Stefanie Zeller
Umschlaggestaltung: Guter Punkt, München | www.guter-punkt.de
Umschlagmotiv: © Sabine Dunst, Guter Punkt,
unter Verwendung von Motiven von thinkstock
Satz: Greiner & Reichel, Köln
Printed in Germany (670421)
ISBN 978-3-7363-0037-8

www.egmont-lyx.de

MIX
Papier
FSC FSC® C083411

1

Wie jeden Samstagabend trug Sarah eines ihrer schönsten Kleider, als sie die geschwungene Treppe in den Salon hinabstieg und ihre Eltern begrüßte. Das cremefarbene Chiffonkleid mit den aufgestickten Schmetterlingen, das sie erst vor einer Woche bei Lord & Taylor gekauft hatte, betonte ihre schlanke Taille und bot einen angenehmen Kontrast zu den getäfelten Wänden und dem weinroten Teppich im Salon. Ihre schulterlangen blonden Haare hatte sie mit einem Kamm und einigen Nadeln zu einem Knoten hochgesteckt. Ihr Gesicht trug einen Hauch der für sie hergestellten Creme und wirkte im Lichtschein des elektrischen Kronleuchters so alabasterfarben, wie es ihr Vater mochte. Ihre ausdrucksvollen Augen leuchteten, auch ohne dass sie lächelte, ein Erbe ihrer Mutter, die ihre natürliche Ausstrahlung in der Ehe mit ihrem strengen Gatten aber längst verloren hatte und kaum noch lächelte.

»Du kommst spät, Sarah«, sagte ihr Vater, ein kräftiger Mann mit dem misstrauischen Blick und den harten Gesichtszügen eines erfolgreichen Geschäftsmannes, der dafür bekannt war, dass er noch um winzige Dollarbeträge feilschte. »Disziplin und Pünktlichkeit, diese beiden Tugenden helfen auch einer jungen Frau wie dir, sich im Leben zurechtzufinden.« Er strich einen Fussel vom Revers seines Gehrocks, zog seine Taschenuhr hervor und warf einen Blick darauf. »Und vergiss bitte nicht, dass ich heute noch mit dir reden will. Nach dem Dinner.«

An der Art, wie sich ihre Mutter plötzlich abwandte und verschämt zu Boden sah, erkannte sie, dass es sich um etwas

Ernstes handeln musste. Wahrscheinlich ihre Zukunft – wieder einmal. Sie war von einem Privatlehrer unterrichtet worden, hatte Tanzen, Reiten und sogar Tennisspielen gelernt, spielte leidlich Klavier, doch ihren innigsten Wunsch, auf ein College zu gehen und zu studieren, hatte ihr Vater ihr nie erfüllt. »Für eine Frau deines Standes ziemt es sich nicht, einen Beruf auszuüben«, hatte er geantwortet, »du solltest heiraten, Kinder bekommen und dich in der Gesellschaft engagieren wie deine Mutter.«

Aber beim Dinner, so verlangte es die Etikette, wurde nicht über Probleme gesprochen. Man unterhielt sich über belanglose Themen wie das Wetter, das in New York meist zu wünschen übrig ließ, auch wenn der Frühling diesmal früher als gewöhnlich begonnen hatte und im Central Park die ersten Blumen blühten. Ihr Vater legte großen Wert auf höfliche und von der europäischen Aristokratie überlieferte Umgangsformen, besonders beim samstäglichen Abendessen, das beinahe genauso formell ablief wie eine feierliche Dinnerparty mit angesehenen Gästen. Er blickte sie schon vorwurfsvoll an, wenn sie das Gemüse mit dem Messer statt mit der Gabel zerteilte, oder die Gabel mit den Zinken nach oben zum Mund führte. Und wenn sie das Wort erhob, ohne ihn vorher mit einem fragenden Blick um Erlaubnis zu bitten, wies er sie zurecht. Der sich lautlos über den dicken Teppich bewegende Diener nannte jede Speise beim Namen, während er sie servierte, und wusste auch den passenden Wein zu bestimmen. Sarah beließ es bei kühlem Quellwasser und nahm nur zum Nachtisch ein Gläschen Malagawein.

An diese Rituale hatte sie sich längst gewöhnt, empfand einige sogar als angenehm, weil sie einem halfen, die Anforderungen der besseren Gesellschaft zu erfüllen, und sie es liebte, sich zu formellen Anlässen in hübschen Kleidern zu zeigen. Auch hatte sie nichts gegen eine Ehe und Kinder und nahm gern ihre gesellschaftlichen Verpflichtungen wahr, doch in stillen Stunden, wenn sie allein in ihrem Bett lag, träumte sie manchmal von den ungeahnten Möglichkeiten, die ihr als gebildeter Frau offenstehen würden, wenn es ihr möglich wäre, das enge Korsett abzustreifen.

Nach dem Dinner kehrten sie in den Salon zurück. Ihr Vater bat sie, auf einem der mit weinrotem Samt bezogenen Sessel Platz zu nehmen. Als ihre Mutter den Raum verlassen wollte, hielt er sie zurück. »Ich will, dass du dabei bist, Catherine. Es geht um die Zukunft unserer Tochter.« Aus Rücksicht verzichtete er auf seine gewohnte Zigarre und setzte sich ebenfalls. Sie warteten, bis der Diener den Kaffee serviert und die Tür geschlossen hatte.

»Sarah«, begann er bedeutungsvoll, »du bist eine außerordentlich hübsche und attraktive Frau. Du weißt dich in der Gesellschaft zu benehmen, verstehst es, dich jedem Anlass entsprechend zu kleiden und gehörst auf jedem Ball und jeder Einladung zu den am meisten bewunderten Gästen. Du spielst Tennis, machst eine gute Figur im Damensattel und hast es beim Klavierspielen zu einer Meisterschaft gebracht, um die dich selbst erfahrene Pianisten beneiden. Und du bist die einzige Tochter einer alteingesessenen New Yorker Kaufmannsfamilie, die es zu Ansehen und Wohlstand gebracht hat.«

Sarah ahnte, worauf ihr Vater hinauswollte. Sie bemühte sich, keine Reaktion zu zeigen, und wartete darauf, dass er weitersprach.

William P. Mayfield war kein Mann, der lange um den heißen Brei herumredete. »Und dennoch machen sich deine Mutter und ich große Sorgen um dich. Du bist jetzt fünfundzwanzig, zu alt, um noch auf einem Debütantinnenball zu tanzen. Die meisten der jungen Frauen in deinem Alter sind bereits verheiratet und haben Kinder. Doch zwei außerordentlich geeignete Gentlemen, die sich um dich bemüht haben und auch uns zugesagt hätten, wurden von dir abgewiesen …« Er räusperte sich missbilligend. »… nicht immer in der angemessenen Weise, wie sie einer jungen Dame der Gesellschaft zusteht. Harry Morgan wollte sogar in unsere Firma investieren, und der stammt, wenn ich dich daran erinnern darf, aus der bekannten Reederfamilie! Aber du musstest ihn ja mit einem läppischen Brief vor den Kopf stoßen. Auch Stephen White hast du den Laufpass gegeben, ohne dich vorher mit uns zu besprechen. Dass er der Sohn des Eisenbahnmillionärs ist, hat dich dabei wenig gekümmert. Du erinnerst dich hoffentlich, mit welchen Schwierigkeiten wir zu kämpfen hatten, um die Schmach aus der Welt zu schaffen.«

Ihr Vater griff nach einer Zigarre, biss die Spitze ab und drehte sie prüfend in einer Hand, zündete sie aber nicht an. »Noch stehst du in deiner jugendlichen Blüte, Sarah, aber das wird nicht immer so bleiben. Im Club kam sogar schon die Frage auf, ob du vorhast, einmal als alte Jungfer zu sterben. Nicht dass mir jemand eine solche Bosheit ins Gesicht gesagt hätte, aber als Geschäftsmann habe ich gelernt, zwischen den Zeilen zu lesen.« Er blickte die Zigarre an und überlegte wohl angestrengt, ob er sie doch noch anstecken sollte.

Sarah strich sich mit beiden Händen den Rock glatt und holte tief Luft. »Tut mir leid, dass ich dich enttäuschen musste, Vater«, erwiderte sie mit fester Stimme, »ich wollte dir keine Schwierigkeiten bereiten. Aber Harry ist ein dummer Egoist, der nichts als sein Vergnügen im Kopf hat und lediglich an meinen Reizen interessiert war. Er würde mich bei der erstbesten Gelegenheit betrügen. Und Stephen gab offen zu, dass er mich nicht liebt und nur eine Frau sucht, damit alles seine Ordnung hat. Ich denke nicht daran, mich mit solchen Männern abzugeben. Wenn ich heirate, dann nur einen Mann, den ich liebe und mit dem ich mein ganzes Leben verbringen möchte.«

»Sarah!«, herrschte ihr Vater sie an.

Ihre Mutter warf ihm einen mahnenden Blick zu. »Ich weiß«, sagte sie, »als junges Mädchen ist man oft anderer Meinung, aber es gibt Wichtigeres als Liebe. Eine Frau sollte ihrem Mann eine treue und verlässliche Partnerin sein und ihm helfen, das Leben zu meistern. Wenn ein Mann abends von der Arbeit zurückkehrt, muss er ein Heim vorfinden, in dem er sich wohlfühlt, und eine Frau, bei der er alle Sorgen vergessen kann.«

Sarah gefiel die Richtung nicht, die das Gespräch nahm. Natürlich wusste sie, dass eine gute Ehe nicht nur auf Liebe und Leidenschaft gründete wie in den kitschigen Romanen, die sie manchmal las. Viele Ehen wurden aus Vernunft geschlossen, oder weil es keine passenden Partner in ihren Kreisen gab. Dann lag es an den Eheleuten, sich zu arrangieren, vernünftig miteinander zu verkehren und das Glück zu finden, das sie sich erhofft hatten. Aber abgefunden hatte sie sich mit dieser Regelung nie.

Ihr Vater lenkte die Aufmerksamkeit mit einem erneuten Räuspern auf sich. »Wir haben einen solchen Mann für dich gefunden, Sarah. Einen intelligenten Gentleman aus einer angesehenen Familie, der dir ein guter Mann sein wird und dir die Sicherheit bietet, die eine Frau deines Standes von ihrem Ehemann erwarten kann.«

Sarah fuhr von ihrem Sessel hoch und funkelte ihren Vater an. »Was habt ihr getan? Ihr habt einen Mann für mich ausgesucht? Und ich werde nicht mal gefragt?«

»Sarah!«, wies ihre Mutter sie zurecht.

Sarah setzte sich widerwillig und unterdrückte die barschen Worte, die ihr auf der Zunge lagen. Es fiel ihr schwer, ohne aufzubegehren in ihrem Sessel zu verharren.

Ihr Vater hatte anscheinend nicht mit einer solchen Reaktion gerechnet und war für einen Moment verwirrt. »Versteh mich nicht falsch, mein Kind«, sagte er. »Wir wollen dich zu nichts zwingen, aber du lässt uns keine andere Wahl, als deiner Zukunftsplanung ein wenig auf die Sprünge zu helfen. Du wirst den jungen Mann mögen. Er hat bereits zugesagt, dich morgen nach dem Mittagessen zu einer Spazierfahrt in den Central Park abzuholen, sodass ihr genügend Zeit haben werdet, Bekanntschaft zu machen und weitere gemeinsame Ausflüge zu vereinbaren.« Er lächelte milde. »Meine Schwester Honora wird euch als Anstandsdame begleiten.«

Sarah ahnte, wie schwer es ihrem Vater fallen musste, ein so ungewöhnliches Rendezvous zu arrangieren. Normalerweise hätte man auf einem Ball das Interesse am gewünschten Partner bekundet, und es wäre geraume Zeit vergangen, bis man zu einer gemeinsamen Kutschfahrt aufgebrochen wäre. Ob ihn noch ein anderes Motiv antrieb?

»Er hat mir bereits das Versprechen gegeben, dich zu einem der Bälle im *Delmonico's* einzuladen«, fuhr ihr Vater fort, »und ich bin mir ziemlich sicher, dass du noch in diesem Sommer mit seinem Antrag rechnen kannst. Er ist ein ausgesprochen wohlhabender und gütiger Mann, der dir sicher gefallen wird.«

Sarah verzog das Gesicht. Dass sie nicht in ein oder zwei Wochen vor den Traualtar treten mussten, machte die Sache auch nicht besser. »Und wenn ich diesen Mann nicht will, Vater«, begehrte sie auf. »Von welchem Gentleman sprichst du?«

»Martin Womack«, antwortete ihr Vater, »der Sohn eines Stahlfabrikanten in Pittsburgh. Die Familie ist erst vor einigen Wochen nach New York gezogen, ist aber gut mit den Astors bekannt und in der besseren Gesellschaft verwurzelt. Charles Womack will in unsere Firma investieren.«

Nur ein warnender Blick ihrer Mutter hielt Sarah in ihrem

Sessel. »Du willst, dass ich diesen Martin Womack heirate, damit du deine Firma vergrößern kannst?«, erwiderte sie bestürzt. »Ist das der einzige Grund, warum du ihn für den passenden Ehemann hältst?«

»Sarah! Beherrsche dich bitte!«, wies er sie zurecht. »Seine Investition wäre lediglich ein angenehmer Begleitumstand. Und, wenn ich das anmerken darf, eine göttliche Fügung, denn wo gibt es das schon mal, dass geschäftliche und private Interessen auf diese wunderbare Weise harmonieren?« Er zündete die Zigarre an, ein deutliches Zeichen dafür, dass er ihr Gespräch für beendet hielt. »Du wirst sehen, wenn du ihn erst mal näher kennst, wirst du derselben Meinung sein. Es geht mir nicht nur darum, seine Familie geschäftlich an uns zu binden. Er ist ein sympathischer Mann, der dir ganz bestimmt gefallen wird. Ein netter Kerl.«

Sarah schwieg. Ihr Vater sah sie abwartend an.

Sie seufzte. Offenbar blieb ihr keine andere Wahl. Es war bereits alles arrangiert. »Morgen nach dem Mittagessen?«, fragte sie.

»Um dreizehn Uhr«, bestätigte ihr Vater.

Sarah erhob sich und ging ohne ein weiteres Wort. Sie wollte allein sein.

Sarah trat ans Fenster und blickte auf die Fifth Avenue hinab. Sie wusste, sie würde heute Nacht kein Auge zutun. Noch war es hell, und zahlreiche Spaziergänger bevölkerten die breiten Gehsteige. Eine offene Kutsche der Vanderbilts fuhr vorbei, ein entfernter Verwandter mit seiner Gattin auf dem Rückweg von einer Spazierfahrt. Das »Petit Chateau« des Eisenbahn-Millionärs an der Kreuzung Fifth Avenue und 57th Street war alles andere als klein, sondern das größte Privathaus in ganz New York, vielleicht sogar der gesamten Ostküste.

Ihre Eltern und sie waren erst vor vier Jahren in diese Villa gezogen, weiter nach Norden, wie so viele andere wohlhabende Familien, die das Viertel um den einst begehrten Lafayette Square dem Kommerz überlassen hatten. Das dreistöckige Gebäude war einem französischen Château nachempfunden und wies allen Luxus auf, den man sich vorstellen konnte, vor allem elektrischen Strom, fließend Wasser und eine Dampfheizung, die sich auch von einem strengen Winter wie dem vor drei Jahren nicht beeindrucken ließ. Zwei Marmorsäulen säumten den Eingang mit der kupferbeschlagenen Tür, den man über eine mehrstufige Treppe erreichte.

Sie führten ein gutes Leben, und sie konnte von Glück sagen, in eine wohlhabende Familie hineingeboren zu sein. Auf der Lower East Side war sie nie gewesen, aber man erzählte sich, dass die Leute dort in mehrstöckigen Mietskasernen lebten, angeblich bis zu zehn Menschen in einem Zimmer, und dass die Armut so groß war, dass viele auf Almosen angewiesen waren und es zu Mord und Totschlag kam. Maßlose Übertreibungen, war sie sicher, aber selbst wenn nur ein Bruchteil davon stimmte, war es schlimm genug. Sie hatte niemals Hunger leiden müssen, war in einer behüteten Umgebung aufgewachsen und musste ihren Eltern für diese Gnade dankbar sein. Bestimmt hatten sie nur ihr Bestes im Sinn, als sie sich auf die Suche nach einem passenden Ehemann für sie gemacht hatten.

Nach einer unruhigen Nacht schreckte sie am nächsten Morgen aus dem Schlaf. Nur noch wenige Stunden bis zu der gefürchteten Kutschfahrt. Ihre Kammerzofe half ihr beim Waschen und Anziehen – das dunkle Kleid mit dem steifen Kragen und den kostbaren Knöpfen – und verwöhnte sie mit heißem Tee und Marmeladentoast. Ihre Eltern warteten bereits, als sie die Treppe herunterkam. Ihr Vater blickte vorwurfsvoll auf die Wanduhr.

Obwohl es nur wenige Blocks bis zur St. Patrick's Cathedral waren, nahmen sie die Kutsche. Die beiden Kirchtürme aus weißem Marmor ragten weit über die umliegenden Häuser empor und waren Sarah ein vertrauter Anblick. Seit ihrer Jugend hatte sie kaum einen Gottesdienst versäumt. Im Innenraum der Kirche mit ihren mächtigen Bögen und Säulen kam sie sich winzig vor. Über zweitausend Menschen versammelten sich in dem Gotteshaus, um dem Priester zu lauschen, der ausgerechnet an diesem Sonntag über das Sakrament der Ehe sprach und jedem die ewige Verdammnis androhte, der die strengen Gesetze der Keuschheit brach, bevor er einen goldenen Ring am Finger trug.

Während die mächtige Orgel einsetzte, und der Priester »Holy God We Praise Thy Name« anstimmte, ließ Sarah den Blick durch die Kirche schweifen. Ein paar Reihen vor ihr saß Harriet Gorman, eine langjährige Freundin, mit der sie auf zahlreichen Bällen gewesen war. Ihr Ehemann hatte sie nur drei Monate nach der Hochzeit verlassen und sich nach England abgesetzt, eine Schmach, die sie und ihre ganze Familie heimgesucht und sie untragbar für die Bälle und andere festliche Anlässe gemacht hatte, obwohl sie nicht die geringste Schuld traf. Seitdem engagierte sie sich für die Hilfsorganisation »Home for the Friendless«, die ein Heim in der 30th Street betrieb und Waisen und Obdachlose aufnahm. Dort wohnte Harriet auch. Sie hatte kaum noch Kontakt mit ihren Eltern, die nach ihrer Scheidung nach Philadelphia gezogen waren und dort eine Fabrik übernommen hatten.

Auf der anderen Seite entdeckte sie Tante Honora, die Schwester ihres Vaters. Eine vom Leben enttäuschte und tugendhafte Witwe, deren Mann vor beinahe dreißig Jahren im Bürgerkrieg gefallen war. Sie hatte die grauen Augen ihres Bruders, den gleichen schmalen Mund, und war ebenso streng und unnachgiebig, wenn es darum ging, die Tugend und Ehre einer jungen Dame zu überwachen. Die geborene Anstandsdame, die großzügig von ihrem Vater unterstützt wurde und ihm treu ergeben war. Dass er hinter ihrem Rücken über sie schimpfte, wusste sie nicht.

Sarah mochte sie nicht besonders und hätte sie wahrscheinlich zum Teufel gewünscht, wäre sie wirklich verliebt in diesen Martin Womack, aber an diesem Sonntag war sie regelrecht dankbar für ihre Begleitung. Tante Honora würde schon dafür sorgen, dass er ihr nicht zu nahe kam und sich Rechte herausnahm, die ihm nicht zustanden. Obwohl manche Männer immer Mittel und Wege fanden, den wachsamen Blicken einer Anstandsdame zu entgehen. Auf einem der letzten Kostümbälle hatte sie mit einem jungen Verehrer getanzt, der sie während der Quadrille in den Hintern gekniffen hatte. Glücklicherweise war die Musik so laut gewesen, dass man ihren Schrei nicht gehört hatte. Der junge Mann konnte von Glück sagen, dass sie ihn nicht verraten hatte.

»Im Namen des Vaters, des Sohnes und des Heiligen Geistes. Gehet hin in Frieden«, hörte sie den Priester sagen. »Dank sei Gott, dem Herrn«, antwortete sie mit den anderen Mitgliedern der Gemeinde. Und hilf mir, den heutigen Nachmittag zu überstehen, fügte sie in Gedanken hinzu. Sie schlug ein Kreuz und folgte ihren Eltern aus der Kirche, begleitet von den Harmonien der Orgel und dem vielstimmigen Gesang des Chors, der Gott in der Höhe pries.

2

Sarah trug ein grünes Ausgehkleid, einen flachen, mit einer hellgrünen Seidenschleife verzierten Hut und halbhohe Schuhe, als sie über die geschwungene Treppe ins Erdgeschoss hinabstieg. Ihre Schultern hatte sie mit einem hellen Cape aus Wolle und Seide bedeckt. Die weißen Handschuhe waren so knapp bemessen, dass sie ihre Hände mit einer leichten Creme eingerieben hatte, um besser hineinschlüpfen zu können. Obwohl sich die Sonne an diesem Mittag nur zögernd zeigte, hatte ihre Mutter auf einem Sonnenschirm bestanden: »Eine junge Dame braucht etwas, an dem sie sich festhalten kann.«

Martin Womack und ihre Anstandsdame warteten in der mit kostbaren Teppichen ausgestatteten Eingangshalle und begrüßten sie mit der ihnen angemessenen Höflichkeit. Sarah erwiderte den Gruß mit einem freundlichen Nicken und vermied ein offenes Lächeln, das beim ersten Zusammentreffen zwischen einer Frau und einem Mann unangebracht gewesen wäre.

»Sie sind noch hübscher, als ich mir Sie in meinen kühnsten Träumen vorgestellt habe«, sagte Womack und fing sich einen vorwurfsvollen Blick von Tante Honora ein. In seinem dunklen Anzug mit der korrekt sitzenden Krawatte und dem Zylinder in den Händen wirkte er auf den ersten Blick wie ein Gentleman unter vielen, doch sein hageres Raubvogelgesicht mit den grauen Augen erinnerte sie eher an einen der jungen Investoren, die ihr Vater zu Dinnerpartys einlud. Weder sein leicht spöttisches Lächeln noch sein Kompliment erschienen ihr glaubhaft, doch sie machte gute Miene zum bösen Spiel und ließ sich zögernd von ihm zu der offenen Kutsche führen.

Über die Fifth Avenue fuhren sie in gemächlichem Tempo nach Norden. Wie jeden Sonntag nach der Kirche und dem Mittagessen waren zahlreiche Passanten auf den breiten Gehsteigen unterwegs und zeigten ihre schönsten Anzüge und Kleider. Sarah und Womack saßen in Fahrtrichtung auf der Rückbank. Honora hatte ihnen gegenüber Platz genommen und achtete darauf, dass sie den gebotenen Abstand hielten. Auf der Fahrt zum Central Park sagte sie kein Wort, aber ihr wacher Blick ließ keinen Zweifel daran, dass ihren scharfen Augen, vor denen Sarah sich schon als kleines Mädchen gefürchtet hatte, kaum etwas entging.

»Unsere erste Begegnung mag arrangiert sein«, sagte Womack, als sie in den Park fuhren, »aber glauben Sie mir, auf einem Ball hätte ich dafür gesorgt, dass nur mein Name auf Ihrem Tanzkärtchen steht. Sie sind genau die richtige Frau für mich, das spüre ich jetzt schon. Hübsch und elegant genug, um bei wichtigen Anlässen zu repräsentieren, literarisch interessiert, wie es sich für eine gebildete Lady geziemt, eine talentierte Pianistin, die unserer, eher an technischem Fortschritt interessierten Familie einen künstlerischen Anstrich verleihen wird, und sogar eine leidlich gute Tennisspielerin und Reiterin, wie ich mir habe sagen lassen. Keine Frau, die sich für Politik interessiert und sich in die Belange von uns Männern einmischt.« Er fing einen misstrauischen Blick der Anstandsdame auf und lächelte spöttisch. »Und ich bin sicher, Sie besitzen noch andere Talente, die ein Mann zu schätzen weiß.«

»Mister Womack, ich darf doch sehr bitten«, meldete sich Honora.

»Ich nehme an, Sie wollen mir mit diesen Worten schmeicheln«, erwiderte Sarah, »aber wenn Sie glauben, sich eines dieser dummen Dinger eingefangen zu haben, die keine eigene Meinung haben und zu allem Ja und Amen sagen, sind Sie auf dem Holzweg.«

»Sarah!«, warnte Honora eindringlich.

»Ich möchte von meinem Ehemann respektiert werden und wünsche mir vor allem, dass er nicht sein ganzes Leben dem Geschäft unterordnet«, fuhr sie unbeeindruckt fort. »Warum, glauben Sie, habe ich noch nicht geheiratet? Ich hatte während der letzten Jahre schon öfter Gelegenheit dazu, das können Sie mir glauben, aber solche Männer sind anscheinend selten.«

Womack lachte. »Oh, ich weiß sehr wohl zwischen Arbeit und Vergnügen zu trennen, meine liebe Sarah. Ich darf Sie doch Sarah nennen?« Der strafende Blick der Anstandsdame schien ihn nicht zu kümmern. »Und wir werden sehr viel Vergnügen miteinander haben, glauben Sie mir.«

Honora kniff die schmalen Lippen zusammen. Man sah ihr an, wie sehr sie sich im Zaum halten musste. Eher ungewöhnlich für sie, die sonst nie mit ihrer Meinung hinter dem Berg hielt.

»Erzählen Sie mir von sich«, sagte Sarah, der die Richtung, die ihre Unterhaltung nahm, genauso wenig gefiel. »Ihre Familie stammt aus Pittsburgh?«

»Pittsburgh, Pennsylvania«, bestätigte Womack. »Mein Vater betreibt dort eine große Stahlfabrik und hat sein Vermögen während des Baus der transkontinentalen Eisenbahn gemacht. Jetzt will er in andere Wirtschaftszweige investieren, deshalb sind wir nach New York gezogen. Aber unsere geschäftlichen Beweggründe interessieren Sie sicherlich nur am Rande. Viel wichtiger ist doch, dass wir hier in New York in der Mitte des Geschehens leben. Alles Wichtige geht von dieser Metropole aus, und ich kenne keine andere Stadt, die besser dafür geeignet wäre, die Hauptstadt der Welt zu sein, auch Chicago und Philadelphia nicht. Oder möchten Sie irgendwo anders leben?«

Darüber hatte Sarah noch nie nachgedacht. Sie war die Nachfahrin einer erfolgreichen englischen Kaufmannsfamilie, die vor mehr als hundert Jahren nach Amerika gekommen war und sich gleich nach der Ankunft in New York niedergelassen hatte. Sie hatte nie etwas anderes als New York gekannt, war bei der Einweihung der Brooklyn Bridge und der Freiheitsstatue dabei gewesen und nur wenige Male aus der Stadt gekommen, wenn sie eine befreundete Familie in Newport besucht hatten oder nach Long Island zum Reiten gefahren waren.

»Ich weiß nicht«, erwiderte sie ehrlich, »ich habe mich in New York immer sehr wohl gefühlt, aber man sagt, in Europa soll es auch sehr schön sein. Einige Freundinnen meiner Mutter schwärmen von Paris und London, und es soll sogar Leute geben, die sich für die Wüsten im fernen Westen begeistern.«

Womack winkte ab. »Der ferne Westen kann mir gestohlen bleiben. Da gibt es noch wilde Indianer und Banditen, und die Städte bestehen aus notdürftig gezimmerten Bretterbuden. Dagegen sind die Slums von New York das reinste Paradies.« Er wies mit einer weit ausholenden Bewegung auf die vielen Bäume, die beinahe vergessen ließen, dass die Stadt nur einen Steinwurf entfernt lag. »Sehen Sie sich um. So einen schönen Park gibt es in keiner anderen Stadt der Welt. Habe ich nicht recht, Miss Honora?« Er wandte sich mit einem schelmischen Grinsen an die Anstandsdame, die jedoch mit versteinerter Miene den Kopf in eine andere Richtung wandte.

Sarah spürte, wie sich verstohlen eine Hand unter ihr Gesäß schob. Sie stieß einen spitzen Schrei aus. »Martin! Ich darf doch sehr bitten!« Hilfesuchend wandte sie sich an Honora, aber die presste nur die Lippen aufeinander, als hätte man ihr befohlen, über mögliche Verfehlungen diesmal etwas großzügiger hinwegzusehen. Mit mühsam unterdrückter Wut packte Sarah ihren Sonnenschirm fester und hob ihn leicht drohend. »Ich finde, wir sollten uns langsam auf den Rückweg machen«, sagte sie mit fester Stimme.

»Kutscher!«, rief Womack stattdessen. »Bringen Sie uns zum Seeufer!«

Der Kutscher nickte ergeben und lenkte die einspännige Kutsche auf die Straße zum See. Am Brunnen der Bethesda Terrace, ihrem Lieblingsplatz im Central Park, wimmelte es von Menschen, und auch am Seeufer erholten sich zahlreiche Spaziergänger, doch weiter nördlich wurde es ruhiger, und sie waren beinahe allein. Der See glänzte in der Sonne, die sich erneut durch die Wolken gekämpft hatte, und auf der Ostseite des Parks ragten die drei Giebel des neuen Dakota Buildings empor. Wenn sich die Stadt weiter so ausbreitete, würden dort während der nächsten Jahre noch mehr Gebäude in den Himmel wachsen. Ihr Vater gehörte zu den vielen Spekulanten, die in die geplanten Projekte auf der West Side investiert hatten.

»Halten Sie an!«, rief Womack dem Kutscher zu. Er lächelte der Anstandsdame zu. »Sie haben doch nichts dagegen, dass wir uns ein wenig die Beine vertreten? Wir haben schließlich nicht alle Tage so schönes Wetter.«

Nur widerwillig stieg Sarah aus und ging an seiner Seite ein paar Schritte, ihre Anstandsdame immer in Sichtweite. Die Sonne strahlte zwischen den Wolken hindurch. Ein Ehepaar, begleitet von einer Nanny, sah seinem Sohn dabei zu, wie er ein Modellboot mit weißen Segeln über das Wasser gleiten ließ. Mit dem dreisten Womack würde sie nie hier so stehen, dessen war sie sich jetzt schon sicher. Er war ein Aufschneider, der typische Sohn eines wohlhabenden Vaters, der nur aus drei Gründen eine Frau zum Heiraten suchte: Er hätte sonst keine Anerkennung in der feinen Gesellschaft gefunden, brauchte eine hübsche Frau zum Repräsentieren und wollte die Nächte nicht allein verbringen.

Die meisten Frauen waren damit zufrieden, auch Sarah wusste die Annehmlichkeiten eines solchen Lebens durchaus zu schätzen, und doch kam es ihr immer wieder in den Sinn, dass es noch eine größere Erfüllung im Leben geben musste. Möglicherweise wohltätige Stiftungen wie Mrs Astor zu gründen oder es wie ihre Freundin zu halten, die sich ganz der Arbeit im Waisenhaus ihres Vereins verschrieben hatte.

Womack blieb am Ufer stehen und blickte sie ein wenig spöttisch und sehr direkt an, ebenfalls eine Verletzung der Etikette, die Honora mit grimmiger Miene zur Kenntnis nahm. »Ich glaube, wir passen sehr gut zusammen«, sagte er, »ich habe selten einen so leidenschaftlichen Blick bei einer Frau gesehen. Die meisten Frauen, mit denen ich bisher das Vergnügen hatte, eine Spazierfahrt zu unternehmen, wirkten auf mich eher langweilig und hatten wenig zu sagen, aber Sie … Sie sind nicht verlegen, Sarah. Sie sagen, was Sie denken. Und …«, er bedachte die Anstandsdame mit einem flüchtigen Blick und senkte die Stimme, »… in Ihnen schlummert eine Leidenschaft, wie ich sie mir immer von einer Frau erhofft habe. Wir werden ein fantastisches Paar sein.«

»Mister Womack!«, warnte ihn Honora erneut.

Womack kommentierte den Einwurf mit einem Grinsen und flüsterte jetzt nur noch. »Kommen Sie, Sarah«, sagte er, »ich will Ihnen etwas zeigen.« Er sah die Verwunderung in ihren Augen und lächelte. »Kommen Sie schon.«

Er packte sie am linken Oberarm und schob sie hinter die Kutsche. Noch bevor Honora ihnen folgen und es verhindern konnte, schlang er die Arme um sie und küsste sie auf den Mund. Sie spürte seine Zunge zwischen ihren Lippen und fühlte heftigen Schmerz, als er sie fest an sich drückte. Als sie den entsetzten Schrei der Anstandsdame hörte, schaffte sie es endlich, ihn mit beiden Händen wegzustoßen. Er stieß mit dem Hinterkopf gegen die Kutsche.

»Mister Womack!«, fiel sie in die förmliche Anrede zurück. Ihre Augen blitzten vor Wut. »Was fällt Ihnen ein? Wie können Sie es wagen, mich wie eine billige Mätresse zu behandeln? Ist das Ihre Art, einer Dame zu zeigen, welch großen Respekt Sie vor ihr haben?«

Verächtlich wandte sie sich ab, nahm ihren Sonnenschirm aus der Kutsche und marschierte davon, ohne auf Tante Honoras entsetzte Rufe zuhören, die ihr mit verzweifelter Stimme befahl, sofort umzukehren und in die Kutsche zu steigen. Sie wollte nur weg, weg von diesem aufdringlichen Mann. Immer weiter lief sie, querfeldein, und hielt erst an, als sie eines der Tore erreichte und mit gerötetem Gesicht und heftig atmend auf die Fifth Avenue hinaustrat.

Als einer der Passanten sie fragte, ob ihr etwas fehle, schüttelte sie den Kopf. »Ich bin nur ein wenig zu schnell gelaufen«, antwortete sie, »eines der Pferde hatte sich losgerissen und ging auf mich los. Danke der Nachfrage, Sir, aber es ist wirklich alles in Ordnung. Mein Mann muss gleich hier sein.«

Froh, dass er ihr die kleine Notlüge abnahm, wartete sie, bis er verschwunden war, und bestieg eine der Pferdedroschken, die vor dem Parkeingang warteten. »464 Fifth Avenue«, teilte sie dem überraschten Kutscher mit. Es kam nicht alle Tage vor, dass eine Frau seine Kutsche ohne Begleitung bestieg. »Zum Mayfield Estate. Ich nehme an, Sie kennen den Weg.«

Der kühle Fahrtwind, der ihr entgegenwehte, vertrieb die Röte aus ihrem Gesicht, aber nicht ihre Wut. So frech war sie noch nie von einem Mann behandelt worden. Ihre bisherigen Verehrer, allen voran Harry Morgan und Stephen White, hatten sie ebenfalls bedrängt, waren ihr aber niemals zu nahe getreten und hatten in jeder Beziehung die Etikette bewahrt. Womacks Verhalten war unverzeihlich und konnte sogar bewirken, dass ein Mann aus der feinen Gesellschaft ausgestoßen und nie mehr zu einem Ball eingeladen wurde. So eine Verbannung bedeutete nicht selten auch finanzielle Einbußen und wirtschaftlichen Abstieg.

»Warten Sie«, trug sie dem Kutscher auf, als sie die heimatliche Villa erreicht hatte. Sie klopfte mehrmals, bis einer der Diener die Tür öffnete, und bat ihn, den Kutscher zu bezahlen. »Geben Sie ihm ein gutes Trinkgeld.«

Ihre Eltern blickten überrascht auf, als sie die Tür zum Wohnzimmer aufstieß. »Sarah!« Ihre Mutter erholte sich zuerst von ihrem Schrecken. »Wo kommst du denn her? Ich denke, du bist mit Martin unterwegs.«

»So ein Dreckskerl!«, rief Sarah, nachdem sie ihnen hastig berichtet hatte, was geschehen war. »Der glaubt wohl, er könnte sich alles erlauben! Tante Honora hatte gar keine Chance, ihn an dem … dem Kuss zu hindern.« Nur mühsam hielt sie ihre Wut im Zaum. »Ich will diesen Mann nie mehr sehen, Mutter! Nie mehr! Eher laufe ich als verknöcherte Jungfer durch New York, als mir von so einem widerlichen Burschen das ganze Leben zu verderben. Er soll bleiben, wo der Pfeffer wächst!«

Damit stürmte sie in ihr Zimmer hinauf, warf Cape und Hut in die Ecke, schleuderte die Handschuhe hinterher und lehnte sich schwer atmend mit dem Rücken gegen einen Bettpfosten. Nur undeutlich bekam sie mit, wie der Kutscher mit Womack und ihrer Tante Honora vor dem Haus hielt, und der junge Mann mit eiligen Schritten zum Eingang hastete. Aus dem Flur drang die sonore, vorwurfsvolle Stimme ihres Vaters herauf, doch sie verstand kaum ein Wort, und als sie ihre Tür neugierig einen Spalt öffnete, waren ihre Eltern, Tante Honora und Womack bereits im Salon verschwunden.

Sie blieben nicht lange. Als er die Eingangshalle betrat, klang die Stimme ihres Vaters schon wesentlich versöhnlicher, und sie hörte ihn sagen: »Tun Sie das, Martin. Auch um Ihrer Familie willen bin ich bereit, Ihre Verfehlung als einmaligen Ausrutscher zu behandeln und Sie auch weiterhin in meinem Haus willkommen zu heißen. Richten Sie Ihrem Vater die besten Grüße aus und sagen Sie ihm, dass ich unserer geschäftlichen Unterredung mit Freuden entgegenblicke. Und machen Sie sich wegen Sarah keine Sorgen. Wir werden mit ihr reden und die Sache wieder in Ordnung bringen. Leben Sie wohl.«

»Sie sind sehr großzügig, Sir. Auf Wiedersehen.«

Sarah traute ihren Ohren nicht. Immer noch im Ausgehkleid, lief sie nach unten, um ihren Vater noch in der Eingangshalle zur Rede zu stellen. »Was soll das, Vater?«, fragte sie, alle Höflichkeit außer Acht lassend. »Du lässt ihm eine solche Verfehlung durchgehen? Ich gehe auf keinen Fall noch einmal mit ihm aus. Ich will nichts mehr mit ihm zu tun haben.« Mit geballten Fäusten blieb sie unter dem riesigen Kronleuchter stehen. »Niemand würde ihm solch ein ungehobeltes Verhalten verzeihen, weder die Vanderbilts noch die Astors.«

Ihr Vater, der sich normalerweise mit aller Schärfe gegen solche Worte gewehrt hätte, besonders wenn sie von seiner Tochter kamen, blieb ruhig und bat sie mit einer Handbewegung in sein Arbeitszimmer. Sie blieben vor seinem Schreibtisch aus poliertem Mahagoniholz stehen, umgeben von Bücherregalen und kaltem Zigarrenrauch. »Auch ich missbillige das Vorgehen von Martin Womack«, sagte er ungewöhnlich sanft. »Er hat unser Vertrauen auf schändliche Weise missbraucht. Aber deine Mutter und ich sind schon seit geraumer Zeit mit seiner Familie bekannt und wissen, wie vorbildlich sich der junge Mann sonst verhält, und wie glücklich du dich schätzen kannst, ihm das Jawort zu geben.« Sie wollte aufbegehren, aber er brachte sie mit erhobener Hand zum Schweigen. »Warte! Lass mich ausreden! Ich glaube zu wissen, wie du dich fühlst, und verstehe deine Wut. Dennoch möchte ich dich bitten, ihm noch eine Chance zu geben. Ich bin sicher, er wird sich tadellos benehmen und sich nichts mehr zuschulden kommen lassen. Denke auch daran, welche gesellschaftliche Stellung du einmal einnehmen wirst, wenn seine Familie in unsere Unternehmungen investiert, und wie stark wir an der Wall Street als partnerschaftliche Firmen aufgestellt wären.«

Sarah zwang sich zur Ruhe. Sie musste ein paarmal zum Sprechen ansetzen, bis sie die richtigen Worte fand. »Denkst du denn nur ans Geschäft, Vater? Ist es dir egal, ob ich glücklich bin? Soll ich einen Mann heiraten, der mich auf übelste Weise beleidigt hat, nur damit wir mit den Vanderbilts und Astors konkurrieren können?«

»Nein … natürlich nicht. Ich hatte nie vor, mich mit diesen Neureichen zu messen.« Ihr Vater klang nicht gerade glaubhaft. »Wir möchten, dass du ihn heiratest, weil er ein anständiger und fähiger Mann ist und dir eine angenehme und finanziell abgesicherte Zukunft bieten kann. Vergiss den peinlichen Vorfall und gib ihm eine Chance. Du wirst es nicht bereuen, Sarah.«

»Das glaube ich kaum«, sagte sie, machte auf dem Absatz kehrt und verließ den Raum.

3

Noch am selben Abend brachte ein Bote einen riesigen Strauß roséfarbener Rosen. Auf der beiliegenden Karte entschuldigte sich Martin Womack in aller Form für seine »Verfehlung«, wie er den Kuss nannte, und bat sie »in tiefster Demut«, sich noch einmal mit ihm zu verabreden, damit er beweisen könne, welche edlen Absichten er verfolge.

Nur die Nähe ihrer Mutter hinderte Sarah daran, die Blumen wütend auf den Boden zu werfen. Widerstrebend gab sie den Strauß einem Diener und bat ihn, die Rosen in eine Vase zu stellen und ins Speisezimmer zu bringen.

»Du wirst deine Entscheidung nicht bereuen«, sagte ihre Mutter. »In unseren Kreisen muss man seine persönlichen Wünsche und Vorlieben oft hintenanstellen, so schwer es einem manchmal auch fällt. Auch ich war mehrere Male gezwungen, dies zu tun. Das Wohl der Familie steht im Vordergrund.«

Sarah sah die Welt mit weniger strengen Augen als ihre Mutter, hütete sich aber, gegen sie aufzubegehren. Ihre Mutter hatte recht, es ging auch um das Wohl ihrer Familie, und sie wollte zumindest versuchen, sich dem Wunsch ihrer Eltern zu beugen. Also ließ sie sich erneut von Martin Womack ausführen, der sich, das musste sie ihm lassen, bei diesen Gelegenheiten stets wie ein Gentleman benahm. Kein falsches Wort kam über seine Lippen, keine körperliche Annäherung zwang die Anstandsdame, ihn zur Ordnung zu rufen. Im Gegenteil, Honora lächelte sogar jedes Mal anerkennend, wenn er sich von ihr verabschiedete.

Selbst mit seinen Komplimenten ging er so sparsam um, dass Sarah beinahe glaubte, einen anderen Menschen vor sich zu haben. Doch sein spöttisches Lächeln blieb, und ihr Verdacht, er könne sich nur verstellen und nach der Hochzeit seine wahre Natur zeigen, folgte ihr bis in ihre Träume und ließ sie so manche Nacht aus dem Schlaf schrecken. Sie traute ihm nicht, sie würde ihm niemals trauen, und wenn er sich noch so große Mühe gab, wie mit der Einladung in ein Stück am Broadway, »The Duchess of Gerolstein« mit der berühmten Lillian Russell, einer Schauspielerin, die Sarah »einfach himmlisch« fand.

So quittierte sie auch die Ankündigung ihrer Mutter, einen festlichen Ball im *Delmonico's* zu veranstalten, um sie und Womack gemeinsam in die Gesellschaft einzuführen, nur mit einem bemühten Lächeln. Seltsam war allerdings, dass ihr Vater, der sonst wenig von solchen Festivitäten hielt, die Idee in den höchsten Tönen lobte. Seine Begeisterung machte sie misstrauisch und ließ sie lange grübeln. Doch eine Ablehnung, selbst ein öffentliches Zögern, hätte einen Skandal bedeutet, da ihre Mutter die Einladungen längst verschickt hatte, und die Ankündigung des Balls bereits in der *New York Times* abgedruckt war.

Umso dankbarer war sie, als ihre Freundin Harriet sie zu einem gemeinsamen Nachmittag in ihr »Home for the Friendless« einlud. Ihr Vater, der es nicht gerne sah, wenn sie zu viel Zeit bei den Armen verbrachte, war nicht zu Hause, und ihre Mutter gestattete ihr diese Besuche, wenn auch jedes Mal erst nach langem Zögern. Da Harriet sie nicht allein, sondern in Begleitung eines katholischen Priesters abholte, fehlten auch ihr die Argumente. Wie alle Ehefrauen wohlhabender Männer spendete sie regelmäßig an wohltätige Organisationen, wenn es nach ihrem Gatten ging aber nur, um sein Image in der Öffentlichkeit aufzupolieren. »Jeder ist seines Glückes Schmied«, hieß seine Devise. »Die meisten Armen sind selbst schuld, dass sie kein Geld haben. Warum sollte ich ihnen horrende Beträge nachwerfen?«

Harriet war etwas kleiner als Sarah und hatte nach der Trennung von ihrem Mann stark zugenommen. Da sie keinerlei Ambitionen mehr hatte, was Männer betraf, benutzte sie weder Duftwasser noch Hautcreme und trug stets einen einfachen schwarzen Rock und eine weiße Bluse. Ihre Sommersprossen und die hochgesteckten rotblonden Haare gaben ihr etwas Koboldhaftes. Ihre fröhliche Unbeschwertheit schien sie nach der langen Leidenszeit aber wiedergefunden zu haben, denn ihre Augen strahlten, als sie Sarah freundschaftlich umarmte. »Höchste Zeit, dass wir uns mal wiedersehen«, rief sie wenig damenhaft.

Pfarrer Ryden, der sich offenbar ein wenig unwohl in Gesellschaft junger Damen fühlte, begrüßte sie mit einem angedeuteten Nicken. Während der Fahrt zum »Home for the Friendless« sagte er kaum ein Wort. Sie fuhren in einer geschlossenen Kutsche, hatten aber die Vorhänge zur Seite gezogen, sodass sie beobachten konnten, wie der Verkehr auf der Fifth Avenue auf dem Weg in die dichter besiedelten Viertel stetig zunahm und die Pferdefuhrwerke teilweise die Straße versperrten. Von der Sixth Avenue tönte das Schnaufen und Rattern der dampfbetriebenen Hochbahn herüber, und Rauchschwaden zogen zwischen den Häusern hindurch. In der Ferne ragte die Kuppel des New York World Buildings und noch weiter südlich die Freiheitsstatue empor.

Harriet hatte natürlich gehört, dass Martin Womack ihrer Freundin den Hof machte. »Und wann ist Hochzeit?«, fragte sie mit einem verschmitzten Augenzwinkern. »Ich habe gelesen, dass deine Eltern einen Ball veranstalten. Wird dein Vater dort das Datum verkünden?«

Sarah durchfuhr ein Schreck. Daran hatte sie noch gar nicht gedacht. »Wie bitte? Nein, so weit ist es noch lange nicht. Und ich weiß auch gar nicht, ob ich ihn wirklich heiraten will.« Diese Worte, die ihr einfach so herausgerutscht waren, schreckten den Pfarrer auf, bremsten sie aber nicht in ihrem Redeschwall. Sie war froh und auch erleichtert, mit jemandem über ihre Probleme sprechen zu können, auch wenn der Pfarrer nun mahnend den Finger erhob. »Ich weiß«, sagte sie auch an ihn gerichtet, »du sollst Vater und Mutter ehren und bei jeder Entscheidung an das Wohl der Familie denken, aber ich habe kein gutes Gefühl dabei und kann mich nicht dagegen wehren. Harriet, du weißt, was aus einer solchen Ehe werden kann.«

»Das Weib sei dem Manne untertan«, zitierte Pfarrer Ryden mit salbungsvoller Stimme einen Vers aus dem Epheserbrief, und wollte schon weiterdozieren, doch ihre Freundin, deren Gedanken bereits weiterwanderten, war schneller.

»Ich muss zugeben, ich hab dich heute nicht nur entführt, um über Männer und den Klatsch in der besseren Gesellschaft zu plaudern«, sagte Harriet. »Pfarrer Ryden und ich möchten dir zeigen, wie nötig wir die Spenden der wohlhabenden Leute brauchen, um den Bedürftigen zu helfen.«

»Aber mein Vater spendet doch schon einen stattlichen Betrag.«

»Nicht genug, Sarah, lange nicht genug.«

Das »Home for the Friendless« war in einem tempelähnlichen Gebäude in der 30th Street untergebracht, nur wenige Schritte von der Fifth Avenue entfernt in einem gepflegten Park. Vier angedeutete Säulen stützten das Giebeldach und flankierten die Doppeltüren. Sarah war schon oft dort gewesen und wusste, wie viel Arbeit der Pfarrer, Harriet und die anderen Freiwilligen investierten, um den Waisenkindern und Obdachlosen ein neues und christliches Zuhause zu bieten. Eine Schwester grüßte Pfarrer Ryden ehrerbietig im Vorbeigehen und verschwand in einem der großen Schlafsäle.

Da die Kinder gerade Mittagsschlaf hielten, zogen Sarah und Harriet sich ins Büro zurück. Der Pfarrer entschuldigte sich und versprach, in einer halben Stunde abfahrbereit zu sein. »Ich bereite schon mal die Papiere vor«, sagte er. »Der Priester in St. Ann's braucht eine Bestätigung, bevor er uns das Mädchen aushändigt, sonst gibt es Probleme.«

»Wir holen ein Waisenmädchen in der St. Ann's Church ab«, erklärte Harriett, als der Pfarrer gegangen war. »Clara ist sieben. Ihre Eltern sind beide an der Schwindsucht gestorben, und sie war tagelang allein in der Wohnung, bis sich eine Frau ihrer erbarmte und sie zum Pfarrer in St. Ann's brachte.«

»Und du willst, dass ich mitkomme?«

»Ich will, dass du siehst, wie die Menschen in der Lower East Side leben. Dorthin verirren sich nämlich die wenigsten wohlhabenden Leute.« In ihrer Stimme schwang eine leichte Anklage mit. »Die Gelegenheit ist günstig. Wir fahren in einer geschlossenen Kutsche, in der man kaum belästigt wird, und Pfarrer Ryden kommt mit.« Sie ging zum Bücherregel und zog ein Buch heraus. »Aber zuerst siehst du dir dieses Buch an. ›How the Other Half Lives‹. Ein dänischer Fotograf hat zum ersten Mal die Armen in diesem Teil der Stadt fotografiert. Weil die Oberschicht keine Ahnung hat, wie die andere Hälfte lebt.« Wieder klang ihre Stimme leicht vorwurfsvoll. »Lass dir Zeit, ich muss noch was mit den Schwestern bereden und bin in einer Viertelstunde zurück. Ein Glas Wasser?«

»Nein, danke«, erwiderte Sarah und öffnete das Buch. Die Fotos, obwohl hervorragend und stimmungsvoll aufgenommen, schockierten sie. Eine zehnköpfige Familie, die sich in einem winzigen Zimmer drängte, einige Kinder, die auf einer

Treppe im Freien schliefen, betrunkene Männer in einer Gasse, junge Frauen vor den Nähmaschinen in einer Fabrik. Sie konnte kaum glauben, dass es Amerikaner gab, die unter so unwürdigen Bedingungen leben mussten. Kein Wunder, dass ihre Freundin Mitleid für diese bedauernswerten Menschen empfand. Sie dachte daran, was ihr Vater immer sagte: dass diese Menschen selbst an ihrem Schicksal schuld wären. Doch bei diesen Bildern sträubte sich alles in ihr gegen diesen Gedanken. Kein Mensch lebte freiwillig in einer solchen Armut. Nachdenklich klappte sie das Buch zu. Wie konnte es sein, dass sie so wenig von diesen Menschen und ihrem Leben in der Lower East Side wusste?

»Und dort sieht es wirklich so aus?«, fragte Sarah, als ihre Freundin zurückkehrte.

»Man muss es mit eigenen Augen gesehen haben«, erwiderte Harriet.

»Dann lass uns fahren.« Sarah sprang entschlossen auf.

Bis zum Washington Square war Sarah die Gegend vertraut, hier säumten herrschaftliche Wohnhäuser die Straße, und auch die »Ladies' Mile« am Broadway mit zahlreichen Kaufhäusern und Geschäften, die sie von ihren Einkaufsbummeln kannte, war nicht weit. Ungehindert von Trolleys und Pferdebahnen, die auf der Fifth Avenue verboten waren, weil sich die Anwohner gegen die Verlegung von Schienen gewehrt hatten, kamen sie zügig voran. Erst als sie sich hinter dem Washington Square mit seinem neuen, aus Holz und Gips erbauten Triumphbogen nach Osten wandten und in die Bowery nach Süden abbogen, erschien ihr die Gegend düsterer, und es waren so viele Menschen unterwegs, dass sie im Schritttempo weiterfahren mussten.

Die Bowery kannte sie vom Namen her, und der Anblick der

verwahrlosten Häuser bestätigte ihren schlechten Ruf. Als hätten sie die Grenze zu einer anderen Welt überschritten, fanden sie sich plötzlich in einer verwahrlosten Umgebung wieder, im Schatten mehrstöckiger Mietshäuser, die teilweise die Sonne verdeckten, und den stählernen Gerüsten der Hochbahn, die dampfend und schnaubend wie ein Ungeheuer über die Schienen fuhr, so dicht an den unteren Stockwerken der Häuser vorbei, dass die Leute in diesen Wohnungen kaum noch Luft bekommen konnten. Auf der Straße waren sich Pferdebahnen und Fuhrwerke gegenseitig im Weg, boten Händler von Handkarren wild durcheinander schreiend ihre Waren an. Einige Kinder, die wohl erkannt hatten, dass ihre Kutsche aus einem besseren Viertel kam, rannten neben ihr her, in der Hoffnung, dass einer der Insassen ein paar Pennys auf die Straße warf. Doch als Sarah nach ihrer Geldbörse greifen wollte, hielt der Pfarrer sie zurück. »Wir müssen den Kindern auf andere Weise helfen«, sagte er.

In der Mulberry Street, einer Straße mit so vielen fahrenden Händlern, dass die Kutsche nur im Schneckentempo vorankam, hielt der Fahrer an, und Pfarrer Ryden griff nach einem großen Korb, den sie im Waisenhaus mit Lebensmitteln und einigen Süßigkeiten gefüllt hatten. Ein weißes Tuch bedeckte die Vorräte, sonst wären sie wohl nicht bis zur Tür der fünfstöckigen Mietskaserne gekommen, vor der zahlreiche Jugendliche herumlungerten und sie mit Pfiffen und anzüglichen Bemerkungen empfingen. »Sieh an«, lästerte einer, »die schicken Ladys aus dem Norden wagen sich in die Höhle des Löwen.«

Sarah trat ängstlich einen Schritt zur Seite, als ihr einer der Jungen zu nahe kam, ließ sich aber nicht aufhalten und folgte dem Pfarrer und ihrer Freundin in das Mietshaus. Im Treppenhaus war es ungewöhnlich düster, denn es gab kein elektrisches Licht und nur wenige Fenster. Die meisten Wohnungen standen offen, schon wegen der muffigen Luft, weil es kaum Abzüge gab, und ein lautes Gemisch von Stimmen der verschiedensten Nationalitäten erfüllte das Treppenhaus.

»Wir unterstützen einige Familien im zweiten Stock«, erklärte Harriet, während sie den Flur entlanggingen, »und bringen zweimal im Monat frische Lebensmittel, aber die sind nur ein Tropfen auf den heißen Stein. St. Ann's und die anderen Kirchen tun das Gleiche für andere Familien, aber gegen die Armut kommen wir auch mit vereinten Kräften nicht an.«

Eine junge Frau, die den Kopf aus einer Wohnungstür steckte, grüßte Harriet erfreut. Sie hielt ein Baby auf dem Arm, und an ihren Rockschößen hingen zwei weitere Kinder. Ihr Blick war auf den Korb mit den Lebensmitteln gerichtet. Harriet gab ihr einige Kartoffeln, etwas Obst und Süßigkeiten.

»Die meisten Einwanderer werden schon übers Ohr gehauen, wenn sie an Land kommen«, fuhr sie fort. »Sie arbeiten für einen Hungerlohn, der kaum zum Leben reicht. Die Politik tut zu wenig, dazu sind die Leute hier viel zu verschieden. Die Iren bekämpfen die Engländer, die Deutschen die Polen … an den Five Points gab es schon regelrechte Bandenkriege. Diese Menschen brauchen Hilfe. Mehr Krankenhäuser, besseren Lohn, fließend Wasser … man hat uns schon als Sozialisten beschimpft, weil wir so etwas fordern, dabei wollen wir nur, dass man den Menschen hier eine Chance gibt.« Sie wies mit der Hand nach rechts. »So, da wären wir.«

Bestürzt bemerkte Sarah, als sie die Wohnung einer Familie betraten, dass sie ein exaktes Ebenbild des Fotos war, das sie in dem Buch gesehen hatte: das breite Eisenbett, der Ofen mit der aufgespannten Wäsche darüber, die baufälligen Möbel, die vergilbten Fotografien aus dem fernen Europa an den Wänden und vor allem die Menschen, ausgezehrte Gestalten, die kaum noch am Leben zu sein schienen. Doch es war peinlich sauber in der kleinen Wohnung, und die Freude der Kinder, als sie die Süßigkeiten auspackten, brachte zumindest etwas Sonnenschein ins Dunkel. Auf dem Weg zur Kirche hatte Sarah dieses seltsame Bild ständig vor Augen, und sie schwor, sich noch mehr für wohltätige Zwecke einzusetzen.

Der Pfarrer von St. Ann's wartete bereits mit der kleinen Clara auf sie und entschuldigte sich bei seinem Kollegen, dass er sich nicht selbst um das Mädchen kümmern konnte. »Unser Waisenhaus ist hoffnungslos überfüllt.« Harriet nahm sie auf den Schoß und redete während der gesamten Fahrt mit sanfter Stimme auf sie ein, doch sie blieb stumm und ließ nicht erkennen, ob sie überhaupt wahrnahm, was mit ihr passierte. Der Schock, neben ihren sterbenden Eltern gesessen zu haben, war wohl zu groß.

Sarah spürte einen Kloß im Hals, als sie das »Home for the Friendless« erreichten, und Harriet mit dem Mädchen und dem Pfarrer ausstieg. »Du hast recht«, sagte sie, »wir müssen mehr für diese Menschen tun. Ich werde mit meinem Vater reden und ihn bitten, einen größeren Betrag zu spenden.«

»Ich hoffe, du bist mir nicht böse, dass ich dich mitgenommen habe«, erwiderte Harriet, »aber man muss es mit eigenen Augen gesehen haben, nicht wahr?«

Noch immer unter dem Eindruck des Gesehenen, ließ sich Sarah von dem Kutscher nach Hause bringen. Ein Dienstbote öffnete ihr die Tür und begleitete sie in die Empfangshalle. »Ihr Vater möchte Sie dringend sprechen«, sagte er, »ich soll Sie sofort zu ihm führen, wenn Sie nach Hause kommen.«

»Ich darf nicht mal meine Kleider wechseln?«, wunderte sie sich.

Der Diener errötete und senkte verlegen den Kopf. »Ich bitte vielmals um Entschuldigung, Miss Mayfield, aber Ihr Vater besteht darauf, dass Sie sofort kommen.«

Sie gehorchte und wartete, bis der Diener sie angekündigt hatte. Ihr Vater saß Zigarre rauchend in einem Sessel der Bibliothek und studierte anscheinend die Börsenkurse in der *New York Times*. »Du willst mich sprechen, Vater?«

Er ließ die Zeitung sinken, paffte noch einmal an der Zigarre und legte sie in den Aschenbecher. Er lächelte schwach. »Ganz recht, mein Kind. Du warst mit deiner Freundin unterwegs? In Begleitung, will ich hoffen.«

»Pfarrer Ryden war bei uns.« Sie berichtete ihm von ihren nachmittäglichen Erlebnissen und schloss direkt an: »Es liegt mir fern, dir irgendwelche Ratschläge zu geben, Vater, aber ich wollte dich bitten, das ›Home for the Friendless‹ mit einem größeren Betrag zu unterstützen. Die Menschen in der Lower East Side brauchen unsere Hilfe. Du hättest sehen sollen, wie …«

»Ich kann nicht die ganze Welt retten«, fuhr er ihr über den Mund, »und du solltest dich von den Armenvierteln fernhalten. Dort ist es viel zu gefährlich, vor allem für eine hübsche Lady wie dich.« Er setzte eine versöhnliche Miene auf. »Aber deswegen habe ich dich nicht rufen lassen. Ich würde gern wissen, wie es mit dir und Martin vorangeht. Du weißt ihn doch zu schätzen, Sarah?«

»Er benimmt sich wie ein Gentleman«, sagte sie kühl.

Ihr Vater nickte zufrieden. »Siehst du? Ich habe nichts anderes von einem respektablen Verehrer wie ihm erwartet. Glaube mir, du hättest dir keinen besseren Ehemann wünschen können. Du freust dich doch auf unseren Ball?«

»Natürlich, Vater.«

Wieder dieses Lächeln, das gar nicht zu ihm passte und beinahe verschwörerisch wirkte. »Der Ball bedeutet einen wichtigen Wendepunkt in deinem und auch in unserem Leben, mein Kind. Wir veranstalten ihn nur deinetwegen, und allein du wirst an diesem Abend im Mittelpunkt stehen. Ihr beide.«

»Was willst du damit sagen, Vater?« Sie bekam es mit der Angst zu tun.

»Warte ab, mein Kind. Es soll eine Überraschung sein.«

»Eine Überraschung?« Sarah ahnte, was er damit meinte, und schaffte es nur mühsam, ihre Besorgnis unter einem vorgetäuschten Lächeln zu verbergen. »Ich bin sehr gespannt, Vater. Dürfte ich mich jetzt zurückziehen?«

Ihr Vater lächelte immer noch. »Wir sehen uns zum Dinner.«

4

Joseph genoss den frischen Wind, der von den Laramie Mountains im Südwesten herabwehte, als er an diesem Morgen vor die Tür seines Ranchhauses trat. Er blinzelte in die aufgehende Sonne und sog die würzige Luft tief in die Lungen. Es roch nach Salbei und nasser Erde, ein Geruch, der ihm von Kind an vertraut war und der jetzt, nach dem heftigen Regen der vergangenen Nacht, als kräftige Donnerschläge und zuckende Blitze seine Albträume begleitet hatten, besonders intensiv war.

Der Ausblick war unvergleichlich. Jenseits der Koppel mit den Pferden erstreckte sich hügeliges Grasland bis in die Ausläufer der Berge hinein und glitzerte im rosafarbenen Licht der ersten Sonnenstrahlen. Einige Schwarzpappeln und Espen am Ufer des Cow Creek warfen lange Schatten. Beim Schlafhaus, in dem während des Roundups, des Zusammentriebs, die Cowboys übernachteten und in dem auch der alte Charly Rouse schlief, war alles ruhig. Nur aus dem Stall drang das Klappern eines Eimers, ein Zeichen dafür, dass Charly bereits aufgestanden war und die Milchkuh molk.

Einer alten Gewohnheit folgend, stellte Joseph das Fressen für Bandit neben die Eingangstür. Der struppige Hund, ein Mischling, dem man nicht ansah, aus welchen Rassen er hervorgegangen war, hatte ihn bereits entdeckt und ließ sich nicht zweimal bitten. Einige Hühner stoben gackernd zur Seite, als er über den Hof gelaufen kam und sich von ihm im Nacken kraulen ließ. Erst dann machte er sich über das Fressen her.

Joseph hatte ihn einem alten Schäfer abgekauft, nachdem sein alter Hund im Schneesturm erfroren war.

Ein Morgen wie jeder andere für den jungen Rancher, an dem er auch jetzt wieder von der Veranda trat und zu dem Grab am südlichen Ende des Hofes schlenderte. »Ella Rankin, 23. Oktober 1864 – 28. Januar 1887« stand auf dem Grabstein, eine nüchterne Inschrift, aber ihm waren keine Worte eingefallen, die ihrer Schönheit und ihrem freundlichen Wesen gerecht geworden wären. Ähnlich war es dem Pfarrer bei der Beerdigung gegangen: »Sie war eine großartige Frau«, hatte er gesagt, »eine starke und unbeugsame Frau, wie sie nur der amerikanische Westen hervorbringen kann. Wir werden Ella Rankin in guter Erinnerung behalten. Möge Gott ihrer Seele gnädig sein und sie in sein Reich aufnehmen. Amen.«

Er ging in die Hocke und strich mit der Hand über den rauen Stein. Vier Jahre und beinahe zwei Monate war das nun her, und es zerriss seine Seele noch immer, wenn er an jenen furchtbaren Tag im Winter dachte, als nicht nur seine Frau, sondern auch andere Menschen und viele Tausend Rinder ums Leben gekommen waren. Aus heiterem Himmel war der Blizzard über das Land hereingebrochen, ein mörderischer Schneesturm, wie es ihn nur alle paar Jahrzehnte gab, und bei dessen Erwähnung man heute noch die Stimme senkte. Nicht einmal die Hurrikane im Südosten und die Tornados im Mittelwesten hatten so viele Opfer wie der Blizzard im Winter 1886/87 gefordert.

Im Nachhinein erinnerte sich jeder an die blauen Schleier, die bereits im November über dem Land gelegen hatten, und die eisigen Stürme, die damals über die Weide gebraust waren. Doch kaum jemand hatte die Warnung der Natur ernst genommen, und einige der wohlhabenden Rancher fuhren sogar wie jeden Winter an die Ostküste, in ihre Villen in New York oder Boston, um dort die Weihnachtszeit zu verbringen. Inzwischen beobachtete man im Westen sorgenvoll, wie vor allem Rinder, die gerade erst aus Texas gekommen waren, nervös im Kreis liefen und die tödliche Gefahr spürten, die ihnen drohte. Joseph konnte froh sein, dass er widerstandsfähige Herefords auf der Weide stehen hatte, die sich rechtzeitig in den Schutz der Felsen zurückgezogen hatten. Leider starb auch von ihnen über die Hälfte. Ein Verlust, den er kaum zur Kenntnis nahm, weil ihn das Schicksal einer weitaus größeren Prüfung unterzog.

Er brauchte nur die Augen zu schließen, um die dramatischen Minuten noch einmal zu erleben. Das Heulen des Windes, der schon die ganze Nacht über den Hof gefegt war, das seltsame Rauschen, wenn er den Schnee aufwirbelte und gegen die Wände und Fenster des Blockhauses trieb. Das aufgeregte Wiehern der Pferde, die Charly in weiser Voraussicht in den Stall trieb, und das Bellen von Chief, seinem damaligen Hund, den Ella halb verendet auf der Weide gefunden und wieder gesund gepflegt hatte, ein treuer Wegbegleiter über mehrere Jahre hinweg und für Ella mehr als ein nützlicher Vierbeiner, dem man morgens und abends sein Fressen brachte und ansonsten kaum Beachtung schenkte.

An diesem Morgen war Joseph zeitiger als sonst aufgestanden. Es war also, wie er später dachte, reiner Zufall, dass er, als er noch verschlafen ans Fenster trat, seine Frau mit zwei Eimern über den Hof zum Schweinepferch gehen sah, vornübergebeugt, um besser gegen den Wind geschützt zu sein, den bellenden Chief auf den Fersen.

Joseph wusste nicht, dass er Ella in diesem Augenblick zum letzten Mal erblickte. Das Bild seiner Frau, wie sie sich auch im tiefsten Winter nicht unterkriegen ließ und ihren morgendlichen Pflichten nachkam, brannte sich jedoch tief in sein Gedächtnis ein. Selbst in ihrer gefütterten Winterjacke über dem flatternden Rock mit der weißen Schürze und festen Stiefeln, die Haare unter eine Wollmütze gestopft, sah sie für ihn wie ein Engel aus, ein Engel auf Erden, der ihn nur wenige Augenblicke später einsam und allein zurücklassen würde, ohne ihm die Gelegenheit zum Abschied gegeben zu haben. Denn ausgerechnet, als sie durch den tiefen Schnee stapfte und sich noch einmal nach ihm umdrehte, brach die Hölle los.

Der Blizzard kam so plötzlich, dass niemandem, der in diesem Augenblick im Freien war, die Zeit blieb, sich in Sicherheit zu bringen. Mit einer Urgewalt, die einige Rancher später mit dem Kommen des Jüngsten Gerichts verglichen, brach der tödliche Schneesturm über das Land herein. Der Wind heulte und tobte und fegte mit einer solchen Wut über die Weiden, als wollte er die Erde zerstören und unter meterhohen Schneemassen begraben. Von den Gletschern im Norden brachen Eisscherben, trieben mit dem tosenden Schnee auf die Rinderherden zu und ließen nur den Tieren eine Chance, die sich bereits vor dem Sturm in Sicherheit gebracht hatten. Ein weißer Tornado verwandelte das Land in eine mörderische Hölle, aus der es kaum ein Entrinnen gab.

»Ella!«, schrie Joseph, als der Blizzard wie ein hungriges Monster über den verschneiten Ranchhof brauste. »Halt dich fest, Ella!«

Ein absurder Wunsch und nur seiner Panik geschuldet, als sie wie ein immer schwächer werdender Schatten in dem wirbelnden Schnee verschwand und von der ungeheuren Wucht des Sturms davongetragen wurde. Er schlüpfte hastig in seine Büffelfelljacke, riss die Tür auf und spürte gleichzeitig, wie sie ihm vom heulenden Sturm aus der Hand gerissen wurde.

Während der Blizzard den Wohnraum verwüstete, stemmte er sich mit aller Kraft gegen den peitschenden Wind und stapfte in die Richtung, in der er Ella vermutete. Er rief nach ihr, doch der Schnee erstickte jedes seiner Worte. Wie ein Schiffbrüchiger trieb er in den stürmischen Wogen, ein Spielball des Blizzards.

Schon nach wenigen Schritten verlor er die Orientierung. Seine Kräfte erlahmten, der tosende Sturm stieß ihn mit dem Hinterkopf gegen eine Schuppenwand, und er verlor das Bewusstsein. »Ella!« war das letzte Wort, das über seine Lippen kam, bevor das Heulen und Orgeln des Windes zu einem dumpfen Geräusch verkam, und ihn tiefe Dunkelheit umfing. Er spürte nicht mehr, wie ihn zwei Hände ergriffen, in den Stall zogen und mit letzter Kraft die Tür hinter ihm schlossen.

Als er aus seiner Bewusstlosigkeit erwachte, öffnete er stöhnend die Augen und sah das blasse Gesicht von Charly Rouse vor sich. Joseph brauchte nur in seine leeren, vom Schmerz gezeichneten Augen zu blicken, um zu wissen, welche furchtbare Nachricht ihn erwartete. Er fuhr erschrocken von seinem Lager hoch und sank erschöpft wieder zurück, als es in seinem Kopf zu hämmern begann. »Ella?«, brachte er mühsam über die Lippen. »Ist sie …«

Der Cowboy, ein verwitterter, aber zäher Mann mit einem Schnauzbart, wie ihn einige der großen Westernhelden getragen hatten, nickte nur. »Ich hab sie beim Zaun gefunden«, sagte er mit brüchiger Stimme, »der Sturm muss sie gegen einen Pfosten geworfen haben.«

Joseph stemmte sich auf den linken Ellbogen und sah den leblosen Körper seiner Frau auf einer Decke liegen. Die flackernde Öllampe, die Charly an einen Haken über sie gehängt hatte, ließ ihr Gesicht beinahe lebendig erscheinen. Sie lag mit gefalteten Händen auf einer Wolldecke, ihre Augen waren geöffnet. Abgesehen davon sah es aus, als würde sie schlafen. Nur ihr Atem ging nicht.

»Ella!«, rief er mit erstickter Stimme. Der Schmerz schnürte ihm die Kehle zu.

Zu schwach zum Aufstehen, robbte er über den kalten und harten Boden, bis er neben seiner Frau zu liegen kam. Ihr Körper war noch warm, doch in ihren braunen Augen lag nicht mehr das warme Glitzern, das er so geliebt hatte. Die Erkenntnis, dass ihr nicht mehr zu helfen war, traf ihn wie ein Faustschlag in den Magen. Er begann zu weinen, zum ersten Mal seit dem gewaltsamen Tod seiner Mutter vor vielen Jahren.

Behutsam schob er einige Haarsträhnen aus ihrem Gesicht. »Ella!«, flüsterte er immer wieder. »Ich liebe dich, Ella.« Und als sich der Schmerz und die Trauer in heillosen Zorn verwandelten und er Gott als alleinigen Schuldigen ausmachte: »Warum lässt du so etwas zu? Sie war eine gute Frau und hat niemandem etwas getan! Warum hast du nicht mich oder irgendeinen anderen sterben lassen? Warum musstest du ausgerechnet sie zu dir holen? Warum?«

Die Antwort bekam er weder damals noch bei der Beerdigung. Erst in seinen Albträumen erkannte er, dass nur er schuld an ihrem Tod war. Er hätte früher aufstehen und sie daran hindern müssen, zu den Schweinen zu gehen. Er hätte einen kühlen Kopf behalten sollen und nicht wie ein Greenhorn in den Blizzard stürmen dürfen, dann hätte er sie vielleicht rechtzeitig gefunden. Was nützte es, wenn Charly berichtete, in dem Blizzard wären selbst starke Männer umgekommen, und ihr hätte niemand helfen können? Wenn der Pfarrer bei der Beerdigung von einem tragischen Unfall sprach und ihm selbst der Sheriff nicht die geringste Schuld zuwies? Wenn ihm sogar sein mächtiger Nachbar, der Rancher Clarence McSwain, die Hand schüttelte und sein Beileid ausdrückte? Nur Ella selbst könnte ihn von seiner Schuld freisprechen.

Joseph öffnete die Augen und blickte auf den Grabstein, unter dem seine Frau begraben lag. Wenn der Schmerz besonders schlimm war, stellte er sich vor, wie sie in ihrem hellblauen Sonntagskleid auf dem Kutschbock saß, wenn sie in die Stadt fuhren, die blonden Haare hochgesteckt und mit einem blumenverzierten Strohhut bedeckt. Wie sie zufrieden lächelte, wenn er und Charly nach einem anstrengenden Arbeitstag nach Hause kamen, sich hungrig über das Abendessen hermachten und ihre Kochkunst lobten. Wie er sie in seinen Armen hielt und das Gesicht in ihren Haaren vergrub, wie sie ihm zärtliche Worte ins Ohr flüsterte, wenn sie abends im Bett lagen und sie mit ihren Lippen über seine Wange strich.

Ella war mit einem Siedlertreck nach Westen gekommen, eine der wenigen Frauen des Wagenzugs, die noch keinem versprochen gewesen waren, und er hatte das Glück gehabt, sie in Ryker's Store anzutreffen, als er seine bestellten Vorräte zum Wagen trug. Mit einem Sack Mehl auf den Schultern vermied er gerade noch, auf dem Gehsteig mit ihr zusammenzustoßen und entschuldigte sich stammelnd wie ein Schuljunge bei ihr. Ihr Lachen ließ ihn erröten und machte ihn noch verlegener. »Kein Problem, Mister«, sagte sie. »Hauptsache, Sie lassen den Mehlsack nicht fallen. Ich hab nämlich keine Lust, wie ein Gespenst auszusehen. Haben wir uns verstanden, Mister?«

»Natürlich, Ma'am«, antwortete er gehorsam, noch bevor er merkte, dass sie nur gescherzt hatte und vor Vergnügen wenig damenhaft losprustete.

»Nichts für ungut, Mister«, erwiderte sie, immer noch kichernd, »aber wenn Sie wollen, können Sie mir meinen Einkaufskorb tragen. Tun das Männer nicht, wenn sie einer Frau imponieren wollen? Aber warten Sie, bis ich eingekauft habe, sonst lohnt es sich nicht. Sie haben doch Zeit für mich?«

Er war so verwirrt, dass er eine ganze Weile gar nichts sagte, dann nickte er rasch. »Na-Natürlich, Ma'am. Das … das tue ich gerne. Sehr gerne sogar.«

»Lassen Sie das ›Ma'am‹, Mister. Ich heiße Ella.«

»Joseph. Joseph Rankin.«

So hatte es begonnen, und nur wenige Wochen später war aus ihr Mrs Joseph Rankin geworden, und sie war zu ihm auf die Ranch gezogen, eine einfache, aber selbstbewusste Farmerstochter, die nicht die Abneigung der meisten Farmer gegenüber Ranchern teilte, und der es sogar Spaß machte, ihrem Mann während des Roundups bei den Rindern zu helfen. Was sie nicht daran hinderte, einen Gemüsegarten hinter dem Haus anzulegen, größer als die aller umliegenden Ranches, und dort Kartoffeln, Tomaten, Kürbisse, Squash und Melonen anpflanzte. Bei ihr gedieh Gemüse zu jeder Jahreszeit und bei jedem Wetter.

»Ich weiß«, sagte er, »ich hätte mich mehr um den Garten kümmern sollen, aber ich schaff's nicht. Das Grünzeug wächst einfach nicht bei mir, nicht mal die Kartoffeln, und Charly stellt sich noch dümmer an. Ich bin schon froh, dass die Schweine und Hühner noch leben, mit denen haben wir uns inzwischen angefreundet, auch mit der Milchkuh. Betsy ist hart im Nehmen, aber das weißt du ja.« Der Anflug eines Lächelns huschte über sein Gesicht. »Charly und ich, wir tun, was wir können, Ella. Sei mir nicht böse, okay?« Er blickte eine Weile auf ihren Grabstein hinab. »Bis morgen, Ella.«

Joseph kehrte an dem verwahrlosten Gemüsegarten vorbei ins Haus zurück und ging in die Küche. Nachdem er einige Holzscheite in den Ofen gelegt hatte, kochte er Kaffeewasser und wärmte einige Biskuits auf, die warmen Brötchen, die bei keinem Cowboyessen fehlen durften. In der großen Eisenpfanne ließ er Butter für die Rühreier schmelzen. In Gedanken versunken und beinahe, ohne dass er es merkte, nahm er die

Whiskeyflasche aus dem Schrank und setzte sie an die Lippen. Der scharfe Bourbon half ihm, den quälenden Schmerz zu lindern, der ihn jeden Morgen nach dem Besuch von Ellas Grab befiel. Er genoss das Gefühl, als die scharfe Flüssigkeit durch seinen Körper lief, und stellte die Flasche zurück. Mit einer Hand schlug er ein halbes Dutzend Eier in die Pfanne und vermischte sie mit einer Gabel.

Die Hintertür klappte auf, und Charly kam in die Küche. Er war in den letzten drei Jahren ergraut und eigentlich schon zu alt für die harte Arbeit eines Cowboys. Besonders an regnerischen Tagen machte ihm sein Rheuma zu schaffen. Aber er ließ sich wie immer nichts anmerken. »Hallo, Boss«, sagte er, »du hast die Biscuits anbrennen lassen.«

»Die schwarzen Stellen kannst du wegschneiden.«

Charly blieb neben ihm stehen und rümpfte missbilligend die Nase. »Kannst du die Flasche nicht mal stehen lassen?« Es war mehr eine Feststellung als eine Frage. »Der Whiskey bringt Ella nicht zurück, verdammt. Ich wette, sie wäre sogar mächtig sauer, wenn sie wüsste, dass du dich besäufst.«

»Ich besaufe mich nicht. Ich hab einen Schluck getrunken, weiter nichts.«

»Um sieben Uhr früh?«

»Warum denn nicht?«

»Weil du aus dem Sattel kippst, wenn du weitersäufst, und ich keine Lust habe, allein nach den neugeborenen Kälbern zu sehen. Lass den Whiskey sein, oder ich packe meine Sachen und verschwinde. Ich meine es ernst, Joseph, und Ella würde mir recht geben.« Er deutete in die Pfanne. »Und nimm endlich die Eier vom Feuer, sonst haben wir bald gar nichts mehr zu essen.«

»Schon gut«, gab Joseph nach.

»Du lässt den Whiskey sein?«

»Nur weil ich mal einen kleinen Schluck trinke, bin ich noch lange kein Säufer«, sagte er. »Und jetzt lass uns frühstücken und an die Arbeit gehen.«

»Du bist der Boss«, erwiderte Charly.

5

Auch an diesem Morgen verschlang Charly den Löwenanteil der Rühreier. Je älter er wurde, desto größeren Hunger schien er zu haben. Joseph, der wieder mal kaum Appetit hatte, hielt sich an den Kaffee, der nicht so gut wie damals bei Ella schmeckte, aber stark genug war, um ihre Sinne für den anstrengenden Arbeitstag zu schärfen. Bei der Arbeit mit den Rindern durfte man sich keine Nachlässigkeit erlauben, vor allem, wenn man es mit jungen Bullen zu tun bekam, die es auch bei Zweibeinern gern auf einen Kampf ankommen ließen. Vor einigen Jahren war einer der Cowboys, die beim Zusammentrieb aushalfen, von den Hörnern eines Bullen verletzt worden.

Auf dem Weg zur Südweide ritten sie schweigend nebeneinander her. Sie folgten den Wagenspuren, die sich im Laufe vieler Jahre in das dichte Gras gegraben hatten, und genossen die Sonne, die schon jetzt am frühen Morgen in voller Pracht am Himmel stand und den nahen Sommer ankündigte. Über der Weide, die sich zu beiden Seiten des Trails in sanften Hügeln erstreckte, hing geheimnisvoller Nebel, der sich bis zum Cow Creek hinab zog, einem Nebenfluss des North Platte River, der seine Ranch mit dem nötigen Wasser versorgte. Die Crazy R war klein, im Vergleich zur benachbarten Rocking M von Clarence McSwain sogar winzig, verfügte aber über mehrere Quellen und lag so geschützt in den felsigen Ausläufern der Laramie Mountains wie kaum eine andere Ranch im zentralen Wyoming.

Joseph, ein exzellenter Reiter, schien beinahe mit seiner

braunen Stute verwachsen und war so vertraut mit ihr, dass ein bloßer Schenkeldruck genügte, um sie in die gewünschte Richtung zu lenken. Nur ein Mann wie Charly, der ihn schon lange kannte, bemerkte die Unsicherheit und die Fehler, die sich während der letzten vier Jahre bei ihm eingeschlichen hatten. Joseph lachte nur, wenn er sich mit beiden Händen am Sattelhorn festhalten musste, wozu erfahrene Weidereiter niemals gezwungen waren, und er es versäumte, seine Haltung der schnelleren Gangart anzupassen, wenn er seine Stute in den Galopp fallen ließ. »Ich glaube, ich werde langsam alt«, sagte er dann und merkte gar nicht, dass Charly ernst blieb und ihn ängstlich und auch ein bisschen mitleidig beobachtete. »Komm du erst mal in meine Jahre«, konterte der Alte, »dann bist du froh, wenn du nicht aus dem Sattel fällst.«

Die Worte, die Charly zu ihm in der Küche gesagt hatte, waren nicht spurlos an Joseph vorübergegangen. Er brauchte den alten Cowboy, nicht nur, weil er ein hervorragender Weidereiter war, besser als die meisten jungen Männer, die auf der Crazy R gearbeitet hatten, sondern vor allem, weil er ihm ein guter und verlässlicher Freund geworden war, das einzige Bindeglied zu der unbeschwerten Zeit vor dem großen Blizzard. Sein Vater und er hatten ihn vor mehr als dreizehn Jahren in Dodge City kennengelernt, als sie ihre letzte Rinderherde nach Norden getrieben und sich im Saloon vom dreimonatigen Treck erholt hatten. Damals hatte Charly seinen ganzen Lohn verprasst, und Josephs Vater hatte ihm Arbeit gegeben. Joseph verstand sich auf Anhieb mit dem erfahrenen Cowboy und lernte viel von ihm, noch mehr als von seinem Vater, einem zurückhaltenden und wortkargen Mann.

»Lass dir meinetwegen bloß keine grauen Haare wachsen«, sagte Joseph, nachdem sie eine ganze Weile geschwiegen hatten. Sie ritten in dem leichten Trott, in dem Cowboys ihre Pferde am liebsten gehen ließen. »Ich habe alles im Griff. Wirklich«, fügte er hinzu, als er Charlys zweifelnden Blick auffing.

Sie erreichten den Cow Creek und blieben dicht am Ufer. Die Rinder weideten eine halbe Meile weiter flussaufwärts in den Ausläufern der Laramie Mountains, in einer weiten Senke, die durch einige Felsen gegen Wind und Wetter geschützt war. Dort fanden sie selbst im Winter genug Nahrung, sodass Joseph und Charly nur selten gezwungen waren, ihnen Heu zu bringen. Erst nach dem Roundup im Mai, wenn die Rinder gezählt und die Kälber mit einem Brandzeichen versehen wurden, trieben sie die Herde auf die Sommerweide.

Charly kramte einen Riegel Kautabak aus der Jackentasche und biss ein Stück davon ab, eine Angewohnheit, die er mit zahlreichen anderen Cowboys teilte. »Du bist ein lausiger Koch, weißt du das?«, sagte er unvermittelt. »Vielleicht sollten wir mal tauschen. Du fütterst die Schweine und ich stell mich an den Herd.« Er kaute grinsend. »Hab ich dir schon erzählt, dass ich mal den Koch auf einem Rindertreiben vertreten hab? Den Mexikaner, der den Küchenwagen fuhr, hatte ein Marshal einkassiert. Der Bursche hatte eine Bank überfallen. Also entschieden wir die Sache beim Pokern, und ich bekam einen Royal Flush.« Er drückte den Priem in die linke Backe und verzog das Gesicht. »Ich hab mich nicht um den Job gerissen.«

»Und sie haben dich nicht geteert und gefedert?« Joseph warf ihm einen spöttischen Blick zu. »Ich wette, deine Biskuits waren so hart, dass sich die Männer die Zähne daran ausgebissen haben. Und wie ich dich kenne, war dein Bohneneintopf sicher so scharf, dass selbst Mexikaner daran erstickt sind. Mit Chili hattest du es noch nie. Von deinem Kaffee ganz zu schweigen. Dein letzter wäre woanders als Spülwasser durchgegangen.«

»Und deine Biskuits heute Morgen? Und deine Rühreier?«

Sie mussten beide lachen. »Hast du eigentlich jemals daran gedacht, dir eine neue Frau zu suchen? Ich meine, du musst sie ja nicht heiraten. Eine Haushälterin vielleicht, eine Frau, die kochen, waschen und putzen kann. In Casper gibt es eine alte Mexikanerin, die würde den Job sofort annehmen. Freie Kost, ein Dach über dem Kopf und ein paar Dollar im Monat, mehr verlangt die nicht.«

Joseph griff seinem Pferd in die Zügel und blickte ihn an, als hätte er etwas vollkommen Abwegiges gesagt. »Wie kommst du denn darauf? Ich will keine Frau auf der Ranch haben. Meine Ella kann sowieso niemand ersetzen.«

»Hast du vielleicht ein sauberes Hemd an? Sind deine Strümpfe gestopft? Hast du Brot gebacken und uns ein paar Sandwiches geschmiert, damit wir unterwegs was zu essen haben? Und was essen wir heute Abend? Den langweiligen Eintopf, den wir schon vier Tage auf dem Herd stehen haben?« Er spuckte den Priem ins Gras. »Lange halten wir so nicht mehr durch, Boss.«

Joseph schüttelte den Kopf. »Jetzt kommen ruhigere Zeiten, Charly, da können wir uns auch um so was kümmern. Wie wär's, wenn wir auf die Jagd gehen und eine Antilope schießen, sobald wir mit den Rindern fertig sind? Wird Zeit, dass wir wieder mal was Ordentliches zwischen die Zähne bekommen.«

Charly grinste. »Und eine Antilopenkeule hab ich schon damals in Texas über dem Feuer gebraten. Das schaffe ich auch, ohne mir ein Kochbuch aus Ryker's Store zu holen.«

Sie ritten langsam weiter und hielten erneut an, als vier Reiter über einen Hügel kamen und ihre Richtung einschlugen. Joseph, der die Augen gegen die helle Sonne zusammenkniff, erkannte Clarence McSwain, den weißhaarigen Besitzer der Rocking-M-Ranch. Obwohl schon weit über sechzig, saß er aufrecht wie ein junger Cowboy im silberbeschlagenen Sattel seines Falben und machte auch im vollen Galopp eine gute Figur. Nicht einmal der Ansatz eines Bauches war unter seiner ockerfarbenen Lederjacke zu sehen. Sein breitkrempiger Hut war mit einer Schlangenhaut verziert. Als er näher kam, sah man sein kantiges Gesicht mit den stahlblauen Augen und der leichten Hakennase, über seinen dünnen Lippen wuchs ein ausladender Schnauzbart.

Neben ihm ritt Pete Barnard, sein Vormann. Er war ein eitler Bursche, trug sein dunkles Haar extrem kurz und sauber gescheitelt, und war immer makellos gekleidet. Sein rotes Halstuch wehte wie bei einem Zirkuscowboy verwegen um seinen Hals. Die schwarzen Handschuhe, die mexikanischen Stiefel mit den auffällig großen Sporen und der Revolver mit elfenbeinfarbenen Griffschalen, den er wie ein Revolvermann in einem Holster am Gürtel trug, unterstrichen sein dandyhaftes Aussehen.

Bei ihnen waren zwei Cowboys, ebenfalls raue Burschen, die aber weniger Wert auf ihr Aussehen legten und wie durchschnittliche Weidereiter gekleidet waren. McSwain hatte sich sein Rinderreich mit Waffengewalt erkämpft und brauchte skrupellose Männer, um andere Leute einzuschüchtern.

McSwain zügelte seinen Falben und begrüßte sie, indem er sich mit zwei Fingern an die Hutkrempe tippte. »Guten Morgen, Rankin. Charly.« Er beachtete den alten Mann kaum. »Immer noch allein unterwegs? Die Arbeit wird nicht weniger im Frühjahr. Wie wollen Sie das alles schaffen ohne fremde Hilfe?«

»Wir kommen zurecht, McSwain«, antwortete Joseph. Er wusste, dass der Rancher begierig darauf war, sich seine Ranch einzuverleiben. Nicht wegen der Weiden und der Rinder, auf die konnte er bei der Größe seines eigenen Rinderreichs leicht verzichten, sondern wegen des Wassers. Der freie Zugang zum Fluss und die Quellen waren Gold wert. »Charly und ich, wir verstehen was von Rindern. Wir kommen klar. Wir schaffen das jetzt schon etliche Jahre, also machen Sie sich mal keine Sorgen.«

Der Rancher stützte sich mit beiden Händen aufs Sattelhorn. Sein Vormann und die beiden Cowboys wirkten wachsam, ließen Charly und ihn nicht aus den Augen. Barnards Hand zuckte kurz, als wollte er nach seinem Revolver greifen, aber das konnte auch Einbildung sein. Der Westen war seit einigen Jahren nicht mehr wild, und selbst in den entlegenen Gebieten von Wyoming galten Recht und Gesetz.

»Damals war Ihre Frau noch am Leben«, sagte McSwain, »da war vieles einfacher für Sie. Wenn ich sehe, was Luisa und Enrique auf meiner Ranch für Arbeit wegschaffen, mache ich mir schon meine Gedanken.« Das mexikanische Ehepaar war für die Hausarbeit auf der Rocking M zuständig. »Es tut mir in der Seele weh, wenn ich zusehen muss, wie zwei erfahrene Cowboys wie Sie Hausarbeit verrichten und sich um die Schweine und Hühner kümmern müssen. Das ist keine Arbeit für erfahrene Weidereiter.«

Joseph ahnte, worauf der Rancher hinauswollte, gab sich aber keine Blöße. »Uns macht das nichts aus. Die Arbeit muss eben gemacht werden.«

»Wir sollten uns mal in Ruhe zusammensetzen.« McSwain bemühte sich um ein Lächeln, das aber eher herablassend wirkte. »Ein Mann wie Charly sollte irgendwo auf einer Veranda sitzen und seinen Lebensabend genießen, und Sie …« Er suchte wohl nach einem passenden Vorschlag. »Warum verkaufen Sie nicht Ihre Ranch und ziehen in die Stadt? Suchen sich eine neue Frau, beginnen ein neues Leben.« Er hielt einen Augenblick inne. »Ich würde Ihnen ein faires Angebot machen.«

Joseph, der diesen Vorschlag nicht zum ersten Mal hörte, beherrschte sich nur mühsam. »Mir gefällt es hier, McSwain, und ich denke gar nicht daran, von hier wegzugehen. Meiner Ranch geht es gut, und wer sich bei uns um die Schweine und Hühner kümmert oder in der Küche steht, geht Sie nichts an. Und wenn Sie mir eine Million bieten … ich würde die Ranch niemals hergeben.«

»Seien Sie doch nicht so stur, Rankin. Warum machen Sie sich das Leben unnötig schwer? Sie müssen doch niemandem mehr etwas beweisen. Denken Sie daran, was Sie mit dem Geld, das ich Ihnen zahle, alles anfangen könnten.«

Joseph behielt Barnard und die beiden Cowboys im Auge. »Als wenn Sie sich um mein Wohl sorgen würden.«

Der Ausdruck in den Augen des Ranchers veränderte sich. Sein Blick wurde hart und unnachgiebig, und auch seine Stimme wechselte vom gewollt väterlichen Tonfall in eine andere, weitaus härtere Tonlage, die den ehemaligen Offizier verriet, der McSwain im Bürgerkrieg tatsächlich gewesen war. »Ich könnte auch warten, bis Sie Bankrott anmelden müssen, und ich Ihre Ranch für einen Spottpreis von der Bank bekommen kann. Oder ich sehe zu, wie Sie sich in Ihrem Schmerz selbst zerstören.« Er legte eine weitere Kunstpause ein, um seine Worte besser wirken zu lassen, und zog die Augenbrauen zusammen. »Ich habe gehört, dass Sie häufiger mal zu tief in die Flasche schauen, Rankin. Was glauben Sie, wie lange Sie das durchhalten? Ein alter Mann, der kaum noch reiten kann, und ein vom Schnaps abhängiger Witwer – nicht gerade ein Team, dem man harte Weidearbeit zutraut, oder was denken Sie?«

Noch mehr als McSwains unverschämte Worte ärgerte Joseph das spöttische Grinsen der Cowboys, denen das Vorgehen des Ranchers zu gefallen schien. »Es ist wohl besser, wir reiten beide unserer Wege, McSwain«, sagte er mit zusammengebissenen Zähnen und bedeutete Charly, sich in Bewegung zu setzen. Doch der Rancher ließ nicht locker.

»Man sagt, dass Sie ständig eine Flasche bei sich haben, um auch unterwegs einen heben zu können«, sagte er. »Mein Vormann hat Sie in der Stadt beobachtet. Sag ihm, was du gesehen hast, Pete.«

Dem Vormann gefiel die Unterhaltung. »Ich hab ihn mehr als einmal aus einem Saloon torkeln sehen. Und draußen hat er sich gleich wieder den Flachmann an den Hals gesetzt.«

»Ein Flachmann? Den muss ich sehen!«

»Ich wüsste nicht, was Sie mein Proviant angeht, McSwain«, erwiderte Joseph ruhig. »Wenn Sie mit uns essen oder trinken wollen, kommen Sie heute Abend vorbei. Wir haben noch Eintopf von gestern übrig, und wenn sich Ihre Leute benehmen, würde ich ihnen sogar einen Whiskey spendieren. Vorausgesetzt, wir haben welchen im Haus.«

Der Rancher wechselte einen schnellen Blick mit Barnard und bedeutete ihm, seine Waffe zu ziehen. Wie durch Zauberhand glitt sie aus dem Holster an seinem Gürtel, begleitet von dem höhnischen Grinsen, das wohl seine Überlegenheit unterstreichen sollte. Geräuschvoll zog er den Hahn zurück.

»Bringen Sie mir das Ding«, befahl McSwain.

Joseph verzog keine Miene, als der Vormann auf ihn zuritt, den Revolver schussbereit erhoben und in den Augen ein gefährliches Blitzen. Charly tastete nach seinem Revolver, ließ die Hand aber sofort sinken, als er erkannte, wie entschlossen und gefährlich der Vormann war.

Dicht vor Joseph zügelte Pete Barnard sein Pferd. Er grinste höhnisch. »Her mit dem Flachmann!«, forderte er.

»Ich denke nicht daran.«

»Wollen Sie, dass ich Sie wie einen Hund abknalle?«

»Sie werden mich nicht erschießen, Barnard.« Joseph ahnte, mit welch hohem Einsatz er spielte. »Vor zehn Jahren wären Sie damit vielleicht noch durchgekommen, aber jetzt herrschen selbst hier draußen Recht und Ordnung, und die Regierung würde einen U. S. Marshal schicken, der erst zufrieden ist, wenn Sie am falschen Ende eines Stricks baumeln. Fragen Sie Ihren Boss.« Er wandte sich an den Großrancher, scheinbar unbeeindruckt von der Bedrohung durch den Vormann. »Sagen Sie's ihm, McSwain!«

»Steck deinen Colt weg und komm zurück!«, befahl McSwain. Man sah ihm an, wie schwer ihm dieser Befehl fiel. »Oder willst du dir wegen eines Säufers die Hände schmutzig machen? Wir haben Wichtigeres zu tun.«

»Wir sprechen uns noch, Rankin«, sagte Barnard so leise, dass nur Joseph es verstand. Er schob seinen Revolver ins Holster und ritt zu McSwain und den Cowboys zurück. Aus seinen Augen war jeglicher Glanz verschwunden.

»Passen Sie gut auf sich auf, Rankin«, rief McSwain, als er seinen Falben antrieb, »und denken Sie über mein Angebot nach. So großzügig wäre die Bank nicht zu Ihnen.«

Joseph behielt nur mühsam die Beherrschung. »Nehmen Sie Ihre Wachhunde und reiten Sie weiter. Sie befinden sich auf meinem Land.«

Er wartete, bis der Rancher und seine Männer verschwunden waren, und vermied es, Charly in die Augen zu blicken. Nachdem er eine Weile mit sich gekämpft hatte, zog er den Flachmann aus der Tasche und warf ihn wütend in den Fluss.

»Weiter!«, blaffte er Charly an. »Auf uns wartet eine Menge Arbeit.«

6

Am Rand der Senke zügelten sie ihre Pferde und blickten auf die Herde hinab. Die Rinder hatten sich während des heftigen Regens unter den Schwarzpappeln und Espen am Ufer des Cow Creek zusammengedrängt und verteilten sich nur langsam wieder über die Weide. Ihre weißen Gesichter leuchteten in der Sonne.

Sein Vater hatte die Herde von einem reichen Schotten gekauft, stämmige Herefords, die aus einer Rasse im englischen Herefordshire hervorgegangen waren und mit dem rauen Klima in Wyoming besser zurechtkamen als texanische Longhorns. Sie waren umgänglicher, hatten kürzere Hörner und brachten mehr Fleisch auf die Waage, ein Vorteil, den sein Vater stets hervorgehoben hatte. »Mit Longhorns hast du nur Ärger«, sagte er, »in hundert Jahren wird's die Viecher nicht mehr geben.«

»Das Gras ist noch braun«, sagte Charly. Es war der erste Satz, der nach der Begegnung mit McSwain und seinen Cowboys zwischen ihnen fiel. »Wird wohl noch einige Zeit dauern, bis wir sie auf die Sommerweide treiben können.«

Joseph brummte nur. Dank des kühlen Windes war seine Wut ein wenig abgeklungen. Der Rancher hatte ihn vor seinen Cowboys und vor Charly bloßgestellt. Ein billiges Manöver, um ihm noch mehr Druck zu machen und zu zwingen, seine Ranch zu verkaufen. Als ob ein Flachmann ihn zum Säufer machen würde. Er trank das Zeug doch nur, um den Kopf freizubekommen. Mal einen Schluck oder auch zwei. Um sich besser zu fühlen.

Er blickte Charly an und wollte etwas sagen, ließ es aber. Auch der Cowboy hatte ihn schon als Säufer beschimpft. Ihn kannte er lange genug, um ihm die Worte zu verzeihen. Charly hatte Angst um ihn. Als selbst ernannter Vater sorgte sich der Cowboy mehr um ihn, als nötig war.

»Lass uns am Flussufer entlangreiten und nachsehen, ob wir Nachwuchs haben«, fuhr Charly fort. Er hatte wohl gemerkt, dass Joseph von Gedanken geplagt wurde, und wollte ihn so schnell wie möglich mit Arbeit ablenken. »Ich war vorgestern hier. Könnte sein, dass es Probleme mit einer Kuh gibt.«

Am Ufer angekommen lenkten sie ihre Pferde in das Unterholz. So nahe beim Fluss war der Boden feucht und morastig, und unter den Hufen spritzte dunkle Erde hervor. Auf dem träge dahinfließenden dunklen Wasser des Cow Creek tanzten die hellen Flecken des Sonnenlichts. Gelegentlich sprang ein Fisch in die Höhe, zeigte seinen silbernen Leib und verschwand wieder. Noch war es zu kühl für Moskitos, ein Segen für Mensch und Tier.

Auf der Weide wurden die meisten Rinder allein mit der Geburt fertig, doch es gab auch Härtefälle, in denen sie auf menschliche Hilfe angewiesen waren. Schon deshalb ließen sich Joseph und Charly alle paar Tage bei ihnen blicken. Ein erfahrener Cowboy erkannte gewöhnlich, bei welcher Kuh es Schwierigkeiten geben würde, und blieb im Notfall über Nacht draußen, um rechtzeitig eingreifen zu können. Probleme bekamen meist die jungen Kühe, die zum ersten Mal gebaren, aber auch bei älteren Tieren konnte es vorkommen, dass ein ungeborenes Kalb falsch lag oder nicht kommen wollte. Sie erstickten im Mutterleib oder kamen nach der Geburt nicht auf die Beine.

Die Kuh, um die sich Charly sorgte, kalbte bereits zum zweiten Mal und lag neben einem entwurzelten Baumstamm.

Schon beim flüchtigen Betrachten erkannte Joseph, dass sie genau im richtigen Augenblick kamen. Die Vorderbeine des Kalbes waren bereits zu sehen, aber obwohl sich seine Mutter vor Schmerzen krümmte, wollte der Kopf nicht kommen, und das Kalb drohte jämmerlich zu ersticken. Die Kuh brauchte Hilfe, und zwar sofort.

Sie sprangen von den Pferden und machten sich an die Arbeit. »Ich übernehme das«, sagte Joseph in einem Tonfall, der keine Widerrede duldete. Er setzte sich hinter die Kuh, packte das ungeborene Kalb an beiden Beinen und zog mit aller Kraft daran, während sich die Kuh in den Wehen plagte. Charly hielt sie fest, so gut es ging, und redete beruhigend auf sie ein.

»Weiter so. So ist es gut, meine Liebe! Noch ein paarmal drücken, dann hast du es geschafft. Streng dich an, mach schon! Jetzt hast du's so weit gebracht, da kannst du doch nicht aufgeben! Denk an dein Kälbchen, das will endlich frische Luft schnappen und freut sich schon auf deine Milch. Also … noch mal, meine Liebe! Enttäusch mich nicht, okay?«

Die Kuh schien ihn zu verstehen, sie presste jetzt stärker und verdrehte die Augen, als würde sie jeden Moment das Bewusstsein verlieren. Joseph und Charly feuerten sie weiter an. »Gleich hast du's geschafft!«, rief Joseph, als der Kopf des Kälbchens zu sehen war. »Noch ein letztes Mal, komm schon!«

Und dann glitt das Neugeborene endlich nach draußen, und sie stöhnten beide erleichtert auf. »Geschafft, du hast es geschafft!«, rief Joseph dankbar.

Er ging sofort daran, die Nase des Kälbchens zu säubern, fuhr mit einem Finger vorsichtig hinein und befreite sie von lästigem Schleim. Erst als das Neugeborene selbstständig atmen konnte, war er zufrieden. Charly und er entfernten sich rasch von der Mutter, um sie nicht eifersüchtig zu machen, und beobachteten voller Freude, wie die Kuh ihr Kälbchen ableckte und säuberte, und der Nachwuchs zum ersten Mal seinen Durst mit Muttermilch stillte.

Auf ihrem Inspektionsritt sahen sie auch nach den anderen Kälbern, die während der letzten Tage geboren worden waren. Alle waren gesund und wohlgenährt und blieben dicht bei ihren Müttern, während sie die Weide erkundeten. Die ungewohnte Sonne blendete sie noch ein wenig und auch standfest waren sie noch lange nicht. Ihre Schritte wirkten zögernd und unbeholfen, es würde wohl noch einige Zeit dauern, bis sie sich an ihre neue Umgebung gewöhnt hatten. Mit der Geburtenrate war Joseph einigermaßen zufrieden. Sie würden viel Arbeit beim Roundup haben und im Herbst eine stattliche Anzahl von Tieren zur Bahnstation treiben können. Die letzte Reise der Tiere führte nach Cheyenne, wo es schon seit einiger Zeit einen Schlachthof gab. Der Besitzer war an der Entwicklung der Kühlwagen beteiligt, die auch frisches Fleisch über längere Strecken transportieren konnten.

Um die Mittagszeit rasteten Joseph und Charly an ihrem Lieblingsplatz, einigen klobigen Felsbrocken, die meist in der Sonne lagen und dennoch gegen den Wind geschützt waren. Zu Josephs Überraschung zog der Alte zwei üppig belegte Sandwiches aus einer seiner Satteltaschen. »Räucherschinken und Gewürzgurken«, sagte er, während er Joseph eines der belegten Brote reichte, »mehr hab ich leider nicht gefunden.« Er griff noch mal in die Satteltasche und zog eine Dose Pfirsiche hervor. »Und die hier natürlich.«

»Du denkst auch an alles, Partner.« Joseph lächelte verlegen.

»Hab ich geschmiert, als du Ella besucht hast«, erklärte Charly. Sie setzten sich auf die Felsen und packten die Sandwiches aus. Nach dem ersten Bissen verzog er den Mund. »Etwas trocken, was meinst du? Aber besser ging's nicht. Okay, ich hab den Senf vergessen, aber noch besser wär's, wir würden uns mal wieder um unseren Gemüsegarten kümmern, dann haben wir im Sommer frische Tomaten und Salat. Würden gut zum Schinken passen.«

»Ich hab keine Ahnung von Gemüse.«

»Wir sollten es wenigstens versuchen.«

Joseph spürte, dass ihm Charly lediglich Mut machen wollte. Keines seiner Worte war als Vorwurf gemeint, eher als Ansporn, endlich über seine Trauer hinwegzukommen und wieder an die Zukunft zu denken. Seitdem sie Ella begraben hatten, war der Alte darum bemüht, ihn ins Leben zurückzuholen und ihm klarzumachen, dass das Leben immer noch lebenswert war. Dennoch war nur selten ein Vorwurf von Charly gekommen, nicht mal ein spöttisches Lächeln, wenn er sich in der Küche dumm angestellt oder vergessen hatte, Butter zu schlagen. Auf einer kleinen Ranch wie der Crazy R gab es keine Knechte, die solche Arbeiten verrichteten, und ohne eine Frau war der Besitzer gefordert, auch abseits der Weide seinen Mann zu stehen.

Doch niemals hatte er sich nach Ella gesehnt, weil sie ihm viele dieser Arbeiten abgenommen hätte. Er würde sogar Schweine füttern und die Kuh melken, wenn sie zu ihm zurückkehren würde. Er würde jeden Preis zahlen, nur um wieder ihr Lächeln zu sehen und ihre Wärme zu spüren.

Nicht nur Charly riet ihm, sich wieder eine Frau zu suchen, auch seine Bekannten in Casper, der Ladenbesitzer, der Banker, der Saloonkeeper und die Witwe Jones, in deren kleinem Restaurant an der Center Street er meist zum Essen ging, wenn er in der Stadt war. Sie hatten natürlich recht, ein Mann war ohne Frau nur die Hälfte wert, vor allem, wenn er auf einer einsam gelegenen Ranch lebte, aber er bezweifelte, dass es irgendwo eine Frau gab, die seiner Ella auch nur im Entferntesten nahe kam.

Zu Einladungen oder Festen war sie elegant wie eine Dame in ihrem schönen blauen Kleid erschienen und schon tags darauf hatte sie wieder auf der Ranch zugepackt, in einem einfachen Gingham-Kleid, ohne sich für irgendetwas zu schade zu sein. Damensättel hatte sie verabscheut. In ihrem ledernen Hosenrock war sie wie ein Mann geritten, auch wenn sich die »Liga für Anstand und Sitte« einiger älterer Damen in Casper gehörig darüber aufgeregt hatte. Für sie hatte es nichts Schöneres gegeben, als im gestreckten Galopp über die Weide zu reiten. Die Männer hatten sie »Cowgirl« genannt, ein seltenes Lob aus dem Mund von Cowboys, die sich für »Könige der Weide« hielten.

Sie hatte sogar darauf bestanden, das Lassowerfen von ihm zu lernen. Vor dem Schlafhaus ragte ein massiver Zaunpfosten aus der Erde, an dem auch die Männer übten, rot bemalt und mit dem Schädel eines texanischen Longhorn-Rindes mit weit ausladenden Hörnern verziert, ideal für ein Greenhorn wie Ella, die an ihrer Wurftechnik arbeiten wollte. Mit dem Unterschied, dass sie sich nicht wie ein Greenhorn benahm und schon mit den ersten Würfen ihr Talent bewies. Sie wusste, dass man das Seil mit einer Hand an der offenen Schlinge umfasste, es einige Male über dem Kopf kreisen und dann locker nach vorn abgleiten ließ. Sie wusste auch, dass es wesentlich schwieriger war, sein Ziel aus dem Sattel zu treffen, vor allem dann, wenn das Pferd, auf dem man saß, und das Rind, das man fangen wollte, beide in Bewegung waren.

Das übten sie einige Tage später auf der Sommerweide. Wenn er die Augen schloss, sah er sie wieder über den Hügel kommen, wie meist mit wehenden Haaren und dem breitkrempigen Hut im Nacken. Sie zügelte ihren Schecken vor ihm und zeigte ihre Zähne. »Da bin ich«, verkündete sie und nahm ihr Lasso vom Sattel. »Es kann losgehen.«

Joseph wollte kein Risiko eingehen und führte sie langsam an die Cowboyarbeit heran. Er dachte gar nicht daran, ihr das Lassowerfen zu verbieten, so gefährlich war es nun auch wieder nicht, und Ella hätte sowieso nur gelacht, wenn er ein solches Verbot ausgesprochen hätte. Ihr konnte man nichts verbieten. Wenn sie sich einmal etwas in den Kopf gesetzt hatte, brachte sie es auch durch. »Behandele mich nicht wie eine Prinzessin«, sagte sie, als er ein besonders lahmes Tier als erstes Ziel aussuchte. »Wenn ich dieses träge Vieh einfangen soll, kann ich auch bei dem Pfosten bleiben. Ich will beim Herbst-Roundup mitmachen, da habe ich es nur mit missgelaunten Biestern zu tun.«

»Na schön«, ließ sich Joseph darauf ein, »dann versuchen wir es mit der widerspenstigen Kuh dort drüben. Aber ich zeige dir erst mal, wie ich so was angehe.« Er nahm sein Lasso vom Sattel und formte eine Schlinge. »Wie du werfen musst, weißt du ja inzwischen, nur dass dein Ziel jetzt ständig in Bewegung ist und keine Lust hat, sich von dir einfangen zu lassen. Denk dran, dass eine Kuh auch Haken schlagen kann.« Er hörte sich wie ein Lehrmeister an, lächelte aber dabei und freute sich über die Entschlossenheit seiner Frau, den Männern nacheifern zu wollen. »Denk immer dran, das Seil sofort ums Sattelhorn zu wickeln, wenn du getroffen hast, den Rest besorgt dein Pferd.«

Auch Ella ritt ein erfahrenes Weidepferd, ein sogenanntes Quarter Horse, das wendig genug für die Arbeit mit Rindern war und genau wusste, was zu tun war. Man sagte von einem Quarter Horse, dass es sich auf einer Dollarmünze drehen konnte. Für Joseph war das Einfangen eines Rindes eine leichte Übung. Wie von selbst senkte sich die Schlinge über die Hörner des Tieres und zog sich automatisch zusammen, als sich sein Pferd mit der Hinterhand in den Boden stemmte. »So ungefähr«, rief er, als er das Lasso aufrollte. »Und sieh zu, dass das Seil gespannt bleibt, besonders bei einem Bullen, sonst erlebst du eine böse Überraschung. Die Biester mögen es nicht, wenn man ihnen eine Schlinge überwirft. Meinst du, du schaffst das?«

Ella war guter Dinge. »Ich will's versuchen.«

Joseph rechnete damit, dass sie mehrere Versuche brauchen würde, und sie den ganzen Nachmittag auf der Weide zubringen würden, bis es endlich klappte, doch Ella überraschte ihn auch hier. Schon beim ersten Mal traf sie, und nach wenigen Versuchen wurde klar, dass sie ein Naturtalent war und ein Gefühl für die Arbeit mit dem Lasso hatte. Am nächsten Morgen schaffte sie es sogar, einem Kalb die Schlinge um die Vorderbeine zu werfen, wie es die Cowboys beim Roundup machten. Sie fühlte sich im Sattel wohl, das sah man ihr schon von Weitem an, wenn sie lachend über die Weide ritt und jeden Augenblick zu genießen schien. Das Bild seiner anmutigen, verwegenen Frau prägte sich in Josephs Gedächtnis ein und würde ihn nie mehr loslassen. Es gehörte zu den unvergesslichen Momenten seines Lebens, die in seinen Albträumen von einer unsichtbaren Kraft zerstört wurden und im tobenden Schneesturm untergingen.

So wie das unbeschreibliche Gefühl, als er sie aus dem Sattel gehoben und in seine Arme geschlossen, die Wärme ihres Körpers durch seine Lederjacke und ihren Atem an seiner Wange gespürt hatte.

Unwillkürlich griff er in die Innentasche seiner Jacke und suchte nach dem Flachmann, fand ihn nicht, suchte die anderen Taschen ab, wurde immer nervöser, stand auf und durchkramte seine Satteltaschen, bis ihm einfiel, dass er die Flasche weggeworfen hatte.

»Ich muss nach Hause«, sagte er und stieg in den Sattel.

Charly zog eine Augenbraue hoch. »Jetzt? Ich wollte bis zur nächsten Flussbiegung reiten, dort treiben sich bestimmt noch einige Rinder im Gestrüpp herum. Eine Antilope wollten wir auch noch schießen. Auf der großen Lichtung bei den Felsen hab ich gestern welche gesehen.«

Joseph wirkte ungeduldig. »Dann reite ich schon mal vor. Ich hab noch einiges zu erledigen.«

»Hat das nicht Zeit bis morgen?«

»Es ist wichtig, Charly. Bis später.«

Als er das Pferd wenden wollte, hielt Charly es schnell am Zügel zurück. »Joseph.« In seiner Stimme lag eine Warnung.

Doch Joseph ritt ohne ein weiteres Wort davon, trieb sein Pferd so schnell durch die Rinder hindurch, dass sie erschrocken zur Seite sprangen, und sprengte die nächsten Hügel hinauf, ohne sich nach Charly umzudrehen. Beinahe wütend gab er seinem Braunen die Sporen, als würde er von einem lynchwütigen Mob gejagt.

Über dem Grasland flimmerten wogende Hitzeschleier, die ihm die Sicht erschwerten. Auf einmal war der Kopfschmerz so schlimm, dass er sich fluchend mit der Hand an die Stirn griff. Er goss sich Wasser aus seiner Feldflasche über den Kopf, schüttelte sich benommen und sah wieder klarer. »Vorwärts!«, rief er seinem Braunen zu und ritt weiter.

7

Als er das Ranchhaus erreichte, musste sich Joseph eine Weile am Sattelhorn festhalten, bis seine Benommenheit verflog und er aus dem Sattel rutschen konnte. Bandit kam zu ihm gerannt. Winselnd sprang der Hund ihn an, verzog sich aber rasch wieder, als Joseph ihn nicht beachtete, und ließ seinen Ärger an den Hühnern aus, die er bellend über den ganzen Hof jagte.

Joseph stolperte ins Haus. In der Küche musste er sich kurz am Türrahmen festhalten, bevor er zum Küchenschrank ging. Er zog alle Türen und Schubladen auf, fand keine Flasche, suchte hinter dem Geschirr und riss eine Suppenschüssel und zwei Teller heraus, die zu Boden fielen und in unzählige Scherben zersprangen. »Der Whiskey!«, schimpfte er. »Wo hab ich die verdammte Flasche hingetan?«

Mit hämmerndem Kopf ging er in den Wohnraum, suchte auch dort vergebens, stolperte weiter ins Schlafzimmer, sah auf dem Nachttisch und in der Schublade nach, durchwühlte den Kleiderschrank. Vergebens. Mit trockenem, taubem Mund sank er zu Boden, spähte unter das Bett und sah eine Flasche ganz hinten an der Wand liegen. Sein Magen krampfte sich zusammen. Er rannte in die Küche zurück und holte einen Besen, stocherte unter dem Bett herum, bis er die Flasche endlich zu fassen bekam und erleichtert hervorzog. Sie war halb voll.

Mit den Zähnen zog er den Korken heraus und ließ den Whiskey in sich hineinlaufen. Die goldgelbe Flüssigkeit floss so schnell, dass er kaum mit dem Schlucken nachkam, aber er hatte seine Medizin bitter nötig und setzte die Flasche erst ab, als sie leer war. Vor Freude und Erleichterung stiegen ihm erneut die Tränen in die Augen. Es war ein unbeschreibliches Gefühl, den Whiskey in seinem Körper zu spüren. Wie der Inhalt einer Spritze, die sofort Erleichterung verschafft, betäubte der Alkohol den Schmerz. Vom anfänglichen Brennen auf der Zunge bis zu dem Augenblick, als er seinen Magen erreichte und allen Schmerz aus seinem Körper verbannte, dauerte es viel zu lange, doch dann verschwanden auch die quälenden Bilder, und er sank dankbar auf seinem Bett zurück und vergrub das Gesicht in den Kissen.

Er sah nicht mehr, wie die Flasche vom Bett rollte und über den Boden polterte, und er hörte auch nicht, wie Charly in den Hof geritten kam und sein Pferd versorgte. Wie er das Haus betrat und lange auf ihn hinabblickte, ihn mit einer leichten Wolldecke zudeckte und die Flasche aufhob. Wie er in die Küche ging, die Scherben zusammenkehrte und sich danach um die Tiere kümmerte und den Koppelzaun ausbesserte. Tiefe Dunkelheit umfing Joseph, als es draußen noch hell war, bis er gegen Mitternacht aus seiner Benommenheit erwachte und ungläubig zur Decke hinaufstarrte.

Lange Zeit blieb er still liegen und wagte nicht einmal den Kopf zu drehen oder die Augen zu bewegen, weil ihn jetzt schon der ganze Körper schmerzte. Er stöhnte leise und versuchte sich zu konzentrieren. Wo befand er sich? Wie war er hierhergekommen? Warum lag er auf dem Bett? Was war geschehen? Nur ganz allmählich kehrte die Erinnerung zurück. Und mit ihr kamen die Bilder von Ella, stahl sich seine verstorbene Frau erneut in seine Gedanken und ließ ihn erkennen, dass der Whiskey seine Schmerzen nur vorübergehend gelindert hatte. Sobald seine Wirkung verflog, war alles wieder da, die Schmerzen über ihren Verlust und die Sehnsucht, sie zum

Leben zu erwecken und die Vergangenheit wieder auferstehen zu lassen.

Ächzend richtete er sich auf und blieb mit gesenktem Kopf auf dem Bettrand sitzen. Vergeblich suchte er nach der Flasche, in der Hoffnung, noch einen Rest darin zu finden. Ihm wurde klar, dass er keinen Whiskey mehr im Haus hatte. Kein Beinbruch, sagte er sich, eine Weile komme ich auch ohne das Zeug aus. Gestern waren die Schmerzen schlimmer als sonst gewesen, da hatte er einen besonders großen Schluck aus der Flasche gebraucht, aber jetzt ging es wieder. Er kam langsam wieder auf die Beine und brauchte den Whiskey nicht mehr. Es reichte, wenn er sich bei seinem nächsten Besuch in der Stadt eine Flasche kaufte.

Er trat vor die Waschschüssel, in der noch das Wasser vom letzten Morgen stand, und wusch sich das Gesicht. Das Wasser, obwohl schmutzig und lauwarm, brachte seine Lebensgeister zumindest teilweise zurück. Er blickte aus dem Fenster und sah, dass der Mond hoch am Himmel stand. Eine Stunde vor Mitternacht, nahm er an. Er ging in die Küche, dachte kurz daran, ein Feuer im Herd zu entfachen und sich Kaffee zu kochen, fühlte sich aber zu müde und abgespannt und verwarf den Gedanken wieder. Er ließ sich auf einen Stuhl sinken, doch sofort kehrten die Bilder in seinem Kopf zurück und ließen ihm keine andere Wahl, als das Haus zu verlassen, zum Grab seiner Frau zu gehen und leicht schwankend vor dem Grabstein stehen zu bleiben.

Das Rauschen des Windes in den Espen am nahen Flussufer und das leise Winseln von Bandit, der wohl schlecht träumte, waren die einzigen Geräusche in der Nacht. Am Himmel waren Wolken aufgezogen und wanderten als dunkle Schatten am Mond vorbei.

Plötzlich war ihm wieder schwindlig, und die Inschrift auf

dem Grabstein verschwamm vor seinen Augen. Joseph ging in die Knie. »Tut mir leid«, entschuldigte er sich bei seiner toten Frau, »es geht mir wirklich nicht gut. Ich …« Er schloss die Augen. »Ich bin wirklich müde. Ich … ich wollte dir nur sagen … ich liebe dich, Ella.«

Er wollte aufstehen und ins Haus zurücklaufen, schaffte es aber nicht einmal, sich vom Boden hochzustemmen. Wie ein junger Cowboy, der von einem bockenden Pferd gefallen war und sich verletzt hatte, hockte er auf der Erde, ein einstmals stolzer Weidereiter, der durch einen Schicksalsschlag aus der Bahn geworfen war und vergeblich versuchte, ins Leben zurückzufinden.

Vor Erschöpfung und noch immer vom Whiskey betäubt, schlief er ein. Er konnte von Glück sagen, auf der windgeschützten Seite seines Blockhauses zu liegen und die erste wirklich warme Frühlingsnacht zu erwischen, fühlte sich aber dennoch wie gerädert, als er vor Sonnenaufgang erwachte und nur mühsam die Augen aufbrachte. Ächzend richtete er sich auf, blickte sich verwundert um, als er erkannte, wo er sich befand, und kehrte langsam ins Haus zurück. Noch immer unsicher auf den Beinen, ging er in die Küche. Sein Mund war trocken, und in seinem Kopf schwirrten die Gedanken. Er brauchte dringend einen Schluck, einen kräftigen Schluck. Erst nachdem er eine ganze Weile nach der Flasche gesucht hatte, erinnerte er sich daran, dass er gestern seine Vorräte leergetrunken hatte.

Er blieb tatenlos stehen und starrte in die Nacht hinaus. »Kaffee«, redete er sich ein, »ich brauche Kaffee!«

Es kostete ihn unendliche Mühe, das Feuer im Herd zu entfachen und frisches Wasser vom Brunnen zu holen, aber er schaffte es und braute einen so starken Kaffee, dass er nach dem ersten Schluck angewidert das Gesicht verzog und am liebsten neuen aufgesetzt hätte. Immerhin weckte der Kaffee seine Lebensgeister. Er musste etwas tun, um wieder einen klaren Kopf zu bekommen, hart arbeiten, um gar keine Zeit mehr zu haben, sich seinen trüben Gedanken hinzugeben und selbst zu bemitleiden. Er wusch sich mit eiskaltem Wasser und zog sich um, stellte dem verwunderten Bandit sein Fressen und frisches Wasser hin und ging in den Stall. Beim Melken stellte er sich so dumm wie fast jeder Cowboy an, der sich als Farmer versuchte, und auch bei den Schweinen fühlte er sich alles andere als wohl, aber die Arbeit forderte seine ganze Konzentration und brachte ihn auf andere Gedanken. Wesentlich angenehmer und leichter war es für ihn, die Hühner zu füttern und die Eier einzusammeln.

In der Küche warf er zusätzliche Holzscheite in den Herd und setzte frischen Kaffee auf, diesmal weniger stark, dann bereitete mit einem Teil der Eier und der Milch Pfannkuchen zu. Er deckte sogar den Tisch, testete den frischen Kaffee und nickte zufrieden. Als er aus dem Fenster blickte und sah, wie das Licht im Schlafhaus anging, schlug er ein halbes Dutzend Eier in die Pfanne und schnitt frischen Speck dazu. Der Duft des reichhaltigen Frühstücks hätte ihn eigentlich in die Wirklichkeit zurückholen sollen, aber sobald er eine Pause einlegte, pochte es in seinem Kopf, und er ertappte sich dabei, wie er auf den Küchenschrank blickte.

Die Hintertür ging auf, und Charly betrat gähnend das Haus. Beim Anblick des gedeckten Tisches blieb er verwundert stehen. »He, was ist denn in dich gefahren?«

»Ich konnte nicht schlafen«, erwiderte Joseph. Er verteilte das Rührei mit dem Speck auf zwei Teller. »Setz dich. Wie du siehst, hab ich die Eier schon eingesammelt. Die Schweine sind gefüttert, und die Milch steht da drüben.«

»Hab ich Geburtstag heute? Willst du mich bestechen?«

»Iss endlich!«, forderte ihn Joseph lächelnd auf, um im nächsten Augenblick das Gesicht zu verziehen, als sich seine Kopfschmerzen meldeten. »Morgen musst du wieder bei den Kühen und Schweinen ran. Ich hab mich nicht gerade geschickt angestellt.« Er griff sich an die Stirn. »Vergiss die Pfannkuchen nicht.«

Charly musterte ihn kauend. »Und was liegt heute Morgen an, Boss?« Joseph hatte ihn schon oft gebeten, ihn mit seinem Namen anzusprechen, aber Charly hielt sich nicht daran. Den Alten verband ein beinahe väterliches oder freundschaftliches Verhältnis mit ihm, und sie betrachteten einander eher als Partner. »Holen wir uns die Antilope?«

»Die läuft uns nicht weg.« Joseph goss Sirup über einen Pfannkuchen und aß einen Bissen, ließ die Gabel aber gleich wieder sinken. Seltsamerweise hatte er kaum Hunger. »Ich wollte nach Casper fahren, neue Vorräte kaufen.«

»Du willst in die Stadt? Aber wir haben doch alles hier.«

»Wir brauchen Mehl und Zucker, und das Hühnerfutter geht auch zur Neige. Außerdem wollte ich ein paar Worte mit dem Sheriff sprechen. Vielleicht bekommt er McSwain dazu, sich von unserem Land fernzuhalten. Ich will nicht verkaufen. Wann kapiert er das endlich?«

Charly schaufelte das Rührei in sich hinein. Im Gegensatz zu Joseph hatte er einen Riesenhunger und konnte gar nicht genug bekommen. »Das würde ich sein lassen, Joseph. Der Sheriff wird den Teufel tun, sich mit McSwain anzulegen. Außerdem hat der sich nichts zuschulden kommen lassen. Es steht jedem frei, dir ein Angebot zu machen.«

»Auf diese Weise? Du hast doch gesehen, was für Männer er dabei hatte. So wie dieser Pete Barnard herumläuft, sieht er eher aus wie ein Revolvermann der alten Schule, und die beiden Cowboys waren auch nicht besser.«

Charly schüttelte den Kopf. »Er wollte dich bloßstellen und dir zeigen, dass mit ihm nicht zu spaßen ist, aber die Zeiten, als ein Großrancher seine lästige Konkurrenz mit schießwütigen Killern von ihrem Land vertreiben konnte, sind längst vergangen. Wenn es nicht so wäre, hätte McSwain längst etwas unternommen. Solange wir uns nicht von ihm einschüchtern lassen, brauchen wir uns keine Sorgen zu machen.«

»Mag sein, aber es schadet sicher nicht, sich wieder mal in der Stadt blicken zu lassen.« Sein Blick streifte den Küchenschrank. »Nach dem Frühstück fahren wir am besten gleich los.« Er erhob sich und stellte den Teller weg. »Du übernimmst den Abwasch, das bist du mir schuldig. Ich sehe inzwischen nach den Pferden in der Koppel und spanne schon mal den Wagen an.«

Eine halbe Stunde später waren sie unterwegs, oben auf dem Kutschbock des schlecht gefederten Pritschenwagens, beide Beine gegen das Fußbrett gestemmt, um einen besseren Halt zu haben. Charly hielt die Zügel in den Händen und lenkte das Zweiergespann, Joseph saß auf dem Beifahrersitz.

Sie ritten querfeldein über die grasbewachsenen Hügel, bis sie die sandige Wagenstraße erreichten. Casper lag ungefähr drei Stunden im Nordwesten. Inzwischen war die Sonne aufgegangen und brachte einzelne rosafarbene Blüten zwischen dem Salbei zum Leuchten. Die dunklen Wolken, die Joseph schon während der Nacht beobachtet hatte, zogen in ihre Richtung. In der Ferne erhob sich der Casper Mountain, ein beliebtes Jagdziel für die Bürger von Casper, die dort Antilopen und Rotwild und zahlreiche kleinere Tiere fanden.

Charly schob seinen Hut in den Nacken und deutete nach oben. »Wir sollten nicht zu lange bleiben. Da braut sich was zusammen. Ich hab keine Lust, in ein Gewitter zu geraten.« Er steckte sich ein Stück Kautabak in den Mund und feixte. »Es sei denn, du willst über Nacht bleiben, und ich quartiere mich bei der Witwe Jones ein.«

»Ich denke, sie hat mit dir Schluss gemacht?« Auch Joseph musste grinsen. »Hast du mir nicht erzählt, sie wäre beleidigt, weil du ihr keinen Antrag gemacht hast? Und dass sie dir den Laufpass gegeben hat, weil du gesagt hast, du wärst schon zu alt zum Heiraten und würdest nur … na, du weißt schon.«

»Schnee von gestern«, erwiderte Charly kauend. »Aber im Bett stehe ich noch immer meinen Mann, auch wenn's inzwischen ein bisschen länger dauert, und ich sehe nicht ein, warum man unbedingt einen Ring am Finger haben muss, um mit einer Frau …« Obwohl er den Priem gerade erst abgebissen hatte, spuckte er ihn aus. »Sie findet doch sowieso keinen anderen.«

Joseph musste lachen. »Frauen haben ihren eigenen Kopf, das solltest du doch langsam wissen. Und die Witwe Jones sowieso, die soll schon mal einen Mann mit dem Strohbesen aus dem Lokal gejagt haben, weil ihm ihr Wildeintopf nicht schmeckte. Böse Zungen behaupten, dass sie nur zur Witwe wurde, weil ihr letzter Mann die ewige Meckerei nicht ertrug und sich eine Kugel in den Kopf schoss.«

»Aber kochen kann sie, die Witwe«, sagte Charly.

Sie erreichten Casper noch am Vormittag. Seit die Züge der *Union Pacific, Denver and Gulf Railway* in der Stadt hielten, war sie noch einmal gewachsen, und von der Hauptstraße, der Center Street, gingen zahlreiche Nebenstraßen ab. Doch selbst in der Innenstadt erhoben sich lediglich hastig erbaute Holzhäuser mit falschen Fassaden, die ein zweites oder drittes Stockwerk vortäuschten, als wäre die Zeit stehen geblieben. Tatsächlich hatte die Zukunft schon begonnen, denn vor zwei Jahren hatte man Öl am nahen Salt Creek gefunden, und eine Schar von Arbeitern, Glücksrittern, Banditen bevölkerte die kleine Stadt.

Wie in vielen Städten des Westens waren Laster und Sünde auf eine Seite beschränkt. Alle Saloons und zweifelhaften Etablissements lagen auf der Westseite der Center Street, die Läden und anständigen Häuser auf der Ostseite. Die Straße war so breit, dass fast jeder sie im Sattel oder auf dem Kutschbock eines Wagens überquerte. Es herrschte reger Verkehr, auch jetzt waren schon zahlreiche Fuhrwerke und Reiter unterwegs. Der Wind hatte etwas aufgefrischt und wirbelte Unkraut und Staub auf die Gehsteige.

Der Handelsposten, in dem Joseph einkaufte, lag am Ufer des North Platte Rivers, nur wenige Schritte vom Bahnhof entfernt, einem Giebelhaus aus massivem Stein, das wie ein Fels in der Brandung aus dem Meer von Holzhäusern emporragte. Der schräge Klang eines Walzenklaviers aus einem der Saloons begleitete sie auf ihrem Weg zu dem Laden und brach abrupt ab, als Scherben klirrten und eine weibliche Stimme zu schimpfen begann. Nur wenige Sekunden später kam ein betrunkener Cowboy aus dem Saloon getorkelt.

Molly Ryker, die mollige Frau des Besitzers, stand hinter dem Tresen und begrüßte Joseph und Charly in ihrer überschwänglichen Art: »Joseph! Charly! Schön, dass Sie sich mal wieder blicken lassen! Aber waren Sie nicht erst vor zwei Wochen hier?« Sie watschelte auf die Männer zu und drückte ihre Hände. Sie duftete nach Rosenwasser. »Joseph, Sie sehen müde aus.« Sie musterte ihn besorgt. »Ich sag doch immer: Es wird Zeit, dass Sie sich eine Frau suchen. Ich bin sicher, Ella wäre damit einverstanden. Ein Mann wie Sie darf nicht allein durchs Leben gehen. Suchen Sie sich eine Frau und werden Sie wieder glücklich.«

»Meine Rede seit Langem«, stimmte ihr Charly zu. Er warf Joseph, der abwehrend die Hände hob, einen vorwurfsvollen Blick zu. »Aber er will nicht auf mich hören. Wenn er so weitermacht, dauert es nicht mehr lange, und er ist so alt wie ich, und dann ist es zu spät. Haben Sie Kautabak da?«

Sie gab ihm ein Päckchen und schrieb den Betrag auf einen Zettel. Doch Joseph ließ sie noch nicht vom Haken. »Charly hat recht. Ich wette, Ihre Ella sitzt irgendwo da oben im Himmel und ist mächtig böse auf Sie, weil Sie ihr immer noch nachtrauern und sich keine neue Frau suchen. Sie würden Ella nicht betrügen, Joseph. Hab ich Ihnen jemals von meiner Schwester in Cheyenne erzählt? Ihr Mann kam bei einem Indianerangriff ums Leben, der einzige Mann, den sie jemals geliebt hatte, aber vier Jahre später fand sie einen neuen Mann und wurde auch mit ihm glücklich. Und soll ich Ihnen was sagen? Das Bild ihres ersten Mannes hängt noch immer an der Wand, und ihr neuer Ehemann hat nichts dagegen. Gerade hier im Westen muss man neu anfangen können.«

Joseph, der diese Predigt nicht das erste Mal über sich ergehen ließ, antwortete das Gleiche wie immer: »Ich komme gut allein zurecht, Molly.« Als Molly ihn zweifelnd musterte, setzte er hinzu: »Selbst wenn ich eine Frau suchen würde … hier im Westen gibt es doch kaum ledige Frauen, und die wenigen Male, die wir hier sind, treffe ich bestimmt keine. Nicht mal am Unabhängigkeitstag beim großen Scheunentanz.«

Diesmal hatte Molly das letzte Wort. »Dann lesen Sie sich mal das hier durch«, sagte sie triumphierend und reichte ihm eine Zeitung. »Die *Matrimonial News* aus San Francisco. Eine Zeitung für einsame Männer und Frauen, die einen Partner oder eine Partnerin fürs Leben suchen. Wir könnten eine Anzeige für Sie über den Telegrafen aufgeben, das kostet nur wenig Geld.« Sie reichte ihm die Zeitung, sodass ihm nichts anderes übrig blieb, als sie zu nehmen.

»Ich brauche keine Frau«, sagte er noch einmal stur und zog seinen Einkaufszettel aus der Hosentasche. »Würden Sie uns diese Sachen auf den Wagen packen lassen, Molly? Wir sehen uns ein wenig in der Stadt um und gehen bei der Witwe Jones essen. So gegen ein Uhr würden wir sie abholen.«

Molly lächelte hintergründig. »Natürlich, Joseph. Sehr gerne.«

8

Auch weil Joseph wusste, dass Charly ihn auf die Zeitung ansprechen und ihm wahrscheinlich keine Ruhe lassen würde, trennten sie sich vor dem Laden und verabredeten sich zum Mittagessen bei der Witwe Jones. Charly wollte einen alten Freund besuchen, das behauptete er jedenfalls, und Joseph hatte vor, sich zwei Flaschen Whiskey im Saloon zu besorgen.

Der *Wyoming Saloon* lag am anderen Ende der Straße und hatte wie die meisten Lokale auch morgens geöffnet, obwohl die militanten Damen der »Liga für Anstand und Sitte« lautstark dagegen protestiert hatten. Wenn es nach ihnen ginge, würde man den »Teufel Alkohol« ganz verbieten. Nur am Sonntag, wenn die meisten Leute in die Kirche gingen, musste er schließen.

Joseph überquerte die breite Center Street und lief zum *Wyoming Saloon*, dem größten Saloon der Stadt. Vor dem Eingang zögerte er einen Moment. Er blickte die Straße auf und ab, als hätte er Angst, von irgendjemandem gesehen zu werden, und öffnete erst dann die Tür. Die Schwingtüren brachte der Besitzer erst im Sommer an, wenn das Wetter besser war und kein Wind mehr in den Schankraum blies. Er blieb stehen, bis sich seine Augen an das Halbdunkel gewöhnt hatten, und ging zum Tresen. »Gib mir ein Bier«, sagte er zu dem glatzköpfigen Wirt.

Der *Wyoming Saloon* war kein Lokal, das man wegen seiner geschmackvollen Einrichtung aufsuchte. Außer einem großen Spiegel, der in das Regal mit den Spirituosen eingelassen war, und einem ausgestopften Bärenkopf zwischen den Fenstern gab es keinen Wandschmuck. Das Walzenklavier neben dem Tresen blieb stumm, wahrscheinlich, weil er der einzige Gast zu dieser ungewohnten Stunde war. Die vier runden Tische lagen im Halbdunkel.

»Guten Morgen, Joseph«, begrüßte ihn der Wirt. Er hieß Hank Peterson, war der Sohn schwedischer Einwanderer und sprach immer noch mit Akzent. Auf seiner Glatze spiegelte sich das Licht der einzigen Petroleumlampe. »Schon wieder in der Stadt? Warst du nicht schon vor zwei Wochen hier?«

»Kann schon sein. Uns sind einige Vorräte ausgegangen.«

»Der Whiskey auch?« Peterson blickte an ihm vorbei.

Joseph tat so, als fiele es ihm jetzt erst ein. »Stimmt, daran hatte ich gar nicht gedacht. Pack mir ein paar Flaschen ein. Wer weiß, wann ich wiederkomme. Wahrscheinlich erst Ende April, wenn ich Männer fürs Roundup suche.«

Das Bier war etwas zu warm und hatte zu wenig Schaum, schmeckte aber und rann angenehm durch seine trockene Kehle. Er leerte das Glas in einem Zug und bestellte ein zweites. Als sein Blick in den großen Wandspiegel fiel, erschrak er. Er sah tatsächlich ein wenig mitgenommen aus. Es wurde höchste Zeit, dass er mal wieder durchschlief.

»Hast du schon von dem Farmer gehört?«, fragte Petersen.

»Ich mag keine Farmer.«

Peterson grinste. »Kein Rancher oder Cowboy mag Farmer, deshalb tauchen sie auch selten hier auf. Und wenn doch, gibt es meist Ärger. Aber darum geht's nicht. Der Mann, den ich meine, heißt Zeb Brown und hat seine Farm nördlich von hier an einem Nebenfluss des North Platte. Seine Frau ist letztes Jahr gestorben, und er war ähnlich niedergeschlagen wie du. Sein Sohn, er ist vierzehn, glaube ich, half ihm bei der Arbeit, aber sie kamen trotzdem kaum zurecht, und wir dachten alle schon, sie würden aufgeben.«

»Du zerbrichst dir schon wieder meinen Kopf, was?«

Peterson ging nicht auf seinen Einwand ein. »Wir machen uns Sorgen um dich, Joseph. Keiner will, dass du dich zugrunde richtest. Stell dir vor, dieser Brown begann, sich mit einer Frau aus dem Osten zu schreiben, die er über eine Anzeige in diesem Heiratsblatt kennengelernt hatte, und vor ein paar Tagen, da haben sie geheiratet.« Peterson strahlte, als hätte er die Ehe selbst angebahnt. »Sie sieht nicht mal schlecht aus, die Lady aus dem Osten, und gegen seinen Sohn hatte sie auch nichts einzuwenden. Nur mit der Arbeit auf dem Acker hapert es noch, da ist die Gute ein Blindgänger. Wahrscheinlich hat sie bei sich zu Hause nur Blumentöpfe umgegraben. Aber das wird noch, sie ist eine zähe Braut.« Der Wirt schob ihm ein neues Bier hin und stellte sein leeres Glas in die Waschschüssel. »Die beiden waren neulich in der Stadt. Die sahen richtig glücklich aus.«

»Ich weiß«, erwiderte Joseph, »ich sollte nicht mehr Trübsal blasen und mir auch eine neue Frau suchen.« Er zog die *Matrimonial News* aus seiner Jackentasche und zeigte sie ihm. »Molly hat mir schon ihren üblichen Vortrag gehalten, und ich gehe jede Wette ein, dass die Witwe Jones mir auch noch die Leviten liest. Als ob sich die ganze Stadt gegen mich verschworen hätte.«

»Wir meinen es nur gut mit dir«, sagte Peterson.

Während der Wirt das schmutzige Glas spülte, ging die Tür auf, und Pete Barnard und die beiden Cowboys, die schon auf der Weide bei ihm gewesen waren, kamen herein. Sie waren schmutzig von der Weidearbeit und hatten wohl einen Umweg über die Stadt genommen, um ihre Kehlen anzufeuchten. Ihre Sporen klirrten auf dem Holzboden.

»Sieh an«, sagte Barnard, als er Joseph entdeckte, »der durstige Witwer von der Crazy R.« Sein spöttischer Tonfall war nicht zu überhören. »Ist das Bier stark genug? Ich dachte, du trinkst nur Whiskey. Gib ihm einen Whiskey, Peterson. Ein Mann wie er braucht seinen Pegel, sonst wird ihm übel.«

Joseph lief rot an vor Wut und hätte den Vormann am liebsten geschlagen, beherrschte sich aber und erwiderte nur: »Nein, danke. Ich habe genug.«

»Du willst nicht? Wie unhöflich von dir.«

»Lass den Unsinn, Pete!«, mischte sich der Wirt ein. »Und du reißt dich auch zusammen, Joseph! Ich dulde keine Schlägerei in meinem Lokal. Schon gar nicht wegen solcher Lappalien. Sagt mir lieber, was ihr trinken wollt.«

»Whiskey«, bestellte Barnard, ohne die Augen von Joseph zu lassen. Mit seinem roten Halstuch und dem Revolver an der Hüfte sah er reichlich albern aus. »Und stell Rankin auch einen hin. Ich sehe ihm doch an, dass er was Schärferes will.«

Peterson blieb nichts anderes übrig, als ihm zu gehorchen, wenn er keinen Streit mit dem Vormann riskieren wollte. Er füllte vier Gläser, wobei er einen verstohlenen Blick zu der Schrotflinte unter dem Tresen warf. Im Notfall war er bereit, sie auf die Männer zu richten, falls sie keine Ruhe gaben. Eine alte, aber wirkungsvolle Methode.

Barnard erhob das randvolle Glas und prostete Joseph zu. »Auf den tapferen Weidereiter, der weiß, warum er seine Ranch ›Crazy R‹ genannt hat.«

Diese weitere Beleidigung ließ Joseph endgültig die Nerven verlieren. Wütend griff er nach seinem Glas und wollte es an die Wand schmettern, doch beinahe gleichzeitig schnappte Peterson sich seine Schrotflinte. Barnard stellte sein noch volles Glas hin und hob bereits die Fäuste, als die Tür aufsprang, und Charly mit erhobenem Gewehr den Raum betrat.

»Aufhören! Sofort aufhören!«, rief er laut. »Das fehlte noch, dass ihr euch am frühen Morgen die Köpfe einschlagt! Und du,

Barnard, solltest dich nicht wie ein Cowboy in diesen Buffalo-Bill-Heften aufführen. Die wilden Zeiten sind vorbei. Ich hab sie miterlebt, und sie waren lange nicht so aufregend, wie du vielleicht denkst. Die Leute wollen, dass wir uns zivilisiert benehmen.«

Barnard schluckte die Belehrung wie eine bittere Pille herunter und zwang sich zu einem Lächeln. »Was würde Rankin nur ohne dich machen, alter Mann? Er läge doch längst in der Gosse und würde ständig seinen Rausch …«

»Halt den Mund!«, rief Charly. Sein Gewehrlauf war auf Barnard gerichtet. »Komm schon, Joseph. Wir gehen woanders hin. Ich hab keine Lust, mich mit den Rocking-M-Leuten zu streiten. Die Stadt ist groß genug.«

Joseph legte einige Münzen auf den Tresen und griff nach dem Sack mit den Whiskyflaschen, die ihm Peterson schon vor der Ankunft der Cowboys hingestellt hatte. Um Barnard keine weitere Angriffsfläche zu bieten, nahm er ihn in den linken Arm, konnte aber nicht verhindern, dass die Flaschen gegeneinanderstießen und leise klirrten. Sofort begann Barnard wieder zu grinsen.

»Kein Wort«, sagte Charly drohend.

Sie verließen den Saloon und überquerten die Straße. Erst auf dem Gehsteig der östlichen Seite blieben sie stehen, und Joseph fuhr den Alten an: »Ich brauche kein Kindermädchen, Charly! Ich wäre schon mit ihm fertiggeworden. Was sollen die Leute denken, wenn du ständig meinen Leibwächter spielst? Ich bin kein Säufer. Ich hab ein Bier getrunken, na und? Das tust du doch auch. Und mit den Flaschen komme ich bis zum Roundup aus, vielleicht auch länger. Barnard will mich fertigmachen, das ist alles. Er will mich weichklopfen, damit ich seinem Boss die Ranch verkaufe.«

»Du warst wütend, Joseph, und es hätte nicht viel gefehlt,

und ihr hättet euch da drin eine wilde Schlacht geliefert. Sie waren zu dritt und hätten dir ordentlich zugesetzt. Das hätte McSwain erst recht in die Hände gespielt.«

Joseph beruhigte sich langsam. Auch ihm war klar, dass es ohne Charlys beherztes Eingreifen zu einer Schlägerei gekommen wäre. Er ging ein paar Schritte und blieb erneut stehen. »Vielleicht hast du recht«, sagte er. »Bei Barnard und seinen Cowboys bin ich sowieso unten durch. Die verbreiten doch nur Lügen über mich, um meinen Ruf in den Dreck zu ziehen. Ich bin sicher, Barnard bekommt Prozente, wenn ich klein beigebe und die Ranch verkaufe.«

Charly blickte auf den Sack mit den Whiskeyflaschen und wollte etwas sagen, ließ es aber und ging langsam weiter. Nach einer Weile sagte er: »Lass uns die Flaschen zum Laden bringen, dann musst du sie nicht die ganze Zeit herumschleppen. Und meine Flinte brauche ich auch nicht mehr.«

»Wieso hast du sie überhaupt mitgenommen?«

»Ich hatte so eine Ahnung«, erwiderte der Cowboy, »ein Überbleibsel aus den Indianerkriegen. Ich hab dir doch erzählt, dass ich als Scout für die Armee geritten bin und gegen Geronimo gekämpft habe. Wenn du gegen Apachen in den Krieg ziehst, musst du dich auf dein Bauchgefühl verlassen können, sonst lebst du nicht lange. Indianer sind unberechenbar, und du …« Er verkniff sich eine Bemerkung. »Ich dachte mir, dass es Ärger geben würde.«

»Geronimo? Der lebt noch, oder?«

Charly nickte. »In einem Gefängnis in Alabama. Seine Zeit ist genauso abgelaufen wie die von McSwain und Barnard. Es gibt keine freien Weiden mehr. Das Land, das die Rancher nicht gekauft haben, fällt an die Regierung zurück. Es wird unter den neuen Siedlern aufgeteilt, und McSwain kann froh sein, wenn sich die Siedler nicht auf seinen Weiden breitmachen.

Deine Ranch ist klein, und dir gehört das Land. Dir kann nichts passieren, Joseph.«

»Uns gehört das Land«, verbesserte ihn Joseph, »du hast lebenslanges Wohnrecht bei mir, und falls ich früher sterben sollte, gehört die Ranch dir allein.«

»Oder deiner neuen Frau«, sagte Charly grinsend.

»Fängst du schon wieder an?« Auch Joseph nahm seine Bemerkung von der heiteren Seite. »Ich sehe weit und breit keine Frau, die mich heiraten würde. Und eine Anzeige gebe ich nicht auf. Nie im Leben!«

»Abwarten, Joseph.«

Sie brachten die Tüte mit den Flaschen und das Gewehr zum Laden, unterhielten sich eine Weile mit Fred Ryker, dem Besitzer, und näherten sich gerade dem Bahnhof, als der Mittagszug von Süden kam. Schnaufend und stampfend und in eine rußige Rauchwolke gehüllt, fuhr er in den Bahnhof ein und hielt vor dem zweistöckigen Stationsgebäude aus rotem Backstein. Zahlreiche Schaulustige waren herbeigeströmt, um die schwere Lokomotive zu bestaunen. Die Eisenbahn war erst vor einem Jahr nach Casper gekommen und die Ankunft der Züge noch immer ein großes Spektakel. Der Lokführer wusste, was von ihm erwartet wurde, und zog mehrmals an der Dampfpfeife.

Auch Joseph und Charly blieben stehen und beobachteten, wie zwei Männer in schwarzen Anzügen einen ebenfalls vornehm gekleideten Gentleman vom Zug abholten, ihm auf den Kutschbock eines Wagens halfen und nach Osten davonfuhren. Wahrscheinlich Angestellte der Firma, die am Salt Creek nach Öl bohrte. Zwei gefährlich aussehende Männer stiegen aus, die sofort zum Güterwagen strebten, um ihre Pferde abzuholen, dann einige Geschäftsleute und ein wohlhabendes Ehepaar, die in den dunklen Rauchschwaden verschwanden. Als sie sich verzogen, bemerkten sie einen Farmer, der einer jungen Frau aus einem Wagen half und sie ein wenig schüchtern und zurückhaltend begrüßte. Die Frau trug einen langen Mantel und einen Strohhut.

»Nun sieh dir die beiden an«, sagte Charly, »das könnte ein Farmer sein, der seine Anzeigenbraut vom Bahnhof abholt. Sieh nur, wie er sich um sie sorgt. Ich wusste gar nicht, dass Farmer so höflich sein können.« Er starrte eine Weile auf das scheinbar zufriedene Paar und lächelte verstohlen. »Das könntest du sein, Joseph.«

Joseph hatte den gleichen Gedanken, sagte aber nichts. Die Vorstellung, sich selbst in der Rolle des jungen Farmers zu sehen, erschreckte ihn. Als er Ella geheiratet hatte, war er davon ausgegangen, den »ewigen Bund der Ehe« mit ihr einzugehen, so wie es der Pfarrer gesagt hatte. »Über den Tod hinaus«, hätte er am liebsten hinzugefügt, denn er hatte sich nicht vorstellen können, jemals ohne Ella leben zu müssen oder mit einer anderen Frau verheiratet zu sein. »Bis dass der Tod euch scheidet«, hatte der Pfarrer gesagt, als er ihr den Ring angesteckt hatte, ein Versprechen, das er bereits erfüllt hatte. Selbst mit dem Segen der Kirche könnte er noch einmal einen neuen Bund eingehen.

Er beobachtete den Farmer, wie er der jungen Frau auf den Kutschbock eines Pritschenwagens half und mit ihr davonfuhr. Ihr Gepäck, einen mittelgroßen Koffer, hatte er auf der Ladefläche festgebunden. »Könnte auch seine Schwester sein«, sagte Joseph, während sie weitergingen, »oder seine Schwägerin. Oder die neue Lehrerin in irgendeinem Kaff.«

Sie würden niemals herausfinden, in welchem Verhältnis die beiden zueinanderstanden, und es kümmerte sie auch nicht weiter, denn schon an der nächsten Ecke zog sie das Lokal der Witwe Jones und eine Tafel mit der Aufschrift »Heute: Wildeintopf mit Kartoffeln« auf magische Weise an. Sie gehörten zu den ersten Gästen und wurden von der Witwe mit lautem Hallo empfangen.

»Joseph! Charly! Was für eine Freude!«, rief die stämmige Frau, die wie jeden Tag eine weiße Schürze vor ihren schwarzen Rock gebunden hatte und die weißen Haare zu einem Knoten gebunden trug. Ihre Augen leuchteten, als sie die beiden Männer umarmte. »Ich hatte gar nicht mit euch gerechnet.«

Joseph fühlte sich gleich besser. »Wir hatten Sehnsucht nach dir.«

»Nach meinem Wildeintopf, wolltest du wohl sagen.« Sie drehte sich zur Küche um. »Zwei große Portionen, Don! Mit viel Fleisch!« Sie bot den Männern zwei Plätze an und stellte eine Kaffeekanne auf den Tisch. »Frisch gebraut und so stark, wie ihn Cowboys mögen. Wie läuft's auf der Ranch?«

»Die Ruhe vor dem Sturm«, antwortete Joseph. Er schenkte sich Kaffee ein und trank einen Schluck. Er schmeckte tausendmal besser als sein eigener. »In fünf Wochen fangen wir mit dem Roundup an, und danach treiben wir die Herde auf die Sommerweide. Wir haben etliche neue Kälber. Dann die Schweine, die Hühner, die Milchkuh … ohne Charly käme ich wohl kaum über die Runden.«

Die Witwe schnalzte missbilligend mit der Zunge und stemmte die Hände in die Hüften. »Ich sag's doch immer! Du brauchst eine Frau, Joseph. Ohne eine Frau kann kein Mann überleben.«

Joseph seufzte. »Weißt du, wie oft ich das heute schon gehört habe? Dreimal … mit Charly sogar viermal. Plötzlich wollt ihr mich alle verheiraten. Eine Frau von der Ostküste soll ich mir holen. Über eine Zeitungsanzeige. Die Katze im Sack kaufen, nennt man so was bei uns.«

»Die kaufst du auch im Sack, wenn du sie schon eine Weile

kennst. Oder meinst du, mein Benjamin war nach der Hochzeit noch derselbe? Dem musste ich erst mal ordentlich die Meinung sagen, bis er sich an das erinnerte, was er mir vorher alles versprochen hatte. Und wir Frauen sind auch nicht anders. Mein schlauer Onkel sagte immer: Die Arbeit beginnt erst nach der Hochzeit. Alles andere ist nur Vorgeplänkel. Erst wenn man den Ring am Finger hat, zeigt sich, ob man wirklich zueinanderpasst. Ich muss es wissen, ich war dreimal verheiratet und würde auch ein viertes Mal ins kalte Wasser springen, wenn Charly sich endlich überwinden würde. Also spiel nicht den Angsthasen.«

Don kam aus der Küche und stellte ihnen die Teller hin. »Ich will dir was sagen, Joseph«, sagte die Witwe. »Wenn du dir keine neue Frau suchst, komme ich dich besuchen, und dann hast du nichts zu lachen. Und sobald ich gekocht, gewaschen und die Fenster geputzt habe, versohle ich dir deinen knackigen Hintern!« Sie lächelte. »Und jetzt lasst es euch schmecken. Nur wenn ihr die Teller blitzblank gegessen habt, gibt's Nachtisch.«

»Keine Bange«, erwiderte Charly.

9

Auf dem Rückweg zur Ranch trank Joseph von dem Whiskey und auch Charly gönnte sich einen Schluck. Der Alte machte sich nicht viel aus Alkohol. Er hatte während der Indianerkriege zu viele Soldaten gesehen, die vor dem Kampf getrunken hatten und mit einem Pfeil in der Brust gestorben waren. Doch die Witwe Jones hatte ihn bei seinem Besuch nur widerwillig an sich herangelassen und mit derben Worten daran erinnert, dass sie wieder einen Ehemann suchte. Dagegen half nur ein kräftiger Schluck.

Joseph registrierte zufrieden, wie der Whiskey ihn beruhigte und die guten Ratschläge vergessen ließ, die ihm seine Bekannten in der Stadt gegeben hatten. Allein die Vorstellung, er würde eine Anzeige in den *Matrimonial News* aufgeben und einige Wochen später wie dieser Farmer auf die Ankunft seiner Braut warten, ließ ihn den Kopf schütteln. Keine Frau konnte Ella ersetzen. Und er war auch nicht mehr der Mann, der er vor dem Tod seiner Frau gewesen war. Er würde niemals die Hoffnung einer Lady aus dem Osten erfüllen.

Er hätte am liebsten noch einen Schluck genommen, bemerkte aber Charlys missbilligende Miene und verzichtete darauf. »Schon gut«, verteidigte er sich, »ich lasse mich nicht volllaufen. Wenn ich mit den Flaschen durch bin, trinke ich sowieso keinen Whiskey mehr. Ich brauche das Zeug nicht.«

»Du kannst machen, was du willst«, erwiderte Charly. Er kaute nachdenklich auf einem Priem. »Du bist erwachsen und weißt am besten, was gut für dich ist. Aber ich hab keine Lust, dich irgendwann aus der Gosse zu holen. Du hast eine bessere Zukunft verdient.«

Charly war der einzige Mann, der so mit ihm sprechen durfte, vielleicht auch, weil sein eigener Vater viel zu früh gestorben war. Noah Rankin war noch keine vierzig gewesen, als er während eines Rindertreibens vom Pferd gefallen und von einem wütenden Stier getötet worden war. Ein Fehler, der sonst nur unerfahrenen Cowboys passierte. Eine Klapperschlange hatte sein Pferd erschreckt und es so stark bocken lassen, dass er aus dem Sattel gefallen war. Über zwanzig Jahre war das nun her, und obwohl die Bilder von seinem Tod verblasst waren, trauerte er noch immer um seinen Vater. Ein starker und verlässlicher Mann, der von allen respektiert worden war.

Charly hatte einiges von ihm, vor allem seinen versteckten Humor und seine offene Art. Er machte nie ein Hehl aus seiner Meinung und hätte wohl auch dem Präsidenten in Washington gesagt, was er von ihm hielt, falls er ihm jemals begegnet wäre.

Zwei Tage hielt Joseph durch, dann kehrten die Albträume zurück, und er nahm schon am frühen Morgen einen kräftigen Zug aus der Flasche. Und bereits am nächsten Tag steckte die Flasche in seiner Satteltasche – eine gefährliche Sache, wenn er daran dachte, wie sein Vater umgekommen war. Er versuchte, die Flasche vor Charly geheim zu halten, merkte aber am mitleidigen Blick des Alten, dass er längst ein offenes Buch für ihn war.

Zu den angenehmsten Arbeiten auf der Ranch gehörte es, den Grenzzaun abzureiten und nachzusehen, ob es Beschädigungen oder Lücken gab. Einige Rancher hatten Stacheldraht gezogen, um vor allem den Farmern deutlich zu machen, dass sie diese Grenze nicht übertreten durften. Clarence McSwain hatte sogar Schilder angebracht, auf denen er jedem, der ungefragt sein Land betrat, eine Kugel androhte. Joseph beließ es bei einem einfachen Holzzaun, der die Rinder lediglich daran hindern sollte, auf fremde Weiden zu wandern. Stacheldraht, eine relativ neue Erfindung und besonders bei Farmern beliebt, verabscheute er zutiefst.

In dieser Woche teilten sie sich die Arbeit. Charly übernahm die östliche und Joseph die westliche Seite der Weiden. Joseph hatte am frühen Morgen den restlichen Schluck aus seiner ersten Flasche getrunken und die zweite in eine seiner Satteltaschen gepackt, für alle Fälle, wie er sich selbst vormachte, denn auch in der vergangenen Nacht hatte er wieder schlecht geträumt.

Während er den Zaun abritt und seinen Braunen über eine mit Salbei und Kreosotbusch bewachsene Ebene lenkte, versuchte er angestrengt, sich an den Traum zu erinnern. Etwas war anders gewesen diesmal. Ella hatte abwehrend eine Hand gehoben, als er ihr in den Sturm folgte, als wollte sie nicht, dass er ihr folgte. Und doch hatte sie ihn voller Liebe angesehen.

Schweißgebadet war er aus dem Schlaf aufgeschreckt, und doch hatte sich auf einmal eine Ruhe über ihn gelegt, die er schon lange nicht mehr gefühlt hatte. Danach hatte er noch lange ins Dunkel gestarrt und darüber gegrübelt, was der Traum zu bedeuten hatte. Während er über das weite, friedliche Land blickte, fragte er sich, ob Ella wohl gewollt hatte, dass er auf Charly und die Leute in der Stadt hörte und sich eine neue Frau suchte. Er schüttelte den Kopf. »Nein«, sagte er, »das kannst du nicht wollen. Ich liebe dich. Es wäre nicht fair, Ella.« Schnell ritt er weiter.

Auf der Südweide entdeckte Joseph die frischen Spuren von zwei fremden Reitern. An den Hufabdrücken im Uferschlamm waren sie leicht zu erkennen. Viehdiebe, war sein erster Gedanke. Er folgte den Spuren bis zu einer Lücke im Zaun und musste sich nicht einmal aus dem Sattel beugen, um zu sehen, dass die Männer einige Rinder von der Weide getrieben hatten. Die Spuren waren höchstens eine Stunde alt.

Er überprüfte sein Gewehr und folgte den Dieben zwei Stunden über die Hügel, bis er sie an einem Lagerfeuer zwischen einigen Felsen fand. Zwei junge Männer, ihrer Kleidung nach Cowboys, der eine groß und schlank und mit hagerem Gesicht, der andere etwas fülliger und mit rotblonden Haaren. Sie glaubten sich anscheinend in Sicherheit und brieten ein Eichhörnchen über dem Feuer. Die gestohlenen Rinder weideten zwischen den Bäumen.

Joseph zog sein Gewehr aus dem Sattelschuh und ritt den Männern entgegen. Die beiden hatten wohl nicht damit gerechnet, verfolgt zu werden, und sprangen erschrocken auf. Sie trugen keine Revolver, waren ihm hilflos ausgeliefert. »Nicht schießen!«, rief der Hagere. »Bitte nicht schießen! Es ist nicht so, wie es aussieht. Wir wollten die Rinder bezahlen, sobald wir wieder Geld verdienen. Das müssen Sie uns glauben!« Sie streckten beide die Hände nach oben und blickten ihn ängstlich an. »Sie sind der Sheriff, oder?«

»Nein, ich bin nicht der Sheriff«, erwiderte Joseph, »sonst hättet ihr längst Handschellen an. Mir gehören die Rinder.« Die beiden waren noch Jungen, der Hagere vielleicht Anfang zwanzig, der Rotblonde etwas jünger. »Es soll Rancher geben, die machen mit Viehdieben kurzen Prozess und knüpfen sie am nächsten Baum auf.« Er steckte das Gewehr weg. »Warum stehlt ihr?«

Der Hagere nahm die Hände runter, streckte sie aber gleich wieder nach oben, als Joseph ihn warnend anblickte. »Wir wollten die Rinder verkaufen. Wir brauchen dringend Geld. Auf der Rafter B oben im Norden gab es keine Arbeit mehr für uns. Der Boss musste die Hälfte aller Männer entlassen, und im Winter kriegen wir nirgendwo Arbeit. In der Stadt gab es einige Jobs, aber wir sind Cowboys, wir können nichts anderes. Im Frühjahr hätten wir Ihnen die Tiere ersetzt, ehrlich. Was sollten wir denn tun?«

»Ihr hättet zum Haus kommen können. Ich habe auch keine Arbeit für euch, aber ihr hättet euch mal wieder richtig satt essen können. Warum habt ihr mich nicht gefragt?«

»Das haben wir schon bei mehreren anderen Ranches versucht. Bei einigen bekamen wir was zu essen und ein paar Vorräte, aber die meisten Rancher schickten uns weiter. Seit dem Blizzard geht es bergab, hören wir überall.«

»Habt ihr keine Eltern, bei denen ihr wohnen könnt?«

»Ich bin vor drei Jahren von zu Hause abgehauen«, sagte der Hagere. Er sprach den breiten Dialekt der Texaner. »Da kann ich mich nicht mehr blicken lassen. Phil ist im Waisenhaus aufgewachsen. Seine Eltern sind schon lange tot. Die Cholera, stimmt's?« Er brauchte den anderen Jungen nicht anzublicken, um zu erfahren, dass es stimmte. »Sie wollten nach Montana hoch, in den Bergen nach Gold suchen. Phil war damals noch ein kleiner Junge.«

»Das sind abenteuerliche Geschichten, Junge. Aber sind sie auch wahr? Oder hast du sie dir aus den Fingern gesogen, um mich weichzuklopfen?«

»Es stimmt alles, Mister. So wahr ich hier stehe.«

»In Ordnung« entschied er nach kurzer Bedenkzeit, »ihr könnt die Hände runternehmen. Behaltet die Rinder. Solange ihr keine weiteren klaut, unternehme ich nichts. Wenn doch, bringe ich euch eigenhändig zum Sheriff.« Er blickte die Jungen prüfend an. Sie sahen nicht wie Banditen aus, hatten wohl nur Pech gehabt. »Und wenn ihr nächsten Monat immer noch Arbeit sucht, meldet euch bei mir. Beim Roundup brauche ich Männer, die mit Lasso und Brandeisen umgehen können. Vierzig Dollar, freie Kost und Unterkunft.«

Die ängstlichen Mienen der Jungen entspannten sich. Der Rotblonde hatte Tränen in den Augen, so erleichtert war er. Noch vor wenigen Monaten hatte ein Rancher in Montana drei Viehdiebe aufhängen lassen, ohne Verhandlung und rechtskräftiges Urteil, und der Sheriff hatte es tatenlos hingenommen.

»Vielen Dank, Mister. Wir werden da sein, ganz bestimmt.«

Joseph hoffte, die richtige Entscheidung getroffen zu haben. Erst auf der Ranch merkte er, dass er unterwegs nicht einen Schluck Whiskey getrunken hatte und sich dennoch einigermaßen wohlfühlte. Neugierig griff er nach den *Matrimonial News*, die er nach seiner Rückkehr aus der Stadt auf den Tisch im Wohnraum gelegt hatte. Bisher war er immer zu erschöpft gewesen, um darin zu blättern. Er drehte den Docht der Petroleumlampe höher und ließ sich in einen der bequemen Sessel fallen.

»Ich bin dreiunddreißig Jahre alt und kann, was mein Aussehen betrifft, mit den meisten Männern mithalten«, hieß es in einer der ersten Anzeigen. »Ich bin des Alleinseins müde und suche eine Frau zum Heiraten. Ich wünsche mir eine Lady zwischen achtundzwanzig und dreißig Jahren, nicht gerade hässlich, gut erzogen und musikalisch. Die Herkunft der Lady ist egal, nur aus Irland sollte sie nicht kommen.«

In einer anderen Anzeige hieß es: »Ein intelligenter Bursche von zweiundzwanzig Jahren, gut gebaut und bei einem finanzkräftigen Arbeitgeber in der Stadt beschäftigt, sucht die Bekanntschaft einer jungen, intelligenten und gebildeten Frau mit einigen Ersparnissen, möglichst zwischen achtzehn und dreiundzwanzig Jahren, die mein bescheidenes Heim außerhalb der Stadt in ein Paradies verwandeln kann.«

Joseph blickte von der Zeitung auf und schüttelte amüsiert den Kopf. Schon seltsam, wie sich diese Männer anpriesen.

»Lebhafter Witwer, vierzig Jahre, mittlere Größe und schlank, würde gern mit einer Frau oder Witwe korrespondieren, die ein trautes Heim und einen freundlichen Gatten zu schätzen weiß. Sie sollte mit dem Leben und der Arbeit auf einer Farm vertraut sein.«

Er legte die Zeitung zur Seite. Doch als er im Bett lag, ertappte er sich bei der Überlegung, wie er wohl eine solche Anzeige formulieren würde. »Attraktiver Rancher, achtundzwanzig Jahre, gut gebaut, würde nach dem frühen Tod seiner Frau gern mit einer hübschen jungen Frau in Kontakt treten. Sie sollte einen Haushalt führen können und an die harte Arbeit auf einer Ranch gewöhnt sein. Zu ihren Aufgaben würden das Melken der Milchkuh, das Füttern der Schweine und Hühner, der Haushalt und das Anlegen eines Gemüsegartens gehören. Sie sollte in einem Männersattel reiten können und keine Angst davor haben, abseits der Stadt und ohne einen direkten Nachbarn auf der offenen Weide zu leben.«

Nein, sagte er sich, das klang viel zu fordernd und zu direkt. So eine Frau gab es im Osten doch gar nicht. Wenn eine Leserin auf eine solche Anzeige stieß, blätterte sie sofort weiter. Die meisten Frauen im Osten hatten noch nie in einem Männersattel gesessen und wahrscheinlich auch Angst, mit einem fremden Mann abseits der Zivilisation zu wohnen. Sie waren Gesellschaft gewohnt. Selbst die Farmen lagen nicht weit auseinander.

Am Abend des folgenden Tages saßen Joseph und Charly beim Kartenspielen zusammen, als Charly die *Matrimonial News* auf einer Kommode liegen sah. Er legte lächelnd ein Full House auf den Tisch und deutete mit der freien Hand auf die Zeitung. »Na, hast du dir schon eine Anzeige überlegt?«

Joseph schüttelte den Kopf. »Du glaubst ja nicht, was diese Burschen alles von sich geben. Einer wollte doch tatsächlich, dass die Frau zwanzigtausend Dollar in die Ehe mitbringt, sonst müsste er sein Geschäft leider aufgeben.«

»Ich weiß«, sagte Charly. Er mischte die Karten und legte jeweils fünf auf den Tisch. Weder er noch Joseph waren gute Pokerspieler. »Ich hab mir auch eine Zeitung mitgenommen. Die Stümper haben doch alle keine Ahnung, wie man sich bei einer Frau anpreisen muss, wenn man ihr Herz gewinnen will.«

»Sagt Charly, der die Frauen wie kaum ein anderer kennt?«

»Sagt Charly, der genau weiß, wen er fragen muss. Ich hab mir schon gedacht, dass wir irgendwann an einer Anzeige basteln würden, und die Witwe Jones gebeten, mir zu verraten, was die Frauen von einem Mann erwarten und wie die perfekte Heiratsanzeige aussehen muss.« Er zwirbelte seinen zu lang geratenen Schnurrbart. »Nun ja, sie machte sich einen Spaß daraus und gab mir ein Buch mit. Wenn ich das lesen würde, erführe ich auch, was ein Mann alles haben muss, um eine Lady aus dem Osten zu begeistern.«

»Und?«, fragte Joseph neugierig. »Hast du's gelesen?«

»Ich hab's versucht und bin immerhin bis Seite zwanzig gekommen. Die Geschichte liest sich verdammt zäh, musst du wissen. Zum Glück tauchte ein paar Seiten vorher der strahlende Held auf, in den sie sich natürlich sofort verliebte, und da wurde mir auch klar, wie so eine Anzeige aussehen muss.«

»Und wie? Sag schon!«

»Das Buch liegt im Schlafhaus drüben.«

»Dann hol es gefälligst!«

Charly holte das Buch und schlug die markierte Stelle auf. »Hör dir das an«, sagte er. »Er war ein großer und athletischer Mann. Seine Gesichtszüge waren kühn und gleichmäßig, seine stahlgrauen Augen ungewöhnlich groß. Sein Blick hatte etwas Ungezähmtes und war gleichzeitig sanft, sein Gang federnd, als er zu seinem Pferd ging und im leichten Trab vom Ranchhof ritt.«

»Und so sollte die Anzeige aussehen?«

»Nein, aber das Buch ist ein Bestseller, sagt die Witwe Jones, und der Held sähe genauso aus, wie sich die meisten Frauen einen Mann wünschen.« Er zog einen vollgeschriebenen Zettel aus dem Buch und hielt ihn grinsend hoch. »So müsste der Text ungefähr lauten: Junger Rancher, kühne Gesichtszüge, stahlgraue Augen, erstklassiger Reiter und liebevoller Ehemann, sucht gefühlvolle junge und hübsche Lady, die mit ihm den Westen erobern will. Antworten bitte an Joseph Rankin, Casper, Wyoming, postlagernd.«

Joseph starrte den Alten sekundenlang an, ohne etwas zu sagen, dann brach es aus ihm heraus. »Du bist ja verrückt! Ich hab keine kühnen Gesichtszüge und auch keine stahlgrauen Augen. Meine Augen sind braun, falls du's noch nicht gemerkt hast. Und was soll der Unsinn ›den Westen erobern‹?«

»Eine gewisse dichterische Freiheit ist beim Verfassen solcher Anzeigen erlaubt, sagt die Witwe Jones. Dass du mit ihr den Westen erobern willst, soll deinen ungebändigten und rastlosen Charakter unterstreichen, mein Held.«

Joseph wischte das spöttische Grinsen des alten Mannes mit einer unwirschen Handbewegung weg. »Das ist nicht lustig, Charly. Du hast zu lange in dem Buch gelesen. Versprich mir, dass du diese Anzeige niemandem zeigen wirst.«

»War doch nur ein Spaß, Joseph.«

»Niemand! Hörst du?«

10

Sarah lenkte die verstohlenen Blicke aller männlichen Gäste auf sich, als sie die Hand ihres Vaters ergriff und vor dem *Delmonico's* aus der Kutsche stieg. Sie trug ein festliches Kleid aus weißem Chiffon und weißem Satin mit einem angedeuteten Schleier, der es beinahe wie ein Brautkleid aussehen ließ – nur ein Grund, warum sie vor Nervosität beinahe stolperte. Ihren weißen Hals betonte eine goldene Kette mit Rubinen und Diamanten, ein Erbstück ihrer Großmutter, und den sommerlichen Charakter ihres Kleides unterstrich ein Schmetterling aus Emaille und Diamanten, eine Brosche, die sie selbst ausgesucht und mit dem Geldgeschenk einer reichen Patentante bezahlt hatte.

Zusammen mit ihrer Mutter in einem neuen burgunderfarbenen Kleid mit aufgenähten Diamanten und einem modischen Hut mit bunten Vogelfedern und ihrem Vater im klassischen schwarzen Gehrock mit Stehkragen stieg sie die Treppe in den ersten Stock des Restaurants hinauf. Das *Delmonico's* war schon seit einigen Jahrzehnten die erste kulinarische Adresse in New York und lag inzwischen an der Fifth Avenue am Madison Square, ein mehrstöckiges Gebäude, das bereits mit elektrischem Strom ausgerüstet war und im festlichen Lichterglanz erstrahlte. Bereits die Lampen in der Eingangshalle waren mit kunstvollen Girlanden roter Rosen geschmückt, und zu beiden Seiten der Treppe hießen Palmen und Farne die illustren Gäste willkommen, darunter William Astor, den Erben des riesigen Astor-Vermögens, James Roosevelt, der sein Vermögen dem Kohleabbau zu verdanken hatte, und Cornelius Vanderbilt II, dem sein berühmter Vater einen zweistelligen Millionenbetrag hinterlassen hatte. Wie groß das Vermögen ihrer Eltern war, wusste Sarah nicht, wahrscheinlich einige Millionen, aber lange nicht so groß wie das der Vanderbilts mit ihren mondänen Villen und Schlössern am Central Park und in Newport.

Dass die reichsten New Yorker überhaupt zu diesem Ball kamen, bedeutete einen Ritterschlag für ihre Eltern. Sie gehörten zur »aristokratischen Elite« der Stadt, wie ihr Vater oft betonte, und wurden sowohl von den »Knickerbockers«, den alteingesessenen Millionären, zumeist Kaufleuten aus dem alten Europa, und den Superreichen wie den Vanderbilts, die ihr Vermögen vor allem mit dem Bau mehrerer Eisenbahnlinien gemacht hatten, akzeptiert. An der Seite eines Mannes wie Martin Womack würde Sarahs Hauptaufgabe darin bestehen, sich um die Erziehung ihrer Kinder zu widmen und bei festlichen Anlässen wie diesem in kostbaren Kleidern zu repräsentieren. Beides ehrenwerte Aufgaben, wenn man einen Mann geheiratet hatte, dem man in Liebe verbunden war, aber sie zweifelte daran, dass Martin dieser Mann war.

Ihre Zweifel basierten nicht auf der bisher einzigen Verfehlung ihres Verehrers. Den derben Kuss hatte sie längst aus ihrer Erinnerung gestrichen. Es war wohl mehr die Art dieses Mannes, der sich auch bei ihren letzten Treffen immer tadellos verhalten und ihr keinen Anlass zu Kritik gegeben hatte, die dieses Unwohlsein in ihr auslöste. Er übertrieb ständig, in seiner gestelzten Fröhlichkeit, seinen ausufernden Komplimenten und Gesten, seinen viel zu teuren Geschenken, selbst mit seiner Stimme, die heller als sonst und vollkommen unnatürlich klang, wenn sie sich in seiner Gegenwart aufhielt. Ohne dieses Gefühl erklären zu können, hegte sie stets den Verdacht, dass sich unter den Äußerlichkeiten ein grober Mann verbarg, der eine wesentlich dunklere Seite seines Charakters zeigen würde, wenn sie erst einmal allein wären.

Ihre Bedenken wuchsen mit jedem Schritt, den sie dem Speisesaal im ersten Stock näher kamen. Obwohl sie bereits zu wissen glaubte, welche Ankündigung sie an diesem Abend erwartete, wollte sie noch nicht daran glauben. Sie hoffte immer noch, dass ihr Vater lediglich ihren letzten Geburtstag in den Mittelpunkt stellen würde. Eine trügerische Hoffnung, wie sie ahnte, denn für einen so festlichen und kostspieligen Ball musste es einen wichtigeren Grund geben. Vielleicht ging auch alles viel zu schnell, kam ihr die Verbindung mit Martin Womack zu erzwungen vor, nachdem ihr Vater entschieden hatte, wer ihr den Hof machen durfte, und seitdem sie wusste, welche wirtschaftlichen Interessen seine Entscheidung beeinflusst hatten.

Der Speisesaal war riesig und erstrahlte im Licht der silbernen Kronleuchter, die wie im Treppenhaus mit Blumengirlanden verziert waren. Das Fresko an der gewölbten Decke zeigte eine Szene aus der Geschichte des antiken Roms. Zahlreiche Palmen und Farne und ein mit pastellfarbenen Blumen geschmückter Brunnen im Zentrum des Saals wiesen auf den Frühling hin, der in den New Yorker Parks bereits begonnen hatte. Kostbare Mahagonimöbel und die mit edlem Geschirr und teurem Tafelsilber und Kristallgläsern gedeckten runden Tische füllten den gesamten Raum aus. Etliche Platzanweiser in dunklen Anzügen führten die Gäste zu den Tischen mit ihren Kärtchen.

Als Gastgeber saßen Sarah und ihre Eltern direkt vor der Bühne, auf der ein Pianist die ankommenden Gäste mit romantischen Weisen empfing. Mit ihnen am Tisch saßen Martin Womack und seine Eltern. Die Begrüßung fiel förmlich und der steifen Umgebung angemessen aus, doch weder ihr Verehrer noch seine Eltern verhehlten ihre Freude über das Zusammentreffen. Sarah sah ihre möglichen Schwiegereltern zum ersten Mal, ein sehr gediegenes Paar, das weniger mit Schmuck und Diamanten protzte als die meisten anderen Gäste und dennoch seinen Reichtum nicht verbergen konnte. Die schlichte Halskette mit Saphiren und einem großen Diamanten, den Mrs Womack trug, war wahrscheinlich mehr wert als der gesamte Schmuck ihrer Mutter. Mr Womack begrüßte sie sehr förmlich, aber mit einem einladenden Lächeln, und sagte: »Wir freuen uns über die perfekte Wahl unseres Sohnes.«

Martin Womack deutete wie immer eine knappe Verbeugung an, als er sie begrüßte, hatte aber wieder dieses spöttische Funkeln in den Augen, das ihr schon bei der ersten gemeinsamen Kutschfahrt aufgefallen war. Während des Essens sparte er nicht mit Komplimenten, die teilweise so übertrieben ausfielen, dass er sie flüstern musste, um sich nicht den strafenden Blick seiner Eltern einzufangen. Er benahm sich überhaupt wieder wesentlich forscher als während der letzten Verabredungen, was vielleicht auch am Alkohol lag. Er trank doppelt so viel Champagner wie die meisten anderen Gäste, und hatte, vermutete sie, auch schon etwas getrunken, bevor er mit seinen Eltern zum Ball aufgebrochen war. Als er sein Knie scheinbar zufällig gegen ihres stießen ließ, beherrschte sie sich nicht länger und trat ihm wütend auf den Fuß. Sein Schmerzensschrei zog die erstaunten Blicke einiger anderer Gäste auf ihren Tisch. »Es … es geht schon wieder«, stammelte er. Seine Eltern warfen ihm warnende Blicke zu.

Die Speisen waren erstklassig, wie immer im *Delmonico's*, auch nachdem Charles Ranhofer als Chef de Cuisine zurückgetreten war. Außer den drei Austern, die es zu Beginn gab, mochte Sarah alles: die Hummercremesuppe mit französischem Cognac, die Timbales mit Trüffel- und Champignon-

Ragout, den Heilbutt mit Sauce hollandaise und besonders das Rinderfilet, so zart, dass es buchstäblich auf der Zunge zerging. Dazu servierten die geschulten Ober französische Weine, die mit Dampfschiffen über den Atlantik gekommen waren und Martin ebenso zu schmecken schienen wie der echte Champagner. Zu den Erdbeeren mit Sahne und den leckeren Petit Four, auf die man bei *Delmonico's* besonders stolz war, gab es Kaffee.

Die angekündigte Überraschung ihres Vaters ließ auf sich warten. Während des Essens unterhielten er und Mr Womack sich über die bevorstehende Einweihung der Carnegie Hall, ein Projekt des Unternehmers Andrew Carnegie, der am Nebentisch saß, und das geplante Waldorf Hotel, das in zwei Jahren fertig sein sollte. Vor allem aber redeten sie über die gemeinsamen Geschäfte, die sie wohl schon in Planung hatten. Ihre Mutter und Mrs Womack tauschten den neusten Klatsch aus, unter vorgehaltener Hand auch über Mrs Astor, eigentlich eine gesellschaftliche Ikone, aber nie auf ihren Bällen vertreten, solange ihr verhasster Neffe dort ebenfalls eingeladen war. Mit William Astor IV verband Sarahs Familie eine jahrelange Freundschaft.

Als ihr Vater die Bühne betrat und die Gäste begrüßte, ahnte Sarah, dass der entscheidende Moment gekommen war. Und seine Überraschung fiel genauso aus, wie sie es befürchtet hatte. »Meine liebe Tochter Sarah, mein lieber Martin«, sagte er in ihre Richtung, »ich darf euch auf die Bühne bitten.«

Sarah erhob sich zitternd und versuchte niemand in die Augen zu sehen, vor allem nicht Martin, dessen Miene sie sich allerdings gut vorstellen konnte. Ihr Lächeln war erzwungen, täuschte aber jeden, als sie neben ihren Vater trat und für einen Moment die Augen schloss, als er sie und Martin Womack an den Händen ergriff und mit feierlichen Worten fortfuhr: »Meine sehr verehrten Gäste, ich darf Ihnen die freudige Mitteilung machen, dass sich Martin Womack, der erfolgreiche Sohn eines wohlhabenden Fabrikbesitzers, und meine Tochter Sarah heute vor ihren Augen verloben werden. Ich freue mich sehr über diese Verbindung und bin der festen Überzeugung, dass sie unsere Familie mit neuen Ideen und frischem Elan ins neue Jahrhundert führen werden. Martin, ich könnte meine Tochter keinem Besseren anvertrauen. Ich bin überzeugt, sie wird dir bis in den Tod eine liebende und treue Ehefrau sein.«

Sarah vernahm die Worte nur dumpf, als würden sie im angrenzenden Raum gesprochen, und reagierte kaum, als Martin ihr einen kostbaren Verlobungsring an den linken Ringfinger steckte. Er schien nahe daran, sie in aller Öffentlichkeit zu küssen, beherrschte sich aber rechtzeitig und sagte nur: »Vor deiner Schönheit verblasst sogar der blühende Central Park.« Eines seiner übertriebenen Komplimente, mit dem er wohl auch die Gäste beeindrucken wollte. Tosender Beifall gab ihm recht und geleitete sie von der Bühne. Der Pianist deutete zur allgemeinen Belustigung den Hochzeitsmarsch an.

Am Tisch gratulierte ihr Mrs Womack, und lediglich ihre Mutter erkannte ihren wahren Gemütszustand und empfing sie mit einem warnenden Blick, der ihr wohl bedeuten sollte, sich zusammenzureißen und jede kritische Bemerkung zu unterdrücken. In einem unbewachten Augenblick, als das Orchester im Ballsaal über ihnen zu spielen begann und sie zur Quadrille bat, flüsterte ihre Mutter: »Auch wenn du es jetzt nicht wahrhaben willst, mein Kind, deine Liebe wird in der Ehe wachsen und dir ein glückliches Leben bescheren. Martin ist ein guter Mann. Hast du gesehen, wie er dich ansieht?«

»Ich pfeife darauf, wie er mich ansieht!«, antwortete sie ebenfalls leise, aber scharf und unnachgiebig. »Ich will wenigstens gefragt werden, bevor mir jemand einen Ring an den Finger steckt. Zum Teufel mit der Verlobung! Und dann noch in aller Öffentlichkeit auf einem Ball!«

»Reiß dich zusammen, Sarah!«, erwiderte ihre Mutter.

Sarah blieb nichts anderes übrig, als gute Miene zum bösen Spiel zu machen. Im Ballsaal, der mit roten und goldenen Tüchern, Seidenbändern und ebenso wie der Speisesaal mit unzähligen Rosen geschmückt war, erwartete sie *Lander's Orchestra*, eines der bekanntesten Orchester in New York und auf beinahe jedem Ball vertreten. Zur Quadrille stellten sich Sarah und Martin Womack, ihre und seine Eltern und ein viertes Paar auf und tanzten ihre Figuren zu den rhythmischen Klängen, bis auch die anderen Paare auf die Tanzfläche gebeten wurden und den eigentlichen Ball eröffneten. Martin war ein guter Tänzer, das musste ihm der Neid lassen, und wenn man den bewundernden Blicken der anderen Gäste glauben konnte, waren sie ein schönes Paar, ein Traumpaar, wie eine der vorbeitanzenden Damen bemerkte. Sarah fiel es schwer, ihr Lächeln zu erwidern.

Martin hatte dem Champagner und dem Wein reichlich zugesprochen, ließ sich aber kaum etwas anmerken und hielt sie fest im Arm. Sie gab sich der schmissigen Musik hin und genoss die Drehungen und Wiegeschritte, folgte den Worten ihrer Mutter und tröstete sich damit, dass es vielen Paaren der Gesellschaft nicht anders erging. Sie heirateten, weil ihre Familien geschäftlich oder anderweitig verbunden waren, und schafften es dennoch, eine glückliche und harmonische Ehe zu führen. Warum sollte es ihr anders ergehen? Durfte sie sich nicht glücklich schätzen, die Tochter reicher Eltern zu sein und einen Mann zu heiraten, der für sie und ihre gemeinsamen Kinder sorgte?

Auch auf der Tanzfläche geizte Martin nicht mit Komplimenten. Er begeisterte sich für ihre Haare, ihre Augen, ihren blassen Teint, ihre schmale Taille und lobte ihre leichten

Schritte. Während einer ruhigen Passage griff er nach ihrer linken Hand und betrachtete den Verlobungsring mit dem blitzenden Diamant. »Ein schöner Ring, findest du nicht auch?« Sie musste ihm recht geben, der Ring war wirklich wunderschön und sehr wertvoll, ein Schmuckstück, von dem jede Frau träumte. Doch mit seinem spöttischen Lächeln schien er sie immer noch zu provozieren und herauszufordern. Eine Folge des Alkohols, glaubte sie, so wie bei anderen jungen Männern.

Vor einer der großen Türen hielt er im Tanzen inne und senkte seine Stimme zu einem verschwörerischen Flüstern: »Ich muss dir was zeigen, Sarah. Komm mit, die paar Minuten vermisst uns sicher keiner. Das merkt niemand!«

Überrascht ließ sie sich von ihm aus dem Ballsaal und zu der schmalen Treppe geleiten, die zu den Kammern der Bediensteten im dritten Stock hinaufführte. Er hielt ihre Hand fest umklammert und schob sie so entschlossen auf die Treppe, dass ihr kaum eine Möglichkeit blieb, sich zu wehren. »Was soll das, Martin?«, versuchte sie es mit Worten. »Da oben wohnt das Personal. Wo bringst du mich hin?«

Martin antwortete nicht, war aber sicher nicht zum ersten Mal in den Quartieren des Personals, denn er kannte sich bestens aus. Oben angekommen öffnete er ohne zu zögern die zweite Tür und schob Sarah in eine winzige Kammer. Ein Tisch mit einem Stuhl, ein schmaler Schrank und ein Bett waren die einzigen Möbelstücke. Über dem Bett hing das Foto eines Hochzeitspaares.

Entsetzt verfolgte Sarah, wie er den Riegel vorschob und sie an den Oberarmen packte. Seine Augen schienen vor Gier und Lust zu glühen. »Endlich allein«, sagte er. »Ohne Eltern oder Anstandsdame. Einem jungen Paar, das sich gerade verlobt hat, sollte man diese Zeit gönnen, findest du nicht auch?«

Sie roch den Alkohol in seinem Atem und fühlte Panik in

sich aufsteigen. Ihr Körper verkrampfte, und obwohl ihr eine innere Stimme befahl, sich von ihm loszureißen und so schnell wie möglich die Tür zu öffnen und die Treppe hinabzulaufen, schaffte sie es nicht mal, einen Fuß vor den anderen zu setzen. Quälendes Entsetzen floss wie Blei durch ihre Adern und lähmte sie wie ein langsam wirkendes Gift, das einen den eigenen Tod noch bewusst erleben ließ. »Martin! Bitte nicht!«, wollte sie rufen, doch die Stimme versagte ihr.

Erst als er sie so dicht zu sich heranzog, dass sie kaum noch Luft bekam, begann sie sich zu wehren. Sie versuchte, ihn von sich wegzustoßen, und drehte den Kopf zur Seite, als er sie küssen wollte, doch seine Arme umklammerten sie wie ein Schraubstock, und jede ihrer Bewegungen war vergeblich. Mit einer Hand packte er sie an den Haaren und küsste sie so forsch und leidenschaftlich, dass ihr der Atem wegblieb.

»Nun komm schon«, sagte er, als er für einen Moment von ihr abließ, »wir sind verlobt, oder hast du das schon vergessen? Wir brauchen keine Eltern und keine Anstandsdamen mehr, die auf uns aufpassen. Wir haben ein Recht darauf, uns in eine Kammer zu verziehen. Das machen alle Verlobten so.«

Nur mühsam fand sie ihre Sprache wieder. »Bitte nicht!«, flehte sie ihn an. »Lass uns noch warten! Wir haben alle Zeit der Welt, Martin. Lass uns nach unten gehen! Unsere Eltern machen sich bestimmt schon große Sorgen, und wenn uns einer hier oben findet … das würden meine Eltern niemals dulden.«

»Ach was«, wehrte er ab. »Die denken doch, wir sind auf der Tanzfläche. Da tanzen ein paar Hundert Paare. Sie merken gar nicht, dass wir weg sind.«

»Martin! Bitte!«

Sie spürte erneut seine Lippen auf den ihren und verzog angewidert das Gesicht, als er seine Zunge in ihren Mund schob. So hatte sie sich das romantische Beisammensein mit ihrem

Verlobten nicht vorgestellt. Der Kuss war weder liebevoll noch zärtlich, eher gierig und brutal, und sie fühlte sich so abgestoßen, dass sie niemals in der Lage gewesen wäre, diesen Kuss zu erwidern.

Die Panik kehrte zurück, gab ihr die Kraft, ihn wenigstens für ein paar Sekunden von sich wegzustoßen, um nach Luft zu schnappen, doch im gleichen Augenblick erkannte sie ein wildes Funkeln in seinen Augen, das sie das Schlimmste befürchten ließ.

Er packte sie wütend und fordernd zugleich und versetzte ihr einen Stoß. Mit einem Aufschrei fiel sie rückwärts auf das Bett, prallte mit dem Hinterkopf gegen das Kopfende und verlor für kurze Zeit das Bewusstsein. Wie durch einen Nebel musste sie verfolgen, wie er ihr Kleid und den Unterrock hochschob, einen Teil der Unterwäsche von den Beinen zog und sich mit seinem ganzen Gewicht auf sie legte. Benommen und zu keiner Regung fähig, ließ sie seine heftigen Bewegungen und sein lautes Stöhnen über sich ergehen, bis er endlich von ihr ließ und sich von ihr wälzte.

»Zieh dich an!«, drängte er, als wäre nichts geschehen. »Beeil dich! Wir müssen zurück, bevor sie etwas merken!« Er knöpfte sich die Hose zu und setzte sich neben sie. Scheinbar fürsorglich legte er einen Arm um sie. »Sei mir nicht böse, Sarah. Ich war vielleicht ein bisschen zu wild, aber das war alles nur meiner Zuneigung zu dir geschuldet. Du machst mich verrückt, Sarah, und das verspricht doch Gutes für unsere Ehe. Lass uns zurückgehen.«

Sie bewegte sich wie in Trance, mit den langsamen Bewegungen des Albtraums. Die Blutflecken auf dem Bettlaken nahm sie nur durch einen Schleier wahr. Sie hatte das Sprechen verlernt, schaffte es nicht einmal, ihn anzublicken, und hatte auch keine Kraft zum Weinen mehr. Mit starrem Blick richtete sie notdürftig ihre Haare und strich ihr Kleid glatt. Während sie in ihre Schuhe schlüpfte, war er bereits an der Tür und schob den Riegel auf.

Sie rannte ihm in den Flur nach. »Du verdammtes Schwein! Wie kannst du es wagen, mir so etwas anzutun? Ich werde dich niemals heiraten, und wenn du dich auf den Kopf stellst. Niemals, hast du gehört?« Sie schrie so laut, dass sich ein vorbeikommender Ober nach ihr umdrehte.

Nur die standesgemäße Disziplin, die man ihr auf der Schule für höhere Töchter anerzogen hatte, hinderte sie daran, Womack stehen zu lassen und wegzulaufen. Selbst eine Vergewaltigung durfte kein Grund dafür sein, das Ansehen ihrer Familie in den Schmutz zu ziehen. Sie würde sich wie eine gehorsame Tochter benehmen. Zumindest, bis sie zu Hause waren.

Benommen folgte sie ihrem Verlobten nach unten. Auf der Treppe musste sie sich mehrmals am Geländer festhalten, um nicht das Gleichgewicht zu verlieren, und hätte er sie nicht gestützt, wäre sie auf einer der letzten Stufen sicher gestolpert. Mit jedem Schritt und dem wachsenden Schmerz zwischen ihren Beinen wurde ihr bewusster, was Womack ihr angetan hatte.

Verzweiflung und Scham begleiteten sie auf ihrem Weg durch den Ballsaal. Sie glaubte, die Blicke aller tanzenden Paare auf sich gerichtet zu sehen und kam sich wie eine Verbrecherin vor, die man ins Gefängnis brachte. Noch nie in ihrem Leben hatte sie sich so elend gefühlt.

Als sie ihren Tisch erreichten, drohten die Beine unter ihr nachzugeben, und sie musste sich setzen, um nicht das Bewusstsein zu verlieren. Zwischen ihren Beinen brannte es, und ein feuchtes Rinnsal klebte an ihren Oberschenkeln. War das die Liebe, von der sie in Romanen so schwärmten?

»Ist dir nicht gut?«, fragte ihre Mutter besorgt.

»Mir ist ein wenig übel«, antwortete sie. »Nicht der Rede wert.«

»Dann solltet ihr euch beim Tanzen vielleicht etwas zurückhalten.« Ihre Mutter schöpfte anscheinend keinen Verdacht. »Oder soll ich einen Arzt rufen lassen? Das würde allerdings keinen besonders guten Eindruck machen …«

Sie zwang sich zu einem Lächeln. »Es geht schon, Mutter.«

»Bist du sicher?«

»Natürlich«, log sie, »es geht mir schon viel besser.«

11

Später wusste Sarah nicht mehr zu sagen, wie sie bis spät in die Nacht durchgehalten hatte. Sie hatte es wohl dem Schock zu verdanken, der ihren Körper wie eine Droge lähmte und sie alles, was nach den furchtbaren Minuten in der Kammer geschah, wie einen dumpfen Traum erleben ließ. Ihr gekünsteltes Lächeln erstarrte zu einer Maske, die sich den ganzen Abend nicht mehr veränderte, und ihre Stimme erschien ihr selbst fremd, wenn sie gezwungen war, mit anderen zu sprechen. Doch offenbar war sie eine sehr gute Schauspielerin, denn niemand merkte etwas, nicht mal ihre Eltern. Sie schaffte es sogar, mit Martin zu tanzen, weil sie mit einer Weigerung für großes Unverständnis gesorgt hätte.

Auf der Tanzfläche sprach sie kein Wort mit ihm. Sie blickte an ihm vorbei ins Leere, erduldete seine Berührungen mit wachsendem Ekel und war jedes Mal froh, wenn die Musik verstummte, und sie sich wieder setzen konnten. Martin tat so, als wäre nichts geschehen, gab nur Belangloses von sich und hielt sie mit festem Griff um die Taille, als wolle er seinen Besitzanspruch deutlich machen. Seine kostbare Beute durfte ihm niemand nehmen, schon gar nicht sie selbst. Sein übersteigertes Ego hätte eine solche Schmach nicht ertragen.

»Was für ein schönes Fest!«, lobte ihre Mutter nach dem Ball, als sie sich von den Womacks verabschiedet hatten und in ihrer Kutsche saßen. Die Worte klangen wie Hohn in Sarahs Ohren. »Die Womacks sind wirklich nette Leute. Du hast eine gute Wahl getroffen, mein Kind. Wir freuen uns mit dir.«

Sarah hätte sie am liebsten daran erinnert, dass sie nichts mit der Wahl ihres Verlobten zu tun hatte, und es keinen Grund gab, sich darüber zu freuen, aber ihre Verzweiflung war zu groß, und sie wollte nur noch nach Hause und endlich allein sein. Zu viel war in dieser dunklen Nacht auf sie eingestürzt.

In ihrem Zimmer wartete die Kammerzofe, eine junge und auch zu später Stunde fröhliche Frau, die ihr beim Entkleiden half und den Schmuck in den Schatullen verstaute. »Du kannst jetzt gehen«, sagte Sarah, als sie bei der Unterwäsche angelangt waren, »den Rest schaffe ich auch allein.« Eine ungewöhnliche Aufforderung, die bei der Bediensteten Ratlosigkeit auslöste. Die Etikette verbot ihr jedoch, nach dem Grund dafür zu forschen, und wahrscheinlich war es ihr auch egal, und sie war froh, früher ins Bett zu kommen.

Nachdem die Kammerzofe gegangen war, zog Sarah ihre Unterwäsche aus und wusch sich in der Badewanne, als könnte sie mit einer gründlichen Reinigung das Erlebte ungeschehen machen. Es gelang ihr nicht. Die Erinnerung an die Vergewaltigung blieb, lediglich das Brennen zwischen ihren Beinen ließ langsam nach. Sie trocknete sich gründlich ab, blieb mit dem Handtuch in beiden Händen minutenlang vor dem Spiegel stehen und starrte ihr Ebenbild an, das blasse Gesicht, die gelösten und zu einem Zopf gebundenen Haare, die spitze Nase, die im schwachen Gaslicht beinahe wächsern aussah.

Plötzlich wurde ihr schlecht und sie musste sich auf den Wannenrand setzen. Sie nahm den Kopf in beide Hände und verharrte in dieser Haltung, bis ihr Blick zu den Blutflecken auf ihrer Unterwäsche wanderte und die Erkenntnis, das Unvorstellbare wirklich erlebt zu haben, die Übelkeit vertrieb. Hektisch griff sie nach der Wäsche und wusch sie unter dem fließenden Wasser, bis nur noch ein rötlicher Schimmer zu sehen war. Sie baute darauf, dass ihr Personal der Schmutzwäsche keine große Beachtung schenken und selbst wenn es sie entdeckte, falsche Schlüsse ziehen würde.

In ihrem seidenen Nachthemd ließ sie sich erschöpft auf den Bettrand fallen. Obwohl es bereits nach zwei Uhr war und sie eigentlich todmüde sein müsste, war an Schlaf nicht zu denken. In ihrem Kopf wirbelten die Gedanken, und je mehr ihr klar wurde, was in der Kammer im *Delmonico's* geschehen war, desto größer wurde ihr Entsetzen. Wie konnte sich ein angeblicher Ehrenmann, der sich nach diesem ersten erzwungenen Kuss wie ein wahrer Gentleman benommen hatte, so vergessen? War der Alkohol daran schuld gewesen? Oder betrachtete man es tatsächlich als normal, dass ein Mann seine Verlobte auf diese gewaltsame Weise nahm? Er hatte nicht einmal den Versuch gemacht, sie zu verführen und ihr Einverständnis zu erfragen, sondern war wie ein gewöhnlicher Verbrecher brutal über sie hergefallen.

Das Nachdenken machte sie noch müder, und gegen vier Uhr morgens schlief sie endlich ein. Kein Albtraum plagte sie, kein störendes Geräusch, nur tiefe Nacht und gnädige Stille umfingen sie und schenkten ihr die Ruhe, die sie nach dem schrecklichen Erlebnis auf dem Ball brauchte. Sie schlief bis in den Vormittag hinein, schlug zögernd die Augen auf, als fürchtete sie sich davor, der Wirklichkeit in die Augen zu sehen, und seufzte enttäuscht, als sie feststellte, dass das rücksichtslose Vorgehen ihres Verlobten kein Albtraum, sondern bittere Realität gewesen war. Sie versuchte, der Wirklichkeit zu entfliehen, indem sie noch mal die Augen schloss, doch durch einen Spalt zwischen den Vorhängen fiel bereits helles Sonnenlicht und hinderte sie daran.

Bevor sie ihre Kammerzofe rief, trat sie im Morgenrock ans Fenster, schob den Vorhang zur Seite und blickte auf die Fifth Avenue hinab. Auf den Gehsteigen waren nur wenige Passanten zu sehen. Eine offene Kutsche mit Philip Armour fuhr vorbei, dem Besitzer eines riesigen Schlachthofs in Chicago, der vor einigen Jahren nach New York gezogen war und eine Firma mit den Rockefellers gegründet hatte. Es hieß, er wolle sich für das Bürgermeisteramt bewerben.

Sarah interessierte sich weder für Wirtschaft noch für Politik und fragte sich manchmal, warum die Männer so viel Aufheben davon machten, ihr war aber klar, dass ein Mann wie Philip Armour oder ihr Vater auch über die Aktivitäten der Frauen lächelten. »Was würdet ihr tun, wenn es keine Mode gäbe?«, hatte ihr Vater einmal gefragt. »Ist es denn so wichtig, aus welchem Material ein Kleid ist und welche Farbe es hat?« Und natürlich belächelte er auch den neuen literarischen Zirkel und den »Causeries de Lundi«, wie der montägliche Kaffeeklatsch der wohlhabenden Damen nach französischem Vorbild genannt wurde.

Doch all das, was ihr vor der Ballnacht noch bedeutsam vorgekommen war, erschien ihr nach dem gestern Erlebten belanglos und banal. Alles drehte sich nur um Macht und Geld, selbst ihre Verlobung und ihr persönliches Wohl spielten kaum noch eine Rolle, nicht einmal für ihre Eltern.

Nur widerwillig verließ sie zum Frühstück ihr Zimmer. Ihre Mutter schob ihr angebliches Unwohlsein auf dem Ball auf das enge Korsett, das ihre schlanke Taille aber perfekt zur Geltung gebracht habe. Sarah dachte nicht daran, sich ihren Eltern anzuvertrauen. Sie wusste ganz genau, dass sie den Vorfall herunterspielen würden, um die bevorstehende Hochzeit nicht zu gefährden. Und Martin würde den Teufel tun und sich selbst an den Pranger stellen. Vermutlich fühlte er sich nicht einmal schuldig. Als Mann durfte er sich alles erlauben, dachte er wohl.

Sie versuchte, ihre Gedanken in ähnliche Bahnen zu lenken. Schließlich hatte er sich nur genommen, was er in der Hochzeitsnacht sowieso bekommen hätte, und nun war es eben ein paar Monate früher passiert. Wie sie von anderen jungen Frauen gehört hatte, fiel es allen Männern schwer, sich beim Anblick einer hübschen Frau im Zaum zu halten. Martin war ein temperamentvoller Mann, der öfter mal über die Stränge schlug. Doch ihr Verständnis hatte Grenzen. Er war gewalttätig geworden. Er hatte sie wie ein billiges Flittchen behandelt. Er betrachtete sie als seinen Besitz, als hübsches Püppchen, mit dem man machen konnte, was man wollte. *Nicht mit mir, Martin Womack!*, erwiderte sie in Gedanken. *Ich lasse mir so was nicht gefallen.*

Doch als Martin ihr eine Einladung zu einer weiteren Kutschfahrt schicken ließ, willigte sie widerwillig ein, weil auch eine fadenscheinige Entschuldigung die Gefahr eines handfesten Skandals heraufbeschworen und die Womacks und ihre eigene Familie in ernsthafte Schwierigkeiten gebracht hätte. Auch wenn sie ihre Zusage nur unter größten Bedenken geben konnte und sie nicht mehr daran glaubte, dass Martin und sie überhaupt noch etwas verband, war sie verantwortungsbewusst genug, eine solche Katastrophe zu vermeiden.

Wie sie den gemeinsamen Nachmittag mit Martin überstehen sollte, wusste sie jedoch nicht. Niemals würde sie es schaffen, sich so zu benehmen, als wäre nichts geschehen. Sogar eine Aristokratin, die zu größter Selbstkontrolle fähig war, wäre an dieser Aufgabe gescheitert. Was sie jetzt gebraucht hätte, war Zeit, um sich von dem schrecklichen Vorfall zu erholen und darüber hinwegzukommen, doch die gab man ihr nicht. Man erwartete von ihr, sich mit Martin in der Öffentlichkeit zu zeigen und den Eindruck eines glücklichen Paares zu vermitteln, das sich auf die bevorstehende Hochzeit freute.

Auch diese Kutschfahrt sollte an einem Sonntag stattfinden, nach der Kirche und einem wenig förmlichen Lunch um die

Mittagszeit, wenn die meisten Spaziergänger auf den breiten Gehsteigen der Fifth Avenue flanierten und ihre modischsten Kleider zeigten oder in offenen Kutschen durch den Central Park fuhren. Diesmal war Sarah ihrer Tante Honora, die wieder als Anstandsdame mitkam, regelrecht dankbar. In ihrer Anwesenheit würde Martin es bestimmt nicht wagen, den Vorfall im *Delmonico's* zur Sprache zu bringen.

Doch auch diesmal hatte sie die Rechnung ohne Martin gemacht, der sich minutenlang über das sonnige Wetter ausließ und von der neuen Carnegie Hall schwärmte, in der man festliche Konzerte und Messen und vielleicht sogar sportliche Wettbewerbe veranstalten würde, bis sie in den blühenden Gärten der Bethesda Terrace im Schatten des sprudelnden Brunnens stehenblieben. Tante Honora hielt sich einige Schritte abseits und beobachtete sie kritisch, hatte aber nach der Verlobung die Anweisung erhalten, etwas weniger streng zu urteilen, und kümmerte sich nicht darum, dass sie beim Rauschen des Brunnens kein Wort verstand. Sarah kam es so vor, als hätte Martin damit gerechnet und den Platz mit Absicht gewählt.

»Ich muss mich für neulich entschuldigen«, sagte er, machte aber nicht den Eindruck, es wirklich ernst zu meinen. »Ich habe dich vielleicht zu hart angefasst. Aber wir waren einander offiziell versprochen, und ich konnte deiner verlockenden Schönheit nicht mehr widerstehen.« Und dann wiederholte er die Argumente, die auch ihr durch den Kopf gegangen waren, dass es in der Hochzeitsnacht doch sowieso zur Vereinigung gekommen wäre und sie der Zeit nur ein wenig vorgegriffen hätten. »Du bist mir doch nicht mehr böse?«

»Ich bin dir nicht böse. Ich bin entsetzt und verachte dich dafür!«, brach es aus ihr heraus. Sie hatte Mühe, ihre Stimme im Zaum zu halten. »Du hast mich mit Gewalt genommen! Du hast mich wie ein billiges Mädchen aus der Bowery missbraucht! Du hast mich beleidigt und erniedrigt und …« Sie brach plötzlich in Tränen aus und wäre wohl zusammengebrochen, wenn er sie nicht in die Arme geschlossen hätte. »Lass mich los, du mieses Schwein … lass mich los!«

Tante Honora wurde auf sie aufmerksam und kam ein paar Schritte näher, doch Martin winkte ab. »Ihr ist ein wenig übel«, redete er sich heraus. »Ein Augenblick der Schwäche. Nichts Ernstes.« Er führte sie zu einer Parkbank und setzte sich in respektvollem Abstand neben sie. »Kein Grund zur Sorge«, rief er der Anstandsdame zu. »Es geht ihr schon wieder besser. Dieses wechselhafte Wetter bekommt nicht jedem.« Er holte ein sauberes weißes Taschentuch aus seinem Gehrock und reichte es Sarah. »Gleich können wir weiter.«

Sarah wäre am liebsten mit den Fäusten auf ihn losgegangen. »Fass mich nicht an!«, zischte sie ihn an. »Nur meinen Eltern zuliebe werfe ich dir den Verlobungsring nicht vor die Füße.« Sie verdeckte den Ring mit der anderen Hand, als könnte sie ihre Verlobung damit ungeschehen machen. »Ich möchte nicht, dass du mich nächste Woche einlädst, verstanden?«

»Du bist wütend«, versuchte er sie zu beruhigen, »das verstehe ich ja, und du kannst mir meinetwegen eine runterhauen, wenn uns Tante Honora mal den Rücken zudreht, aber an unserer Verlobung ändert das nichts. Wir sind einander versprochen, und so wird es auch bleiben. Oder willst du, dass es zum Skandal kommt?« Er wartete, bis ein junges Paar an ihnen vorbeigelaufen war. »Soll ich dir mal was verraten, meine Liebe? Unsere Eltern sind geschäftlich aufeinander angewiesen, und das mehr, als die meisten Leute ahnen. Die Absage unserer Hochzeit würde sie in Teufels Küche bringen. Sie brauchen einen tadellosen Ruf, um weitere Geschäfte anzukurbeln, und dazu gehört auch, dass wir uns als glückliches Paar im Central Park präsentieren.«

»Und wenn mir das alles egal ist?«

Martin schüttelte den Kopf. »Das kann dir nicht egal sein. So wenig, wie es mir egal sein kann, was mit meinen Eltern geschieht. Es ist doch nichts passiert. Wir haben uns geliebt, das ist alles. Du wirst lachen, manche Frauen mögen es sogar ein wenig rau, wenn sie sich mit einem Mann einlassen.«

»Und du wagst es, mir so etwas zu sagen?« Sie posaunte die Worte so laut hinaus, dass sich mehrere Spaziergänger nach ihr umdrehten und Tante Honora entrüstet näher kam. »Sarah! Ich muss doch sehr bitten!«, schimpfte sie mit unterdrückter Stimme. »Benimm dich gefälligst wie eine Dame, oder willst du deinen Namen morgen in den Klatschspalten der *Tribune* lesen?«

»Tut mir leid, Tante Honora. Das wollte ich nicht.«

»Ihr tragt Verantwortung, vergesst das nicht!«

Ja, sie trug Verantwortung, dachte sie am Abend desselben Tages, als sie im Nachthemd am Fenster stand. Für ihre Eltern, ihre Familie. Aber was war mit ihr? Zählte sie denn gar nicht? Ihre Wünsche, ihre Gefühle? Ihr Blick wanderte über die erleuchtete Stadt nach Westen. Nicht zum ersten Mal fragte sie sich, wie es wohl außerhalb von New York aussah. Nicht in den Dörfern des Hudson Valley, auf Long Island oder im feudalen Newport, wo es ländlicher, aber ähnlich vornehm und feudal wie im Norden Manhattans zuging. Nein, zweitausend Meilen weiter westlich, im angeblich so wilden Westen, wo man kaum Grenzen kannte und sich das Land bis zum Horizont erstreckte. Wo es einsame Ranches und Farmen geben sollte, die oft eine Tagesreise voneinander entfernt lagen, und wo viele Männer angeblich so edel und höflich wie die Ritter im mittelalterlichen Europa waren.

Manchmal sehnte sie sich nach diesem unbekannten Land, nach einer Freiheit und Ungebundenheit, wie man sie an der

Ostküste nicht kannte. Und gleichzeitig hatte sie Angst vor dieser Wildnis, die, so hieß es, in vielen Gegenden noch in ihrem Urzustand verharrte. Abseits der Zivilisation in einer eintönigen Wüste oder Steppe, in der es keine Städte, sondern nur schmutzige Dörfer mit zerfallenen Holzhäusern, nur wenige Eisenbahnen, aber keine Pferdebahnen und Trolleys und keine gepflasterten Straßen und Plätze gab.

Ihr Blick kehrte zu den Lichtern von New York zurück. Die Zeit heilt alle Wunden, sagte man. Wenn sie auch während der kommenden Jahre in dieser Stadt leben wollte, musste sie sich fügen – wohl oder übel.

Und das tat sie. Sie ging mit Martin aus, unterhielt sich angeregt mit seinen Eltern, als diese zu einem Besuch in der Villa erschienen, ließ sich am Sonntag sogar auf der Promenade blicken und beeindruckte die anderen Spaziergänger mit einem neuen Chiffonkleid, das sie bei Lord & Taylor gekauft hatten, und mit ihrer Schönheit, die in der leuchtenden Frühlingssonne noch besser zur Geltung kam. Ihr blasser Teint, durch breite und mit Blumen verzierte Hüte geschützt, glänzte wie kostbares Porzellan.

Sie vertraute der Zeit, die schneller verging, als sie befürchtet hatte, und den Hochzeitstermin immer näher rücken ließ. *Es wird alles gut*, redete sie sich ein, *auch für mich gibt es eine Zukunft*. Sie erzählte niemandem von dem Vorfall im *Delmonico's*, vertraute sich nicht einmal ihrer Freundin Harriet an und war fest entschlossen, einen Neuanfang zu wagen.

Bis zu jenem stürmischen Tag im späten Frühjahr, als ein heftiges Unwetter sich der Stadt näherte, und sich die dunklen Wolken auch über ihr zusammenballten.

12

Um die Mittagszeit, als Sarah zu ihrer Freundin ins Waisenhaus fuhr, schien noch die Sonne, und nur vom obersten Stockwerk des New York World Buildings hätte man die dunklen Wolken über der Küste gesehen. Sie trug einen schwarzen Rock und eine einfache Leinenbluse, die einzig passable Kleidung, wenn man im »Home for the Friendless« helfen wollte, und verzichtete auch auf die sonst üblichen Handschuhe.

Sarah war froh, ihrer gewohnten Umgebung zumindest für einen Nachmittag entfliehen zu können und mit ihrer Arbeit etwas Gutes zu tun. Sie fühlte mit den verlassenen Kindern, die bereits in jungen Jahren und meist auf sehr tragische Weise ihre Eltern verloren hatten und niemals auf der Sonnenseite des Lebens stehen würden. In ihrer Gesellschaft vergaß sie ihre eigenen Probleme, die im Vergleich zu dem, was diese Kinder durchmachten, eher unbedeutend erschienen und ihr klarmachten, wie seltsam es den armen Menschen in der Lower East Side erscheinen musste, wenn die Tochter aus einem reichen Hause in der noblen Fifth Avenue über den falschen Mann klagte.

Ihre Freundin Harriet begrüßte sie fröhlich und war dankbar für den Kuchen, den Sarah für die Kinder mitgebracht hatte. Wie jedes Mal, wenn sie das »Home for the Friendless« besuchte, hatte sie die Köchin in der heimatlichen Villa überredet, einige Apple Pies für die Kinder zu backen. Im Speisesaal, wo die Kinder gerade mit dem Mittagessen fertig waren, gab es ein großes Hallo, als Sarah und Harriet den Kuchen verteilten. Die Köchin des Waisenhauses brachte Schlagsahne und freute sich ebenso wie die Waisenkinder.

Solange die Kinder aßen, zogen sich Sarah und Harriet in die Küche zurück, tranken Kaffee und tauschten den neusten Klatsch aus. Mrs Astor hatte Krach mit den Vanderbilts, denn es ging das Gerücht um, dass sie die Familie als »Neureiche« beschimpft hatte. *Life Magazine* hatte die Rockefellers in einem mehrseitigen Bericht vorgestellt und zur reichsten Familie der Welt erklärt. Lillian Russell, die berühmte Schauspielerin, war mit einem bekannten Politiker auf Long Island gesehen worden, stritt aber vehement ab, ein Verhältnis mit ihm zu haben. »Und Sarah Mayfield, die Tochter eines wohlhabenden Unternehmers, hat sich mit einem der begehrtesten Junggesellen der Stadt verlobt und freut sich auf ihre Hochzeit im Sommer«, fügte Harriet lachend hinzu. »Schon jetzt spricht man auf den Bällen der Millionäre von der ›Hochzeit des Jahres‹.«

»Ich weiß nicht«, erwiderte Sarah, »unter der ›Hochzeit des Jahres‹ stelle ich mir was anderes vor. Ich würde die Hochzeit am liebsten verschieben.«

Harriett hatte eine solche Antwort wohl erwartet. »Das sagt doch jede Braut. Kurz vor der Hochzeit bekommen fast alle kalte Füße. Das gibt sich, Sarah.« Sie trank einen Schluck von ihrem stark gezuckerten Kaffee. »Martin Womack mag ein Aufschneider und manchmal sogar ein Ekel sein, aber er weiß, wie man sich einer Lady gegenüber zu benehmen hat, und wird dich nicht enttäuschen. So viel Pech wie ich mit meinem Mann hatte, kannst du gar nicht haben. Du wirst sehen, ihr werdet eine wunderschöne Hochzeit feiern, in eine Villa am Central Park ziehen und den Vanderbilts und Rockefellers zeigen, wem die Zukunft in New York gehört.«

Sarah hätte ihr natürlich sagen können, wie es wirklich um den angeblichen Gentleman stand, doch es widerstrebte ihr, die Freundin mit der schrecklichen Wahrheit zu belasten. Stattdessen sagte sie: »Mag sein, Harriet. Du hast recht, ich bin furchtbar nervös und würde mich am liebsten irgendwo verkriechen.«

»Und ich dachte, du bist zum Arbeiten hier.« Harriet verstand es wieder einmal, sie mit ihrer fröhlichen und unbeschwerten Art aufzurichten, und half ihr, die Sorgen zu vertreiben. »Ich hab der Bücherei in Brooklyn ein Märchenbuch abgeschwatzt. Wie wär's, wenn du den Kindern daraus vorliest?«

»Sarah, die Märchentante?«

»Dazu fehlt dir nur noch eine Nickelbrille.«

Sie kam auch ohne Verkleidung bei den Kindern an, vielleicht auch deswegen, weil sie die Märchen selbst so spannend fand und sich in die unterschiedlichen Charaktere perfekt einfühlen konnte. Als Prinzessin brauchte sie sich nur vorzustellen, in einem ihrer festlichsten Kleider im Central Park zu flanieren, als Vorbild für die Hexe musste ihre Tante Honora dienen, wenn sie besonders schlechte Laune hatte, und als böser Wolf schlüpfte sie in den Körper eines Hundes, der einmal bellend neben ihrer Kutsche hergelaufen war. Und jedes Mal schnitt sie eine Grimasse und las mit verstellter Stimme.

Die kleine Clara, die sie in der Lower East Side abgeholt hatten, rührte sie besonders. Seitdem man sie von ihren toten Eltern weggeholt hatte, war noch kein einziges Wort über ihre Lippen gekommen, und von Pfarrer Ryden erfuhr sie, dass sie sich möglicherweise niemals mehr vom Tod ihrer Eltern erholte. »Sie wäre leider nicht die Erste, die ein solches Schicksal erleidet«, sagte er, »ich kenne einen Jungen, der vor drei Jahren mit ansehen musste, wie sich seine Mutter aus dem Fenster stürzte. Er spricht bis heute nicht. Es gibt keine Medizin, die ein solches Leiden heilen kann, da helfen nur Gottvertrauen und Gebete.« Er schlug ein Kreuz und murmelte etwas, das sie nicht verstand. »Gott allein weiß, warum diese Kinder eine so schwere Last tragen müssen. Lieber Gott, erbarme dich dieser unschuldigen Seelen.«

Während sie den Kindern das Märchen von Aschenputtel vorlas, kündigte sich das Gewitter mit Blitz und Donner an. Nur wenig später fiel heftiger Regen auf die Stadt herab. Der Wind rauschte in den Bäumen und rüttelte an den Türen und Fenstern. Die meisten Kinder flohen kreischend in die Schlafsäle, in denen sie sich sicherer glaubten, weil alle Vorhänge zugezogen waren. Einige sprangen in ihre Betten und zogen sich die Decken über den Kopf, und nur zwei Jungen blieben und gaben sich betont furchtlos. »Diese Angsthasen«, sagte einer, »vor dem bisschen Regen läuft man doch nicht davon.«

Sarah wollte ihrer Freundin und Pfarrer Ryden helfen, musste sich aber schon nach wenigen Schritten am Türrahmen abstützen. Ihr wurde plötzlich übel, aus heiterem Himmel, und ihr Magen zog sich krampfhaft zusammen. Sie schaffte es gerade noch in die Küche, spürte kaum den Schmerz, als sie mit dem rechten Schienbein gegen einen Stuhl stieß, und übergab sich in einen Putzeimer, der glücklicherweise unter der Spüle stand. Würgend sackte sie auf die Knie. Sie schlang beide Arme um den Eimer und begann leise zu schluchzen.

»Um Gottes willen! Was ist denn mit dir los?«, erschrak Harriet. »Bist du krank? Hast du was Falsches gegessen?« Sie beugte sich zu ihr hinunter und legte ihr einen Arm um die Schultern. »Soll ich einen Arzt rufen?«

»Nein«, brachte sie mühsam hervor. »Es ist nur …«

»Nur was?« Harriet dämmerte langsam, um was es ging.

Sarah wäre am liebsten davongelaufen. Sie hielt sich am Eimer fest, schluchzte plötzlich wie ein kleines Mädchen und sackte unter Harriets schützendem Arm zu Boden. *Also doch*, schoss es ihr durch den Kopf. Der bedrohliche Verdacht, der sie schon seit einigen Tagen verfolgte, wurde zur Gewissheit. Die äußeren Anzeichen hatten sie nicht belogen. Es gab keinen Zweifel mehr. Um vollständige Gewissheit zu haben, brauchte sie keinen Doktor. Eine Frau wusste, wann es so weit war, und sie hatte genug darüber erfahren, um sich ganz sicher zu sein. Das eigentlich Undenkbare war tatsächlich eingetreten.

Sie ließ den Eimer los und stemmte sich weinend vom Boden hoch. Harriet half ihr auf einen Stuhl. »Lieber Gott, mach, dass es nicht wahr ist«, betete sie laut. »Weck mich endlich auf und sag mir, dass alles nur ein böser Traum ist!« Doch niemand weckte sie, und die schreckliche Wahrheit blieb. Sie wischte sich die Tränen mit dem Ärmel vom Gesicht wie eine Küchenmagd, eine Geste, die ihr Vater auf das Schärfste verurteilt hätte.

»Sag bloß, du bist …«, sagte Harriet. Sie wagte nicht, den Satz zu vollenden. »Du bist doch nicht …«

»Ja … ich … ich bin schwanger«, antwortete Sarah tränenüberströmt.

»Von Martin Womack? Aber …«

Dankbar griff Sarah nach dem Glas Wasser, das Harriet ihr einschenkte, und trank einen Schluck. Sie brauchte eine ganze Weile, um wieder klar denken zu können und die Kraft aufzubringen, Harriet die Wahrheit zu berichten. Zögernd erzählte sie ihr, was nach ihrer Verlobung geschehen war. Jetzt hatte sie keine Hemmungen mehr, berichtete ohne Umschweife, wie Martin sie in die Kammer gelockt und mit Gewalt genommen hatte. Während die Worte nur so aus ihr heraussprudelten, fragte sie sich, warum sie nicht schon längst mit Harriet darüber gesprochen hatte, denn wem sollte sie sich denn sonst anvertrauen als ihrer besten Freundin? »Nein, meine Eltern wissen nichts davon. Seine auch nicht. Und dass ich ein Kind bekomme, wissen nur wir beide.«

Sarah brach erneut in Tränen aus. Wie ein kleines Mädchen, das Trost bei ihrer Mutter suchte, klammerte sie sich an ihre Freundin, die den Arm um sie gelegt hatte und ihr mit einem Taschentuch die Tränen aus den Augen rieb. Doch die Vorstellung, schwanger zu sein, war ein Schock, und sie erholte sich erst nach scheinbar endloser Zeit von ihrem Geständnis. Als unverheiratete Frau durfte sie nicht schwanger sein. Das war unvorstellbar.

Harriet setzte frischen Kaffee auf und ließ sich erneut neben ihr nieder. »Martin Womack hat dich vergewaltigt?« Sie konnte es noch immer nicht glauben. »Er hat dich wirklich vergewaltigt? Ihr habt nicht zu viel Champagner getrunken und es ist einfach so passiert?«

»Du weißt, dass ich kaum Alkohol trinke.«

»Aber er ist ein Gentleman aus vornehmer Familie.«

»Er ist ein mieser Egoist«, widersprach sie. »Er denkt nur an sein eigenes Wohl und seine eigenen Bedürfnisse und will mich doch nur heiraten, weil es gut fürs Geschäft ist. Er braucht eine hübsche Puppe, an der er sich abreagieren kann. Ein Gentleman ist er nur, wenn er Eindruck schinden will.« Ihr Schmerz hatte sich in Wut verwandelt. »Ich wollte niemandem davon erzählen, weder meinen Eltern noch dir. Ich habe mich geschämt, verstehst du? Obwohl ich mir nichts zuschulden kommen ließ, fühlte ich mich schuldig und irgendwie … irgendwie schmutzig. Und jetzt bin ich schwanger, und es … es wird etwas Furchtbares geschehen.«

»Du findest eine Lösung. Es gibt immer eine Lösung.«

»Ach ja?« Sarah schüttelte den Kopf. »Du müsstest es eigentlich besser wissen, Harriet. Du konntest nicht das Geringste dafür, dass dein Mann dich verlassen hat, und dennoch hat man dich aus der Gesellschaft ausgeschlossen. Deine Eltern besuchen dich nicht mehr, und zu den Bällen wirst du auch nicht mehr eingeladen. Ich wollte, dass du zu unserem letzten Ball kommst, aber mein Vater ließ sich nicht erweichen. Was meinst du, was mit mir passiert, wenn ich Ihnen sage, dass ich ein Kind erwarte? Die Hochzeit auf einen früheren Termin verlegen können wir nicht, dann würde doch jeder merken, dass etwas faul ist. Also wird sich Martin eine neue Braut suchen, wogegen ich nichts habe, und meine Eltern … sie werden mich zum Teufel schicken.«

»Das würden sie niemals tun. Du bist ihr Ein und Alles.«

»Du kennst meinen Vater nicht.«

»Sprich mit ihnen. Sie wissen bestimmt einen Ausweg.«

Das Unwetter war längst vorüber, und zwischen den Wolken kam wieder die tief stehende Sonne hervor, als der Kutscher vor dem Waisenhaus hielt. Sarah hatte sich inzwischen frisch gemacht und einen Kräutertee gegen die Übelkeit getrunken. Sie fühlte sich aber noch lange nicht stark genug, um ihren Eltern oder Martin von ihrer Schwangerschaft zu erzählen. Eine Nacht, wenigstens noch eine Nacht, wollte sie ihr Geheimnis für sich behalten und die Ruhe genießen. Die Ruhe vor dem Sturm, wie sie wusste. Eine Nacht, vielleicht auch zwei, würde sie die Nachricht verheimlichen können, dann blieb ihr nichts mehr anderes übrig, als sich zu erklären.

Am dritten Abend nach ihrem Besuch bei Harriet war es so weit. Für den nächsten Nachmittag hatte sich Martin angesagt, und sie wollte zuerst mit ihren Eltern sprechen und ihnen die Wahrheit berichten, bevor ihr Verlobter die Gelegenheit bekam, die Sache herunterzuspielen. »Vater! Mutter! Ich muss heute unbedingt mit euch sprechen!«, sagte sie während des Dinners. Sie hoffte, dass man ihr die Aufregung nicht ansah. Zumindest während des Essens wollte sie die friedliche Stimmung aufrechterhalten.

»Heute habe ich keine Zeit«, erwiderte ihr Vater, ohne von seiner Krabbensuppe aufzublicken. »Nächste Woche tagt der Aufsichtsrat, und ich muss dringend noch einige Statistiken durchgehen. Was immer du auf dem Herzen hast, es kann warten.«

»Nein, Vater. Kann es nicht.«

»Sarah!«, wies ihre Mutter sie sofort zurecht.

Verblüfft ob ihres Widerspruchs ließ ihr Vater die Hand mit dem Löffel sinken. »Was fällt dir ein?«, sagte er. »Willst du mir etwa weismachen, dass deine Probleme wichtiger sind als die Statistiken unserer Firma?«

»Ich bin schwanger, Vater.«

Ihre Eltern starrten sie so ungläubig an, als hätte man ihnen erzählt, die Erde wäre doch eine Scheibe. Sekundenlang war es so still im Speisezimmer, dass man das leise Ticken der Wanduhr hören konnte. Ein Diener betrat den Raum und entfernte sich sofort wieder, als er die angespannte Stimmung spürte. Zitternd vor Aufregung und Furcht wartete Sarah und blickte ihre Eltern an.

Mit dem zweimaligen Schlagen der Wanduhr zur halben Stunde ließ ihr Vater seine Faust mit solcher Vehemenz auf den Tisch sausen, dass die Teller sprangen und sich die kostbare Krabbensuppe auf den Tisch ergoss. Der Diener, der bereits wieder die Tür geöffnet hatte, schloss sie überhastet wieder.

»Was sagst du da? Ich hab mich wohl verhört«, brüllte ihr Vater.

»Sarah! Was hast du getan?« Ihre Mutter bebte vor Entsetzen.

»Ich habe gar nichts getan«, erwiderte Sarah aufgebracht. »Der Gentleman, den ihr für mich ausgesucht habt, hat mich vergewaltigt, das ist passiert!« Sie hätte niemals gedacht, einmal so respektlos mit ihren Eltern sprechen zu können. »Während des Balls, auf dem ihr unsere Verlobung bekanntgegeben habt. Er hat mich in die Kammer eines Bediensteten gelockt und sich an mir vergangen. Er hat mir meine Ehre genommen, und er hat mich …« Sie suchte nach einem passenden Wort. »Ich bekomme ein Kind!« Sie brach wider ihren Willen in Tränen aus. »Der verdammte Schweinehund hat mich geschwängert!«

»Sarah!«, rief ihre Mutter erschüttert.

Ihr Vater rang nach Luft. »Bist du ganz sicher?«

»Dass er mich vergewaltigt hat? Dass ich schwanger bin?« Sie schob ihren Suppenteller zur Seite. »Natürlich bin ich sicher! Meinst du, sonst würde ich so etwas zur Sprache bringen? Er hat mich mit Gewalt genommen! Ich wollte es euch niemals sagen und hatte gehofft, mit der Hochzeit würde alles gut werden, aber jetzt bin ich schwanger, und in zwei oder drei Monaten wird jeder wissen, dass Martin und ich vor der Hochzeit … Ihr wisst, was ich meine.«

»Und es war wirklich eine … eine Vergewaltigung?« Ihre Mutter scheute sich, das Wort auszusprechen. »Vielleicht wart ihr damals ein wenig beschwipst, und du bildest dir alles nur ein.« Ihr Blick wanderte flehentlich zwischen Sarah und ihrem Mann hin und her.

»Mutter!«, rief Sarah. »Wie kannst du so etwas sagen! Ich weiß genau, was ich erlebt habe. Außerdem wird man von einer Einbildung nicht schwanger!«

Ihre Mutter rang die Hände. »Dann müssen wir gleich morgen zu einem Arzt gehen und dich gründlich untersuchen lassen.«

»Kommt gar nicht infrage«, widersprach ihr Vater aufgebracht. »Ich möchte nicht, dass irgendjemand von ihrem Zustand erfährt.« Er überlegte eine ganze Weile. »Ich nehme an, du hast schon mit Martin darüber gesprochen.«

»Ich will ihn nicht mehr sehen.«

»Was du willst, spielt jetzt keine Rolle mehr. Dein Ruf ist bereits ruiniert. Wenn dieser schlechte Ruf nicht auf die ganze Familie abfärben soll und du noch einen Funken Ehre im Leib hast, tust du ab sofort, was ich sage.«

»Mein Ruf ist ruiniert?« Ihre Stimme überschlug sich fast, so wütend war sie plötzlich. »Ich habe nichts getan, Vater. Martin Womack hat mich vergewaltigt und mir die Ehre geraubt, nicht umgekehrt. Warum stellst du ihn nicht zur Rede? Ich habe ihm noch nicht gesagt, wie es um mich steht. Sag ihm, dass er sich wie ein Wilder benommen hat und ich ihn nicht mehr sehen will. Oder soll ich etwa den Mann heiraten, der mir Gewalt angetan hat? Er soll sich etwas einfallen lassen, wie er die Verlobung ohne viel Aufsehen lösen kann.«

»Ach! Und wie soll das gehen?« Ihr Vater sprach so laut, dass ihn die Bediensteten im obersten Stockwerk hören mussten. »Martin Womack ist als Gentleman bekannt, und niemand traut ihm so etwas zu. Was hast du getan, dass er zu dieser Verfehlung fähig war? Deinen Rock hochgezogen? Ihm die Knöchel oder die ganzen Beine gezeigt? Ihn heimlich am Rücken berührt?«

Sarah sprang wütend auf. Ihr Stuhl polterte zu Boden. »Wie kommst du dazu, mir so etwas vorzuwerfen? Ich habe mir nie etwas zuschulden kommen lassen. Niemals! Du hast immer auf mich zählen können! Und jetzt soll ich plötzlich schuld sein, wenn mich dieser miese Kerl mit Gewalt nimmt?«

»Sarah! Beruhige dich, Liebes!«, flehte ihre Mutter.

»Hier steht mehr auf dem Spiel als deine Tugend, Sarah.« Ihr Vater klang ernst und unerbittlich. »Die Ehre unserer Familie und ein bedeutendes Geschäft, das beiden Familien einen weiteren entscheidenden Durchbruch bringen könnte.« Heftig atmend ging er auf und ab, während Sarah auf sein Urteil wartete. Dann blieb er stehen und wandte sich ihr wieder zu. »Ich werde dich zu einer entfernten Verwandten nach Florida schicken. Dort wirst du nicht so luxuriös wie in dieser Villa leben, aber du kannst in Ruhe dein Kind zur Welt bringen, ohne dass deine Verfehlung hier in New York publik wird. Ich werde den Womacks sagen, dass du an der Schwindsucht erkrankt bist, und wir dich über Nacht in einem Sanatorium irgendwo im Westen unterbringen mussten.«

»Du willst mich verstoßen? Wie eine Verbrecherin?« Sie trat schnaubend gegen den umgestürzten Stuhl. »Ich denke gar nicht daran, mich wie eine Sklavin abschieben zu lassen. Soll Womack doch gehen, er ist der Dreckskerl!«

»Sarah! Bitte!« Ihre Mutter verzweifelte fast.

»Es geht nicht anders, Sarah«, erwiderte ihr Vater ungerührt. »Um der Familie willen wirst du nach Florida gehen und dein Kind dort zur Welt bringen.«

»Das … das ist ungerecht! Das habe ich nicht verdient!« Sarah stürmte aus dem Speisezimmer, rannte mit hochrotem Gesicht die Treppe hinauf und merkte viel zu spät, wie ihr vor Aufregung schwindlig wurde und sie das Gleichgewicht verlor. Sie stürzte die Treppe hinab, prallte gegen das Geländer und blieb benommen und vor Schmerzen stöhnend auf dem Boden liegen.

13

Wie durch dichten Nebel hörte Sarah die schrille Stimme ihrer Mutter, die ihre Bediensteten anschrie, die Ambulanz zu holen, und auch ihr Gesicht, als sie sich besorgt über sie beugte, nahm sie kaum wahr. Lautes Rufen – »Sarah! Sag doch was!«, »Wir holen Hilfe!« und »Kannst du mich hören?« – drang aus weiter Ferne zu ihr. Nur die Schmerzen waren so stark, dass sie selbst eine tiefe Bewusstlosigkeit nicht vertrieben hätte.

Sie starrte ins Licht des Kronleuchters über ihr und schloss rasch die Augen. Für ein paar Minuten verlor sie das Bewusstsein, wurde wieder wach und versank erneut in tiefer Dunkelheit. Als sie erwachte, lag sie auf einer Trage im Ambulanzwagen und sah eine Krankenschwester neben sich sitzen. Sofort spürte sie ein starkes Brennen im Unterleib, noch schlimmer als nach der Vergewaltigung, und ein Ziehen in der Bauchgegend. Zwischen ihren Beinen war es feucht. Sie fühlte sich schwach und erkannte selbst in ihrer Benommenheit, dass sie unendlich viel Blut verloren haben musste.

Die Krankenschwester gab ihr eine Spritze, und diesmal wachte sie erst im Krankenhaus wieder auf. Die Schmerzen waren nur noch dumpf zu spüren, wahrscheinlich als Folge der Spritze und der Medikamente, die man ihr gegeben hatte. Ihre Augen nahmen schwaches Licht wahr, erkannten die Umrisse eines Schranks und eines Tisches mit zwei Stühlen und begannen leicht zu schmerzen, als sich die Lampe vor dem Fenster in den Scheiben spiegelte. Die Sonne war längst untergegangen, seit ihrem Sturz mussten Stunden vergangen sein.

Sie versuchte den Kopf zu heben, verspürte leichten Schwindel und ließ ihn ins Kissen zurücksinken. Sie lag in einem karg eingerichteten Einzelzimmer. Im schwachen Lichtschein erkannte sie eine gerahmte Fotografie der Freiheitsstatue über dem Tisch. Sie blickte an sich herunter. Sie trug eines ihrer Nachthemden, das ihre Mutter ihr mitgegeben haben musste. Ihre Brust und ihre Arme und Beine waren mit einer übel riechenden Salbe eingeschmiert. Zwischen ihren Beinen spürte sie etwas Weiches, wahrscheinlich Mull gegen die Blutungen.

Sie ahnte, was ihr großer Blutverlust bedeutete, und wollte die Schwester rufen, war aber so müde, dass sie kein Wort hervorbrachte. Gnädigerweise schlief sie schon wenige Augenblicke später wieder ein und wachte erst am nächsten Morgen wieder auf, als ein Arzt und eine Schwester in ihrem Zimmer auftauchten und mit ernster Miene vor ihrem Bett stehen blieben. Der Arzt studierte das Krankenblatt. »Guten Morgen, Miss Mayfield«, begrüßte er sie. »Ich bin Dr. Robert Watts, Ihr behandelnder Arzt. Wie Sie vielleicht schon bemerkt haben, befinden Sie sich im Roosevelt Hospital. Wie geht es Ihnen?«

»Besser«, antwortete sie heiser.

Dr. Watts blickte vom Krankenblatt hoch. »Ich sage es nur sehr ungern, Miss Mayfield, aber Sie haben leider Ihr Kind verloren. Den Fötus, um genau zu sein. Sie waren im zweiten Monat. Er ließ nicht erkennen, was er von ihrer vorehelichen Schwangerschaft hielt und ob er sie moralisch verurteilte. »Der Sturz war zu heftig, wir konnten leider nichts mehr tun. Tut mir leid.«

Sie blickte ihn schweigend an.

»Und das ist leider noch nicht alles«, schob Dr. Watts die nächste schlechte Nachricht nach. »Sie können auch in Zukunft keine Kinder mehr bekommen.« Er legte eine kurze Pause ein, und wartete darauf, dass sie die Nerven verlor oder zu weinen begann. Doch Sarah fühlte nichts. Nur dumpfe Leere. *Seltsam*, dachte sie.

Der Arzt räusperte sich. »Ihre Verletzungen waren so schwer, dass eine weitere Schwangerschaft unmöglich ist«, fuhr er fort. »Ich bin untröstlich, Ihnen keine bessere Mitteilung machen zu können.« Jetzt klang seine Stimme tatsächlich verändert, als wüsste er, dass sie vergewaltigt worden war. Es schwang auch Misstrauen mit, als er fragte: »Und Ihnen wurde schwindlig, bevor sie die Treppe hinabstürzten?«

Die Frage riss sie aus ihrer Lethargie. »Mich hat niemand gestoßen, und ich habe auch nicht versucht, Selbstmord zu begehen. Ist es das, was Sie mich fragen wollten, Doktor?«

»Das habe ich auch nicht behauptet, Miss Mayfair«, ruderte er zurück. »Bitte entschuldigen Sie meine Frage.« Er errötete leicht und gab vor, noch einmal das Krankenblatt zu studieren. »Ihre anderen Verletzungen sind nicht schlimm. Keine Brüche, lediglich Prellungen an Brust, Armen und Beinen. Ich denke, dass wir Sie schon in zwei, drei Tagen entlassen können.«

Nachdem Dr. Watts gegangen war, wechselte die Schwester ihre Verbände und Pflaster und rieb die geprellten Stellen erneut mit der übelriechenden Salbe ein, die angeblich den Schmerz linderte. Zusätzlich bekam sie Medikamente, die eine Entzündung ihres Unterleibs verhindern sollten. »Erholen Sie sich erst mal«, sagte sie, während sie ihr die leichte Decke bis zum Kinn hochzog. »Sie müssen jetzt vor allem neue Kraft tanken. Ich bringe Ihnen gleich heißen Kräutertee und ein kräftiges Frühstück, das bringt Sie wieder auf die Beine. Wie wär's mit Rührei und Speck? Und einem Pfannkuchen?«

Sarah schüttelte sich nur bei dem Gedanken an die schwere Kost und überredete die Schwester, ihr nur etwas Rührei und heißen Tee zu bringen. Der Kräutertee weckte ihre Lebensgeister und vertrieb den schlechten Geschmack aus ihrem

Mund, und das Rührei löffelte sie nur in sich hinein, um Müdigkeit und Schwäche aus ihrem Körper zu vertreiben. In Gedanken hörte sie noch immer, was Dr. Robert Watts zu ihr sagte, und ihr wurde immer stärker bewusst, welche fatale Wirkung seine Nachricht auf ihr weiteres Leben haben würde. Sie konnte keine Kinder bekommen. Niemals. Das setzte ihrem Leben, wie sie es seit ihrer Geburt gewohnt war, ein vorzeitiges Ende.

Ein eiserner Ring schien sich um ihren Hals zu legen. Sie ließ die Hand mit der Gabel sinken und schob das Tablett mit dem Essen von sich weg. Sie rang nach Luft, japste wie eine Ertrinkende und begann zu weinen, zuerst lautlos, dann immer lauter und heftiger, bis sie vor Aufregung so stark zitterte, dass das Tablett vom Bett rutschte und scheppernd zu Boden fiel. Der Tee und das restliche Rührei ergossen sich auf die hölzernen Dielen.

Die Schwester kam in ihr Zimmer gestürzt. Sie schlug die Hände vors Gesicht, als sie das Tablett auf dem Boden liegen sah. »Miss Mayfield! Um Gottes willen! Was ist passiert?«, rief sie.

Sarah fing sich langsam wieder und winkte heftig atmend ab. »Es ist nichts … tut mir leid … es ist nur …«

Die Schwester atmete erleichtert auf und zog zwei Beruhigungstabletten aus ihrer Schürzentasche. »Hier, nehmen Sie die. Und dann versuchen Sie, etwas zu schlafen.«

Während Sarah die Tabletten schluckte, hob die Schwester das Tablett und das zerbrochene Geschirr auf und trug es in die Küche. Danach wischte sie den Boden auf. »Sie sind hier in den besten Händen, Miss«, sagte sie, »einen besseren Arzt als Doktor Watts gibt es nicht.«

Sarah schluckte. »Tut mir leid, Schwester.«

Es gelang ihr tatsächlich, für eine Weile die Augen zu schließen, doch am frühen Nachmittag klopfte es, und ihre Tante

Honora betrat das Krankenzimmer. Sie stellte einen Koffer neben dem Tisch ab und näherte sich ihr mit ernster Miene. »Ich habe gehört, du hast alles gut überstanden«, sagte sie. Ihr Blick war kalt, beinahe verächtlich, und erinnerte sie an ihren strengen Vater: »Wie geht es dir?«

Sarah wurde nur ganz allmählich bewusst, wen sie vor sich hatte. Sie rieb sich den Schlaf aus den Augen. »Wo sind meine Eltern? Kommen sie mich denn nicht besuchen?«

Honora schüttelte den Kopf. »Ich sage es nur höchst ungern, Sarah, aber du hast Schande über unsere Familie gebracht. Eine Frau, die vor der Hochzeit mit einem Mann verkehrt, und dann noch in einer schäbigen Dienstbotenkammer während eines Balls, den ihre eigenen Eltern veranstaltet haben, versündigt sich gegen Gott und beschmutzt das Ansehen ihrer Eltern und ihrer Familie.«

Sarah glaubte, sich verhört zu haben. Ein plötzlicher Krampf zog ihre Kehle zusammen und ließ sie nach Worten ringen. »Meine Eltern kommen nicht? Aber …« Sie war so geschockt, dass sie nicht einmal weinen konnte. »Aber ich bin nicht schuld! Ich habe mich immer wie eine Dame benommen und kann nichts dafür, wenn mich ein Schweinehund wie …«

»Sarah! Ich verbitte mir diese Ausdrucksweise!«

»Aber das ist Martin doch, ein verdammter Schweinehund! Wenn einer schuld ist, dann nur er! Er hat mich wie ein billige Prostituierte behandelt, ist doch so, oder?«

Ihre Stimme war jetzt so laut und schrill, dass Tante Honora unwillkürlich einen Schritt zurückwich und sich die Hand vor den Mund schlug. »Sarah! Wie kannst du dich nur so im Ton vergreifen? Kein Mann bedrängt auf diese Weise eine Frau, wenn sie ihn nicht auf irgendeine Weise dazu ermutigt. So haben deine Mutter und ich dich nicht erzogen. Irgendetwas musst du getan haben, das kannst auch du nicht leugnen. Also

Schluss mit den Unflätigkeiten. Ertrage deine Strafe, ohne die ganze Welt zu beleidigen. Du hast dich gegen unsere Familie versündigt.«

»Ich bin unschuldig!« Sie schrie es fast hinaus.

»Nicht so laut, Sarah!«, ermahnte sie Honora mit einem nervösen Blick zur Tür. »Die Gerüchte über dein skandalöses Verhalten sind bereits im Umlauf, und es wird nicht mehr lange dauern, bis die ersten Freunde, Bekannten und Geschäftspartner deinen Vater darauf ansprechen werden. Dir bleibt nichts anderes übrig, als die Stadt zu verlassen, wenn du deine Familie nicht in Misskredit bringen willst, und das würde dein Vater auf keinen Fall zulassen. Also steh zu deinen Fehlern und gehorche ihm.«

»Er will mich nach Florida schicken? Zu dieser Tante?«

»Ihr Name ist Ethel … Tante Ethel. Nein, sie hat bereits telegrafiert und weigert sich, eine gefallene Frau, wie sie dich nennt, bei sich aufzunehmen. Dein Vater will, dass du irgendwohin gehst. Raus aus dieser Stadt und weit genug, um keine Belastung mehr für ihn und seine gesellschaftliche Stellung zu sein. Auch wenn es hart klingt, ihm bleibt keine andere Wahl, das musst du verstehen. Erst muss Gras über diese …« Sie suchte nach Worten. »… diese Sache wachsen, dann sehen wir weiter. Dein Vater wird der Presse mitteilen, dass du dich mit einer seltenen Krankheit angesteckt hast und dich in einem Sanatorium im fernen Westen erholst.« Sie drehte sich zu dem mitgebrachten Koffer um. »Er wollte dir nur das Geld für eine Eisenbahnfahrkarte nach Westen geben, aber deine Mutter hatte Mitleid mit dir und gab mir auch einen Koffer mit deinem besten Reisekleid, einem Regencape, Wäsche und ledernen Schuhen mit. Und …« Sie zog eine lederne Geldbörse aus ihrer Manteltasche. »… sie hat den Betrag deines Vaters mit einem Teil ihrer Ersparnisse aufgerundet und dir auch deine

Schmetterlingsbrosche gelassen.« Sie reichte ihr die Geldbörse. »Wenn es nach mir ginge, hättest du diese Nachsicht nicht verdient, aber vielleicht gibt es ja irgendwo noch eine Zukunft für dich.« Sie zog eine Augenbraue in die Höhe. »Du müsstest dich allerdings gründlich ändern.« Damit stand sie auf und ging.

»Und was ist mit Martin?«, rief Sarah ihr hinterher.

»Martin ist ein Mann«, war die lapidare Antwort.

»Ein Mann?«, rief Sarah entgeistert, doch Honora wandte sich nicht mehr um. Sarah griff nach der leeren Blumenvase von ihrem Nachttisch und warf sie gegen die Wand. Sie zersprang klirrend in tausend Scherben. »Er ist ein Verbrecher. Hast du gehört, Tante Honora? Ein Verbrecher!« Sie setzte sich auf und stieß den Nachttisch um. Dann sprang sie auf, fegte Decke und Kissen vom Bett und wollte gerade das Laken von der Matratze reißen, als Doktor Watts und eine Krankenschwester in ihr Zimmer gestürzt kamen und sie aufs Bett pressten. Der Arzt jagte ihr eine Spritze in den Arm.

Sarah versank in einem dunklen Nebel, der sich nur teilweise lichtete, als die Wirkung des Beruhigungsmittels nachließ. Eine seltsame Gleichgültigkeit erfasste sie und ließ sie in einem traumähnlichen Zustand verharren, der sie wie ein schützender Mantel umgab. Nichts mehr hören, nichts mehr fühlen. Selbst die Stimme der Schwester schien aus weiter Ferne zu kommen, als sie zu einer Kollegin sagte: »Armes Ding! Ihre eigenen Eltern setzen sie vor die Tür. Weil sie angeblich Schande über die Familie bringt, stell dir vor!«

Als Sarah aus ihrer Benommenheit erwachte, fühlte sich ihr Körper schwer an und in ihrem Kopf rumorte es. Ob sie unter den Nachwirkungen des Beruhigungsmittels oder dem Entsetzen darüber litt, dass ihre Eltern es nicht fertigbrachten, für ihre einzige Tochter einzutreten, vermochte sie nicht zu sagen. Willenlos blieb sie in ihren Laken liegen, nickte nur oder schüttelte den Kopf, wenn der Arzt oder die Schwester sie etwas fragten, und ließ das Essen unangerührt zurückgehen.

Stundenlang lag sie so da und starrte mit leeren Augen auf das Gemälde an der Wand. Ein Wagenzug auf dem Weg nach Westen. Eine endlose Kette von Planwagen, die durch dichtes Gras über die Prärie rollten, im Hintergrund die schneebedeckten Gipfel der Rocky Mountains und ein in leuchtenden Farben schillernder Regenbogen. Die Unterschrift »Zum Ende des Regenbogens« erinnerte sie an die Legende, nach der am Ende des Regenbogens ein Topf Gold warten sollte. Das Bild dieser fernen Weiten, des unendlichen Himmels folgte ihr bis in ihren Zustand zwischen Wachen und Traum.

So verlor sie jedes Gefühl für die Zeit, bis es klopfte und jemand ihr Zimmer betrat. Sarah, die zu schwach war, den Kopf zu bewegen, glaubte den Schatten der Gestalt zu spüren, als sie sich über sie beugte. »Sarah! Ich bin's, Sarah! Harriet. Tut mir leid, Liebes, ich habe erst jetzt davon erfahren.« Sarah spürte, wie sich eine Hand auf ihre Wange legte. »Sieh mich an, Sarah! Du darfst jetzt nicht aufgeben!«

Die Stimme wurde klarer, und Sarah begann zu weinen. Ihre Anspannung löste sich, und sie schluchzte so heftig, dass Harriet sie in den Arm nahm und beruhigend über ihren Kopf strich. »So ist es besser, Sarah. Lass den ganzen Schmerz raus, so habe ich es damals auch gemacht. Dein Leben ist noch nicht zu Ende. Solange es noch einen Funken Hoffnung gibt, ist nie etwas zu Ende. Das sage ich den Waisenkindern, die zu uns kommen. Du bist stark, Sarah, stärker als jede andere Frau, und das Leben hält noch viel für dich bereit. Wenn nicht hier, dann irgendwo anders.« Sie deutete auf das Bild mit den Planwagen. »Vielleicht im Westen, da zieht es viele Leute hin. Der Westen ist das beste Land für einen Neuanfang, sagen sie. Lass dich nicht unterkriegen, okay?«

Sarah richtete sich auf und wischte sich die Tränen von den Wangen. »Und wie stellst du dir das vor? Soll ich aufs Geratewohl in einen Zug steigen? Ich kenne niemanden im Westen.«

»Das lässt sich ändern«, erwiderte Harriet vieldeutig, »aber es braucht etwas Zeit. So lange kannst du bei uns im Waisenhaus wohnen. Arbeit gibt es genug bei uns. Du müsstest dich natürlich an unsere Regeln halten, einfache Kleidung tragen, und auf den Wohltätigkeitsbällen und überall dort, wo sich die feine Gesellschaft trifft, darfst du dich auf keinen Fall blicken lassen. Dort sammeln erfolgreiche Ladys wie Mrs Astor das Geld und lassen es uns zukommen.« Sie zuckte die Achseln. »Wäre das in Ordnung für dich, Sarah? Als Übergangslösung?«

Sarahs Blick fiel auf das Gemälde, die weiß getupften Gipfel der Rocky Mountains. Sie nickte.

Sarah bekam ihr eigenes Zimmer, eine winzige Kammer nur, aber besser als eine windige Pension oder ein billiges Hotel außerhalb der Stadt. Die Arbeit gefiel ihr. Obwohl sie noch Tage nach ihrer Entlassung aus dem Krankenhaus unter den schmerzhaften Prellungen litt, arbeitete sie wie besessen und steigerte sich so hinein, dass sie ihre Sorgen zumindest zeitweise vergaß.

Sie kümmerte sich besonders um die kleine Clara, spielte mit ihr, setzte sich beim Essen neben sie und las ihr jeden Abend eine Geschichte vor. Harriet und Pfarrer Ryden hatten bereits die Hoffnung verloren, sie jemals wieder zum Sprechen zu bringen, aber Sarah ließ nicht locker und erntete einen ersten Erfolg, als Clara zum ersten Mal seit ihrer Aufnahme lächelte und abends »Gute Nacht« zu ihr sagte. »Hast du das gehört, Harriet?«, flüsterte Sarah. »Sie hat ›Gute Nacht‹ gesagt. Clara hat ›Gute Nacht‹ gesagt. Sie wird wieder gesund.«

Doch bei allen Erfolgen war Sarah nicht blind. Sie merkte natürlich, dass sich ihretwegen einige Spender von dem »Home for the Friendless« abwandten und in der *New York Tribune* sogar stand, dass sich ausgerechnet eine von der Gesellschaft verstoßene Frau um elternlose Kinder kümmerte, und dem Waisenhaus am besten gedient war, wenn sie sich sobald wie möglich verabschiedete.

Später würde sie es als »Wink des Schicksals« bezeichnen, dass Harriet auf die verrückte Idee kam, ihr eine Ausgabe der *Matrimonial News* aufs Bett zu legen, in der sie etliche Zeilen mit Rotstift angekreuzt hatte, darunter auch die Anzeige eines gewissen Joseph Rankin. »Du bist total übergeschnappt!«, sagte sie am nächsten Morgen zu Harriet.

Harriet lachte. »Was hast du denn schon zu verlieren? Du musst ihn doch nicht heiraten, jedenfalls nicht sofort. Und du musst auch nichts unterschreiben, was dich abhängig von ihm macht. Aber es ist eine hervorragende Gelegenheit, diese Welt zu verlassen und etwas ganz Neues kennenzulernen. Wenn dir der Mann nicht gefällt, kannst du immer noch umkehren oder woanders hinziehen.«

14

Joseph erkannte schon von Weitem, dass Charly etwas auf der Seele brannte. Als er sich nach dem Füttern der Schweine dem Haus näherte, ging er langsamer als sonst und hielt den Kopf gesenkt, wie er es nur tat, wenn er nachdachte oder von Sorgen geplagt wurde. Zur Begrüßung brummte er nur verhalten, wobei er es vermied, ihm direkt in die Augen zu sehen.

»Schlecht geträumt?«, fragte Joseph. Er stellte die Schüssel mit dem Rührei auf den Tisch und schenkte Kaffee ein. »Oder haben dich die Schweine wieder durch den Pferch gejagt? Sie haben in letzter Zeit miserable Laune.«

Charly fand die Bemerkung nicht zum Lachen. Er nahm einen kräftigen Schluck Kaffee, öffnete den Mund, um etwas zu sagen, schüttelte den Kopf und häufte stattdessen Rührei auf seinen Teller. Er kaute bedächtig, trank wieder von seinem Kaffee und griff nach dem Salz, obwohl das Rührei perfekt gesalzen war.

»Du hast doch was auf dem Herzen«, erkannte Joseph. Er leerte seinen Becher Kaffee, in den er heimlich ein wenig Whiskey geschüttet hatte, zur Hälfte. »Warum sagst du's nicht einfach? Hast du der Witwe Jones ein Kind gemacht? Hat sie dich endlich überredet, und du willst mich zur Hochzeit einladen? Nur keine Hemmungen, ich bin hart im Nehmen, Charly.«

Charly spülte den Bissen mit einem Schluck hinunter und blickte ihn lange an, bevor er sagte: »Ich hab die Anzeige aufgegeben, Joseph. Die Hochzeitsanzeige. Als wir das letzte Mal in der Stadt waren. Ich hab sie sogar bezahlt.«

Joseph verschluckte sich beinahe. Er ließ die Hand mit der Gabel sinken und starrte den Alten ungläubig an. »Du hast … was? Du hast …« Die Worte blieben ihm im Hals stecken. Er musste erst ein paarmal durchatmen, bevor er fortfuhr: »Du meinst, sie haben die Anzeige gedruckt?«

»Und ob.« Charly zog eine zusammengefaltete Zeitung aus seiner Jackentasche und reichte sie ihm. »Auf der dritten Seite.« Er räusperte sich nervös. »Ich hab den Text noch mal verändern lassen. Die Witwe Jones kann so was viel besser als wir. Sie sagt, mit der Anzeige kriegst du die beste Frau der Ostküste auf die Ranch.« Er wartete, bis Joseph die dritte Seite aufgeschlagen hatte. »Na, was sagst du? Klingt das nicht toll?«

Joseph fand die Anzeige und las sie leise und mit wachsendem Entsetzen vor: »Erfolgreicher junger Rancher (25) mit florierendem Anwesen. Markante Gesichtszüge, dunkle Augen, kühne Gestalt. Erstklassiger Reiter. Treuer und liebevoller Ehemann. Sucht drei Jahre nach dem Unfalltod seiner lieben Frau hübsche und liebevolle Partnerin, die bereit ist, mit ihm sein Glück, seinen Verdienst und seine Arbeit zu teilen. Zuschriften an Joseph Rankin, Casper, Wyoming, postlagernd.«

Er ließ die Zeitung sinken und wusste eine Zeit lang nicht, wie er darauf reagieren sollte. Dann sagte er: »Bist du verrückt? Ich bin achtundzwanzig und nicht fünfundzwanzig. Ich habe weder markante Gesichtszüge noch eine kühne Gestalt. Okay, ich bin ein guter Reiter, und als Ehemann hab ich auch nicht versagt. Die meiste Zeit jedenfalls. Aber ich bin nicht erfolgreich, hab kein florierendes Anwesen … Was ist das überhaupt für ein Wort? Und mein Verdienst ist auch nicht gerade üppig, wie du weißt.« Kopfschüttelnd blickte er auf die Anzeige, als könnte er noch immer nicht glauben, dass Charly sie aufgegeben hatte. »Wir führen hier draußen ein einfaches Leben. Ella war daran gewöhnt, aber eine Lady aus dem Osten?«

»Wir werden sehen«, antwortete der Alte. »Ich bin nämlich gestern, als ich den Zaun abritt, einem Cowboy der Rafter B begegnet. Der kam gerade aus Casper und wusste, dass ein Brief für dich bei den Rykers liegt. Es hat jemand auf deine Anzeige geantwortet, Joseph. Die ganze Stadt redet davon.«

»Die ganze Stadt?«

»Halb so schlimm«, beruhigte ihn Charly. »Aber wir brauchen sowieso neue Vorräte. Ich dachte, wir fahren heute mal hin, kaufen ein, und du nimmst den Brief mit. Ich weiß, du trauerst deiner Ella nach und wolltest nie mehr eine andere Frau ansehen, aber es schadet bestimmt nicht, sich mal anzusehen, was die Lady aus dem Osten geschrieben hat.« Er hatte damit gerechnet, dass Joseph vor Wut seinen Kaffeebecher gegen die Wand warf, und war jetzt heilfroh, dass er es so gut aufnahm. Der Rancher war schwer zu ertragen, wenn er die Nerven verlor. »Er kommt aus New York.«

»Und woher weißt du das schon wieder?«

»Stand auf dem Poststempel. Einen Absender gab es nicht.«

Joseph war fassungslos. Er wurde zum Gespött der ganzen Stadt! Was tun? Unschlüssig faltete er die Zeitung zusammen. »Meinetwegen«, gab er nach, »aber den Brief lese ich erst, wenn wir wieder auf der Ranch sind. Ich will nicht, dass mir jemand über die Schulter sieht.«

»Außer mir«, erwiderte Charly. Er verhehlte seine Neugier nicht.

»Der Brief ist privat.«

Sie erledigten den Abwasch, die Arbeit, die sie am wenigsten mochten. Bevor Joseph einen neuen Flachmann füllte und in der Innentasche seiner Lederjacke verstaute, nahm er noch schnell einen heimlichen Schluck aus der Whiskeyflasche. Während Charly das Zugpferd vor den Pritschenwagen spannte, stellte er Bandit eine Schüssel Wasser hin und ging anschließend zum Grab seiner Frau. Eine Weile blickte er schweigend auf den mit frischen Blumen geschmückten Erdhügel hinab, dann flüsterte er: »Ich sehe mir den Brief nur mal an. Charly hat die Anzeige aufgegeben, ich bin unschuldig.«

Charly ahnte sicher, was ihn bewegte, ließ sich aber nichts anmerken und kletterte wortlos auf den Kutschbock. Sein Gewehr steckte er in eine Halterung neben dem Sitz. Auch Joseph, der sich neben ihm niederließ, hatte sein Gewehr dabei, weniger aus Angst vor Indianern, die sowieso fast alle im Reservat lebten, oder vor Banditen, sondern um gegen wilde Tiere geschützt zu sein. Auch wenn die Zivilisation den Westen erreicht hatte, war er außerhalb der großen Städte immer noch ein wildes Land mit zahlreichen Gefahren.

Der Tag war wie geschaffen für ihren Ausflug. Der Himmel spannte sich beinahe wolkenlos über dem hügeligen Land, und am Ufer des schmalen Flusses, der jenseits des Casper Mountain in den North Platte mündete, leuchteten gelbe Wildblumen in der Frühlingssonne. Sie sahen einige Antilopen, die bei ihrem Auftauchen rasch verschwanden, und beobachteten einen Kojoten, der sie neugierig beäugte. Der Staub, der unter den Rädern ihres Wagens aufwallte, wehte wie ein Schleier hinter ihnen her.

Sie erreichten die Stadt am späten Vormittag und waren schon zu Rykers Laden unterwegs, als sie beobachteten, wie die beiden Cowboys, die bei McSwain und seinem Vormann gewesen waren, einen Farmer und seine Frau belästigten. Sie hatten die beiden vor der Schmiede abgefangen, wo sie ihrem Zugpferd gerade neue Eisen anpassen ließen, und hatten es anscheinend darauf angelegt, ihre schlechte Laune an ihnen auszulassen, denn sie grinsten spöttisch, und der Kräftigere der beiden stemmte die Hände in die Hüften.

»Und ich dachte, unser Boss hätte Ihnen befohlen, aus der

Gegend zu verschwinden«, sagte der Kräftige, der es sichtlich genoss, das Wort zu führen. »In dieser Stadt sehen wir Farmer nicht besonders gern. Sie machen die Weiden unserer Rinder kaputt.«

»Und wir haben das gleiche Recht, hier zu siedeln, wie die Rancher«, widersprach der Farmer. »Im Gegensatz zu ihnen haben wir ein Besitzrecht auf unser Land. Die Zeit der freien Weide, die es jedem gestattet, seine Rinder dort grasen zu lassen, wo sie frisches Gras finden, ist vorbei.«

»Hör dir das an, Miller«, feixte der Schmächtigere der beiden. »Ein Schlauberger.«

Der Kräftige, der wohl mehr Demut erwartet hatte, trat einen Schritt auf den Farmer zu. Der wich keinen Zoll, aber seine Frau wurde nervös und versuchte ihn von den Cowboys wegzuzerren. »Lass uns fahren, Henry!«, flehte sie ihn an.

»He, das ist doch …«, begann Charly.

»… der Farmer, der neulich seine Braut vom Bahnhof abgeholt hat«, führte Joseph den Satz zu Ende. »Die hübsche Frau mit den Blumen auf dem Hut.«

Sie griffen nach ihren Gewehren. Auch wenn der Westen größtenteils gezähmt war, gab es immer noch Männer, die das nicht wahrhaben wollten und glaubten, mit Gewalt regieren zu können. Die beiden Cowboys gehörten zu dieser Sorte.

»Sieh an«, sagte Joseph zu den beiden, »ihr kamt mir doch gleich so bekannt vor. Habt ihr nichts zu tun? Ich nehme an, McSwain hat euch nicht in die Stadt geschickt, um einen unschuldigen Farmer und seine Frau zu beleidigen. Habt ihr denn keinen Anstand im Leib? Die Männer im Westen sind eigentlich bekannt dafür, dass sie eine Lady besonders rücksichtsvoll und höflich behandeln. Bei euch sehe ich wenig davon. Macht, dass ihr wegkommt.«

Die Cowboys wandten sich grinsend zu ihm um. »Wollt ihr euch mit uns anlegen? Ein versoffener Witwer, der nicht mehr auf die Beine kommt, und ein klappriger Alter, der schon mit einem Bein im Grab steht? Übernehmt euch bloß nicht, sonst könnte es ein böses Ende mit euch nehmen!«

Joseph hätte sich gewünscht, Pete Barnard wäre bei seinen Cowboys gewesen. Der Vormann hätte bestimmt nicht zugelassen, dass sie vor den Augen der halben Stadt einen Streit mit einem harmlosen Farmer anzettelten.

Stattdessen erschien Sheriff Caine, ein eher biederer Mann in den Dreißigern, der angeblich noch nie einen Schuss abgefeuert hatte. Wie es hieß, war er Gefängniswärter in Cheyenne gewesen, bevor er sich das Abzeichen in Casper angesteckt hatte. »Was geht hier vor?«, rief er schon von Weitem. Er setzte sich gern in Szene, vor allem dann, wenn so viele Leute zusahen. Etliche Passanten waren stehen geblieben und verfolgten neugierig das Schauspiel.

»Nichts«, antwortete Miller schnell, »wir haben nur ein paar Worte mit diesem Farmer hier und seiner Frau gewechselt und ihnen geraten, ihre Farm nach Norden zu verlegen. In Montana ist das Land grüner, und der Boden ist auch besser. Hier unten ist Rinderland.« Er machte ein unschuldiges Gesicht. »Wir wollten ihnen nur helfen, Sheriff.«

So albern die Ausrede auch war, er würde damit durchkommen. McSwain war mächtig genug, um auch die Wahl des Sheriffs beeinflussen zu können, und Caine verspürte keine Lust, sich mit dem Rancher anzulegen.

Das wusste auch Joseph. »Nicht der Rede wert, Sheriff. Aber die beiden haben bestimmt zu tun und wollen so schnell wie möglich weiter. Stimmt's?«

»Meinetwegen«, erwiderte Miller, »wir haben es nur gut gemeint.«

»So seht ihr aus«, höhnte Charly. Er wollte noch etwas sagen, fing aber einen warnenden Blick von Joseph auf und verstaute wütend sein Gewehr.

Die Cowboys schwangen sich auf ihre Pferde und ritten davon.

»Haben Sie noch was zu sagen, Mister?«, fragte Caine den Farmer.

»Nein, es ist nichts passiert.«

Der Sheriff nickte zufrieden und verschwand in einem Saloon, in dem er fast jeden Morgen zu finden war. In Casper öffneten einige der zwielichtigen Lokale besonders früh, ein Ärgernis, das die »Liga für Anstand und Sitte« bisher erfolglos bekämpfte. Die streitbaren Damen zogen einmal im Monat mit Schildern wie »Schließt die Lasterhöhlen!« und »Kein Schnaps am Morgen« durch Casper.

Als der Sheriff gegangen war, bedankten sich der Farmer und seine Frau überschwänglich bei Joseph und Charly. »Meine Frau ist erst seit wenigen Wochen im Westen, wissen Sie?«, sagte er. »Wir haben uns über eine …« Er wandte sich an seine Frau und bat sie mit einem fragenden Blick um Erlaubnis, den Satz zu Ende zu führen. »… eine Anzeige in einer Zeitung kennengelernt.« Er lächelte. »Sie hatte keine Ahnung, was sie hier draußen erwartet. Sie kommt aus Baltimore und hat dort in einer Fabrik gearbeitet.« Er blickte sie lächelnd an. »Ich hatte schon Angst, sie würde mich sofort wieder verlassen, wenn sie sieht, wie viel Arbeit wir auf der Farm haben, aber sie scheut sich nicht, auf dem Acker zu schuften. Ich glaube, es macht ihr sogar Spaß.« Er legte einen Arm um ihre Schultern. »Wir verstehen uns prächtig und haben zwei Tage nach ihrer Ankunft geheiratet.«

»Das nenn ich Liebe«, schwärmte Charly.

Joseph dachte an seinen Brief und war blass geworden.

»Wir sind sehr glücklich«, sagte die Frau des Farmers.

»Halten Sie sich von den Cowboys der Rocking M lieber fern«, gab Charly ihnen einen guten Rat mit auf den Weg. »Die Burschen sind auf Farmer nicht besonders gut zu sprechen, aber das wissen Sie ja inzwischen. Auf uns übrigens auch nicht. McSwain will meinem Boss die Ranch wegnehmen. Wegen der Wasserrechte. Ein übler Zeitgenosse, dieser McSwain.« Er griff nach den Zügeln der Pferde. »Passen Sie gut auf sich auf, Mister. Wie war Ihr Name?«

»Harry Willard. Und das ist meine Frau Rose.«

»Joseph Rankin und Charly Rouse«, erwiderte Charly.

Sie fuhren langsam weiter. Als sie außer Reichweite der beiden waren, sagte Joseph: »Was war denn das? So höflich hab ich dich noch nie erlebt. Lags an der Lady oder hast du dein Herz für Schollenbrecher entdeckt?«

»Ich hab ein Herz für unschuldige Seelen«, gestand Charly. Sein Gesicht war unnatürlich gerötet. »Sie hat mich an die Tochter eines Schmieds erinnert, die ich vor vielen Jahren in Texas getroffen habe. Ich glaube, es war in Lubbock. Muss dreißig, vierzig Jahre her sein. Ein zerbrechliches Wesen, unschuldig wie ein Engel, aber nicht auf den Mund gefallen, wenn man ihr zu nahe kam. Ich hätte sie am liebsten geheiratet, das kannst du mir glauben, aber ihr Vater hatte was dagegen und trieb mich mit einem schweren Hammer durch die halbe Stadt. Ich konnte von Glück sagen, dass ich rechtzeitig in den Sattel meines Gauls kam und davonreiten konnte.«

Im Laden wurden sie von Molly Ryker empfangen. Die Augen in ihrem runden Gesicht begannen zu glänzen, als sie Joseph und Charly kommen sah. »Da sind Sie ja endlich, Joseph!«, begrüßte sie ihn. »Und ich dachte schon, Sie wollen sich Ihren Brief überhaupt nicht abholen.« Sie zog eine Schublade auf und holte einen weißen Umschlag heraus. Er trug eine Briefmarke mit dem Konterfei von George Washington und eine mit steiler Schrift geschriebene Adresse. »Mr Joseph Rankin, Casper, Wyoming, postlagernd«, las sie vor.

»Wollen Sie mir den Brief nicht geben?«, fragte Joseph.

»Oh … natürlich«, antwortete sie, betrachtete den Umschlag aber noch einmal, als könnte sie sich nicht davon lösen, und legte ihn widerstrebend vor ihm auf den Tresen. »Ich bin ja so froh, dass Sie meinen Rat befolgt haben, Joseph. Es wird nicht zu Ihrem Schaden sein, da bin ich ganz sicher.« Sie beobachtete mit zunehmender Sorge, wie Joseph den Brief in seiner Innentasche verschwinden ließ. »Wollen Sie den Brief denn nicht öffnen? Sind Sie nicht neugierig?«

Joseph hatte nicht die Absicht, einen so vertraulichen Brief mit der halben Stadt zu teilen, und schüttelte grinsend den Kopf. »Nicht so neugierig wie Sie, Molly. Ich werde ihn zu Hause lesen, in aller Ruhe und vor allem allein.«

»Aber wenn Sie schon mal hier sind, könnten Sie doch gleich einen Antwortbrief verfassen. Fred und ich stellen Ihnen gern unser Büro zur Verfügung. Wer weiß, wie viele Angebote die Dame aus New York noch hat. Umso eher Sie ihr eine Antwort schicken, desto größere Chancen haben Sie.«

»Auf ein oder zwei Wochen kommt es bestimmt nicht an.«

»Sagen Sie das nicht, Joseph. Die Liebe hat ihre eigenen Gesetze.«

Er wollte ihr nicht verraten, dass er noch gar nicht wusste, ob er jemals einen Antwortbrief abschicken würde, und überging ihren Einwand mit einem hintergründigen Lächeln. Statt des Briefes zog er seine Einkaufsliste aus der Tasche und strich sie auf dem Tresen glatt. »Meinen Sie, Sie könnten uns die Sachen bis nach dem Mittagessen auf den Wagen packen lassen?«, fragte er.

Sie überflog die Liste, immer noch ein wenig verstimmt, weil sie vielleicht niemals erfahren würde, was die geheimnisvolle Dame aus New York geschrieben hatte, und nickte ein wenig widerwillig. »Ich denke, das lässt sich machen.« Sie legte den Zettel neben die Kasse. »Zehn Dosen Pfirsiche?«

»Sie wissen doch, wie gerne ich eingelegte Pfirsiche mag.« Die Vorfreude auf die süßen Früchte ließ ihn schmunzeln. »Und vergessen Sie den Kautabak nicht. Charly wird jedes Mal unausstehlich, wenn das Zeug zur Neige geht.«

»Ich vergesse nichts. Anschreiben oder bar?«

»Bar«, erwiderte Joseph, »auch wenn in unserer Kasse bald wieder Ebbe herrschen dürfte. Höchste Zeit, dass wir ein paar Rinder verkaufen.«

Sie verließen den Laden und traten unter den überdachten Gehsteig. Weder der Farmer und seine Frau noch die beiden Cowboys waren auf der Straße zu sehen. »Nein«, sagte Joseph, als er Charlys fragenden Blick bemerkte, »ich mache den Brief jetzt nicht auf. Ich lese ihn erst, wenn wir zu Hause sind, und zwar allein. Schlimm genug, dass die Witwe Jones die Anzeige verfasst hat.«

»Sie kann mit Worten umgehen, Joseph. Wenn du oder ich den Text geschrieben hätten, wäre gar keine Antwort gekommen. Um eine Lady von der Ostküste zu begeistern, braucht man großes Talent. Gehen wir was essen?«

»Später, erwiderte Joseph. »Wie ich dich kenne, hast du sowieso was anderes mit der Witwe vor. Keine Ahnung, wie sie es fertigbringt, während der Arbeit mit dir im Schlafzimmer zu verschwinden. Ich komme später nach.«

Joseph wartete, bis er gegangen war, und steuerte den nächsten Saloon an.

15

Auch die Witwe Jones versuchte alles, um Joseph zum Öffnen des Briefes zu bewegen, und lud Charly und ihn sogar zum Nachtisch ein, aber Joseph blieb eisern: »Den lese ich zu Hause in aller Ruhe. Ihr erfahrt noch früh genug, was die Lady geschrieben hat.« Er hob lächelnd die Schultern. »Oder nicht, falls ich ihn ungelesen ins Feuer werfe.«

»Untersteh dich!«, warnte ihn die Witwe. Sie schien seit ihrem letzten Besuch noch dicker geworden zu sein. »Ich hab meine poetische Ader nicht bemüht, damit du auf den Lohn verzichtest. Man wirft sein Glück nicht in den Kamin. Lass dir meinetwegen Zeit mit dem Lesen, aber irgendwann will ich wissen, was die Lady geschrieben hat, und ihr sagen, dass du dich freuen würdest, sie kennenzulernen.« Sie schenkte ihnen Kaffee nach. »Aber warte nicht zu lange, sonst nimmt sie einen anderen und lässt dich im Regen stehen. Charly …« Sie wandte sich an den alten Cowboy. »… pass gut auf ihn auf. Er darf den Brief auf keinen Fall verbrennen. Oder meint ihr, ich hab mir umsonst so wundervolle Formulierungen abgerungen? Ich wollte, mir hätte früher jemand solche Briefe geschrieben. Das gilt auch für dich, Charly. Streng dich an!«

»Ich hab andere Qualitäten«, konterte der Alte.

Sie signalisierte einem Angestellten, die Reste des Nachtischs mit einem weiteren Schlag Sahne zu versüßen. »Dein Glück, sonst müsstest du nämlich in der Kaschemme gegenüber essen. Hühnerklein mit Reis. Nicht gerade das, was ich mir unter einer herzhaften Mahlzeit vorstelle.«

Am frühen Nachmittag ritten sie zur Ranch zurück. Am Himmel waren einige Wolken aufgezogen, und der Wind blies böig von den Bergen herab. Charly hatte die Zügel übernommen. Er kaute gemächlich auf seinem Priem und machte keine Anstalten, ein Gespräch zu beginnen. Joseph hockte nachdenklich neben ihm und war froh, dass ihn der Alte in Ruhe ließ und ihn nach Molly Ryker und der Witwe Jones nicht auch noch nervte.

Selbst als Joseph seinen neuen Flachmann aus der Tasche zog und sich mit einem kräftigen Schluck beruhigte, hielt sich Charly zurück. Er kannte seinen Boss gut genug, um zu wissen, dass er ihn mit seinem Kommentar nur in Rage gebracht hätte. Stattdessen spuckte er seinen Priem aus und biss ein neues Stück vom Kautabak ab. Joseph schob den Flachmann zurück in die Innentasche, berührte den Brief und zog seine Hand rasch zurück, als hätte er Angst, sich an dem Umschlag zu verbrennen. Auf Charlys fragenden Blick reagierte er mit den Worten: »Ich brauche noch etwas Zeit, Charly. Dräng mich nicht, okay?«

Charly nickte nur und feuerte die Pferde an, als der Trail über einen langgestreckten Hügel führte. Auf der anderen Seite ließ er sie wieder in die gewohnte Gangart fallen. Sie kannten den Weg schon auswendig und brauchten kaum geführt zu werden. Am Flussufer ließ sich ein Hirsch blicken, verschwand bei ihrem Anblick aber sofort im Wald.

Zu Hause verstauten sie die mitgebrachten Waren in der Speisekammer. Charly spannte die Zugpferde aus und trieb sie auf die Koppel. Dann sah er auch nach den anderen Pferden und den Schweinen und versorgte Bandit, der die Hühner heftig gescheucht haben musste, denn sie hielten weiten Abstand von ihm. Joseph kletterte mit einem Eimer Schmierfett und einem Lappen auf das Windrad und schmierte das Laufwerk, eine Arbeit, die eigentlich gar nicht nötig war, weil Charly das schon vor einigen Tagen besorgt hatte. »Bevor das Ding wieder zu knarren anfängt«, rief er dem Alten zu. In Wirklichkeit wollte er sich nur ablenken und auf andere Gedanken kommen.

Nach dem Abendessen war Joseph erleichtert, als Charly auf ihr abendliches Kartenspiel verzichtete und sagte: »Ich glaub, ich hab mich bei der Witwe zu sehr verausgabt. Ich werde langsam zu alt für solche Abenteuer. Höchste Zeit, dass ich mich aufs Ohr haue und mich ein bisschen erhole.«

Joseph räumte die Becher weg und nahm einen weiteren Schluck aus der Whiskeyflasche. Er dachte an Harry Willard, der großes Glück gehabt hatte. Seine Rose war hübsch und schreckte nicht vor der harten Arbeit auf den Feldern zurück. Von wie vielen Frauen aus New York konnte man das wohl sagen?

Er zog den Brief aus der Tasche und strich ihn auf dem Tisch glatt. Ein gewöhnlicher Umschlag, wie man ihn auch in Casper kaufen konnte. Joseph hatte noch nie in seinem Leben einen Brief geschrieben, bekam aber sein Geld für verkaufte Rinder meist in einem Umschlag. Der Poststempel bedeckte die Hälfte der Zwei-Cent-Briefmarke und trug den Namen von New York und ein Datum. Demnach war der Brief länger als eine Woche unterwegs gewesen. Einen Absender gab es nicht. Vielleicht hatte die Dame heimlich geschrieben und wollte nicht, dass man ihren Namen las.

Nach einer Weile hatte er schon nach einem Messer gegriffen, um den Brief zu öffnen, als er noch einmal aufstand und sich Kaffee nachschenkte. Der Topf stand auf dem immer noch heißen Herd. Er schenkte etwas Whiskey dazu und kehrte zu dem Brief zurück. Wieder starrte er ihn nur an, als ginge eine unbestimmte Gefahr von ihm aus. Er trank einen Schluck, dann noch einen, und stellte den Becher langsam wieder ab. »Oh verdammt!«, fluchte er ungeniert, dann schob er das Messer entschlossen unter die Lasche und öffnete den Umschlag. Vorsichtig zog er den gefalteten Brief heraus.

Im Schein der Petroleumlampe begann er zu lesen: »Werter Mister Rankin, ich erlaube mir, auf Ihre Anzeige in den *Matrimonial News* zu antworten. Die Zeitung fiel mir durch Zufall in die Hände, und ich muss zugeben, sehr lange überlegt zu haben, bis ich mich dazu aufraffen konnte, Ihnen zu schreiben. Mich überzeugten vor allem Ihre wunderschönen Formulierungen und Ihre Ehrlichkeit, denn nur in sehr wenigen vergleichbaren Anzeigen stand etwas davon, dass man auch die Arbeit teilen müsse. Mein Name ist Sarah Mayfield. Sie erreichen mich über das ›Home for the Friendless‹ in New York City. Das ist der Name des Waisenhauses, in dem ich arbeite. Es fällt mir schwer, meine Vorzüge anzupreisen, will es aber gerne versuchen. Ich bin drei Jahre jünger als sie, von schlanker Statur, habe lange blonde Haare und blaue Augen. Oft wird mir gesagt, dass meine Haut wie Porzellan glänzt. Es interessiert Sie sicher, dass ich sehr gut reiten kann und es auch gewohnt bin, hart zu arbeiten. Meine Eltern leben beide nicht mehr, und meine Ersparnisse sind gering, aber meine Abenteuerlust ist groß, und ich bin bereit, das Wagnis einzugehen und meine gewohnte Umgebung zu verlassen. Ich bin neugierig auf den Westen und kann mir sehr gut vorstellen, wie faszinierend es sein muss, über die scheinbar endlose Prärie zu blicken. Vielleicht so ähnlich, wie es uns New Yorkern geht, wenn wir an der Atlantikküste stehen und auf das Meer hinaussehen. Ich weiß, dass ich Ihre verstorbene Frau niemals ersetzen kann, und ich weiß auch, dass es einige Zeit dauern wird, bis ich mich an die neue Umgebung gewöhnt habe, aber ich würde mich freuen, wenn man uns die Chance geben würde, unsere gemeinsamen Träume zu verwirklichen. Es grüßt Sie herzlich, Sarah Mayfield.«

Joseph blickte von dem Brief auf und trank von seinem Kaffee, der inzwischen nur noch lauwarm war. Im trüben Lichtschein bewunderte er die leichte und geschwungene Schrift, die manche Buchstaben wie kleine Kunstwerke aussehen ließ. Er las ihren Brief gleich noch einmal, dann ein drittes und viertes Mal, bis er ihn fast auswendig konnte und Sarah Mayfield deutlich vor sich zu sehen glaubte: eine anmutige junge Dame mit heller Haut, die aber zupacken konnte und sich nach dem Westen sehnte. Und was noch viel wichtiger war: die Reiten gelernt hatte und sich nicht wie eine ahnungslose Städterin benehmen würde. »Sarah Mayfield«, wiederholte er ihren Namen laut, ein schöner Name, der wie sanfte Musik in seinen Ohren klang.

Doch als er die Augen schloss und diese Sarah Mayfield aus dem Zug steigen sah, tauchte plötzlich das Bild seiner toten Frau vor seinen Augen auf, und er schreckte jäh aus seinem Traum hoch. Wütend warf er seinen Kaffeebecher gegen die Wand. Die Kaffee-Whiskey-Mischung verdampfte zischend auf dem heißen Herd. »Ich will nicht!«, rief er. »Hast du gehört, Charly? Ich will keine Frau auf der Ranch haben. Wir kommen auch allein zurecht. Ich will diese Sarah nicht!«

Er hatte so laut geschrien, dass drüben im Schlafhaus die Tür aufging, und Charly ins Freie gerannt kam. »Alles in Ordnung, Joseph?«, rief er besorgt.

Joseph trat selbst nach draußen und rief zurück: »Alles okay.«

»Bist du sicher?«

»Es ist nichts, Charly.«

Joseph beugte sich zu Bandit hinab, der ebenfalls hochgeschreckt war, und sich winselnd an seine Beine schmiegte. Er kraulte ihn liebevoll zwischen den Ohren. »Schon gut, mein Lieber. Ich hab die Nerven verloren, das ist alles.«

Im blassen Licht des Mondes, der hoch über dem Ranchhaus stand, ging er zum Grab seiner Frau und atmete ein paarmal durch, bis er sich wieder beruhigt hatte. Dann kehrte er ins Haus zurück, holte die halb volle Whiskeyflasche aus dem Schrank und ließ sich in einen der Sessel fallen. Er ließ die scharfe Flüssigkeit in sich hineinlaufen, verzog das Gesicht, als der Whiskey scharf in seiner Kehle brannte. Warum tue ich mir das an, fragte er sich. Die Medizin wirkt schon lange nicht mehr. *Morgen*, dachte er, *morgen höre ich damit auf*. Einen kleinen Schluck vor dem Frühstück oder im Kaffee, mehr nicht.

Schon bald sackte er gegen die Lehne zurück und schlief ein. Er merkte nicht, wie der Docht der Petroleumlampe herunterbrannte und irgendwann erlosch. Er hörte auch nicht das Knurren von Bandit, der ein Kaninchen gewittert hatte, es einige Zeit verfolgte und wieder zurückkehrte.

Im Licht des wandernden Mondes sah er Ella in den Raum schweben. Ein Traum, wurde ihm sofort klar, denn ihre Stimme war wie ein weit entferntes Echo. »Joseph«, sagte sie, »Was ist ein Leben ohne Liebe? Werde glücklich, Joseph.« Sie streckte die Hand nach ihm aus, als würde sie ihm über die Wange streichen wollen. »Ich bin dir nicht böse, wenn du dich einer anderen Frau zuwendest, denn ich weiß, dass unsere Herzen für immer miteinander verbunden bleiben. Leb wohl, Joseph, und vergiss mich nicht.«

Sie ging so geheimnisvoll, wie sie gekommen war, und mit ihr verschwand auch der Mond hinter einigen Regenwolken. Joseph versank in dunkler Nacht und wachte erst auf, als Charly ihn unsanft rüttelte. »Hey, Joseph!«, hörte er ihn sagen. »Was tust du denn hier unten? Wach auf!« Langsam öffnete er die Augen und schloss sie gleich wieder, als ihn das Licht der Petroleumlampe blendete. Sein Kopf dröhnte. »Komm mit!«, forderte ihn Charly auf. »Komm schon! Du brauchst eine ordentliche Dusche, dann wirst du wieder.«

Joseph raffte sich auf und folgte Charly nach draußen. Die Sonne war bereits aufgegangen und blendete ihn noch stärker als die Lampe. Stolpernd lief er mit dem Alten zum Brunnen und stützte sich mit den Händen ab. »Was hast du vor?«, fragte er. Er fühlte sich hundeelend. »Was soll das, Charly?«

Charly antwortete ihm nicht, zog stattdessen einen Eimer kaltes Wasser aus der Tiefe und goss es ihm ohne Vorwarnung über den Kopf. »Besser?«

»Bist du verrückt?« Joseph schnaubte wie ein Walross und rieb sich die Augen trocken. »Das Wasser ist eiskalt! Ich bin doch kein überhitztes Rind!«

»Aber ein Säufer, der es eigentlich besser wissen müsste.«

Joseph wollte sich verteidigen, sah aber ein, dass Charly recht hatte, und beließ es bei einem missmutigen Brummen. »Du hast recht«, sagte er, während er das Wasser aus seinen Haaren drückte, »ich hab gestern tatsächlich ein bisschen viel von dem Zeug erwischt.« Er konnte schon wieder grinsen. »Ist ja kein Wunder bei dem Ärger, den wir mit der Rocking M haben, und …« Er ging langsam mit dem Alten ins Haus zurück. »und wenn man einen Brief von einer New Yorker Lady bekommt.«

»Du hast ihn gelesen?« Charly blieb überrascht stehen.

»Liegt auf dem Tisch«, erwiderte Joseph. »Eigentlich wollte ich ihn ins Feuer werfen, aber das hab ich dann gelassen, und als Ella in meinem Traum auftauchte …« Verlegen brach er ab.

Doch der Alte sah ihn an, als würde er verstehen. »Was steht in dem Brief?«

»Lies selbst«, sagte Joseph, als sie das Haus betraten. Er deutete auf den Brief, der immer noch offen auf dem Esstisch lag. »Ich ziehe mir inzwischen trockene Klamotten an.« Er blickte zum Küchenschrank, dachte kurz daran, seinen Kater mit einem weiteren Schluck zu bekämpfen, und besann sich schnell eines anderen. »Setz schon mal Kaffee auf. So stark wie möglich.«

Während er sich umzog, zog angenehmer Kaffeeduft durch das Haus. Wie immer, wenn ihn ein Problem beschäftigte, brauchte er etwas länger, um sich umzuziehen. Über der Waschschüssel, die Charly gefüllt und in seinem Zimmer abgestellt hatte, rasierte er sich und fühlte sich danach schon viel besser. Er vermied es jedoch, in den Spiegel zu blicken. In einem frischen Hemd kehrte er in den Wohnraum zurück und nahm einen Schluck von dem Kaffee, bevor er in die Küche ging und das Frühstück zubereitete. »Eier mit Speck?«, rief er Charly zu, aber der war so in die Lektüre des Briefes vertieft, dass er ihn nicht hörte. »Eier mit Speck und trockene Biskuits dann also«, stellte Joseph fest.

»Wow«, staunte Charly, als Joseph das Frühstück servierte und sich zu ihm setzte. »Die ist genau die Richtige für dich. Blond, blaue Augen und von schlanker Statur. Und sie kann reiten und hart arbeiten. ›Ich bin neugierig auf den Westen und kann mir sehr gut vorstellen, wie faszinierend es sein muss, über die scheinbar endlose Prärie zu blicken.‹ Mann, so kann sich nur eine Lady ausdrücken. Wir müssen ihr so schnell wie möglich antworten, Joseph.«

»Ich weiß nicht«, zögerte Joseph. »Was sie schreibt, klingt wirklich verlockend. Aber wenn sie drei Jahre jünger ist, dann muss sie zweiundzwanzig sein. Ich hab schließlich gelogen. Meinst du nicht, das ist viel zu jung? Und diese Porzellanhaut, von der sie schreibt, die hält doch hier draußen nicht dem Wetter stand. Vielleicht antwortet noch eine andere Frau, die besser zu mir passt. Lass uns noch warten.«

»Warten? Bist du wahnsinnig?« Charly hatte bereits in ein Biskuit gebissen und sprach mit vollem Mund. »Eine bessere Frau wirst du nicht finden. Diese …« Er blickte auf den Brief.

»Diese Sarah Mayfield ist ein absoluter Glücksfall. Das Alter spielt doch keine Rolle und das mit der Porzellanhaut wird nicht so wild sein. Sie ist keine Prinzessin und gehört nicht zu diesen Superreichen, die es in New York geben soll. Sie arbeitet in einem Waisenhaus. Eine normale Frau. Sie hat Sehnsucht nach dem Westen, das ist alles.«

»Eine normale Frau? Aber sie schreibt wie eine vornehme Lady.«

Charly lachte. »Und ein bisschen vornehmer dürfte es in dieser Absteige auch ruhig zugehen. Würden Sie mir noch etwas Kaffee nachschenken, Sir?«

»Sehr gern«, antwortete Joseph und lachte ebenfalls.

16

Die Zugfahrt nach Westen war für Sarah genauso aufregend wie eine Schiffsreise ins ferne Europa, vielleicht sogar noch abenteuerlicher, denn das Leben in zivilisierten Städten wie London oder Paris ähnelte dem in New York, der amerikanische Westen hingegen war ein Land, das gerade erst im Begriff war, seine wilde Vergangenheit vergessen zu machen. Trotz der zahlreichen Fotografien, Zeichnungen und Stiche, die sie in Publikationen wie *Harper's Weekly* gesehen hatte, war es eine Reise ins Unbekannte, in eine ungewisse Zukunft, die bisher nur aus Versprechungen bestand. So mussten sich die Auswanderer gefühlt haben, die mit ihren Planwagen über den Oregon-Trail nach Westen gezogen waren. Sie fühlte sich an das Gemälde in ihrem Krankenzimmer erinnert. »Am Ende des Regenbogens wartet der Goldschatz«, dachte sie und lächelte.

Als Josephs Brief mit dem Zugticket gekommen war, hatte sie vor Freude geweint. Der Druck war so groß geworden, dass ihr gar nichts anderes mehr übrig geblieben war, als die Stadt zu verlassen. Der Klatsch der oberen Zehntausend, der auch ihr im Waisenhaus zu Ohren gekommen war. Die spöttischen Blicke, wenn sie am Sonntag mit ihrer Freundin Harriet in der Kirche auftauchte. Das abfällige Gemurmel auf den Veranstaltungen der Wohltätigkeitsvereine. In New York gab es keine Zukunft mehr für sie, und der einzige Weg in eine bessere Zukunft schien nach Westen zu führen. Hatte sie nicht irgendwo gelesen, dass man einen Menschen im Westen nur nach seinen Taten beurteilte?

Ihr Dritte-Klasse-Ticket hatte sie in ein Erste-Klasse-Ticket umgetauscht und den Aufpreis mit einem Teil des Geldes beglichen, das ihr Vater für ihr Ticket vorgesehen hatte. Harriet hatte sich im Büro der Union Pacific in der Grand Central Station erkundigt und erfahren, dass man sich in der billigen Klasse mit Frauen, Männern und Kindern in einem Wagen befand und im Sitzen schlafen musste, eine Zumutung für eine Lady, die es gewohnt war, in privaten Kutschen durch New York zu fahren. Eine weise Entscheidung, wie sie schon bald herausfand. In ihrem Abteil im neuen Pullman-Schlafwagen saß sie tagsüber in bequemen Veloursesseln, die abends zu einem Bett gefaltet wurden und höchsten Schlafkomfort versprachen. An das rhythmische Rattern der Räder und das ständige Schnaufen und Pfeifen der Lokomotive, das bis zu ihr in den Wagen drang, musste sie sich allerdings erst gewöhnen.

Nicht nur wegen der ungewohnten Geräusche lag sie lange wach. Zu quälend waren manche ihrer Gedanken. Nur der Fürsorge ihrer Freundin Harriet hatte sie es zu verdanken, dass sie während der letzten Wochen nicht die Nerven verloren oder etwas Unüberlegtes getan hatte. Wie sonst hätte sie die traurige Wahrheit verdrängen können, von ihren Eltern verstoßen worden zu sein? Wegen eines Verbrechens, das sie gar nicht begangen hatte! Dass der wahre Schuldige straffrei ausging und sich schon bald mit einer anderen Verlobten präsentieren würde, war ihr egal. Sie hegte keine Rachegedanken. In ihr war nur der Schmerz, die Liebe ihrer Eltern verloren zu haben. Sie hatte ihnen einen Brief zum Abschied geschrieben und ihnen noch einmal erklärt, dass sie keine Schuld traf, glaubte aber nicht, dass sie sich jemals melden würden.

Die meiste Zeit war sie allein in ihrem Abteil. In Chicago stieg eine ältere Dame zu, die ihren Sohn in Omaha besuchte und viel von ihrem verstorbenen Mann erzählte, nach ihr hatte eine junge Dame reserviert, die es sich aber im letzten Augenblick anders überlegte, ihre Reisetasche schnappte und auf den Bahnsteig zurück stieg. Durchs Fenster beobachtete Sarah, wie sie einen jungen Mann umarmte und in aller Öffentlichkeit küsste. Eine Frau, die vorgehabt hatte, ihren Mann zu verlassen, überlegte Sarah, und zu ihm zurückkehrte, bevor sie losgefahren waren. Sie musste unwillkürlich lächeln.

Bis Chicago hatte der Blick aus dem Fenster wenig Überraschendes geboten. Abseits der Schienen sah es ähnlich wie in den Vororten von New York aus, und Chicago brauchte sich hinter ihrer Heimatstadt nicht zu verstecken, sondern bot am Ufer des riesigen Lake Michigan sogar das schönere Panorama. Noch war von den weiten Ebenen des ehemals wilden Westens nichts zu sehen.

Das änderte sich hinter Omaha. Schon wenige Minuten, nachdem der Zug die Union Station verlassen hatte und sie am Ufer des Platte River nach Westen fuhren, wandelte sich die Landschaft. Die Industriebauten verschwanden, und scheinbar endloses Grasland breitete sich zu beiden Seiten der Schienen aus, das kaum sichtbar in baumlose Steppe überging. Nur am Ufer des Flusses wuchsen Schwarzpappeln und beschatteten den Trail, den die Auswanderer auf ihrem Weg nach Fort Laramie und Oregon genommen hatten. Wie viel angenehmer war doch die Fahrt in einem dieser modernen Eisenbahnwagen.

Wie allen Passagieren der ersten Klasse stand auch ihr ein geräumiges Bad zur Verfügung, in dem man sich in aller Ruhe zurechtmachen konnte. Der Schaffner brachte jeden Abend frische Handtücher und Seife und wechselte auch die Bettwäsche. Sogar ihre Mutter, die einmal behauptet hatte, ohne den Luxus, den man als Mitglied der Oberklasse genoss, nicht leben zu können, wäre mit diesem Service zufrieden gewesen. Das opulente Frühstück mit Spiegeleiern, Kartoffeln, Speck,

Toast, Orangensaft und Kaffee oder Tee servierte der Schaffner im Abteil, zum Dinner ging man in den feudalen Speisewagen, der ebenfalls nur den Passagieren der ersten Klasse offenstand.

»Sieh doch«, sagte ein junger Gentleman zu seiner Frau, »das sind Antilopen, nicht wahr? Ich bin gespannt, ob wir auch Büffel zu sehen bekommen.«

»Solange der Zug nicht auf freier Strecke anhält«, erwiderte die Lady.

Und das tat er tatsächlich, aber nicht wegen der Büffel, die ohnehin fast ausgestorben waren, wie der Schaffner zu berichten wusste, sondern weil die Lokomotive frisches Wasser brauchte. Der Wasserturm erhob sich am Rande einer winzigen Siedlung, die lediglich aus einem Saloon und einem Laden bestand und keinen sehr vertrauenswürdigen Eindruck machte. Die Passagiere wurden gebeten, sich die Beine zu vertreten, und der Schaffner stellte kleine Podeste vor jede zweite Tür und half den Leuten beim Aussteigen. An die Passagiere der Ersten Klasse verteilte er Gläser mit gekühltem Wasser, die anderen hatten eigenes Wasser dabei oder mussten es bezahlen.

Sarah ging ein paar Schritte und blieb im kniehohen Gras stehen. Jedes Mal, wenn der Wind darüberstrich und die Unterseite der Halme zu sehen war, nahm es eine silbergraue Farbe an. Dazwischen leuchteten einige rote Blüten. Von den blaugrünen Büschen, die auf den Hängen wucherten, ging ein kräftiger Duft aus, der sie an ein Gewürz aus der Küche erinnerte. »Salbei«, sagte jemand hinter ihr, »wenn ich Salbei rieche, weiß ich, dass ich im Westen bin.« Sarah drehte sich um und bemerkte ein älteres Paar, das anscheinend schon öfter im Westen gewesen war. Beide wirkten froh, der Heimat näher zu kommen. »Nie wieder Chicago«, sagte die Lady.

Die Sonne stand hoch am Himmel, und Sarah war froh, ihren mit Seidenblumen geschmückten Strohhut aufgesetzt zu haben. Lange würde sie ihren blassen Teint in dieser Wildnis nicht behalten können. Das Gesicht der älteren Dame, die hinter ihr stand, war leicht gerötet und wies Sommersprossen auf.

Sie erklomm den nächsten Hügel, um noch bessere Sicht zu haben, und war erstaunt, wie weit der Horizont entfernt war. Selbst wenn sie die Augen gegen die Helligkeit zusammenkniff, konnte sie nicht erkennen, wo das Land mit dem Himmel verschmolz. Einige Antilopen weideten an einem Nebenfluss des Platte River und ließen sich auch durch das Schnauben der Lokomotive und die vielen Passagiere nicht stören. Insekten schwirrten in der Luft.

Ein Raunen ging durch die Passagiere, als plötzlich ein Büffel auftauchte und scheinbar gelangweilt auf einem Hügelkamm stehen blieb, ein mächtiges Tier mit zottigem Fell, wie ein verspäteter Bote aus einer längst vergangenen Welt. Sarah kannte Büffel oder Bisons, wie sie wohl richtig hießen, nur von Bildern und war verblüfft, wie groß der Bulle war. Selbst auf die Entfernung hin forderte er den Respekt seiner Betrachter heraus. Vielleicht wusste er, dass weiße Jäger fast alle seiner Artgenossen wegen der Felle und der Knochen getötet hatten und er zu den wenigen Tieren gehörte, die überlebt hatten.

Der Büffel schnaubte ein paarmal und verschwand wieder hinter dem Hügel, als hätte er die Passagiere durch sein Erscheinen nur daran erinnern wollen, welches Unrecht sie begangen hatten. »Ich weiß, ich habe mehr Büffel getötet, als ich Patronen in meine Sharps bekomme«, sagte der ältere Mann hinter ihr, »aber es wäre jammerschade, wenn die Biester aussterben würden.«

Auch Sarah, tief beeindruckt von dem mächtigen Bullen, spürte plötzlich einen Kloß im Hals und fragte sich, ob es wirklich gut war, riesige Städte wie New York zu gründen und die

Zivilisation in eine Wildnis zu bringen, die scheinbar noch im Urzustand verharrte. Ein Problem, das sie bisher nie beschäftigt hatte. Zivilisation bedeutete Fortschritt, und war es nicht schön, in festen Häusern mit Dampfheizung, fließend Wasser und elektrischer Beleuchtung zu leben, in bequemen Kutschen über gepflasterte Straßen zu fahren, in die Oper oder ins Theater zu gehen und sich an eindrucksvollen Bauwerken und Monumenten wie der Brooklyn Bridge und der Freiheitsstatue zu erfreuen? Doch hatte sie nicht auch mit eigenen Augen gesehen, dass nur ein kleiner Teil der Bevölkerung in den Genuss vieler dieser angenehmen Dinge kam? Hatte sie die ganzen Jahre nicht in einer schützenden Seifenblase gelebt?

Der Lokführer rief mit einem gellenden Pfiff zur Weiterfahrt. Sarah kehrte in ihr Abteil zurück und bedankte sich, als der Schaffner ihr ein Glas frische Limonade brachte. Die Küche des Expresszugs bot die gleiche Qualität wie in einem Restaurant. Draußen veränderte sich die Landschaft nicht, die Steppe wurde zu solch einer eintönigen Kulisse, dass sie sich unwillkürlich fragte, wie es die Auswanderer auf dem Oregon-Trail auf ihrer anstrengenden und beschwerlichen Reise ausgehalten hatten, ohne erfrischende Getränke, ohne verglaste Fenster, die den Staub abhielten, und ständig in Gefahr, von feindlichen Indianern angegriffen zu werden. Sie lehnte sich in ihrem Velourssessel zurück und schloss die Augen.

»Cheyenne, nur noch zehn Minuten bis Cheyenne, Wyoming«, weckte sie der Schaffner am frühen Nachmittag. »Hier müssen Sie umsteigen, Ma'am.«

Sarah bedankte sich und blickte aus dem Fenster. Der Zug war langsamer geworden und dampfte durch die Vororte einer ansehnlichen Stadt. Sie unterschied sich deutlich von den schäbigen Städten und Dörfern, in denen sie unterwegs gehalten hatten, war wesentlich größer und beeindruckte mit breiten

Straßen, auf denen sogar Pferdebahnen fuhren. Über den Häusern ragte der kuppelförmige Bau des Kapitols empor.

»Das neue Kapitol, Ma'am«, erklärte ihr der Schaffner, »ist erst letztes Jahr fertig geworden, gerade noch rechtzeitig zur Gründung des Staates Wyoming. Eine tolle Feier war das, hab ich mir sagen lassen.« Er hielt ihren Koffer bereits in der Hand. »Sie wollen nach Casper? Der Zug geht leider erst morgen früh um halb sieben. Tut mir leid, Ma'am, eigentlich sollte auch heute Abend einer fahren, aber wir haben Probleme auf der Strecke und müssen noch einige Arbeiten durchführen. Kam am letzten Bahnhof über den Telegrafen rein.«

»Ich muss hier übernachten?«

Dem Schaffner war die Antwort sichtlich peinlich. »Es geht leider nicht anders, Ma'am. Wenn ich Ihnen das *Inter-Ocean* empfehlen dürfte? Eines der besten Hotels in Amerika, sagen Passagiere, die etwas von Hotels verstehen. Sind nur ein paar Schritte vom Bahnhof. Der Träger bringt Sie sicher hin.«

Sarah belohnte den Schaffner mit einem Trinkgeld und vertraute sich dem Gepäckträger an, der sie vom eindrucksvollen Bahnhof zum Hotel führte. Der Schaffner hatte nicht übertrieben. Das *Inter-Ocean*, ein imposanter Bau mit drei Stockwerken, war ein erstklassiges Hotel, das dem *Fifth-Avenue-Hotel* in New York in nichts nachstand und über Badezimmer und Toiletten mit fließend Wasser und sogar elektrischem Licht auf allen Stockwerken verfügte.

Der junge Mann an der Rezeption empfing sie mit neugierigen Blicken. »Ich nehme an, Sie warten noch auf Ihren Ehemann, Ma'am.«

»Mein Mann musste vorausfahren«, schaltete sie schnell und mit einem falschen Lächeln. »Dringende Geschäfte, wissen Sie?« Sie legte eine Goldmünze auf den Tresen. »Ich bin sicher, Sie haben noch ein Zimmer für mich.«

Natürlich hatte das *Inter-Ocean* noch ein Zimmer für sie, ein sehr gutes sogar, und das Abendessen wollte man ihr nach oben bringen, »weil sie als Dame doch sicher nicht allein im Restaurant speisen wolle«. In Cheyenne schien man noch konservativer als in New York zu sein. »Der Zug nach Casper morgen früh dürfte pünktlich sein, wir werden Sie rechtzeitig wecken.«

Sarah machte es sich in ihrem Zimmer bequem, blieb aber in ihrem Reisekleid, bis einer der Bediensteten das Tablett mit dem Dinner gebracht hatte und mit einem üppigen Trinkgeld wieder verschwunden war. Erst dann zog sie sich aus, wusch sich gründlich und zog einen Bademantel zum Essen an.

Vielleicht ist der Westen gar nicht so wild, wie ich angenommen habe, dachte sie, als sie nach dem Essen am Fenster lehnte und auf die Capitol Avenue hinabblickte. Zumindest Cheyenne war eine attraktive Großstadt mit eindrucksvollen Häusern und Villen und einem Kapitol, das sich über allen anderen Gebäuden erhob. Die Pferdebahnen waren leiser als in New York, es gab Kutschen und erstaunlich viele Pritschenwagen. Ihr fiel auf, dass die meisten Männer keine Zylinder oder Bowler, sondern breitrandige Cowboyhüte trugen, wahrscheinlich, um besser gegen die Sonne und den Wind geschützt zu sein. Einige Männer hatten Revolver im Gürtel.

Bevor sie sich schlafen legte, prüfte sie, wie viel Geld sie noch in ihrer ledernen Börse hatte. Über achthundert Dollar in Banknoten und goldenen Double Eagles, dafür mussten viele Menschen ein halbes Jahr arbeiten. Als eiserne Reserve für Notzeiten betrachtete sie ihre mit Diamanten besetzte Schmetterlingsbrosche, die mehrere Tausend Dollar wert sein sollte – ein Geheimnis, das sie für sich behalten würde, selbst wenn sich Joseph als Glücksgriff herausstellen sollte und sie ihn tatsächlich heiraten würde. »Sei auf alles gefasst«, hatte sie Harriet gewarnt, »in der Wildnis weißt du nie, was kommt.«

Sie schlief tief und fest, viel zu erschöpft nach der langen Fahrt, um lange zu grübeln, und wachte erst auf, als der Zimmerkellner an die Tür klopfte. »Soll ich Ihnen das Frühstück aufs Zimmer bringen?«, fragte er. »Rühreier mit Speck und Toast?«

Sarah hatte wenig Hunger und begnügte sich mit etwas Rührei und einer Scheibe Toast. Eine Viertelstunde vor Abfahrt holte sie der Gepäckträger ab.

Schnell wurde ihr klar, dass nun der Ernst ihres neuen Lebens begann. Mit den luxuriösen Salonwagen des Express hatten die Wagen des Zuges nach Casper kaum etwas gemein. Statt Gaslampen gab es billige Petroleumlampen, statt einer Dampfheizung einen Ofen, den man mit Holz oder Kohle heizen musste, und die mit rotem Velours bezogenen Sessel ersetzten harte Holzbänke. Seine Koffer oder Taschen verstaute man in Netzen über den Bänken.

Auch das Aussehen der Passagiere hatte sich verändert. Die Männer waren durchweg einfach gekleidet, trugen entweder schlichte Anzüge oder Nietenhosen und bunte Hemden, breitrandige Cowboyhüte und Stiefel, manche mit silbernen Sporen an den Absätzen. Die Frauen hatten Kleider aus billigem Calico an oder einfache dunkle Röcke und weiße Blusen. Die meisten hatten die hochgesteckten Haare unter Strohhüten versteckt, so wie sie, aber ohne seidene Blumen. Ihre Gesichter waren von Wind und Wetter gerötet, wie man es in New York nur bei den armen Leuten oder den Farmern vor der Stadt sah, ihre Hände waren kaum gepflegt und wiesen sogar Schwielen auf.

»Ich weiß nicht, was ich in diesem verfluchten Land verloren habe«, fluchte ein Mann vor ihr, ohne Rücksicht auf die weiblichen Passagiere zu nehmen. »Hast du von der Dalton-Bande gelesen? Würde mich nicht wundern, wenn es hier auch Banditen gäbe. Ich hätte in Omaha bleiben sollen. Der Fabrikjob ist auch nicht besser, aber da gibt's wenigstens keine Cowboys und Indianer.«

Sarah gingen ähnliche Gedanken durch den Kopf. Obwohl es noch mehrere Stunden bis Casper waren, wurde sie immer nervöser. Die Reise im Salonwagen und der Aufenthalt im Luxushotel hatten ihr vorgegaukelt, auch im Westen wäre Platz für sie, doch in diesem Zug war sie auf dem harten Boden der Tatsachen gelandet. Was war bloß in sie gefahren? Sie befand sich in einem anderen Land, in einer Umgebung, die ihr Angst machte, auf dem Weg zu einem Mann, den sie nur aus seiner Anzeige und seinem Brief kannte und noch nie in ihrem Leben gesehen hatte. Einen Rancher, einen Cowboy aus dem Westen.

»Auf was habe ich mich da bloß eingelassen?«, fragte sie sich betroffen. Sie schloss die Augen und wünschte sich, es wäre alles nur ein böser Traum, die Vergewaltigung, die Verbannung aus der eigenen Familie, und dass sie in ihrem eigenen weichen Bett in New York erwachte, doch als sie sie wieder aufschlug, saß sie immer noch auf der harten Holzbank des rumpelnden Zuges und ihr Herz wurde schwer wie Blei.

17

Schwarzer Rauch zog an den Fenstern vorbei, als der Zug langsamer wurde und sich in einer weiten Kurve ihrem Ziel näherte. Mit einem durchdringenden Pfiff und lautem Gebimmel vertrieb der Lokführer die Fuhrwerke und Passanten von den Schienen.

Der Bahnhof von Casper, ein langgestreckter Bau mit Giebeldach, lag mitten in der Stadt. Schnaufend, als wäre sie erschöpft von der langen Fahrt, kam die Lokomotive zum Stehen.

Sarah schlug das Herz bis zum Hals, als ihr ein hilfsbereiter Cowboy den Koffer aus dem Gepäcknetz holte, und sie den anderen Passagieren zur Tür folgte. Der Schaffner hatte ein kleines Podest vor die Treppe gestellt, um den Fahrgästen das Aussteigen zu erleichtern, und wartete geduldig, bis sich der Zug geleert hatte. Casper war Endstation. Nachdem er einer älteren Dame auf den Bahnsteig geholfen hatte, gab er dem Lokführer ein Zeichen, die Lokomotive stieß einen Pfiff aus und zog die Wagen auf ein nahes Abstellgleis.

Sie wartete, bis sich der dichte Qualm verzogen hatte, dann setzte sie den Koffer ab. Nervös wartete sie darauf, dass sie jemand ansprach, doch ein Mann, auf den die Beschreibung in der Anzeige passte, war nirgendwo zu sehen. »Markante Gesichtszüge, dunkle Augen, kühne Gestalt«, mit diesen blumigen Worten hatte Joseph sich in seiner Anzeige geschildert. Sie blickte sich suchend um. Eine Frau begrüßte ihren Mann, der wohl geschäftlich unterwegs gewesen war, ein Cowboy klopfte zwei Freunden auf die Schultern und führte sie zu den bereitstehenden Pferden, ein Gentleman überquerte hinter dem Zug die Schienen und hielt auf einen Saloon zu. Hatte Joseph sie etwa vergessen?

Nachdem sie ungefähr fünf Minuten gewartet hatte, und Joseph nicht gekommen war, nahm sie ihren Koffer und betrat das Bahnhofsgebäude. Sie trat an den Schalter und sagte zu dem Angestellten: »Entschuldigen Sie, ich warte auf Mister Joseph Rankin. Hat er zufällig eine Nachricht bei Ihnen hinterlassen? Er wollte mich eigentlich abholen. Der Zug war doch nicht zu früh?«

»Nein, Ma'am, der Zug war pünktlich«, antwortete der Angestellte, ein unscheinbarer Mann mit Schirmmütze und Ärmelschonern. »Fünf Minuten zu spät, um genau zu sein, aber das ist bei uns schon mehr als pünktlich.« Er lächelte verhalten. »Und Mister Rankin? Nein, der hat sich nicht gemeldet.«

»Nun«, erwiderte sie verlegen, »dann hat er sich wohl verspätet.«

Der Angestellte rückte seine Brille zurecht. »Ich kenne Mister Rankin nur flüchtig, Ma'am. Soweit ich weiß, bewirtschaftet er eine kleine Ranch am Cow Creek. Da weiß man nie. Vielleicht gibt's Probleme mit den Rindern, oder sie haben mit dem Roundup angefangen, und er kam nicht pünktlich weg. Sind Sie sicher, dass er weiß, welchen Zug Sie genommen haben? Vielleicht haben Sie oder er sich im Datum geirrt. Wäre doch möglich, Ma'am.«

»Das glaube ich kaum«, erwiderte Sarah. Sie biss sich auf die Unterlippe. Sie wollte nicht glauben, dass Joseph sie versetzt hatte. »Ihm wird doch nichts passiert sein? Er hat versprochen, am Bahnhof zu sein, wenn ich komme.« *Was nun?* »Wie weit ist es denn bis zu seiner Ranch? Könnte mich denn jemand zu ihm bringen?«

Der Angestellte hob gleichgültig die Schultern. »Zur Crazy R Ranch? Ungefähr siebzig Meilen, würde ich sagen. Keine Ahnung, ob Sie jemand hinbringen könnte, aber Sie könnten sich natürlich einen Buggy mieten und selbst hinfahren. Immer der Wagenstraße nach, auf die Laramie Mountains zu. Kann man gar nicht verfehlen.« Er musterte sie etwas genauer und bemerkte wohl erst jetzt ihr vornehmes Reisekleid und den blumengeschmückten Hut. »Ich würde Ihnen aber empfehlen, in der Stadt zu warten. Mister Rankin hat Sie bestimmt nicht vergessen. Warten Sie bei der Witwe Jones, das Lokal schräg gegenüber. Sie kocht den besten Kaffee der Stadt, und ihr Eintopf ist auch nicht zu verachten.« Er stempelte ein Schriftstück und legte es ab. »Ich kann hier leider nicht weg, sonst würde ich Sie hinführen.«

»Das ist schon in Ordnung«, sagte Sarah, »vielen Dank für Ihre Hilfe.«

Sie verließ das Gebäude und blieb auf dem Gehsteig stehen. Was sie sah, erfüllte sie nicht gerade mit Erleichterung. Eine ungepflasterte Hauptstraße zog sich durch die Stadt, flankiert von einigen Holzhäusern mit falschen Fassaden, darunter mehrere Saloons, vor allem auf der Westseite, und respektablen Läden wie Ryker's Store, eine Bank, eine Schmiede, das Sheriffbüro und die Redaktion der *Casper Weekly Mail* auf der Ostseite. Abseits der Hauptstraße, die wohl Central Street hieß, wenn man dem verwitterten Schild glauben durfte, ragte der keilförmige Turm einer Kirche empor. Unübersehbar war das mächtige Rathaus, ein massives Steingebäude mit einem Glockenturm. Mehrere Fuhrwerke parkten vor den Läden, an die Haltebalken waren Pferde gebunden, auf den Gehsteigen waren vereinzelte Passanten unterwegs.

Mit der Fifth Avenue in New York hatte diese Straße wenig gemein, auch nicht mit irgendeiner anderen Allee in der Nähe des Central Parks. Selbst die Capitol Avenue in Cheyenne wirkte gegen diese Central Street wie ein herrschaftlicher Boulevard. Sie befand sich in der Provinz, abseits der Zivilisation und eine halbe Ewigkeit von der Ostküste entfernt. Das merkte man schon an der Art, wie sich die Menschen bewegten, viel bedächtiger und lange nicht so hektisch wie in ihrer Heimat. Dazu der böige Wind, der lästige Staubfahnen vor sich hertrieb und sie zwang, die Seidenbänder, die ihren Strohhut hielten, fester unter dem Kinn zu verknoten. Es stank nach Abfall und Pferdemist.

Das Lokal der Witwe Jones lag nur einen halben Block entfernt. Mit gerümpfter Nase ging sie darauf zu, die Augen wegen des treibenden Staubs nur halb geöffnet. Sie hatte nicht daran gedacht, ihren Sonnenschirm mitzunehmen, sah allerdings, dass auch die Frauen, die gerade beim Einkaufen waren, darauf verzichteten. Ihr war, als würde sie von allen Seiten beobachtet, vielleicht wegen ihres kostbaren Reisekleides, das so gar nicht zu den einfachen Röcken der anderen Frauen passte. Zwei Frauen, die gerade aus einem Laden kamen, blieben sogar stehen und starrten sie an.

Aus einem Saloon gegenüber tönten wütende Männerstimmen. Sarah verharrte wie angewurzelt mitten auf der Straße, als ein Mann in einem blauen Overall aus dem Lokal stolperte und sich an einem Vorbaubalken festhalten musste, um nicht das Gleichgewicht zu verlieren. Im ersten Moment glaubte sie, er wäre betrunken, aber er schwankte nicht, und seine Stimme war fest und klar, als er rief: »Das könnt ihr nicht machen. Ich habe das gleiche Recht, hier ein Bier zu trinken, wie ihr. Wir leben nicht mehr im Wilden Westen.«

»Manche Dinge ändern sich eben nie«, antwortete einer der drei Cowboys, die hinter ihm auf die Straße traten. Er sah wie einer dieser Zirkus-Cowboys aus, die sie auf den Plakaten einer Wildwestshow gesehen hatte, ganz in Schwarz gekleidet bis auf ein rotes, viel zu großes Halstuch, das ihm wohl einen verwegenen Anstrich geben sollte. In der Faust hielt er einen Revolver. »Du solltest doch langsam wissen, dass wir keine Schollenbrecher in unserer Nähe haben wollen. Du stinkst nach Schweinemist, Willard. Also mach gefälligst, dass du nach Hause kommst!«

Willard entfernte sich widerwillig, drehte sich aber noch einmal zu dem Cowboy um. »In dieser Stadt herrschen jetzt Recht und Ordnung«, rief er, »auch ihr könnt hier nicht machen, was ihr wollt. Wir Farmer haben die gleichen Rechte wie ihr und wir denken gar nicht daran, vor euch zu kuschen.«

Der Cowboy schoss dicht vor dem Farmer dreimal in den Boden und lachte, als Willard schleunigst das Weite suchte und zu seinem Pritschenwagen auf der anderen Straßenseite zurückrannte. »Lass dich hier bloß nicht mehr blicken, Willard!«, rief der Cowboy ihm nach. »Wenn du was trinken willst, kauf dir eine Flasche und trink sie zu Hause, aber nicht bei uns im Saloon!«

Die Cowboys verschwanden lachend im Lokal, und die Stadt, die für einen Moment den Atem angehalten hatte, atmete wieder durch. Sarah griff sich an die Brust vor Entsetzen. Einen solchen offenen Ausbruch von Gewalt hatte sie noch nicht erlebt. Ihr war klar gewesen, dass es im Westen rauer zuging als auf der Fifth Avenue, und sie wusste, dass auch auf der Lower East Side blutige Bandenkriege ausgefochten wurden, aber dieser Cowboy mit dem roten Halstuch schien einem der Schundromane entsprungen zu sein, die es in New York an jeder Straßenecke zu kaufen gab. Und sie hatte angenommen, die Geschichten über den »wilden« Westen in diesen Magazinen wären der Fantasie eines Autors entsprungen.

»Miss Mayfield? Miss Sarah Mayfield?«

Erstaunt, ihren Namen zu hören, wandte Sarah den Kopf. Vor dem Lokal der Witwe stand eine korpulente Frau mit hochgesteckten Haaren und einer weißen Schürze vor dem dunklen Rock und winkte sie herbei. »Mrs Jones?«

»Witwe Jones«, verbesserte die Witwe. »So nennt mich jeder hier. Kommen Sie rein, ich hab frischen Kaffee auf dem Ofen. Und vom Eintopf heute Mittag ist auch noch was übrig. Ich lade Sie ein. Kommen Sie nur, Miss!«

Sarah folgte der Witwe ins Lokal, in dem um diese Zeit nur noch ein Bankangestellter saß, der zu spät zum Mittagessen gekommen war und noch an seinem Apple Pie mit Sahne knabberte. Er starrte Sarah neugierig an.

»Was ist mit dir los, Johnny?«, fuhr die Witwe den jungen Mann an. »Starrt man so vielleicht eine Lady an? Kümmere dich um deinen Apple Pie und lass ein anständiges Trinkgeld hier, sonst fällt der Kuchen nächstes Mal etwas kleiner aus.«

Irritiert vom burschikosen Ton der Witwe, setzte sich Sarah zögernd an einen der freien Tische. Sie griff nach ihrem Taschentuch und tupfte sich einige Schweißperlen von der Stirn. Der Streit zwischen den Cowboys und dem Farmer hatte sie stärker verstört, als sie zugeben wollte. Sie griff dankbar nach dem Becher Kaffee, den die Witwe ihr hinstellte. »Machen Sie sich wegen der Schießerei keine Sorgen, Kindchen«, sagte sie, »ab und zu geht der Gaul mit den jungen Burschen durch.«

»Der Cowboy mit dem roten Halstuch …«

»Pete Barnard, der Vormann der Rocking M Ranch.«

»Er hat auf den Farmer geschossen.«

»Imponiergehabe, weiter nichts.« Die Witwe schenkte sich selbst Kaffee ein und rief ihrem Koch zu, einen Teller mit Eintopf zu bringen. »Ich traue ihm zwar einiges zu, aber einen Farmer mitten in der Stadt zu erschießen, das bringt selbst er nicht fertig.« Sie trank einen Schluck und musterte Sarah unauffällig, als Don aus der Küche kam und ihr den Teller Eintopf hinstellte. »Lassen Sie sich's schmecken, Kindchen. Und machen Sie sich keine Sorgen. Joseph hatte bestimmt nicht vor, Sie zu versetzen. Vor ein paar Tagen, als er zum letzten Mal hier war, hat er von nichts anderem als Ihnen gesprochen.«

»Ist das wirklich wahr?« Sie schöpfte wieder Hoffnung. »Der Angestellte im Bahnhof hat mir schon erklärt, dass auf einer Ranch immer etwas dazwischenkommen kann.« Sie griff nach ihrem Löffel und zögerte. »Aber er hätte doch wenigstens jemanden schicken können.«

Die Witwe war derselben Meinung, wollte Joseph aber nicht in den Rücken fallen. »Joseph wollte mit dem Roundup beginnen.« Als sie Sarahs ratloses Gesicht sah, ergänzte sie: »Der Zusammentrieb der Rinder. Das bedeutet viel Arbeit, und sie sind nur zu zweit. Er und Charly Rouse, der schon lange dabei und sehr erfahren ist. Manchmal stellt er zwei zusätzliche Leute ein, aber auch das sind noch zu wenige, wenn die Rinder in alle Winde verstreut sind. Ich bin sicher, er bereut es, dass er Sie nicht abholen konnte. Vielleicht kommt er heute Abend, spätestens aber morgen früh. Kein Grund, die Nerven zu verlieren. Essen Sie erst mal tüchtig, dann sieht die Welt schon ganz anders aus.«

Der Eintopf schmeckte herrlich, war kräftig gewürzt und etwas ganz anderes als die vornehmen Speisen, die sie in New York gegessen hatte. Der Kaffee war etwas stark, aber genau richtig, um sie nach der anstrengenden Reise und der Enttäuschung, die sie am Bahnhof erlebt hatte, wieder aufzurichten.

»Alles im Ordnung, Kindchen?«

»Sagen Sie Sarah zu mir«, erwiderte sie. »Es schmeckt köstlich.«

»Ich hab keine Ahnung, was man Ihnen in New York vorgesetzt hat, wahrscheinlich Austern, Hummer und Soufflés und so was. Hier muss immer Fleisch oder Wild dabei sein, auch für die Frauen, und ich sage Ihnen, besseres Fleisch als hier in Wyoming bekommen Sie auf der ganzen Welt nicht.«

Sarah hatte geglaubt, keinen Hunger zu haben, aß aber mit wachsendem Appetit. »Woher wussten Sie eigentlich, wer ich bin?«, fragte sie nach einer Weile. »Und dass ich aus New York komme und auf Mister Rankin warte?«

»Das war nicht zu schwer zu erraten«, antwortete die Witwe Jones leicht amüsiert. »Die halbe Stadt weiß doch, dass Joseph eine Anzeige aufgegeben hat und eine Frau sucht. Wir haben ihn sogar ermutigt. Seine Frau ist vor drei Jahren gestorben, wissen Sie, und es wird höchste Zeit, dass eine Frau bei ihm einzieht. Ohne Frauen sind Männer doch nur die Hälfte wert, meinen Sie nicht auch?« Sie trank einen Schluck und lächelte über den Becherrand hinweg. »Und eine so elegante Lady wie Sie verirrt sich doch nur alle paar Jahre in unsere Gegend. Sie konnten niemand anderes sein, Kindchen.«

Als Sarah fertig gegessen hatte, tupfte sie sich den Mund mit der Serviette ab. »Kennen Sie Joseph näher? Was ist er für ein Mensch? Ist er so nett, wie es in seiner Anzeige und seinem Brief den Anschein hat?«

»Ich kenne seinen Brief nicht«, log die Witwe, »aber ich denke mal, er hat eher untertrieben. Er sieht blendend aus, macht eine gute Figur, besonders im Sattel seiner braunen Stute, und ich bin sicher, er ist ein liebevoller und rechtschaffener Ehemann. Sicher, seiner Ranch sieht man die fehlende weibliche Hand an, aber sie ist gut in Schuss und kann sich durchaus sehen lassen. Als Cowboy ist er sowieso unschlagbar. Sie sollten ihn sehen, wenn er auf seiner Stute versprengten Rindern nachjagt und sie mit dem Lasso einfängt.« Sie lachte. »Aber das werden Sie ja bald. Er ist ein ganzer Kerl, Sarah, ein Mann, wie ihn sich jede Frau wünscht. Sie können von Glück sagen, dass wir Frauen hier draußen immer noch in der Minderzahl sind, sonst hätte ihn sich bestimmt schon jemand geschnappt. Ich bin leider ein paar Jahre zu alt für ihn.«

»Sind Sie schon lange … ich meine …«

»Ob ich schon lange Witwe bin?« Sie räumte den Teller ab, stellte ihn auf den Tresen und setzte sich wieder. »Ich habe drei Männer überlebt, Kindchen. Wir Frauen sind einfach zäher. Und ich hatte eigentlich vorgehabt, nie mehr zu heiraten, aber der gute Charly hat es mir angetan. Der alte Cowboy, der für Joseph arbeitet. Der Junge ist genau meine Kragenweite.«

Sarah lächelte. Die warmherzige Art der Witwe machte ihr Mut, die Frage zu stellen, die ihr auf der Seele brannte. Verlegen spielte sie mit ihrer Serviette.

»Glauben Sie, ich habe das Richtige getan, Witwe Jones?«, fragte sie.

Die Witwe zögerte keine Sekunde. »Oh ja! Ich bin sicher, Sie werden Ihren Schritt nicht bereuen. Hier draußen hätten Sie keinen besseren Mann als Joseph finden können. Und lassen Sie sich bloß nicht durch den kleinen Zwischenfall aus der Ruhe bringen, den Sie vorhin beobachten mussten. Pete Barnard und seine Cowboys sind ungehobelte Burschen, die immer noch glauben, im Wilden Westen zu leben. Aber die Zeiten sind endgültig vorbei, das kann ich Ihnen versichern. Die letzte Schießerei in Casper fand während der Indianerkriege statt, und das ist eine ganze Weile her. Inzwischen sind alle Indianer im Reservat, in Nebraska, den Dakotas oder am Wind River etliche Meilen westlich von hier. Wir haben ein Theater, in dem schon mal eine Schauspielerin vom Broadway zu Gast war, und in den meisten Gebäuden gibt es Gaslampen und in einigen wenigen sogar eine Dampfheizung. Stellen Sie sich vor, im Stadtrat hat man sogar über eine Pferdebahn nachgedacht.«

Sarah wollte nicht prahlen und verschwieg ihr, dass in New

York bereits die Elektrizität auf dem Vormarsch war. Dass es dort bereits Trolleys gab, die nicht von Pferden, sondern von unsichtbaren Kabeln gezogen wurden. Verglichen mit Casper schien New York in einer anderen Zeit und auf einem anderen Planeten zu liegen. Sie blickte an ihrem Kleid hinunter. »Was meinen Sie, Witwe Jones, sollte ich inzwischen ein paar Einkäufe tätigen? Auf der Ranch kann ich wohl schlecht in einem solchen Kleid herumlaufen, und meine Schuhe erscheinen mir auch sehr unpraktisch.« Sie musste selbst lachen. »Eigentlich alles, was ich in meinem Koffer dabeihabe. Würden Sie mir vielleicht helfen? Sie wissen doch sicher, was man als Frau hier draußen trägt.«

»Was für eine wundervolle Idee«, erwiderte die Witwe. Sie strahlte über beide Backen. »Am besten brechen wir gleich auf. In Ryker's Store bekommen Sie alles, was Sie brauchen. Und keine Angst, wir verpassen Joseph nicht. Der kommt immer im Laden vorbei, wenn er in Casper ist.«

18

Ohne die Witwe wäre Sarah sich reichlich verloren vorgekommen in Casper. Die korpulente Frau sprach nicht gerade wie eine Lady und gebrauchte Ausdrücke, die keine gebildete New Yorkerin jemals in den Mund genommen hätte, machte ihren rauen Umgangston aber durch ihr freundliches Lächeln und ihre Fürsorge wett. Keine New Yorkerin lachte so offen wie sie.

Molly Ryker, die Frau des Ladenbesitzers, stand ihr in nichts nach. Auch sie wusste sofort, wen sie vor sich hatte, und ihre Begrüßung fiel genauso herzlich aus. »Wegen Joseph machen Sie sich mal keine Sorgen«, sagte sie, »während des Roundups hat er so viel zu tun, dass er manchmal einfach nicht wegkommt.«

»Dieses Roundup … was passiert da eigentlich?«, fragte Sarah.

»Beim Roundup wird das Vieh zusammengetrieben, Ma'am, im Frühjahr und im Herbst. Die Rinder werden gezählt, die neugeborenen Kälber bekommen ein Brandzeichen aufgedrückt, die Rancher sortieren einige Rinder aus und verkaufen sie an die Schlachthöfe und treiben sie zur Bahnstation. Danach werden die Rinder im Frühling auf die Sommer- und im Herbst auf die Winterweide getrieben. Eine arbeitsreiche Zeit, das können Sie mir glauben.«

Sarah blickte sie entmutigt an. »Dann komme ich wohl ungelegen?«

»Weit gefehlt, Ma'am. Joseph wartet schon sehnsüchtig auf Sie.« Molly Ryker kam hinter ihrem Tresen hervor und betrachtete ihr edles Reisekleid. »Ein wunderschönes Kleid, Ma'am, aber für die Ranch brauchen Sie sicher was Praktischeres.« Sie wechselte einen Blick mit der Witwe. »Mal sehen, was ich für Sie habe.« Sie trat an ein Regal und zog ein einfaches Kleid aus hellblauem Calico hervor, dazu einen dunklen Rock aus dem gleichen Material. »Calico reißt schwerer und lässt sich besser waschen als Samt oder Seide, die wären viel zu kostbar für die harte Arbeit. Die guten Kleider zieht man hier draußen nur zur Kirche, zu Hochzeiten und Tanzfesten an.« Auch widerstandsfähige Strümpfe und passende Schnürstiefel suchte die Frau des Ladenbesitzers für sie heraus. »Am besten probieren Sie die Sachen mal an.«

Sarah zog sich hinter einem Vorhang um. Das Kleid passte perfekt, aber der grobe Stoff war gewöhnungsbedürftig und erinnerte sie an die Kleider, die ihre Bediensteten getragen hatten. Aus ähnlich grobem Stoff waren die Strümpfe gefertigt. Die Schnürstiefel saßen gut und waren sicher besser für die Arbeit auf einer Ranch geeignet als ihre halbhohen Schuhe aus New York. Zögernd und auch ein wenig schüchtern trat sie hinter dem Vorhang hervor.

»Perfekt!«, freute sich die Frau des Ladenbesitzers.

»So gehen Sie fast als Einheimische durch«, sagte die Witwe Jones.

Aber nur fast, dachte Sarah, als sie sich in einem Spiegel musterte. Ihr blasser Teint, die immer noch sorgfältig frisierten Haare und ihre gepflegten Hände zeigten deutlich, dass sie aus besserem Hause an der Ostküste kam. Die Frauen, denen sie auf der Straße begegnet war, hatten von harter Arbeit gezeichnete Gesichter und Hände, auch wenn sie in der Stadt und nicht auf einer Ranch oder einer Farm wohnten, und einen Sonnenschirm oder Fächer hatte sie bei keiner einzigen gesehen. Noch deutlicher wurde der Unterschied in der Sprechweise, die hier viel breiter und bedächtiger war und nicht so rasant wie bei den Frauen in New York, die weniger, aber wesentlich schneller redeten und nicht so direkt in ihren Antworten waren.

Zu dem Kleid, dem Rock und zwei Paar Strümpfen kamen einfachere und zweckmäßigere Unterwäsche, aber auch gemusterte Blusen, eine Lederweste, zwei Halstücher, die sie beim Reiten gegen den aufwirbelnden Staub schützen sollten, ein langer Regenmantel und Stiefel mit halbhohen Absätzen, wie man sie sonst nur bei Cowboys sah. Die Witwe Jones ließ sie drei Paar anprobieren. »Ich bin sicher, in New York haben Sie was anderes beim Reiten getragen, aber hier kommen Sie ohne solche Stiefel nicht weit. Die hohen Absätze bewahren Sie davor, aus den Steigbügeln zu rutschen.« Als sie die Stiefel angezogen hatte, bückte sie sich, drückte auf Sarahs Zehen, und nickte zufrieden. »Stiefel müssen immer einen Viertelzoll größer sein, sonst sitzen Sie nicht bequem.« Sie blickte an ihr empor. »Na, was sagen Sie, Kindchen?«

Sarah lächelte. »Etwas ungewohnt, aber wenn Sie meinen?«

Doch als die Witwe Jones einen ledernen Reitrock aus dem Regal kramte und vor ihr ausbreitete, machte sie ein skeptisches Gesicht. »Doch, so was brauchen Sie, denn ab und zu werden Sie auch mal das Haus verlassen und mit Joseph über die Weide reiten oder ihm sogar bei der Arbeit helfen«, erklärte die Witwe. »Los, probieren Sie ihn an.«

»Was ist das? Ein Reitrock?«

»Aus festem Leder«, bestätigte die Witwe, »das schützt gegen Sträucher und Dornen. Ich will Ihnen keine Angst machen, aber so ein Ritt über die Steppe ist sicher was anderes als ein Ausritt vor den Toren von New York.«

Widerstrebend schlüpfte Sarah in den steifen Rock und blickte zweifelnd an sich herunter. »Sieht der nicht ein wenig …« Sie suchte nach einem Wort, das nicht zu abfällig klang. »… zu lächerlich aus?«

»Ach was«, meldete sich Molly Ryker, »der passt doch perfekt.«

Sarah gab sich geschlagen und ließ ihn zu den anderen Sachen packen. Als sie – dieses Mal auf eigene Faust – nach einem Gürtel Ausschau hielt, blieb sie an einem Tisch mit Stoff stehen. Ein Ballen mit besonders feiner und mit Blumenmustern durchzogener Spitze hatte es ihr besonders angetan. »Oh, die sieht wirklich erstklassig aus«, sagte sie. Ihre Augen begannen zu leuchten. »Daraus könnte man wunderbare Vorhänge schneidern.« Sie ließ den Stoff durch ihre Finger gleiten. »Meinen Sie, damit könnte ich ihn überraschen?«

Molly Ryker machte große Augen. »Joseph? Nun ja …«

»Damit würde ich noch etwas warten, Kindchen«, fiel die Witwe Jones ihr schnell ins Wort. »Vorhänge gibt es in den wenigsten Ranchhäusern, wissen Sie, und die meisten Cowboys würden schon zusammenzucken, wenn man ihnen Blumen auf den Tisch stellt. Geben Sie Joseph etwas Zeit, sich an Sie zu gewöhnen.«

»Dann legen Sie mir doch genug Spitze auf die Seite«, bat Sarah. »Sonst ist sie noch ausverkauft, wenn ich sie kaufen will.« Sie blickte noch einmal in die Runde, fand aber nichts Lohnenswertes mehr. »Packen Sie mir alles zusammen, Ma'am? Ich hoffe doch, Joseph holt mich mit einem Wagen ab.«

»Ganz sicher sogar. Er weiß doch, dass Sie Gepäck haben.«

Mit der Schachtel, die Molly Ryker geschickt verschnürt und mit einem Tragegriff versehen hatte, überquerten sie die Straße. In New York hatten die Bediensteten von Lord & Taylor und anderen Läden ihre Einkäufe geliefert, und nicht selten waren sie auch mit der neuen Mode zu ihnen gekommen und hatten sie die Kleider zu Hause anprobieren lassen.

Sie hatten gerade den Gehsteig erreicht, als ein alter Cowboy mit einem Pritschenwagen die Straße heraufkam und vor dem Lokal anhielt. Er sprang vom Kutschbock, riss sich den Hut vom Kopf und schlug ihn gegen sein rechtes Hosenbein. Staub wallte auf. »Guten Tag, meine Damen«, grüßte er die beiden Frauen. »Tut mir leid, aber Joseph konnte leider nicht persönlich kommen, und ich kam auch erst viel zu spät weg.« Er deutete einen ungelenken Diener an und sagte: »Sie müssen Sarah Mayfield sein, Ma'am.«

»Das stimmt«, erwiderte sie hüstelnd. Der Staub machte ihr zu schaffen.

»Charly Rouse, Ma'am«, stellte sich der Cowboy vor. »Ich arbeite auf der Crazy R, bin so was wie die rechte Hand vom Boss.« Er musterte sie bewundernd. »Sie sind sicher enttäuscht, dass Joseph nicht selbst kommen konnte und vielleicht auch wütend, weil ich so spät dran bin, aber wie gesagt … es ging leider nicht anders. Wir sind gerade beim Roundup und hatten einigen Ärger auf der Weide am Cow Creek. Zuerst war's nur ein widerspenstiger Stier, der Ärger machte, und dann, als Joseph gerade losreiten und sie abholen wollte, kamen uns einige dumme Rinder dazwischen, die über eine Böschung gerutscht und sich im Gestrüpp verfangen hatten. Ich bin schon zu alt und klapprig, um mich auf steilen Hängen herumzutreiben, also blieben Joseph und die beiden Cowboys draußen, und ich fuhr so schnell wie möglich hierher, um sie abzuholen. Um Sie am Bahnhof zu treffen, war ich leider zu spät dran. Ich hoffe, Sie verzeihen uns, Ma'am.«

Das war eine ziemlich lange Rede für den Alten, aber das wusste Sarah nicht. Sie war beeindruckt, wie ähnlich dieser Charly mit seinem buschigen Schnauzbart und dem breitkrempigen Hut einem Cowboy sah, den sie einmal auf einem Plakat einer Wildwestshow gesehen hatte. »Ich verstehe wenig von Rindern, Mister Rouse, aber ich nehme an, Sie hatten Ihre Gründe. Wollen Sie gleich zurück?«

Charly wechselte einen Blick mit der Witwe und las die Warnung in ihren Augen. »Natürlich, Ma'am. Ich habe Sie schon lange genug warten lassen, und wir haben einen weiten Weg vor uns. Wo ist Ihr Gepäck?«

Die Witwe sagte es ihm, und Charly holte den Koffer aus dem Lokal. Als er zurückkam, hatte er einen Kaffeerand über der Oberlippe. Als er den strafenden Blick der Witwe bemerkte, wischte er ihn mit dem Ärmel weg. Er lud den Koffer auf die Ladefläche und legte die Schachtel mit den Einkäufen daneben. Beide deckte er mit einigen Wolldecken zu, damit sie nicht verrutschten. »Wir können«, sagte er und zwickte die Witwe im Vorbeilaufen in den Hintern, was ihm einen weiteren, diesmal empörten Blick eintrug.

Sarah verabschiedete sich von der Witwe und ließ sich vom Alten auf den Kutschbock helfen. Seine Hand war rau und schwielig. Sie setzte sich auf das Kissen, das Charly vorsorglich mitgebracht hatte, und hielt sich mit einer Hand an der Lehne fest. »Vielen Dank«, rief sie der Witwe Jones zu, »Sie haben mir sehr geholfen. Ich hoffe, wir sehen uns bald wieder.«

Im gemächlichen Tempo fuhren sie aus der Stadt. Sarah brauchte einige Zeit, um sich an den schwankenden und rüttelnden Wagen zu gewöhnen und wusste schon jetzt, dass sie mit einigen blauen Flecken auf der Ranch ankommen würde. Sie wagte nicht, die Hand von der Lehne zu nehmen. Argwöhnisch beobachtete sie, wie Charly ein Stück von seinem Kautabak abbiss und genüsslich kaute. In New York hatte sie diese Angewohnheit nur bei Kutschern beobachtet und missbilligt. Hier im Westen schien es selbstverständlich zu sein, das übelriechende Kraut zu kauen und auszuspucken.

»Haben Sie denn nicht mehr Cowboys auf der Ranch?«,

fragte sie nach einer Weile, immer noch verwundert darüber, dass Joseph unabkömmlich gewesen war. »In der Anzeige stand etwas von einem florierenden Anwesen.«

Charly kaute eine Weile vor sich hin. Gerade, als sie dachte, er hätte ihre Frage überhört, sagte er: »Nun ja, es geht uns nicht übel, Ma'am, aber es gibt größere Ranches. Die von McSwain zum Beispiel, einem dieser Rinderkönige, die den Indianern einen Haufen Land abgenommen und ein riesiges Reich aufgebaut haben. Erst in letzter Zeit haben Männer wie er Probleme. Da sie das meiste Land nicht käuflich erworben und in die Grundbücher eintragen haben lassen, gehört es rechtmäßig der Regierung, und die schickt sogenannte Heimstätter auf dieses Land. Das sind Siedler, die ein kleines Stück Land bewirtschaften und es behalten dürfen, wenn sie lange genug durchhalten. Aber ich will Sie nicht mit Politik langweilen. Joseph hat das Land gekauft, auf dem seine Ranch liegt. Unsere Herde besteht aus ungefähr zweihundert Rindern, und mit denen werden auch zwei Männer leicht fertig. Zum Roundup, so wie jetzt, stellt Joseph zwei zusätzliche Cowboys ein.« Er wich einem Felsbrocken aus und blickte sie von der Seite an. »Ich will Ihnen nichts vormachen, Ma'am, die Arbeit auf einer Ranch kann verdammt anstrengend sein. Entschuldigen Sie das Schimpfwort. Aber sie macht auch viel Spaß, und es gibt nichts Schöneres, als über die Weide zu reiten und den Duft von Salbei in der Nase zu haben. Ich wette, daran werden auch Sie Ihre Freude haben.«

Sarah war sich nicht ganz so sicher wie der Alte. Zu einsam und leer kam ihr das Land vor, als die Stadt hinter ihnen immer kleiner wurde, und sie allein mit der Wildnis waren. Nur die Wagenstraße – eigentlich nicht mehr als Radspuren, die sich tief in den lehmigen Boden gegraben hatten – ließ ahnen, dass Menschen in dieser Gegend wohnten. Sarah, die belebte

Plätze und reges Treiben auf den Straßen gewohnt war, fühlte sich in dieser verlassenen Steppe verloren. »Ist es hier immer so einsam?«, fragte sie den alten Cowboy vorsichtig.

»Das kommt Ihnen nur so vor, Ma'am«, erwiderte Charly. »Sehen Sie die Antilopen dort drüben am Waldrand?« Er deutete nach Westen. »Das sind Pronghorns, die jagen wir regelmäßig, um mal was anderes als Steak, Bohnen und Kartoffeln auf dem Teller zu haben. Und die Präriehunde … sehen Sie, wie sie ihre Köpfe aus den Löchern strecken und sofort verschwinden, wenn man ihnen zu nahe kommt? Das sind lustige Burschen. Sie müssen allerdings aufpassen.« Er deutete zum Himmel, wo ein Raubvogel seine Kreise zog. »Bussarde holen sich gern mal einen von denen. Nein, hier sind wir nicht allein. Das kommt Ihnen nur so vor. Wenn Sie länger hier leben, wissen Sie, dass hier mehr los ist als auf … wie heißt die berühmte Straße in New York?«

»Broadway?«

»Genau, auf dem Broadway.« Er kaute eine Weile stumm und lenkte den Wagen am Waldrand entlang. »Ich bin einigermaßen rumgekommen, Ma'am, hab auf verschiedenen Ranches in Süd-Texas gearbeitet, war mit den Rindertrecks in Kansas oben, hab sogar Bat Masterson in Dodge City kennengelernt. Das war ein berühmter Sheriff. Dann hab ich für Josephs Vater gearbeitet und als Armeescout gegen die Apachen im Arizona-Territorium gekämpft, und nun bin ich wieder hier und erlebe, wie mich die Zivilisation langsam einholt. Aber in New York war ich nie. Ist es wirklich so groß, wie man sagt?«

»Oh, es ist riesig, Mister Rouse.«

»Charly, sagen Sie Charly zu mir. Alles andere macht mich nervös.«

»Es ist wirklich sehr groß, Charly.« Der Name ging ihr nur zögernd über die Lippen. »So weit Sie blicken können, nur

Häuser und Parks. Das New York World Building hat zwanzig Stockwerke. Und an der Fifth Avenue gibt es riesige Paläste wie den der Vanderbilts, der ist einige Millionen wert.«

»Haben Sie auch in einem solchen Palast gewohnt?«

Sarah deutete ein Lächeln an. »Nein, unsere Villa war eher bescheiden. Einen solchen Palast können sich nur die Vanderbilts und die Rockefellers leisten. Aber ich war zufrieden. Ich hätte es schlechter treffen können … Charly.«

»Ich will nicht unhöflich sein, aber warum haben Sie New York dann verlassen?«, fragte Charly und schob den Priem von einer Backe in die andere.

Sie würde sich eher die Zunge abbeißen, als von dem Streit mit ihren Eltern und ihrer Fehlgeburt zu berichten, und sagte deshalb nur: »Das ist eine lange Geschichte. Sagen wir mal so: Ich brauchte eine Veränderung. New York war mir irgendwie über den Kopf gewachsen, und ich sehnte mich nach etwas Neuem. Der Westen hatte es mir schon immer angetan. Und ich gebe zu: Ich war sehr angetan von Josephs Anzeige. Er muss ein sehr ehrenvoller und liebenswürdiger Mann sein.« Sie blickte ihn prüfend an. »Ich irre mich doch nicht?«

»Nein … natürlich nicht«, antwortete Charly – ein wenig überhastet. »Ich kenne Joseph schon seit vielen Jahren, und Sie haben recht, er ist ein ehrenvoller und liebevoller Mann. Sie hätten keine bessere Wahl treffen können, Ma'am.«

»Sieht er wirklich so … so stattlich aus?« Sie errötete.

»Er ist ein ganzer Mann, Ma'am. Wenn er in die Stadt kommt, drehen sich sogar die verheirateten Frauen nach ihm um, und gäbe es hier so viele Frauen wie in New York, hätte ihn sicher schon eine eingefangen. Aber er musste erst über den Tod seiner Ella hinwegkommen. Sie war seine erste Frau, wissen Sie? Er hat sie sehr geliebt. Sie kam im großen Blizzard ums Leben.«

»Das tut mir leid. Kam sie aus dem Westen?«

»So eine wie sie wünscht sich hier draußen jeder Mann«, erwiderte Charly. »Die konnte kochen! Und im Sattel war sie unschlagbar. Sie ritt besser als mancher Mann und half uns sogar beim Roundup. Sie hätten sie mit dem Lasso sehen sollen …« Er spürte erst jetzt, welche Herausforderung seine Antwort für Sarah darstellen musste, und unterbrach sich mitten im Satz. »Aber jede Frau ist anders. Ich bin sicher, Sie machen das alles auch ganz toll.«

Sarah war sich nach diesen Worten nicht mehr so sicher. Sie hatte noch nie gekocht, nie im Haushalt geholfen und geritten war sie nur im Damensattel auf geebneten Reitwegen und am Strand in Long Island. Und mit einem Lasso konnte sie erst recht nicht umgehen. Sie seufzte. Das konnte ja heiter werden.

»Gleich sind wir da«, kündigte Charly an.

19

Aus der Ferne machte die Ranch einen guten Eindruck. Das Blockhaus lag in einer weiten Senke nahe dem Ufer eines schmalen Flusses, des Cow Creek, wie sie später erfuhr, umgeben von einem Schuppen, einem Stall und einer Koppel, auf der mehrere Pferde weideten. Hinter dem Brunnen knarrte laut ein Windrad. Umgeben war der Hof an drei Seiten von einem verwitterten Holzzaun, eine breite Einfahrt führte von der Wagenstraße zum Ranchhaus.

Die weit im Westen stehende Sonne warf lange Schatten und tauchte die Gebäude in ein weiches Licht, doch als sie von der Wagenstraße abbogen, erkannte sie, dass sie keine florierende Ranch, sondern ein teilweise heruntergekommenes Anwesen vor sich hatte, zumindest, wenn man sie mit den Farmen verglich, die sie auf Long Island gesehen hatte. Die Gebäude waren verwittert, auf dem Hof lag Abfall, und der Zaun brauchte dringend einen neuen Anstrich. Die Stalltür hing lose in den Angeln und knarrte leise im Abendwind.

Charly, der ihr die Enttäuschung wohl angesehen hatte, sagte: »Durch das Roundup ist viel Arbeit liegen geblieben. Manches dauert halt etwas länger, wenn man nur zu zweit ist.« Er deutete zur Koppel hinüber. »Sehen Sie die Pferde? Alles Quarter Horses, besonders kluge Pferde, die genau wissen, was sie bei Rindern beachten müssen. Die lassen sich nichts vormachen, Ma'am.«

Sarah hatte den Ausdruck schon mal gehört, aber nie etwas mit Quarter Horses zu tun gehabt. Ihre Eltern und die meisten anderen wohlhabenden Familien in New York bevorzugten Araber, die mit ihrem stolzen Auftreten und ihrer klassischen Körperhaltung am besten zu ihnen passten. Einige besaßen Rennpferde und verdienten damit fast so viel Geld wie mit anderen Unternehmungen. Die Stallungen ihrer Eltern lagen auf Long Island, dort war sie am liebsten mit ihrer geduldigen Stute über die weißen Sandstrände der Hamptons geritten und hatte die Nähe des Meeres genossen – natürlich nur in Begleitung ihrer Eltern oder einer Anstandsdame.

Charly hielt vor dem Eingang und half ihr vom Kutschbock. Bandit kam ihnen bellend entgegen und sprang an ihr hoch, beschmutzte ihr kostbares Reisekleid und ließ erst von ihr ab, als der Alte ihn zur Ordnung rief: »Nicht so stürmisch, Bandit! Du rennst die arme Lady ja über den Haufen!«

»Halb so schlimm«, sagte sie rasch. Der Hund hatte sie überrascht, und ihr war ein bisschen mulmig zumute. »Er will bestimmt nur spielen.« Sie beugte sich nach vorn, tätschelte ihm den Nacken und war erleichtert, als er zufrieden brummte und mit dem Schwanz wedelte. »Bandit? Das ist aber ein ungewöhnlicher Name. Bei uns in New York heißen die Hunde anders, und die meisten hängen an einer Kette. Ich hoffe, du hast nichts verbrochen, Bandit.«

»Wenn überhaupt, hat er es auf die Hühner abgesehen«, sagte Charly. Er wuchtete den Koffer und die Schachtel von der Ladefläche und trug beides ins Haus. Wieder im Freien, fuhr er den Wagen in den Schuppen und spannte die Zugpferde aus. Sie beobachtete, wie er die Tiere auf die Koppel brachte.

Als er zurückkehrte, sah sie einen Reiter auf den Hügeln im Süden auftauchen. Er saß aufrecht im Sattel, die linke Hand auf dem Oberschenkel, die rechte an den Zügeln, und lenkte sein Pferd im gemächlichen Trab in die Senke hinab. Im Licht der tief stehenden Sonne leuchtete seine braune Lederjacke.

Den breitkrempigen Hut hatte er tief in die Stirn gezogen, um besser gegen die Sonne geschützt zu sein, und sein Gesicht lag im Schatten, aber sie war ziemlich sicher, dass es Joseph war. Er saß so locker im Sattel, als wäre es für ihn die natürlichste Art der Fortbewegung, und passte seine Bewegungen denen seiner Stute an, wesentlich besser als die Reiter und Jockeys, die sie in Long Island bewundert hatte.

»Da kommt Joseph«, sagte Charly. Er klang nervös, als hätte er ebensolche Angst wie sie vor dem bevorstehenden Zusammentreffen. »Nun, hab ich zu viel versprochen?«

Joseph war jetzt so nahe, dass Sarah sein Gesicht erkennen konnte. Er hatte recht, seine Gesichtszüge waren kühn, vielleicht etwas zu kantig und zu stark von Wind und Wetter gebräunt, um die Ladys auf einem New Yorker Ball zu verzaubern, aber passend zu dem rauen Land, in dem er lebte. Seine Augen waren nicht grau, sondern eher braun, sofern sie es erkennen konnte, und sanfter und gütiger, als man sie sich bei einem Rancher oder Cowboy vorstellte. Ein harter Bursche mit Gefühl, groß gewachsen, von kräftiger Statur und mit breiten Schultern, noch eindrucksvoller als die Helden in manchen Romanen, die sie sich von Harriet geliehen und vor dem Einschlafen im Lichtschein einer kleinen Gaslampe gelesen hatte.

Oder war sie durch die lange Verbindung mit Martin Womack schon so verdorben, dass sie jeden Mann, der nicht so vordergründig und belanglos wie ihr ehemaliger Verlobter erschien, als Helden betrachtete? Natürlich hatte es auch in New York begehrenswerte Männer gegeben. Selbstbewusste Burschen, die in ihrer Sportkleidung, wenn sie zum Reiten oder Polo fuhren oder auf ihren Segeljachten in der Easton Bay vor Newport kreuzten, ebenso attraktiv aussahen, aber lange nicht so selbstverständlich wirkten wie dieser Reiter.

Joseph stieg vor ihr aus dem Sattel, nahm sofort den Hut ab und reichte die Zügel dem alten Mann.

»Miss Sarah Mayfield?«, fragte er, während Charly seine Stute zur Koppel führte. »Ich bin Joseph Rankin.« Er drehte nervös den Hut in seinen Händen und wartete vergeblich darauf, dass sie ihm die Hand reichte. »Ich muss mich entschuldigen. Ich hätte Sie gern selbst abgeholt, aber wir haben gerade Roundup, und ich musste mich um einige versprengte Rinder kümmern.«

»Das habe ich schon gehört. Charly hat mir erzählt, was passiert ist.«

»Ich … ich bin untröstlich, Ma'am.«

»Sarah … ich heiße Sarah.«

»Joseph«, erwiderte er. Sein Lächeln fiel unbeholfen und schüchtern aus. »Wie geht es Ihnen? Die Bahnfahrt hat doch bestimmt eine Ewigkeit gedauert.«

»Fast drei Tage.«

»Sicher sehr anstrengend.«

»Besonders auf der letzten Strecke von Cheyenne nach Casper«, bestätigte sie. »So unbequem sind nicht mal die Pferdebahnen in New York.« Sie war froh, über etwas Belangloses reden zu können. »Aber ich habe es geschafft.«

»Warum kommen Sie nicht ins Haus?«

»Gern, Mister … Joseph.«

Aus der Nähe betrachtet, wirkte sein Gesicht verwitterter als im sanften Sonnenlicht, aber immer noch attraktiv. Ihre Aufmerksamkeit galt ohnehin seinen Augen, deren Ernst, das spürte sie, Humor verbarg. Wahrscheinlich war er nur zu aufgeregt, um diese Seite schon jetzt zeigen zu können. Die spröde Art täuschte nicht über seine Sensibilität hinweg. Sie erkannte es an seinem Blick und seinem zurückhaltenden Lächeln. Ein Draufgänger, aber keiner der gewöhnlichen Sorte.

Störend an ihm war nur sein nach Whiskey riechender Atem. Seit der beschwipste Martin Womack über sie hergefallen war, hegte sie eine heftige Abneigung gegen den Geruch von Alkohol.

Kein Grund, sich Sorgen zu machen, beruhigte sie sich. Die Männer im Westen waren sicher andere Mengen gewöhnt und arbeiteten so angestrengt, dass sie einiges vertrugen. Bei der gefährlichen Arbeit würde er sich auch keinen Schwips leisten können. Auch jetzt wirkte er vollkommen nüchtern.

»Ich zeige Ihnen erst mal das Haus«, sagte er. Er hielt ihr die Tür auf und führte sie in den Wohnraum, hängte seinen Hut an den Haken neben der Tür und nahm ihr das Cape ab, das sie über den Schultern trug. Dann wusste er nicht, wohin damit, und legte es über eine Stuhllehne. »Willkommen auf der Crazy R Ranch.« Er grinste. »Natürlich ist nichts verrückt an dieser Ranch, aber unser Brandzeichen zeigt ein auf dem Kopf stehendes ›R‹, und das ist verrückt.«

Sarah hatte ein zweistöckiges Steinhaus mit einer großen Veranda und geräumigen Zimmern erwartet und war regelrecht schockiert über den dunklen Wohnraum, der auch im Licht einer flackernden Petroleumlampe nicht größer und attraktiver aussah. Der Esstisch und die Stühle waren aus einfachem Holz gezimmert, ebenso die Schränke und Regale in der angrenzenden Küche, statt eines Teppichs gab es nur einen knarrenden Holzfußboden, und lediglich die Couch und die beiden Sessel, alle aus betagtem Rindsleder, wirkten gemütlich. Über dem offenen Kamin hing ein bemalter Büffelschädel und an den Wänden ein indianischer Schild und ein wenig kunstvolles Ölgemälde, das einen Trupp bemalter indianischer Krieger auf einem Hügelkamm darstellte.

Joseph nahm ihren Koffer und die Schachtel mit den Einkäufen und brachte sie in den Nachbarraum. Sein Schlafzimmer, wie sie auf den ersten Blick erkannte. Sie schreckte zurück, doch er beruhigte sie: »Solange wir nicht verheiratet sind, werde ich im Schuppen gegenüber schlafen. Ich hab mir dort ein Nachtlager eingerichtet. Hier haben Sie alles, was Sie brauchen, Ma'am.«

»Sarah.«

»Sarah.« Er stellte den Koffer ab und legte die Schachtel auf das frisch bezogene Bett. »Frisches Wasser gibt es draußen beim Brunnen. Ich habe gehört, dass es in den großen Städten schon fließend Wasser in Badezimmern gibt, aber ich glaube nicht, dass wir das hier draußen noch erleben. Wir baden jeden Samstag. Ich hoffe, das reicht Ihnen, Sarah. Es kostet verdammt … oh Verzeihung! Es kostet viel Mühe, so viel Wasser zu erhitzen. Wir benutzen alle dasselbe Wasser, aber Sie dürfen natürlich zuerst hinein.« Er grinste verlegen. »Ich nehme an, solche Probleme gab es in New York nicht. Fühlen Sie sich ganz wie zu Hause. Es mag Ihnen alles etwas bescheiden erscheinen, aber es ist seit vielen Jahren mein Heim, und ich würde es nicht eintauschen.« Er blickte sich unbeholfen um. »Warum machen Sie sich nicht etwas frisch und ziehen sich um? Ich bringe Ihnen frisches Wasser und heize schon mal den Herd an. Wenn Sie wollen, können Sie heute Abend kochen. Es ist noch genügend Bohneneintopf da, den brauchen Sie eigentlich nur aufzuwärmen.«

Joseph verließ den Raum und schnappte sich einen Eimer. Durchs Fenster beobachtete sie, wie er Wasser aus dem Brunnen schöpfte, ein paar Worte mit Charly wechselte, der die Schweine fütterte, und mit dem Wasser zurückkam. Er schüttete es in die Waschschüssel und nahm ein einigermaßen sauberes Handtuch aus der obersten Schublade der Kommode. »Lassen Sie sich ruhig Zeit. Es dauert einige Zeit, bis das Feuer in Gang kommt.«

Sarah war eiskaltes Wasser nicht gewöhnt und erschauderte, als sie sich mit einem nassen Waschlappen den Staub vom Körper wischte. Wie gerne hätte sie jetzt ein heißes Bad genommen und sich mit Rosenwasser besprüht. Ich werde wohl bis Samstag warten müssen, dachte sie bekümmert und musste sogar ein wenig lachen, weil sie sich das Leben auf einer florierenden Ranch ganz anders vorgestellt hatte. Er hatte sie beschwindelt, aber das hatte sie ebenfalls, und wenn sie daran dachte, dass sie ihm nicht gestanden hatte, dass sie keine Kinder bekommen konnte, wurde ihr flau im Magen. Sie hatten einander wohl nichts vorzuwerfen. Sie rubbelte sich mit dem Handtuch trocken. Immerhin hatte er beim Aussehen nicht geflunkert. Er war wirklich ein eindrucksvoller Mann, und sie hoffte nur, dass seine Alkoholfahne nichts Schlimmes bedeutete. Einen Mann, der seine Probleme und seinen Kummer im Whiskey ertränkte, konnte sie nicht gebrauchen.

Sie zog ihren neuen Rock, die gemusterte Bluse und die Schnürstiefel an und bürstete sich die Haare vor dem Spiegel. Ihre Augen glänzten nicht so wie sonst, und ihre Haut hatte während der Fahrt auf dem Kutschbock trotz des breitkrempigen Strohhuts etwas Farbe angenommen, ein Unding für jede New Yorker Lady. Aber viel schlimmer war, dass sie auf einmal älter wirkte, zumindest bildete sie sich das ein. Sie nahm etwas von der Creme in ihrem Waschbeutel und rieb sich das Gesicht ein. Die Haare band sie im Nacken mit einer der Seidenschleifen zusammen, die sie von ihrem Strohhut löste. Dann betrachtete sie sich erneut im Spiegel, war nun einigermaßen zufrieden und atmete einmal tief durch, bevor sie in den Wohnraum zurückkehrte.

Das Feuer brannte bereits, und Joseph war gerade dabei, den Topf mit den Bohnen auf die Herdplatte zu wuchten. Als er sie kommen sah, hielt er mitten in der Bewegung inne. »Sie sehen sehr hübsch aus, Sarah.« Er errötete ein wenig und holte eine Schüssel mit Biskuits aus der Speisekammer. »Ich hätte Sie mit einem Festessen überraschen sollen. Morgen muss ich wieder zu den Rindern hinaus.«

»Das ist schon in Ordnung, Joseph. Ich werde mich hier im Haus nützlich machen. Putzen und abstauben, das Abendessen vorbereiten, und wenn Sie mir zeigen, wie man die Schweine und die Hühner füttert, werde ich auch das erledigen. Ich habe die letzten Wochen in einem Waisenhaus gearbeitet.« Sie verriet ihm nicht, dass sie den Kindern dort nur vorgelesen und ihnen das Essen serviert, aber niemals geputzt oder gekocht hatte. Sie wusste gerade mal, wie man ein Sandwich belegte, und ein paarmal hatte sie in der Küche zu Hause zugesehen, wie die Köchin einige Eier in die Pfanne geschlagen hatte.

Joseph lächelte zufrieden. »Und ich dachte immer, die vornehmen Ladys in New York bräuchten weder zu kochen noch zu putzen. Nur gut, dass Sie anders sind, Sarah. Sie haben keine Angst vor der Arbeit, stand in Ihrem Brief, und eine solche Frau kann hier im Westen bestehen.« Er blickte sie lange an. »Aber Sie sollen auch wissen, dass wir Frauen mehr verehren als alle anderen. Besonders die Texaner, und ich bin in Texas geboren. Ich werde alles tun, damit Sie sich hier wohlfühlen, das verspreche ich.«

»Und ich werde mich nach Kräften bemühen«, erwiderte sie. »Es wird einige Zeit dauern, bis ich mich an die veränderte Umgebung gewöhnt habe, und ich bin sicher, ich werde einige Fehler begehen. Aber ich bin nicht hierhergekommen, um gleich wieder aufzugeben. Ich werde mich anstrengen, Joseph, und ich fange am besten gleich damit an. Es gibt Bohneneintopf?«

»Und ein halbes Dutzend Spiegeleier«, ergänzte er, »für Charly und mich hat es heute Mittag nur etwas Trockenfleisch gegeben. Die Eier müssten Sie aus dem Hühnerhaus holen, rechts vom Stall.« Er warf ihr einen schmutzigen Lederhandschuh zu. »Hier, ziehen Sie den an. Die Hühner haben öfter mal schlechte Laune und hacken mit ihren spitzen Schnäbeln auf einen ein.« Er reichte ihr einen Korb. »Für die Eier. Lassen Sie den Hahn nicht an sich ran!«

Sie zog den Handschuh an und trat nach draußen. Bandit rannte ihr bellend entgegen, verlor dann die Lust und jagte wieder hinter den Hühnern her. Links vom Stall sah sie Charly am Schweinepferch stehen. Er winkte ihr müde zu. Die Schweine veranstalteten einen Höllenlärm, und sie bereute bereits, ihre Hilfe beim Füttern der Schweine angeboten zu haben. Offenbar war das Füttern kein Kinderspiel. Als sie an Charly vorbeiging, sah sie, dass die Schweine sich heftig um das Futter stritten.

Zu ihrem Glück befand sich keines der Hühner im Verschlag, und auch vom Hahn war nichts zu sehen. Sie legte zehn Eier in den Korb und wollte nach einem elften greifen, als der Hahn sie entdeckte und mit flatternden Flügeln auf sie zugestürmt kam. Rasch zog sie die Hand zurück und lief zum Haus, eifersüchtig verfolgt von dem aufgebrachten Hahn, der es anscheinend gar nicht vertragen konnte, wenn man seinen Damen zu nahe kam.

»Eins musste ich liegen lassen«, sagte sie, als sie die Küche betrat. »Der Hahn hatte was dagegen, dass ich es nahm. Reichen die fürs Abendessen?«

»Ich denke schon«, erwiderte er. Ihre Anwesenheit schien ihm zu gefallen. »Rufen Sie uns, wenn Sie das Abendessen fertig haben. Ich helfe Charly bei den Schweinen, die benehmen sich heute wieder besonders widerspenstig.«

Sarah war froh, allein in der Küche zu sein, denn sie hatte keine Lust, sich vor Joseph zu blamieren. Hätte sie im Waisenhaus doch bloß mal in der Küche gearbeitet und sich wenigstens die Grundkenntnisse angeeignet. Als Tochter einer wohlhabenden Familie war es ihr überhaupt nicht in den Sinn gekommen, sich mit solchen Arbeiten vertraut zu machen.

Sie rührte in dem Bohneneintopf und kostete mit einem Löffel. Etwas zu salzig und gehaltvoll nach ihrem Geschmack. Mit den Biskuits wusste sie zuerst nichts anzufangen, kam dann darauf, dass man sie nur aufzuwärmen brauchte, und legte sie auf die kochend heiße Herdplatte. »Und jetzt die Spiegeleier«, machte sie sich selbst Mut, »die werde ich wohl noch hinbekommen.«

Sie gab etwas Butter in die gusseiserne Pfanne, wie sie es bei der Köchin in ihrer Villa gesehen hatte, wartete geduldig, bis sie geschmolzen war, und schlug das erste Ei am Pfannenrand auf. Die Hälfte lief über ihre Hand, und der Dotter verteilte sich. Ähnlich schief ging es mit dem zweiten und dritten Ei. Das vierte gelang ihr perfekt und das fünfte und sechste einigermaßen. Doch kaum breitete es sich in der Pfanne aus, sah sie mit Schrecken, wie die ersten Eier schon zu hart wurden und sich am Rand schwarz verfärbten.

Nur mühsam schaffte sie es, die fertigen Eier auf einen Teller zu schaufeln, die Hälfte verbrannt oder zumindest angebrannt. Auch die Biskuits wurden zu schwarz. Als sie bemerkte, wie der Bohneneintopf blubberte, zog sie ihn rasch vom Herd. Sie füllte den Eintopf in eine Schüssel, ließ einen Rest im Topf und stellte ihn zusammen mit den Eiern und Brötchen auf den Tisch.

»Der Kaffee!«, fiel es ihr siedend heiß ein. Sie suchte nach den Kaffeebohnen, öffnete eine Schranktür, fand stattdessen eine zur Hälfte geleerte Whiskeyflasche und starrte sie wie etwas Verbotenes an. Nichts Besonderes, dachte sie, auch ihr Vater und die meisten anderen Männer hatten Whiskey im Schrank stehen. Und doch verstärkte sich ihr mulmiges Gefühl.

Sie schloss die Schranktür, fand die Dose mit den Kaffeebohnen in einem Regal und beeilte sich, diese zu mahlen, dann einige Löffel in eine Blechkanne zu füllen und mit Wasser aufzugießen. Zur Sicherheit legte sie noch einen Löffel Pulver nach.

Sie öffnete die Tür. »Das Essen ist fertig!«

20

Der Duft von verbrannten Eiern und Bohnen drang aus der Küche, als Joseph und Charly den Wohnraum betraten. Noch den Gestank des Schweinepferchs in der Nase, bemerkten sie es erst, als sie sich setzten und die verbrannten Eier sahen. Sie waren höflich genug, Sarah nicht zu kritisieren, doch ihr missbilligender Blick, als sie nach den Eiern und den Bohnen griffen, verhieß nichts Gutes.

Mit wachsendem Unbehagen beobachtete sie, wie sich die Mienen der Männer immer mehr verfinsterten. Einige der Eier waren so hart und dunkel geraten, dass man sie kaum herunterbekam, und die Bohnen hatten einen leicht bitteren Geschmack. Sarah versuchte, gute Miene zum bösen Spiel zu machen und tat so, als merke sie nichts, gab aber nach einigen Bissen selbst auf und flunkerte: »Tut mir leid, ich habe nicht aufgepasst. Normalerweise gelingen mir Spiegeleier immer. Die lange Fahrt hat mich wohl mehr mitgenommen, als ich dachte. Vielleicht muss ich mich auch erst an den Herd gewöhnen. In New York haben wir mit Kohle geheizt.« Sie wusste nicht, was sie sonst noch als Entschuldigung vorbringen sollte. »Aber keine Angst, ich lerne sehr schnell.«

»So schlecht schmeckt es doch gar nicht«, erwiderte Charly. Joseph warf ihm einen erstaunten Blick zu. Manchmal konnte er ein wahrer Gentleman sein. »Besser als das, was Joseph und ich auf den Tisch bringen, ist es allemal. Ich glaube, der Kaffee ist fertig.«

Sarah hatte das Blubbern vor lauter Aufregung gar nicht

gehört. »Oh, den hätte ich beinahe vergessen!« Hastig lief sie in die Küche, wollte mit den bloßen Händen nach der Kanne greifen und besann sich gerade noch rechtzeitig. Mit dem Handschuh, den sie zum Eierholen benutzt hatte, hob sie die schwere Kanne und stellte sie auf den Tisch. Joseph nahm ihr Handschuhe und Kaffee ab und schenkte ein. Sein Gesicht verzog sich in dunkler Vorahnung.

Den ersten Schluck bekam er nur würgend herunter, und auch Charly tat sich schwer. Sarah begann zu husten und hätte den Kaffee beinahe ausgespuckt, so dünn und ungenießbar war er. Sie lief vor Scham rot an. »Ich … ich weiß auch nicht, was da passiert ist«, stammelte sie, »ich hab … hab wohl zu wenig Kaffee erwischt. Tut mir furchtbar leid, ich koche gleich mal neuen.«

»Nicht nötig«, schaltete sich Charly ein, »ich mache das schon.«

Während er in die Küche ging und neuen Kaffee aufsetzte und Joseph verlegen in seinen Becher starrte, hätte sich Sarah am liebsten in einem dunklen Loch verkrochen. Sie war überzeugt gewesen, den Kaffee genauso wie die Köchin zu Hause zubereitet zu haben, die gleiche Menge Kaffee und Wasser, und verstand nicht, warum er ihr misslungen war. Was hatte sie falsch gemacht? War das Kaffeekochen so eine Kunst? Und was würde passieren, wenn sie sich an kompliziertere Speisen und Getränke wagte? Wie sollte sie diesen Männern jemals eine gute Köchin und Haushälterin sein, und würde es eine Chance geben, diesen stattlichen Rancher näher kennenzulernen, wenn sie schon bei den einfachsten Hausarbeiten versagte?

»Wir können es auch nicht besser«, sagte Joseph nach einer Weile. »Ich nehme immer zu wenig Pulver, und er schmeckt wie Spülwasser, sagt Charly. Dabei versagt er genauso. Er war mal Koch auf einer Ranch, vor zwanzig Jahren in Texas drüben, und konnte froh sein, dass die Cowboys ihn nicht geteert und gefedert von der Weide jagten. Damals gab es Köche, die mussten sich mit dem Revolver verteidigen, wenn der Kaffee zu dünn war.«

Doch Sarah war nicht zum Lachen zumute, und sie fühlte sich noch schlechter, als sie Charlys Kaffee probierte, der tausendmal besser als ihr eigener schmeckte, wie sie zugeben musste, wenn auch lange nicht so perfekt wie der Kaffee, den ihr Diener in der Villa serviert hatte. Sie würde sich ein Kochbuch kaufen, schwor sie sich, und alle Gerichte streng nach Rezept kochen. Und wenn es ein gutes Kochbuch war, stand dort sicher auch, wie einem der Kaffee gelang.

»Wir Cowboys sind besonders heikel, wenn es um Kaffee geht, Ma'am … Sarah. Ein guter Cowboy-Kaffee muss einen toten Indianer von seinen Haarspitzen bis zu den Zehen erzittern lassen, hieß es in Texas.« Er schwächte seine derben Worte mit einem Lächeln ab. »Einen gehäuften Teelöffel Kaffee pro Becher, manche nehmen auch einen Esslöffel, Wasser drauf und etwas Salz und eine Eierschale rein, dann kann gar nichts schiefgehen.« Er trank einen Schluck von seinem eigenen Kaffee und verzog auch jetzt das Gesicht.

»Wie trinkt man den Kaffee denn in New York?«, fragte Joseph.

Sarah konnte nicht mit einem Rezept aufwarten und versuchte sich krampfhaft daran zu erinnern, ob ihre Köchin irgendeinen Trick angewandt hatte. »Nicht so stark wie die Cowboys«, erwiderte sie schon wieder etwas gefasster. »Am wichtigsten ist es, die Bohnen gründlich zu mahlen, habe ich gelernt, und den Kaffee bereitet man mit Gefühl zu. Mein Vater trank ihn schwarz. Meine Mutter nahm Kondensmilch und zwei kleine Löffel Zucker.«

»Schwarz, hier trinkt man ihn nur schwarz«, sagte Joseph.

Sie tranken eine Weile schweigend, dann machte Charly eine Bemerkung über das Wetter, und alle Blicke richteten sich zum Fenster. Aus den Augenwinkeln beobachtete Sarah jedoch, wie Joseph eine kleine, flache Flasche aus der Innentasche seiner Lederjacke zog und etwas in seinen Kaffee goss. Medizin, glaubte sie im ersten Moment, ein Schmerzmittel, doch dann wehte ein strengerer Geruch zu ihr hinüber und verriet ihr, dass es sich um Whiskey handelte. Bevor sie sich versah, war die Flasche schon wieder verschwunden.

Sie wandte sich rasch ab, doch Charly hatte ihren Blick gesehen. Er räusperte sich und sagte: »Morgen dürften wir mit den letzten Rindern durch sein.« Für Sarah klang es wie ein Ablenkungsmanöver. »Ich denke, übermorgen könnten wir sie auf die Sommerweide treiben.« Er blickte Sarah an und fühlte sich wohl bemüßigt, ihr einiges zu erklären. »Wie gesagt, wir sind gerade beim Roundup. Danach treiben wir sie auf die Sommerweide, wo das Gras inzwischen saftig und grün ist. Zwei junge Cowboys helfen uns dabei. Sie übernachten bei den Rindern und kochen sich ihr Essen selbst. Sobald Sie sich hier eingelebt haben, nehmen wir Sie mal mit zu den Rindern.« Er wechselte einen raschen Blick mit Joseph. »Joseph sagt, dass Sie reiten können. Kann man in New York denn reiten?«

Um Zeit zu gewinnen, strich sich Sarah eine Haarsträhne aus dem Gesicht. »Na ja … vor der Stadt schon. Dort gibt es genug Wiesen, nicht so endlos und weit wie hier im Westen, aber groß genug, um den Pferden genügend Auslauf zu bieten. Ich war am liebsten am Strand unterwegs. Auf Long Island, der Halbinsel östlich von New York, gibt es meilenlange Sandstrände. Der Ausblick auf das Meer war einfach himmlisch. Nicht zu vergleichen mit den traumhaften Landschaften, die ich in Büchern über den amerikanischen Westen gesehen habe, aber für jemand aus der Großstadt eine Offenbarung.«

»Und Sie haben Ihr ganzes Leben in New York gewohnt?«, wunderte er sich. »Haben Sie sich dort denn wohlgefühlt? Ich stelle mir das …« Er wollte wohl »furchtbar« sagen und zögerte kaum merklich. »… seltsam vor, mitten in einem Häusermeer zu wohnen. Ich glaube, ich würde Platzangst kriegen.«

»Jeder, wie er es gewohnt ist. Wenn Sie Ihre ganze Jugend in New York verbracht haben, fragen Sie nicht groß danach, wie es wohl an einem anderen Ort wäre. New York ist die größte und fortschrittlichste Stadt der Vereinigten Staaten, es gibt dort alles, was man sich vorstellen kann. Mitten im Häusermeer liegt zum Beispiel ein riesiger Park, in dem man die Natur erleben kann.« Sie war gern im Central Park spazieren gegangen, bevor Martin Womack ihr das Sonntagsvergnügen verleidet hatte. »Aber ich müsste lügen, wenn ich sagen würde, ich wäre nicht neugierig auf den Westen gewesen, und als ich die ersten Fotografien und Gemälde von den Rocky Mountains, dem Grand Canyon und einem Wagenzug auf dem Oregon-Trail sah, sehnte ich mich tatsächlich danach, dieses Land hier kennenzulernen. Sonst wäre ich wohl kaum hier.«

Joseph trank seinen Kaffee schneller als der Alte und sie, und ihr fiel auf, dass er etwas langsamer sprach und hin und wieder die Silben zusammenzog. Das konnte natürlich auch an seinem texanischen Dialekt liegen, den er wohl nie ganz verlieren würde. »Ich finde es sehr mutig von Ihnen, in den Westen zu gehen. Die Landschaft ist prächtig, und schönere Sonnenaufgänge als in Wyoming habe ich nirgendwo sonst gesehen, aber die Natur setzt einem auch zu, so wie vor drei Jahren, als der große Blizzard über die Hälfte aller Rinder tötete und viele Rancher in den Bankrott stürzte. Oder die Dürre vor einigen Jahren, die kaum Gras für die Rinder nachwachsen ließ. Ich liebe den Westen, Ma'am, aber wir bekommen nichts geschenkt.«

»Sarah.«

»Sarah«, korrigierte er sich.

»Und ich bin hart im Nehmen, Joseph.« *Weiß Gott*, schoss es ihr durch den Kopf, *sonst hätte ich wohl kaum ertragen, was mir in New York passiert ist*. Nur mit Harriets Hilfe hatte sie diese schwierige Zeit überstanden. »New York ist kein Paradies. Auf der Lower East Side herrscht großes Elend, und ich hatte mit Familien zu tun, die kaum etwas zum Leben hatten. In einem Waisenhaus lernt man, Hindernisse zu überwinden, Joseph, glauben Sie mir.«

»Und die Waisenkinder tranken keinen Kaffee.«

Ihr Lächeln fiel dünn aus. »Heiße Schokolade oder Milch, aber damit kann ich Sie wohl jagen. Und der Grießbrei würde Ihnen wohl auch nicht schmecken.« Sie verschwieg, dass Harriet ihr nur leichtere Aufgaben zugemutet hatte. Im Haushalt arbeiteten zwei junge Frauen, die ihre Männer verloren hatten und froh waren, für ihre Dienste mit Verpflegung und einem Nachtlager belohnt zu werden. Joseph durfte nicht erfahren, in welcher vornehmen Umgebung sie groß geworden war. »Tut mir leid, dass mir das Essen misslungen ist. Ich bin erschöpft von der langen Reise, das ist alles.«

»Ich wollte Sie nicht beleidigen, Ma'am … Sarah.« Joseph schenkte sich Kaffee nach, wollte nach seinem Flachmann greifen und ließ die Hand wieder sinken. »Wir hätten Sie nach der langen Fahrt nicht kochen lassen dürfen. Ich bin sicher, zum Frühstück werden die Eier perfekt sein.« Doch seine Stimme klang nicht überzeugt. Offenbar hatte sie sich mit dem verbrannten Essen einen denkbar schlechten Einstand verschafft. »Haben Sie auch im Waisenhaus gewohnt? Hatten Sie keine Familie? Ich will nicht neugierig sein, aber wenn man zusammenleben will, sollte man doch einiges über den anderen wissen.«

»Ich war kaum noch zu Hause«, erwiderte sie, »meine Eltern waren sehr beschäftigt. Mein Vater war Kaufmann. Er hätte sich wahrscheinlich lieber einen Sohn gewünscht. Ich bin sogar sicher, dass es so ist. Ein Sohn hätte ihm im Geschäft helfen können. Eine Tochter heiratet und zieht in das Haus ihres neuen Mannes.« Ihr Blick verfinsterte sich, als sie an Martin Womack denken musste. »Doch ich habe nie den Richtigen gefunden. Ich dachte damals schon daran, in den Westen zu gehen.«

Joseph blickte in seinen Kaffee, als sehne er sich nach einem Schuss Whiskey. »Ich könnte niemals in einer großen Stadt wie New York leben«, sagte er. »Selbst wenn die Indianer noch auf dem Kriegspfad wären, würde ich bleiben. Stimmt's?«

Charly fühlte sich angesprochen und nickte. »Stimmt genau. Obwohl ich mir was Schöneres vorstellen kann, als gegen Apachen zu kämpfen. Angeblich verstecken sich noch immer Krieger in den Bergen an der mexikanischen Grenze.« Er griff nach seinem Kaffeebecher und blickte Sarah an. »Hier oben leben Cheyenne, Shoshone und Arapaho, die sind schon lange in Reservaten. Keine Bange.« Er trank seinen Kaffee aus. »Aber Sie sind sicher müde …«

Sarah war tatsächlich müde und wäre am liebsten sofort ins Bett gegangen. Doch sie ahnte, was Joseph von ihr erwartete. »Sie haben recht, Charly, aber vorher erledige ich noch den Abwasch, sonst hab ich morgen früh die Arbeit.« Sie stand auf und ging in die Küche. »Wann wollen Sie frühstücken?«

»Um sechs«, antwortete Joseph. Seine Liebenswürdigkeit war einem verhaltenen Misstrauen gewichen, das sich schon in seinen forschenden Fragen ausgedrückt hatte. Ganz offensichtlich hatte er Angst, einer verwöhnten New Yorkerin aufgesessen zu sein, die ihm nur Probleme bereitete. »Ich nehme an, in New York steht man später auf, aber auf einer Ranch gibt es viel zu tun, besonders während des Roundups, und morgens geht die Arbeit am besten von der Hand. Eier gibt's im

Hühnerhaus, und in der Speisekammer müsste noch ein ganzer Schinken liegen. Die Biskuits brauchen Sie nur aufzuwärmen, aber bis morgen Abend brauchen wir frische.« Joseph und Charly waren ebenfalls aufgestanden. »Oder gab es in New York keine Biskuits?«

Sarah verriet ihm nicht, dass zum Dinner in der heimatlichen Villa stets frisch gebackenes Brot mit etwas Salz gereicht wurde. Die einfachen Brötchen tat man als minderwertig ab. Dafür gab es zu jedem Essen auch Kuchen. »Nicht immer«, wich sie ihm aus, »wir hatten auch Brot und Dinner Rolls.«

»Dinner Rolls«, sagte er, »das klingt vornehm.«

Sarah ließ seine spöttische Bemerkung stehen und kümmerte sich um den Abwasch. Mit dem heißen Wasser aus dem Herd ging er auch einer unerfahrenen Hausfrau wie ihr leicht von der Hand. Nachdem sie Geschirr und Besteck abgetrocknet und in den Regalen und Schubladen verstaut hatte, verabschiedete sie sich von den Männern und zog sich auf ihr Zimmer zurück.

Erleichtert lehnte sie sich mit dem Rücken gegen die Tür. Ihre Hände waren vom Abwasch gerötet und brannten leicht, und als ihr noch einmal bewusst wurde, wie sehr sie sich bei der Zubereitung des Abendessens blamiert hatte, begann sie zu weinen. Sie tastete sich zum Bett vor und setzte sich.

Wie blauäugig war sie doch gewesen! Nur eine Närrin konnte annehmen, auf einer Ranch bestehen zu können, mit einem Mann, den sie noch nie gesehen hatte, und in einer Umgebung, die sich so sehr von New York unterschied wie ein anderer Erdteil. Warum hatte sie sich nicht wenigstens die Grundbegriffe des Kochens angeeignet? Sie hätte doch wissen müssen, dass auf der Ranch ihre Kochkünste gefragt waren. Wie naiv war sie zu glauben, sie könnte es auch so schaffen?

Sie rieb sich die Tränen aus den Augen und schnäuzte sich

in ihr Taschentuch – derb und kräftig wie eine Farmersfrau, nicht vornehm und verhalten wie eine Tochter aus besserem Hause, die ihr Tüchlein nur zögernd zur Nase führte. Es blieb ihr nichts anderes übrig, als sich durchzubeißen. Ein Zurück gab es nicht für sie, obwohl sie am liebsten sofort aus dem Haus gestürmt wäre und sich irgendwo verkrochen hätte. Sie musste sich der Herausforderung stellen, selbst wenn die Aussicht auf eine glückliche Ehe mit dem Rancher eher gering war. Sie waren zu verschieden, das merkte sie schon jetzt.

Sie hörte die Tür klappen und beobachtete durchs Fenster, wie Joseph und Charly zur Koppel gingen. Bandit rannte bellend hinter ihnen her, verlor das Interesse an ihnen, nachdem der Rancher ihm liebevoll den Nacken gekrault hatte, und widmete sich wieder seiner Lieblingsbeschäftigung. Gackernd stoben die Hühner vor ihm davon. Die Männer blieben vor der Koppel stehen und sprachen miteinander. Schließlich schien Charly, der ein vorwurfsvolles Gesicht machte, lauter zu werden, worauf der Rancher gereizt reagierte und erst weiterging, dann aber vor dem Gatter stehen blieb.

Sarah nahm an, dass es nur um sie gehen konnte, und öffnete das Fenster einen Spalt. Von Neugier getrieben, lauschte sie den Worten der Männer.

»… und ich muss verrückt gewesen sein, sie ins Haus zu holen«, sagte Joseph gerade. »Aus der wird nie eine Ranchersfrau, das hätte ich mir gleich denken können.«

»Jetzt warte es doch erst mal ab«, beruhigte ihn Charly.

21

Sarah war empört. Dass man einer New Yorkerin mit Vorbehalten begegnen würde, hatte sie erwartet, doch ein so vernichtendes Urteil nach wenigen Stunden traf sie mitten ins Herz. Auch wenn sie mit ihrem ersten Versuch, sich als Köchin zu beweisen, grandios gescheitert war, hätte Joseph sich etwas verständnisvoller zeigen können. Nicht mal in ihrem Brief hatte sie ihm vorgeflunkert, eine erstklassige Hausfrau und Köchin zu sein. Sie hatte lediglich behauptet, hart arbeiten zu wollen, und dazu war sie tatsächlich bereit. Wenn er eine Frau suchte, die sich in der Küche auskannte, musste er sich eine Haushälterin suchen.

»So schlechten Kaffee hab ich nicht mal in der Kaschemme am Red River damals bekommen«, sagte Joseph, »und der Wirt dort musste mächtig sparen, weil ihm die Comanchen fast alle Vorräte gestohlen hatten. Eine Frau sollte Kaffee kochen können. So wie Ella, die kochte den besten Kaffee der Welt.«

»Kaffee ist nicht alles.« Charly sprach leiser als der Rancher, deshalb verstand sie nicht jedes Wort. »Vergiss nicht, dass sie erst vor ein paar Stunden aus dem Zug gestiegen ist. Sie muss hundemüde sein.« Er biss einen Priem von seinem Kautabak ab. »Du hättest es wesentlich schlechter treffen können. Hast du gesehen, wie sie angezogen ist? Die Witwe Jones hat ihr beim Einkaufen geholfen, und sie hat mächtig viel Geld hingelegt, um vor dir nicht wie eine verwöhnte New Yorkerin dazustehen. Das musst du ihr hoch anrechnen. Alles andere kommt von selbst.« Sarah erkannte selbst aus der Entfernung, dass Charly grinste. »Und so ganz nebenbei: Hübsch ist sie auch.«

»Und wenn schon.« Josephs Laune schien unter dem schlechten Kaffee massiv gelitten zu haben. Oder war es doch der Whiskey? »So wie Ella wird sie nie sein.« Sarah horchte auf. Klang er etwa traurig? »Ich hätte die Anzeige niemals aufgeben dürfen, Charly. Ich bin noch nicht so weit. Am liebsten würde ich sie wieder zurückschicken.« Er zog die kleine Flasche hervor und nahm einen kräftigen Schluck.

»Und was ist mit dir?«, erwiderte Charly scharf. Seine Stimme wurde jetzt lauter. »Meinst du, sie hat nicht gesehen, wie du dir was in den Kaffee gegossen hast? Und welche Lady, die einigermaßen auf sich hält, will schon einen Säufer als Mann?«

»Ich trinke kaum was.«

»Du lügst dir in die Tasche.« Charly war wütend. »Reiß dich zusammen, Mann! Ich find' sie gar nicht so übel. Vermassel das nicht. Sei gefälligst nett zu ihr. Wenn sie merkt, dass du an der Flasche hängst, ist es zu spät.«

»Was soll das? Ich hänge nicht an der Flasche. Oder hast du mich schon mal betrunken im Sattel gesehen? Und jetzt lass mich endlich in Ruhe mit deinen Ratschlägen. Wenn du sie so unwiderstehlich findest, kannst du sie ja heiraten.«

»Mach keinen Blödsinn, Joseph!«

»Ich weiß schon, was gut für mich ist«, erwiderte der Rancher, stapfte aufgebracht zum Schuppen und schlug die Tür hinter sich zu.

Charly blieb noch eine Weile stehen und blickte in ihre Richtung, als wüsste er, dass sie alles gehört hatte und ihn beobachtete, dann öffnete er das Tor und betrat die Koppel. Er sagte etwas zu den Pferden, das sie nicht verstand, und tätschelte einem Schecken den Hals. Dann warf er noch einmal einen Blick in ihre Richtung

Sarah trat rasch zur Seite. Wie betäubt sank sie auf den Bettrand und starrte ins Leere. Nur ganz allmählich sickerten Josephs Worte in ihr Bewusstsein, wie ein langsam wirkendes Gift, das sich in ihrem Blut breitmachte.

Er liebte seine tote Frau noch immer und würde sie immer lieben. In seinen Gedanken war kein Platz für eine andere Frau, und so, wie es aussah, war er wahrscheinlich gar nicht fähig, jemals eine andere zu lieben. Sie musste eine vorbildliche Ehefrau gewesen sein. Er bereute es, die Anzeige aufgegeben zu haben, das hatte er selbst zugegeben. Und sie war viel zu gutgläubig gewesen, als sie alles hinter sich gelassen und sich nach Westen aufgemacht hatte.

Viel zu erschöpft und gekränkt, um zu weinen, zog sie sich aus und ging zu Bett. Nach dem kargen Lager, das sie im Waisenhaus gehabt hatte, kam sie mit dem harten Bett und der durchgelegenen Matratze einigermaßen zurecht. Sie löschte die Petroleumlampe und schloss die Augen, schreckte aber jedes Mal wieder hoch. Obwohl sie todmüde war, war sie zu unruhig, um schlafen zu können. Ihre Gedanken wirbelten durcheinander. Sie richtete sich auf und drehte den Docht der Lampe wieder hoch.

In der Küche stand noch eine Kanne mit frischem Wasser. Ein Schluck würde ihr guttun. Sie schlüpfte in ihre cremefarbenen Satinhausschuhe, zog ihren Morgenrock über und schlich durch den Wohnraum in die Küche. Der Lichtschein ihrer Petroleumlampe fiel durch die offene Schlafzimmertür und verhinderte, dass sie gegen einen Sessel oder den Esstisch stieß. Sie schenkte sich ein Glas ein und trank es im Stehen. Durchs Fenster sah sie, wie eines der Pferde in der Koppel unruhig zum Ziel lief, wahrscheinlich durch das ungewohnte Licht im Ranchhaus irritiert. Sonst war es ruhig, und der Schuppen, in dem Joseph schlief, lag dunkel im Mondlicht.

Wieder in ihrem Zimmer, fiel ihr Blick auf einen Sekretär, einen aufklappbaren Rollschreibtisch, an dem Joseph wahrscheinlich den Papierkram erledigte, der auch auf einer Ranch anfallen musste. Auf dem Möbel lagen einige Blätter. Ohne darüber nachzudenken, dass sie durch ihr Vorgehen das Vertrauen des Ranchers missbrauchte, hielt sie sie ins Licht. Das Ergebnis der Rinderzählung, die er und Charly beim Roundup vorgenommen hatten, vermutete sie, fein säuberlich aufgeteilt in Bullen, Kühe und Kälber.

Die Aufstellung interessierte sie wenig, und normalerweise hätte sie die Papiere sofort wieder hingelegt, doch als sie sich die Schrift genauer ansah, glaubte sie ihren Augen nicht zu trauen. Die ungelenken Buchstaben, eher gekritzelt als geschrieben, hatten so gar nichts mit den steilen und sauberen Schriftzeichen des Briefes gemein, den Joseph ihr geschickt hatte. Sie trat noch näher an die Lampe heran, redete sich ein, der Rancher hätte diese Aufstellung in großer Eile und den Brief sorgfältig und in Ruhe abgefasst, aber ihr Misstrauen war geweckt. Oder hatte er Charly den Brief diktiert?

Sie legte das Schreiben zurück und drehte den Docht der Lampe herunter. Der Mond war gewandert, und durch das Fenster waren nur die Schatten des Schlafhauses und der Scheune zu erkennen. Die Sterne lagen hinter Wolken verborgen. Sie schloss die Augen und versuchte an nichts zu denken. Auf einmal war sie so müde, dass sie einschlief und in einen beängstigenden Albtraum versank.

Sie saß im Damensattel auf dem Schecken, den sie in der Koppel gesehen hatte, verfolgt von einer durchgehenden Rinderherde, und schaffte es trotz größter Bemühungen nicht, ihr zu entkommen. »Nach links, nach links!«, rief Joseph ihr zu. »Nach rechts, nach rechts!«, warnte sie Charly. Doch was sie auch tat, die Rinder blieben stets hinter ihr, und als sie in ihrer

Panik aus dem Sattel fiel, stürmte die wilde Herde genau auf sie zu. Ihre verzweifelten Hilfeschreie erstarben im Trommeln der vielen Hufe.

Sie schreckte hoch und starrte minutenlang in die Dunkelheit, bis sie erschöpft auf ihr Kissen zurücksank und mit Tränen in den Augen wieder einschlief. So ging es mehrere Male in dieser Nacht. Ständig ein neuer Traum, aber immer ähnlich, jedes Mal war jemand hinter ihr her, und es gelang ihr nicht, der Bedrohung zu entkommen. Einmal war es sogar Martin Womack, der sie hoch zu Pferde verfolgte und mit einem Poloschläger bedrohte. Erst gegen Morgen verflüchtigten sich die Träume, und sie fand allmählich wieder Ruhe.

Draußen war es noch dunkel, als es an ihre Tür klopfte und sie ein weiteres Mal unsanft aus dem Schlaf gerissen wurde. Sie brauchte einige Zeit, bis ihr klar wurde, wo sie sich befand. Eine dumpfe Stimme drang an ihre Ohren. »Ma'am … Sarah … wachen Sie auf, Sarah! Es ist halb sechs.«

»Charly? Sind Sie das?«

»Tut mir leid, wenn ich Sie wecke. Alles in Ordnung, Sarah?«

»Ja … ja, natürlich. Ich bin schon auf, Charly.«

»Den Hund hab ich schon gefüttert«, kam die Antwort. Seine Stimme klang undeutlich, als hätte er schon zu dieser frühen Stunde einen Priem im Mund. »Wenn Sie wollen, setze ich schon mal Kaffee auf.«

»Danke, Charly, aber das mache ich schon.«

Als sich die Schritte des Alten entfernten, schwang Sarah rasch die Beine aus dem Bett. Obwohl sie am liebsten heiß gebadet und eine halbe Stunde in der Wanne gelegen hätte, wusch sie sich mit dem Wasser, das vom vergangenen Abend übrig war. Die Männer wuschen sich am Brunnen, nahm sie an. Das eiskalte Wasser aus der Tiefe machte ihnen wohl nichts aus. In ihrer Villa in New York hatte es bereits fließendes Wasser gegeben.

Sie zog dasselbe wie am vergangenen Abend an, streifte die Schürze über Rock und Bluse und schlüpfte in ihre neue Jacke, bevor sie mit dem Eierkorb nach draußen trat und den Hof überquerte. Charly war gerade dabei, die Schweine zu füttern und winkte ihr freundlich zu. Joseph war nicht zu sehen.

Im Hühnerhaus kam ihr eine widerspenstige Henne in die Quere, und sie war froh, den festen Lederhandschuh angezogen zu haben, sonst hätte sie ihr mit ihrem scharfen Schnabel schmerzhafte Verletzungen zugefügt. Sie verjagte die Henne mit einigen Schimpfwörtern, die ihrer Mutter ein missbilligendes Stirnrunzeln entlockt hätten, und sammelte dreizehn frische Eier ein. Eine Glückszahl, wie sie hoffte, wenn sie an Josephs harte Worte vom gestrigen Abend dachte. Als sie ins Freie trat, blieb sie wie angewurzelt stehen.

Joseph stand mit nacktem Oberkörper am Brunnen und schöpfte kaltes Wasser aus dem Holzeimer. Er hatte sie noch nicht entdeckt und spritzte sich das Wasser ins Gesicht und auf Brust und Arme, um es anschließend mit seinen kräftigen Händen auf der gebräunten Haut zu verteilen. Was für ein Anblick, gerade jetzt, als die Sonne über den östlichen Horizont emporstieg und seine nasse Haut in rötlichem Licht erstrahlen ließ. Wie ein Krieger aus längst vergangenen Zeiten stand er dort, mit ausladenden Schultern und muskulösen Armen, sein Oberkörper wie aus Wachs modelliert und so verführerisch, dass Sarah ein bisher unbekanntes Gefühl in sich aufsteigen fühlte, ein seltsames Verlangen, das sie bisher noch bei keinem Mann verspürt hatte. Einen solchen Mann gab es in ganz New York nicht, nicht einmal am Hafen, wo kräftige Burschen die Schiffe beluden.

Sarah wollte etwas sagen, ihm einen guten Morgen wünschen, doch sie brachte kein Wort heraus. Stattdessen blieb sie stehen und wartete, bis er fertig war und im Schuppen verschwand. So durcheinander, dass es ihr schwerfiel, den Korb mit den Eiern zu tragen, lief sie zurück. Charly war in der Küche und gerade dabei, das Feuer im Herd zu entzünden.

»Charly«, sagte sie, »das hätte ich doch machen können.«

»Feuer machen ist eine Kunst«, erwiderte der Alte. Er blickte von seiner Arbeit auf und grinste verschmitzt. »Sobald wir die Rinder auf die Sommerweide getrieben haben, bringe ich es Ihnen bei.« Er wartete, bis das Reisig und das Papier loderten, und schob zwei Holzscheite hinterher. Zufrieden klappte er die Ofentür zu. »Jetzt sind Sie dran«, sagte er. »Zuerst den Kaffee.«

Sarah machte sich an die Arbeit. Diesmal hielt sie sich an Charlys Rezept und füllte doppelt so viel von dem bereits gemahlenen Kaffeepulver in die Kanne, warf eine halbe Eierschale vom vergangenen Abend hinein und kippte Salz dazu. Er hatte nicht verraten, wie viel Salz man nehmen sollte, und sie wollte auf Nummer sicher gehen und sparte nicht damit. Anschließend schnitt sie ein Stück Butter in die Bratpfanne und wartete darauf, dass sie schmolz.

»Sie haben uns gestern Abend belauscht, nicht wahr?«, überraschte sie Charly. Er hatte sich an den Esstisch gesetzt und wirkte etwas nachdenklicher als sonst. In seiner linken Backe hing ein Priem. »Sie haben gehört, was Joseph gesagt hat. Ich habe ihr Gesicht am Fenster gesehen. Stimmt doch?«

Sarah antwortete nicht. Sie wagte nicht, ihn anzublicken.

Stattdessen verteilte sie die Butter mit einer Gabel und schlug die Eier in die Pfanne. Nur das erste misslang, die anderen zeigten auch beim Braten den vollen Dotter.

»Und jetzt glauben Sie, Sie hätten einen großen Fehler begangen und würden unsere Ranch am liebsten wieder verlassen.« Stumm spritzte sie mit der Gabel flüssige Butter über die Dotter, wie sie es bei ihrer Köchin in New York gesehen hatte, und salzte und pfefferte die Eier. Ihr Schweigen verriet Charly, dass er recht hatte. »Tun Sie es nicht, Sarah. Geben Sie Joseph eine Chance. Er hat seine Frau sehr geliebt, und ihr Verlust macht ihm heute noch schwer zu schaffen. Auch deshalb greift er zur Flasche. Aber er mag sie, er mag Sie wirklich, auch wenn es sich gestern anders anhörte.« Er lächelte schwach. »Sie sollten mal hören, wie er mich manchmal anfegt. Er meint es nicht so, Sarah. Geben Sie nicht auf, Sarah, okay?«

Sie hatte genug mit den Eiern zu tun, und antwortete erst, als sie die Eier auf einen großen Teller geschaufelt und einige Speckstreifen in die Pfanne gelegt hatte. Ihr Gesicht war von der aufsteigenden Hitze gerötet. »Haben Sie den Brief geschrieben, Charly?«

Der Alte sah sie überrascht an. »Nun, wenn ich ehrlich bin … ich habe ihm dabei geholfen. Joseph hatte große Angst, etwas falsch zu machen und Sie zu erschrecken. Finden Sie das sehr schlimm?«

»Nein …« Sie legte die Speckstreifen auf die Eier. »Ich dachte nur.«

»Ich bin kein Dichter, Sarah. Denken Sie an die Biskuits?«

Die hatte sie vollkommen vergessen. Sie legte das Gebäck rasch auf die Herdplatte und achtete darauf, dass es nicht schwarz wurde. Inzwischen deckte sie den Tisch. Sie war gerade fertig, als Joseph zur Tür hereinkam und sie mit einem mürrischen Brummen begrüßte. Seine Laune war nicht die beste, und als er sich Sarah gegenübersetzte, wehte Whiskeydunst zu ihr herüber.

Sie schenkte Kaffee ein und betete, er würde stark genug sein.

Joseph verzog angewidert das Gesicht, lief nach draußen und spuckte den Kaffee in den Sand. Charly schluckte ihn tapfer herunter und fluchte leise.

»Ich dachte, ich hätte ihn diesmal stark genug gemacht«, entschuldigte sie sich mit hochrotem Gesicht. Sie probierte selbst und würgte den kleinen Schluck widerwillig hinunter. Der Kaffee war so versalzen, dass sich alles in ihrem Mund zusammenzog. »Ich hab wohl etwas zu viel Salz genommen.«

»Nur eine Prise«, erinnerte sie der alte Cowboy, »nur eine kleine Prise!«

»Ich koche gleich neuen«, sagte Sarah schnell.

Diesmal ging ihr Charly zur Hand, und sie brauchten nicht lange, um frischen Kaffee auf den Tisch zu bringen. Sarah entging nicht, dass Joseph in der Zwischenzeit einen weiteren Schluck aus seinem Flachmann nahm und sich seine Laune schon wieder gebessert hatte, als sie ihm neuen Kaffee einschenkte. Er hatte sich drei Eier genommen und kaute einigermaßen zufrieden. »Die Eier haben Sie gut hinbekommen. Und der Speck schmeckt auch.«

»Soll ich Ihnen Sandwiches für unterwegs schmieren?«, fragte sie.

»Wir haben draußen alles«, antwortete er. Und nachdem ihm Charly seinen Ellbogen in die Seite gestoßen hatte: »Tut mir leid, ich bin wohl etwas heftig geworden. Leben Sie sich erst mal ein.« Die Worte schienen ihm nur schwer über die Lippen zu gehen. »Zum Abendessen bringen wir wilde Truthähne mit. Eine Pfanne Bratkartoffeln wäre nicht schlecht, die kriegen Sie sicher hin. Oder gibt es so was in New York nicht? Nach der Arbeit haben wir immer großen Hunger. Ach ja, und die Wäsche müsste mal wieder gewaschen werden. Den Bottich und die Seife finden Sie im Schuppen.« Er bekam wieder einen Rempler von Charly. »Keine Angst, Sie sind nicht nur zum Arbeiten hier. Sobald wir mit den Rindern fertig sind, zeige ich Ihnen die Ranch. Einverstanden?«

»Ich hab keine Angst vor der Arbeit, Joseph. Ich mag es nur

nicht, wenn man schlecht über mich redet oder mich auslacht, denn ich weiß nicht, wie Sie sich anstellen würden, wenn ich Sie nach New York entführen würde. Wahrscheinlich würden Sie schneller als ein wilder Büffel davonlaufen, sobald Sie die vielen Häuser, die Hochbahn und die vielen Fuhrwerke sähen. Reiten Sie zu Ihren Rindern auf die Weide, ich komme hier schon zurecht.«

Er lächelte verlegen und wusste anscheinend nicht, was er sagen sollte. Wenig später ritten die Männer davon, und sie blieb mit wehendem Rock in der offenen Tür zurück und blickte ihnen mit gemischten Gefühlen nach.

22

Nachdem Sarah den Tisch abgeräumt hatte, spülte sie das Geschirr. Sie kam sich wie eine Haushälterin vor, die gerade von ihrem Arbeitgeber zurechtgewiesen worden war. Ihr Vater hätte einer Köchin, die zweimal schlechten Kaffee serviert hatte, sofort gekündigt.

Doch sie war als Ehefrau gekommen und Joseph hätte sie eigentlich mit offenen Armen empfangen müssen. Stattdessen gab es gleich Probleme, und er hatte nichts Besseres zu tun, als sie mit Hausarbeit einzudecken. Sie musste beinahe lachen, wenn sie daran dachte, wie ihr Vater einen Mann wie ihn behandelt hätte. Er hätte ihn nicht mal als Pferdeknecht oder Kutscher eingestellt.

Die Arbeit half ihr, die trüben Gedanken in den Griff zu bekommen. Der Abwasch war kein Problem für sie, und auch das Bettenmachen in ihrem Zimmer ging ihr flott von der Hand. Sie kehrte das Haus mit einem Strohbesen, den sie in der Vorratskammer fand, und schüttete das schmutzige Wasser in den Schüsseln in ein nahes Gebüsch. Begleitet von Bandit, der ein paarmal neugierig an ihr hochsprang, kehrte sie ins Haus zurück und gönnte sich einen halben Becher von dem heißen Kaffee. Sie schnitt eine Grimasse, weil er ihr immer noch nicht schmeckte. Gestützt auf den Geschirrschrank, der ihr bis zu den Hüften reichte und vom Regal mit Kaffee, Zucker, Salz und Gläsern mit getrockneten Gewürzen überragt wurde, flüsterte sie wenig damenhaft: »Wenn du nur nicht so verdammt gut aussehen würdest.«

Als sie auf dem Weg zum Schuppen am Brunnen vorbeikam, sah sie ihn wieder vor sich, schlank in den Hüften und breit in den Schultern, den muskulösen Oberkörper mit den ausgeprägten Muskeln, die sie an ein Plakat von einem Boxkampf erinnerten, den flachen Bauch, der ebenfalls nur aus Muskeln zu bestehen schien, sein kantiges Gesicht mit den sanften und humorvollen Augen, die so gar nicht zu seiner männlichen Erscheinung passen wollten. Einen Mann, den ein Hauch der Ungebundenheit und Wildheit umwehte, wie man sie den ungezählten Helden des Wilden Westens zuschrieb.

Sie versuchte, sich vorzustellen, wie es sich anfühlte, in seinen Armen zu liegen und von ihm geküsst zu werden, schüttelte den Gedanken aber schnell ab und betrat den Schuppen. Die Tür ließ sie offen, damit Licht hereinfiel. Der Pritschenwagen nahm fast den ganzen Raum ein. In den Regalen und Kisten fand sie Werkzeuge, Ersatzteile für den Wagen, Nägel und Schrauben, auf dem Boden standen Eimer, Besen und Fässchen mit Schmierfett, Sättel lagen über Holzböcken, und an den Wänden hingen Geschirre, Zaumzeug, Lederriemen und aufgerollte Lassos. Darunter lehnten Wagenräder.

Sarah wartete, bis sich ihre Augen an das Halbdunkel gewöhnt hatten, und ging an dem Pritschenwagen vorbei in den hinteren Teil des Schuppens. Joseph hatte sein Nachtlager neben der rückwärtigen Tür aufgeschlagen, der einzige Platz, an dem er wenigstens etwas frische Luft haben konnte. Sie öffnete die Tür und erschrak, als die Sonne auf eine fleckige Strohmatratze und eine zerknüllte Wolldecke fiel. Ein unwürdiges Lager für einen Mann, der den ganzen Tag hart arbeitete und im Schlaf neue Kräfte sammeln sollte, und etwas, das sie auf einer »florierenden Ranch« eigentlich nicht erwartet hatte.

Sie wollte die Decke ausschütteln und erschrak, als eine halb volle Whiskeyflasche herausfiel und von der Matratze auf den

Boden kullerte. Offenbar hatte Joseph sich mit einem kleinen Vorrat eingedeckt, um nicht in ihrer Gegenwart seine Flasche aus dem Küchenschrank holen zu müssen. Sie stellte die Flasche ans Kopfende, schlug die Decke im Freien aus und legte sie gefaltet auf die Matratze zurück – eine Arbeit, die in New York ihre Zofe erledigt hatte.

Auf dem Rückweg entdeckte sie das Grab von Josephs Frau. Sie blieb vor dem Gedenkstein stehen und dachte daran, in welchen gefährlichen Zeiten sie im Westen aufgewachsen war. *Sie* wäre sicher nicht bei den ersten Schwierigkeiten davongerannt. Im *Harper's Weekly* hatte sie über diese wilde Zeit gelesen. Abgesehen von feindlichen Indianern war die Natur der erbittertste Feind der Siedler gewesen. Wirbelstürme, Trockenheit, Schneestürme … wie grausam musste es gewesen sein, in einem Blizzard umzukommen.

»Hallo Ella«, sagte sie zögerlich und verstummte sofort wieder. Wie albern, mit einer Toten zu reden … Aber aus irgendeinem Grunde war es ihr ein Bedürfnis, sich vor der früheren Herrin dieses Hauses zu rechtfertigen. Als müsste sie sich dafür entschuldigen, dass sie nun in ihrem Heim lebte, bei ihrem Mann. Kein schönes Gefühl. Sie ließ sich in die Hocke nieder. »Ich gebe mein Bestes«, flüsterte sie. »Wirklich.«

Dann richtete sie sich mit einer entschlossenen Bewegung auf und marschierte mit energischen Schritten zurück ins Haus.

Sie erhitzte Wasser auf dem Herd und kochte die Wäsche in dem Zuber, den sie in einer Ecke des Schuppens fand, schrubbte die Kleidung mit Seife und Bürste und spülte mit kaltem Wasser nach, bevor sie eine Leine zwischen zwei Bäumen spannte und die gewaschenen Teile daran aufhängte. So beschäftigt war sie, dass sie beinahe ihr Mittagessen vergaß und stattdessen zwischen Tür und Angel ein warmes Biskuit mit Käse aß und sofort mit der Wäsche weitermachte, weil sie ihr Tagespensum sonst niemals schaffen würde.

Die Wäsche flatterte im Wind, und sie hatte bereits den Zuber in den Schuppen zurückgebracht, als sich ein Einspänner dem Ranchhaus näherte, und die Witwe Jones unter dem ledernen Faltdach hervorkroch. Bandit hob lediglich schläfrig den Kopf. »Hallo, Sarah«, grüßte sie fröhlich wie immer. »Ich dachte, ich sehe mal nach dem Rechten.« Sie klopfte sich den Staub aus den Kleidern. »Wie gefällt Ihnen das Ranchleben?«

»Viel Arbeit«, antwortete sie. Sie wischte sich die nassen und vom vielen Waschen schmerzenden Hände an der Schürze ab. »Kommen Sie doch rein.«

Sie setzten sich an den Esstisch, und Sarah brachte Kaffee, wie es von einer guten Ranchersfrau erwartet wurde. Zu jeder Gelegenheit gab es Kaffee, so viel wusste sie schon. »Und wer kümmert sich um Ihr Lokal?«, fragte sie.

»Don und seine Frau, die sind doch froh, wenn die Katze mal aus dem Haus ist.« Sie führte den Becher zum Mund, trank aber nicht. »Nun?«, konnte sie ihre Neugier nicht länger bezähmen. »Hab ich Ihnen zu viel versprochen?«

Sarah wusste, was sie meinte, fragte aber dennoch: »Wie meinen Sie das?«

»Das wissen Sie doch ganz genau, Kindchen.« Die Witwe stellte den Becher wieder hin. »Also … wie finden Sie Joseph? Ist er nicht ein Prachtkerl?«

»Er sieht gut aus.«

»Er sieht fantastisch aus.«

Sarah errötete. »Das stimmt, aber …« Sie blickte ihr verschwommenes Spiegelbild im Kaffee an. »Ich weiß nicht, ob ich ihn jemals heiraten werde.«

»Weil er manchmal sehr mürrisch werden kann?«

»Nein, das sind wir doch alle mal.« Sie dachte an ihre Zeit nach der Vergewaltigung zurück. »Ich hab auch schlechte Laune, wenn mich irgendwas beschäftigt. Es ist …« Sie suchte wieder nach den richtigen Worten. »Er trinkt. Er kann seine Frau nicht vergessen und versucht sich mit Whiskey zu betäuben.« Sie blickte die Witwe an. »Das wissen Sie schon längst, nicht wahr?«

Die Witwe nickte traurig. »Das weiß so ziemlich jeder in der Stadt und auch hier draußen auf der Weide. Und die meisten verstehen ihn, weil Ella auf sehr tragische Weise ums Leben gekommen ist. Das hätte jeden Mann umgehauen. Aber wir alle hoffen natürlich auch, dass sich die Trinkerei allmählich legt, wenn Sie einander nähergekommen sind. Joseph ist kein Säufer. Er schüttet das Zeug in sich hinein, weil ihn das Schicksal aus dem Gleis geworfen hat. Sie werden ihn wieder in die Spur bringen, da bin ich sicher.«

»Ich weiß nicht, ob ich das schaffe.«

»Natürlich schaffen Sie das, Kindchen. Ich brauche Ihnen nur in die Augen zu sehen, um zu wissen, dass Sie es schaffen werden. Natürlich wird er seine Frau nicht vergessen, ich nehme an, das wollen Sie auch gar nicht. Aber wenn er sich bis jetzt nicht in Sie verliebt hat, wird es in Kürze geschehen.« Sie nahm Sarahs Hand in ihre und drückte sie. »Sehen Sie mich an, ich habe mich in meinem Leben viermal verliebt. Drei Männer hab ich vor den Altar gezerrt, und der vierte muss auch noch daran glauben.«

Sarah wusste, wen sie meinte, war aber zu sehr mit ihren Gedanken beschäftigt, um über ihre forsche Art schmunzeln zu können. »Ich bringe ja nicht mal die einfachsten Sachen fertig. Haben Sie meinen Kaffee probiert? Schmeckt er nicht fürchterlich? Und das ist die zweite Kanne, bei der hat mir Charly geholfen. Den ersten konnte man überhaupt nicht trinken.

Und die Eier und die Biskuits …« Sie spürte, wie ihre Augen feucht wurden. »… die hab ich gestern Abend verbrennen lassen, und heute soll ich Bratkartoffeln machen und weiß nicht mal, wie man Kartoffeln schält … Ich hätte ihm schreiben sollen, dass ich aus einer reichen Familie komme und keine Ahnung habe, wie man einen Haushalt führt. Mit der Wäsche, das ging noch, aber …«

Die Witwe Jones ließ sie weinen und trank eine Grimasse ziehend von dem Kaffee. »So was Ähnliches hab ich mir schon gedacht, Kindchen. So, wie Sie sprechen und sich benehmen. Eine dieser herrschaftlichen Familien in der Fifth Avenue, nehme ich an. Ich hab darüber gelesen.«

»Ich konnte ihm doch nicht schreiben, dass ich in einer Villa aufgewachsen bin und von morgens bis abends bedient wurde. Dass ich Bedienstete gewöhnt bin, die mir jeden Handschlag abnehmen.« Sie schniefte und schnäuzte sich in ihr Taschentuch. »Ich hatte sogar eine Zofe, die mir das Mieder schnürte und mir die Kleider anzog. Eine Küche und ein Waschhaus hab ich nie von innen gesehen, nicht mal in dem Waisenhaus, in dem ich die letzten Wochen gearbeitet habe. Ich hab den Kindern vorgelesen und Lieder mit ihnen gesungen.«

Die Witwe machte ein überraschtes Gesicht. »Und warum haben Sie New York dann verlassen? Sind die Männer an der Ostküste solche Schlappschwänze, dass Sie sich nicht mit ihnen einlassen wollten? Oder gibt's einen triftigeren Grund?«

»Sie meinen, ich hätte mir was zuschulden kommen lassen?«

»Selbst wenn es so wäre, Kindchen, hier im Westen kümmert man sich nicht um die Vergangenheit eines Mannes oder einer Frau. Hier zählen nur Taten, die man mit eigenen Augen sieht. Ich hätte gar nicht fragen dürfen.«

»Ich habe nichts verbrochen, Witwe Jones. Ich bekam Ärger mit meiner Familie, das ist alles.« Selbst der Witwe wollte sie nicht die ganze Wahrheit sagen. »Meine Eltern haben mir empfohlen, die Stadt zu verlassen, weil ich sonst den Ruf der Familie beschädigen würde.« Sie bemerkte, wie sich die Stirn der Witwe in Falten legte. »Ich habe nichts Unrechtes getan, im Gegenteil, mir wurde etwas angetan. New York ist anders als der Westen, besonders in den Villen der Fifth Avenue. Dort spielt der Ruf einer Familie eine große Rolle. Mein Vater besitzt eine große Firma, und er hätte vielleicht Kunden verloren, wenn ich geblieben wäre.« Sie zuckte die Achseln. »Ich war sowieso neugierig auf den Westen. Ich hatte so viel über dieses Land gehört.«

»Nur mit dem Kochen klappt es nicht.« Die Besorgnis der Witwe war rasch verflogen. »Und ehrlich gesagt, deswegen bin ich auch hier. Ich hatte mir schon so was gedacht, und wir wollen doch nicht, dass Ihre Zukunft an so simplen Dingen scheitert. Die Kocherei ist kein Buch mit sieben Siegeln.« Sie tätschelte aufmunternd Sarahs Wange. »Was meinen Sie? Ich bringe Ihnen bei, was man unbedingt wissen muss, und zeige Ihnen ein paar meiner Tricks. Die Liebe geht durch den Magen, wissen Sie? Mein erster Mann hat mich nur wegen meiner guten Bratkartoffeln geheiratet.«

»Das würden Sie tun?«, fragte sie hoffnungsvoll.

»Mit den Bratkartoffeln fangen wir an, die mögen Cowboys am liebsten. Zuerst einmal müssen wir die Kartoffeln schälen. Das ist so ziemlich die langweiligste Arbeit, die man in der Küche finden kann, aber anders geht es nun mal nicht. Die Schalen heben wir für die Schweine auf, die mögen so was. Wo sind die Kartoffeln?«

Sarah verschwand in der Speisekammer und kam mit einer Schüssel Kartoffeln wieder. Die Witwe zeigte ihr, wie man das Messer am besten ansetzte und möglichst wenig von der Kartoffel vergeudete. Sie lernte schnell und war nach einer Viertelstunde schon beinahe so flink wie die Witwe. Nach getaner Arbeit füllte sie die Schalen in den Eimer mit den Abfällen für die Schweine und blickte stolz auf die geschälten Kartoffeln in der Schüssel.

Die Kartoffeln in hauchdünne Scheiben zu schneiden, bereitete ihr mehr Schwierigkeiten. Ihre ersten Versuche gerieten viel zu dick, und es dauerte eine ganze Weile, bis die Witwe zufrieden war. »Mit gekochten Kartoffeln geht es leichter, aber Bratkartoffeln aus rohen Kartoffeln schmecken viel besser.«

Sarah legte das Messer weg und massierte ihre Finger. »Anstrengend.«

»Sie gewöhnen sich daran, Kindchen.« Die Witwe holte ein Holzfässchen aus der Speisekammer und stellte es auf den Tisch. »So, und jetzt verrate ich Ihnen noch ein Geheimnis, das heißt, eigentlich ist es schon gar kein Geheimnis mehr, seitdem es im *Ladies' Home Journal* stand. Zum Braten von Kartoffeln nimmt man keine Butter, sondern Schweinefett. Das wird heißer, und die Kartoffeln werden knuspriger. Und seien Sie bloß nicht sparsam, geben Sie ordentlich was in die Pfanne.« Sie zog die Pfanne heran und löffelte eine ordentliche Menge Schweinefett hinein. In das geschmolzene Fett schaufelte sie die Kartoffelscheiben. »Salz und Pfeffer dazu, mehrmals wenden, fertig.«

Die fertigen Bratkartoffeln stellte die Witwe in den Backofen. »Und die Truthähne, die Joseph und Charly heute Abend mitbringen … nehmen sie am besten die Filets, die sind am schnellsten fertig. Und lassen Sie die Dinger auf keinen Fall zu lange in der Pfanne, sonst werden sie trocken. Noch Fragen?«

»Eine Menge«, erwiderte Sarah. Sie kam sich wie in der Schule vor. »Wie backe ich Biskuits? Wie koche ich Gemüse? Was tue ich, wenn Joseph zum Angeln geht und Fische nach Hause bringt? Ich habe keine Ahnung, Witwe Jones. Ich bin dümmer als ein Dienstmädchen, das sich bei einer reichen Familie bewirbt. Ich kann nicht mal nähen oder Strümpfe stopfen.«

Die Witwe gefiel sich in ihrer Rolle. »Eins nach dem anderen, Kindchen. Wenn Sie wollen, arbeiten wir die Liste langsam ab. Aber damit Sie inzwischen keine böse Überraschung erleben, hab ich Ihnen ein Kochbuch mitgebracht.« Sie ging zu ihrem Buggy und kam mit einem vollgeschriebenen Notizbuch wieder. »Das sind die Rezepte, die ich von meiner Mutter bekommen habe. Ist schon eine ganze Weile her, aber viel hat sich seitdem nicht geändert. Aber passen Sie auf. Meine Mutter war Engländerin, und dort isst man anders. Einige Rezepte passen nicht hierher. Aber das finden Sie sicher selbst heraus.«

Sarah bedankte sich überschwänglich und wunderte sich, als die Witwe nach ihrer Jacke und dem breitkrempigen Cowboyhut griff. »Wollen Sie denn nicht zum Essen bleiben, Witwe Jones? Charly würde sich bestimmt freuen.«

»Damit jeder erfährt, dass ich Ihnen das Kochen beibringe und Ihnen einige meiner besten Rezepte verrate?« Sie kletterte lachend in ihren Einspänner. »Nein, Kindchen, das lassen wir lieber sein. Charly sieht mich früh genug. Man soll die Männer ein bisschen am Haken baumeln lassen, wissen Sie?«

Sie fuhr lachend vom Ranchhof.

23

Im gemächlichen Trab ritten Joseph und Charly am Fluss entlang. Ihre Pferde waren erschöpft von der anstrengenden Arbeit beim Roundup, und auch sie freuten sich auf einen gemütlichen Abend im Ranchhaus. Matt Dolan und Phil Halloran, die jungen Cowboys, die ihnen beim Bränden geholfen hatten, waren bei den Rindern geblieben und würden auch am nächsten Morgen dabei sein, wenn sie die Herde auf die Sommerweide trieben. Joseph war froh, ihnen eine Chance gegeben zu haben, denn sie waren exzellente Cowboys.

»Nun sag's endlich«, forderte Joseph den Alten auf. »Ich sehe doch, dass du mir eins draufgeben willst.«

»Gib dir einen Ruck, Mann! Kümmere dich um sie.« Er lenkte sein Pferd an Josephs heran und gab ihm einen Klaps auf den Rücken. »Ich weiß, dass du sie magst, man braucht doch nur in deine Augen zu sehen. Wenn es nach einem halben Jahr noch immer nicht zwischen euch gefunkt hat, wird sie von selbst ihre Koffer packen, da bin ich ganz sicher. Aber du kannst eine solche Chance nicht liegen lassen, okay?«

»Jaja«, brummte Joseph, »schon gut. Ich will's versuchen.« Er trieb seine Stute an. »Wenn sie nur ein bisschen mehr Ahnung vom Kochen und der Hausarbeit hätte!«

»Warte es doch erst mal ab. Sie sieht wie ein Engel aus, und auf den Mund gefallen ist sie auch nicht. Das ist doch schon mal was.«

Es war noch taghell, als sie die Ranch erreichten. Wie immer, wenn sie von der Weide zurückkamen, kümmerten sie sich zuerst um die Pferde. Sie wuchteten die Sättel auf den Koppelzaun, rieben die Tiere trocken und wuschen sich Gesicht und Hände am Brunnen, bevor sie den Hof überquerten. Charly hatte einen toten Truthahn am Sattel hängen. Sie hatten ihn unterwegs geschossen.

»Na, mein Guter, so erschöpft von der Hühnerjagd?«, begrüßte Charly den Hund, der ihnen auch diesmal entgegengelaufen war, aber etwas müder als sonst wirkte. Der widerspenstige Hahn machte Bandit neuerdings schwer zu schaffen. Mit seinem Schnabel hatte er ihm zahlreiche Wunden beigebracht.

Erstaunt bemerkte Joseph die flatternde Kleidung an der Wäscheleine und nickte zufrieden. Er hätte nicht gedacht, dass die Lady ihre Wäsche an einem Tag schaffen würde. Selbst Ella hatte die Waschtage gehasst.

Sarah hatte sie gehört und empfing sie in bester Laune in der offenen Tür. Der Tisch war gedeckt. »Ich hoffe, ihr habt ordentlich Hunger mitgebracht.« Sie trug die Truthähne in die Küche. »Sobald ich die Filets gebraten habe, können wir essen. Wie wär's mit einem Becher Kaffee?«

Joseph befürchtete das Schlimmste, brummte missmutig und erklärte sich erst einverstanden, als er Charlys Stiefelspitze an seinem Schienbein spürte.

Sarah schenkte den Männern ein und kehrte in die Küche zurück.

»Wow!«, rief Charly schon nach dem ersten Schluck. »Der schmeckt ja besser als bei der Witwe Jones. Wie haben Sie das so schnell hinbekommen?«

»Ich hatte genug Zeit zum Üben«, erwiderte sie erleichtert.

Joseph, der bereits nach seinem Flachmann gegriffen hatte, um den Geschmack des Kaffees einigermaßen erträglich zu machen, versuchte es ohne und war ebenso überrascht wie

Charly. »So gut hat er bei uns noch nie geschmeckt«, raffte er sich zu einem Lob auf. Ein zufriedenes Lächeln erschien auf seinem Gesicht. »Ich hoffe, Sie haben sich das Rezept gemerkt.«

»Jetzt bin ich ausgeruhter«, sagte sie. »Ab heute klappt vieles besser.«

Obwohl Charly ihn mit einem vorwurfsvollen Blick bedachte, nutzte Joseph ihre Abwesenheit, um einen Schluck zu trinken.

Vielleicht war es gerade dieser eine Schluck, der an diesem Abend zu viel war. Denn als Sarah die Truthahnfilets und die Bratkartoffeln servierte und der eigentlich verlockende Duft um seine Nase wehte, stieg Übelkeit in ihm auf, und er musste rasch einen Schluck Kaffee trinken, um sich nicht übergeben zu müssen. »Ich hab keinen Hunger«, sagte er zum Erstaunen von Sarah und Charly. Er war blass geworden. »Mir ist übel … ich weiß auch nicht, warum. Vielleicht …« Er atmete ein paarmal tief durch. »Vielleicht hab ich heute Mittag was Falsches erwischt. Das Trockenfleisch war schon ein bisschen älter.« Er blickte Charly an. »Aber so alt nun auch wieder nicht.«

Doch als Joseph die aufkeimende Wut in den Augen des Alten sah, nickte er nur ergeben, als Sarah ihm ein Truthahnfilet auf den Teller legte und Bratkartoffeln aufgab. »Nach ein paar Bissen geht es Ihnen sicher wieder besser, Joseph.«

Er wartete, bis alle etwas auf dem Teller hatten, und beobachtete misstrauisch, wie Charly sich tatsächlich ein großes Stück von dem Truthahn und anschließend sogar noch eine Gabel Kartoffeln in den Mund schob und vorsichtig zu kauen begann.

Doch dann strahlte der Alte plötzlich über beide Backen. »Ich glaube, ich träume!«, stieß er begeistert hervor. »Auch die schmecken besser als bei der Witwe. Ach, was sage ich … die schmecken sogar besser als die Bratkartoffeln von meiner Mutter, und die war für ihre Bratkartoffeln im ganzen Territorium berühmt.«

Joseph zwang sich, ein Stück von dem Truthahn zu essen, und tatsächlich: Das Filet war so zart und saftig, dass es beinahe auf der Zunge zerging. Und die Bratkartoffeln so kross, wie man sie nur ganz selten bekam.

Joseph setzte zu einem Lob an und musste plötzlich würgen. Der Fettgeruch, der von seinem Teller aufstieg, traf auf den Whiskey, den er an diesem Tag getrunken hatte, und bereitete ihm solche Übelkeit, dass er aufspringen und nach draußen laufen musste. Bandit hob den Kopf und blickte ihm verstört nach, als er hinters Haus lief und sich lautstark ins Gestrüpp übergab.

Er sank auf die Knie und nippte erneut an seinem Flachmann, um den schlechten Geschmack aus dem Mund zu vertreiben. Keuchend blieb er auf dem sandigen Boden hocken. Weder Sarah noch Charly folgten ihm, und auch Bandit wandte sich nach den ersten neugierigen Blicken ab. Joseph fluchte leise. Was, zum Teufel, war nur mit ihm los? Okay, er hatte ein bisschen mehr als sonst getrunken, aber er hatte den ganzen Tag hart gearbeitet und sich während der Rückkehr nicht einmal am Sattelhorn festhalten müssen.

Weil es ihm wirklich schlecht ging, und vielleicht auch ein wenig aus Scham, kehrte er gar nicht mehr ins Haus zurück und ging zum Brunnen. Er goss sich einen Eimer kaltes Wasser über den Kopf, ignorierte die besorgten Blicke von Sarah und Charly, die beide aus dem Haus gekommen waren, und ging zum Schuppen. »Ist wohl besser, ich lege mich ein wenig hin«, rief er ihnen zu. »Das Essen stellst du am besten in den Ofen.«

Er verschwand im Schuppen und zündete die Petroleumlampe an, die gleich neben der Tür an einem Haken hing. Im Licht der brennenden Lampe bahnte er sich einen Weg zu seinem Nachtlager. Trotz seiner Benommenheit erkannte er, dass jemand seine Wolldecke gefaltet und die Whiskeyflasche ans Kopfende gestellt hatte. »Sarah«, murmelte er. *Sie hat aufgeräumt, die Wäsche gewaschen und ein erstklassiges Abendessen zubereitet. Sie ist eine bessere Hausfrau, als ich dachte. Und sie hat die Whiskeyflasche gesehen.*

Er sank angezogen auf die Matratze und schloss die Augen. Um ihn herum drehte sich alles, ein Gefühl, das er nicht mehr kannte, weil er monatelang nur so viel getrunken hatte, dass er arbeiten konnte und am nächsten Morgen keinen Kater bekam. Dunkle Schatten hüllten ihn ein. Im düsteren Nebel erkannte er Ellas lächelndes Gesicht und griff nach ihr, bekam nur den Nebel zu fassen und beobachtete staunend, wie Sarah erschien und ihm zulächelte. Auch diesmal griff er ins Leere und kapitulierte stöhnend vor dem seltsamen Traum.

Stimmen rissen ihn aus dem Schlaf, fremde Männerstimmen. Er schreckte hoch, löschte rasch die Petroleumlampe und rollte sich aus den Decken. Sein Kopf brummte. Er musste sich an einem Stützbalken festhalten, um nicht das Gleichgewicht zu verlieren. Vergeblich suchte er nach seinem Gewehr und seinem Revolver. Die Waffen hatte er ins Haus getragen. Dass er sie zu dieser späten Stunde brauchen könnte, hatte er nicht vermutet. Er griff nach seinem Hut, schlich an dem Pritschenwagen entlang nach vorn und öffnete vorsichtig die Tür. Nur einen Spalt, damit er sehen konnte, wie viele Männer es waren.

Clarence McSwain saß wie ein stolzer Feldherr im silberbeschlagenen Sattel seines Falben. Im Schein der Fackel, die er in einer Hand hielt, leuchteten seine Löwenmähne und sein dichter Schnurrbart. »Kommen Sie raus, Rankin!«, rief er. »Oder muss ich Ihnen erst das Haus über dem Kopf anzünden?«

Bei ihm waren Pete Barnard, sein ganz in Schwarz gekleideter Vormann, und Randy Miller und Tom Smith, die beiden Cowboys, die schon bei ihren früheren Besuchen dabei gewesen waren. Auch sie trugen Fackeln, und man sah ihnen selbst aus der Ferne an, wie gern sie das Haus angesteckt hätten.

Joseph dachte an Sarah, die allein in seinem Zimmer schlief, und wollte kein Risiko eingehen. Entschlossen trat er vor die Tür. Scheinbar furchtlos ging er auf McSwain und seine Männer zu und blieb in einiger Entfernung vor ihnen stehen. »Haben Sie nichts Besseres zu tun, als sich wie der verdammte Ku-Klux-Klan aufzuführen und mit brennenden Fackeln durch die Gegend zu reiten? Oder sind Sie auf einer Nachtwanderung mit Ihren Leuten? Dann würde ich Ihnen die Berge empfehlen, von dort sehen Sie die Sterne am besten.« Er blickte dem Rancher in die Augen. »Was wollen Sie, McSwain?«

Der Rancher drehte sich im Sattel. Sein Gesicht wirkte wie aus Stein gemeißelt und in seinen Augen war keine Wärme zu erkennen. »So spät noch bei der Arbeit, Rankin? Sie müssen wohl Nachtschichten einlegen, oder sind Sie da drin zusammengebrochen? Soll vorkommen, wenn man sich ständig volllaufen lässt. Ein geheimes Vorratslager gefunden?«

Joseph war nahe daran, zum Revolver zu greifen, bis ihm einfiel, dass er die Waffe nicht im Gürtel stecken hatte. »Es ist spät«, sagte er stattdessen. »Sagen Sie, was sie zu sagen haben, und machen Sie, dass Sie wegkommen.«

»Und ich dachte, unter Nachbarn wäre man etwas freundlicher.« McSwain täuschte ein fröhliches Grinsen vor und wandte sich an seinen Vormann. »Was meinst du dazu, Pete? Für einen Nachbarn, der bald seine Ranch verlieren wird und darauf angewiesen ist, dass ich ihm einen anständigen Preis zahle, benimmt er sich reichlich unhöflich, nicht wahr? Was schlägst du vor, Pete?«

»Ich würde ihm ein Loch in seinen Wanst schießen, dann wären Sie dieses Problem schneller los, als Sie denken können, Sir. Wenn Sie wollen, übernehme ich das gleich.« Er zog seinen Revolver und richtete ihn auf Joseph.

»Nicht doch, Pete«, hielt ihn der Rancher zurück. »Warum einen Mord begehen, wenn sich das Problem in den nächsten Wochen von selbst löst?«

Joseph spürte, wie der Whiskey seine Sinne getrübt hatte, dachte aber nicht daran, vor dem Rancher in die Knie zu gehen. »Was soll das Geschwätz, McSwain? Ich hab Ihnen schon hundertmal gesagt, dass ich nicht verkaufe, und ich werde meine Meinung auch in den nächsten Wochen nicht ändern. Also machen Sie diesem albernen Spuk ein Ende und reiten Sie nach Hause.«

»Ich finde, er benimmt sich reichlich frech«, mischte sich Barnard ein. Sein rotes Halstuch wehte im Wind. »Jede Wette, dass er beschwipst ist, sonst wäre er niemals so mutig.« Er ließ seinen Revolver wie im Zirkus um seinen Zeigefinger kreisen und ging dabei wie ein Revolvermann in die Knie. Eine alberne Geste, die aber nicht darüber hinwegtäuschte, dass er ein gefährlicher Mann war. Er war ein ausgezeichneter Schütze, und man erzählte sich, dass er fünf Männer getötet haben sollte, Indianer und Mexikaner nicht mitgerechnet.

»Lass den Unsinn, Pete!«, rief der Rancher. »Rankin und ich wollen uns wie zwei erwachsene Männer unterhalten.« Er lenkte sein Pferd auf Joseph zu. Vermutlich blieb er lieber im Sattel sitzen, weil er sich ihm dort überlegen fühlte.

Joseph fühlte leichten Schwindel und hätte sich am liebsten irgendwo festgehalten, wollte sich aber keine Blöße geben. »Reden Sie schon, McSwain.«

»Ich habe mich über Ihre finanzielle Situation erkundigt, Rankin«, sagte der Rancher. Er schien jedes einzelne Wort auszukosten. »Ihr Konto ist ziemlich leergefegt, und ich nehme nicht an, dass Sie ein Vermögen unter Ihrem Kopfkissen versteckt haben. Ich nehme an, das wissen Sie. Sie müssten aber auch wissen, dass Sie noch einen Kredit bei der Bank laufen haben, und dass die Ranch an die Bank fällt, wenn Sie nicht mehr zahlen können. Ist es nicht so?«

Der Schwindel wurde stärker und ließ ihn zwei unkontrollierte Schritte tun. Seltsam, der Whiskey machte ihm doch sonst nichts aus. Er riss sich zusammen. »Das … das geht doch den meisten Ranchern so. Nächste Woche treiben wir eine kleine Herde zum Bahnhof, dann ist das Konto wieder voll.«

»Glauben Sie. Sie wollen an Jason Kennedy verkaufen?«

»Ja … woher wissen Sie?«

McSwain genoss seinen Triumph. »Ich habe mit ihm gesprochen, Rankin. Und mit ihm vereinbart, dass er keine Rinder mehr von Ihnen kauft. Was er braucht, bekommt er von mir. Sie werden also auf dem Trockenen sitzen.«

»Es gibt noch andere Viehaufkäufer.«

»Nicht für Sie, Rankin. Ich habe Sie alle in der Hand.«

»Sie wollen mich ausbluten?«

»So kann man es auch nennen.« Er beugte sich zu Joseph vor. »Aber ich bin kein Unmensch. Obwohl ich Ihre Ranch für einen Spottpreis ersteigern könnte, sobald sie an die Bank fällt, bin ich bereit, Ihnen einen fairen Preis dafür zu bezahlen. Vorausgesetzt, Sie unterschreiben den Kaufvertrag innerhalb der nächsten zwei Wochen.« Er zog einen Umschlag aus der Innentasche seiner Lederjacke und warf ihn in den Sand. »Die Summe ist niedriger als mein letztes Angebot, aber das haben Sie sich selbst zuzuschreiben. Wenn Sie ein kluger Kaufmann wären, hätten Sie schon vor ein paar Monaten unterschrieben. Aber es ist immer noch besser als das Angebot der Bank.«

Joseph bückte sich nach dem Umschlag und verlor das

Gleichgewicht. Er klammerte sich gerade noch rechtzeitig an den Brunnenrand. Nur undeutlich erkannte er, wie Charly mit einem Gewehr aus dem Schlafhaus trat. Beinahe gleichzeitig ließ sich Sarah vor dem Haus blicken. Im wehenden Morgenrock, die Füße in ihren vornehmen Satinhausschuhen, stand sie im Wind, ein Gewehr in beiden Händen.

»Sehen Sie sich das an, Boss!«, rief Barnard. »Jetzt lässt er schon Weiber für sich kämpfen. Wie wär's, wenn ich ihm eine Abreibung verpasse? Ihn in den Brunnen werfe?«

»Verschwinden Sie!«, rief Sarah, noch bevor Charly etwas sagen konnte. In ihren Augen lag nackte Wut. »Verlassen Sie sofort unsere Ranch, oder ich muss Sie dem Sheriff melden! Reiten Sie, oder ich schieße!«

Die Cowboys lachten, und McSwain sagte von oben herab: »Sieh an, Sie sind sicher die bestellte Braut, die er sich aus New York hat kommen lassen. Ich habe schon gehört, dass Sie hübsch sind. Leider haben Sie aufs falsche Pferd gesetzt. Ich würde mir überlegen, ob ich mit dem da vor den Traualtar trete.« Er blickte auf Joseph, der halb bewusstlos am Brunnen lehnte und nichts von dem, was geredet wurde, mitzubekommen schien. »Sie haben sich den Falschen ausgesucht, Ma'am. Rankin ist der geborene Verlierer!«

»Verschwinden Sie!« Das Gewehr zitterte in ihren Händen. »Und lassen Sie sich hier nie mehr blicken! Mister Rankin bezahlt seinen Kredit. Reiten Sie nach Hause und geben Sie sich mit dem zufrieden, was Sie schon haben!«

Die Reiter ritten lachend davon. »Sie hören von uns«, rief Barnard.

24

Joseph lehnte am Brunnen, als hätte er sich gerade geprügelt und einen vernichtenden Treffer einstecken müssen. Der Whiskey schien ihn diesmal voll erwischt zu haben, und die Worte und der Spott des Ranchers hatten ihm endgültig den Rest gegeben. Wie ein Farmer, der noch nie eine Waffe in den Händen gehalten hatte, war er vor dem arroganten McSwain eingeknickt.

»Bleibt weg! Lasst mich in Ruhe!«, rief er, als Charly und Sarah auf ihn zugerannt kamen. Er wollte davonlaufen, aber seine Beine gaben schon nach wenigen Schritten nach, und er sank zu Boden. »Mir fehlt nichts. Ich bin gesund, nur ein wenig … ein wenig …« Ihm fiel das passende Wort nicht ein.

Sie hörten nicht auf ihn.

»Joseph! Was ist mit dir?«, hörte er den Alten rufen. »Hast du heute Nacht noch mehr gebechert? So hab ich dich das letzte Mal in Dodge gesehen, und das ist schon eine halbe Ewigkeit her. Du bist doch nicht krank?«

»Joseph!« Auch Sarah klang besorgt. »Was hast du, Joseph?«

»Lasst mich! Ich komme … komme schon klar.« Er fühlte sich miserabel, aber noch schlimmer war das Gefühl, nicht nur von McSwain und seinen Cowboys, sondern auch von Charly und Sarah gedemütigt worden zu sein. Ein alter Cowboy, der seine besten Jahre schon hinter sich hatte, und eine Lady aus New York hatten den Rancher vertrieben, während er sich wie ein Satteltramp an den Brunnen geklammert hatte. »Haut ab! Verschwindet endlich!«

Er spürte, wie ihn Charly und Sarah vom Boden hochzogen und wie einen Verletzten stützten. Zu schwach, um sich zu wehren, blieb ihm nichts anderes übrig, als sich von ihnen auf sein Nachtlager helfen zu lassen. Selten zuvor hatte er sich so hilflos gefühlt. So weit war es also schon mit ihm gekommen. Man hatte ihm die Würde und den Stolz genommen, er würde seine Ranch verlieren und irgendwo in der Gosse enden.

»Joseph hat die halbe Flasche ausgetrunken«, erklang Sarahs Stimme. Sie hatte die leere Flasche neben seinem Bett entdeckt und sprach so, als würde er sie gar nicht hören können. »Merkt er denn nicht, was der Whiskey mit ihm anstellt? Wenn er so weitermacht, landet er irgendwann im Krankenhaus.«

»Oder auf dem Friedhof.«

»Mir ist übel, das ist alles«, wehrte sich Joseph. Es fiel ihm schwer, seine Gedanken zu ordnen und einen zusammenhängenden Satz zu sprechen. »Warum seid ihr rausgekommen? Mit McSwain und seinen Wachhunden wäre ich auch allein fertiggeworden. Ihr … ihr habt euch unnötig in Gefahr gebracht.«

Charly platzte der Kragen. »Wir haben dir deinen Arsch gerettet! Ohne uns hätte Barnard auf dich geschossen. Ich hab dir gesagt, lass endlich die Sauferei!«

»Ich saufe nicht.«

»Und der Süden hat den Krieg gewonnen, na klar.«

Als der Alte und Sarah gegangen waren, fielen Joseph sofort die Augen zu, und er sank in unruhigen Schlaf. Immer wieder schreckte er aus einem Traum, suchte nach einer vollen Flasche, um wenigstens ein bisschen Ruhe zu finden, doch die einzige in Reichweite war leer, und er sank stöhnend wieder zurück. »Oh verdammt!«, fluchte er einmal, als ihm schlagartig bewusst wurde, dass McSwain seine ganze Zukunft zerstört hatte. Wenn er keinen Aufkäufer für sein Vieh mehr fand, konnte er seinen Kredit nicht mehr zurückzahlen und musste aufgeben. Charly würde auf einer anderen Ranch anheuern müssen, falls er in seinem Alter noch eine fand, und Sarah würde nach New York zurückkehren. Und ihm würde nichts anderes übrig bleiben, als sich mit Gelegenheitsjobs über Wasser zu halten.

Am nächsten Morgen wachte er früh auf. Er fühlte sich hundeelend. Als er den Kopf hob, hämmerte und pochte es in seinem Hirn, als hätte er sich in der vergangenen Nacht mit einem Preisboxer angelegt. Er wartete, bis sich die dunklen Schleier vor seinen Augen verflüchtigt hatten, und stand langsam auf. Schon wieder sicherer auf den Beinen, tastete er sich zum Ausgang vor.

Die Helligkeit blendete ihn so sehr, dass er die Augen schließen und minutenlang warten musste, bis sich seine Augen daran gewöhnt hatten. Er ging zum Brunnen, zog frisches Wasser aus der Tiefe und goss es sich über den Kopf. Das Hämmern in seinem Kopf wurde leiser. Er versuchte es mit einem zweiten Eimer und wischte sich zufrieden das Wasser aus den Augen. Der Kater ließ sich nicht vertreiben, aber er konnte wieder sehen und einigermaßen klar denken. Mit gespreizten Fingern fuhr er sich durch die nassen Haare.

Er brauchte dringend Abstand. Ein paar Stunden, einen Tag, vielleicht auch länger. Zu bitter und erniedrigend waren die Ereignisse der letzten Nacht gewesen. Er hatte sich vor Charly und Sarah lächerlich gemacht, war wie ein versoffener Landstreicher vor dem Rancher auf die Knie gefallen. Wie sollte er ihnen jemals wieder unter die Augen treten? Er musste hier weg, so schnell wie möglich, irgendwohin, wo ihn niemand finden würde. Gegen McSwain kam er sowieso nicht an. Mit einem alten Cowboy und einer Lady aus New York konnte er keinen Weidekrieg anzetteln, und beim Sheriff brauchte er gar nicht erst aufzukreuzen. Sheriff Caine konnte genauso wenig etwas gegen den mächtigen Rancher unternehmen wie er. McSwain hielt alle Trümpfe in der Hand. Und Pete Barnard sorgte dafür, dass ihm niemand zu nahe kam.

Vom Whiskey und der Aussicht auf die unvermeidbare Niederlage gezeichnet, überquerte Joseph den Hof. »Hey, Joseph, bist du wieder auf dem Damm?«, rief ihm Charly nach, der gerade vom Melken aus dem Stall kam. Joseph drehte sich nicht einmal um und ignorierte auch Bandit, der freudig an ihm hochsprang und auf sein Fressen hoffte. Immerhin griff sich Joseph respektvoll an die Hutkrempe, als er Sarah in der Küche stehen sah. Es duftete nach Kaffee.

»Joseph!«, rief sie betont fröhlich. »Schön, dass es Ihnen besser geht. Kaffee? Sie sehen aus, als könnten Sie welchen brauchen.« Ohne seine Antwort abzuwarten, schenkte sie ihm ein. »Er schmeckt noch besser als gestern. Ihr Filet habe ich auch aufgewärmt.«

Doch er wollte weder Kaffee noch ein Filet und ließ beides stehen. »Ich muss mal kurz in mein Zimmer«, sagte er, während er schon die Tür öffnete, an den Rollschreibtisch trat und seine lederne Börse mit dem Bargeld herausnahm. Mit reglosem Gesicht kehrte er in die Küche zurück und holte eine volle Whiskeyflasche aus dem Schrank. Er füllte seinen Flachmann, steckte ihn in die Innentasche und verkorkte die Flasche. »Tut mir leid«, entschuldigte er sich und verließ das Haus. Obwohl er Sarahs fragenden Blick im Rücken spürte, drehte er sich nicht um, sondern marschierte geradewegs zur Koppel. Bandit blickte ihm ebenso ratlos wie Sarah nach und ließ für einen Augenblick sogar die Hühner in Ruhe.

»Was soll das, Joseph?«, rief Charly. Er kam mit zwei leeren Eimern vom Schweinepferch. »Komm frühstücken. Lass uns reden. Es gibt für alles eine Lösung.«

»Wir sind am Ende«, erwiderte Joseph so leise, dass es Charly nicht mal hörte. »Ich bin am Ende.« Er sattelte die braune Stute und verstaute die Whiskyflasche in seiner Satteltasche. Ächzend zog er sich in den Sattel hinauf.

»Hast du jetzt vollkommen den Verstand verloren?«, rief Charly.

Ohne sich um ihn oder Sarah, die mit einer Gabel in der Hand vor dem Haus stand, zu kümmern, ritt Joseph über die nahen Hügel davon. Die helle Frühlingssonne schien ihn zu verspotten, als er die Stute zum Cow Creek lenkte und im leichten Galopp am Ufer entlangritt. Auf den Wiesen leuchteten bunte Wildblumen. Lauer Wind wehte ihm ins Gesicht, war aber nicht stark genug, um seine heftigen Kopfschmerzen zu vertreiben. Das kalte Wasser aus dem Brunnen hatte sie nur vorübergehend gelindert.

Fluchend nahm er einen Schluck aus dem Flachmann, danach ging es ihm etwas besser.

Matt Dolan und Phil Halloran, seine beiden Cowboys, saßen noch am Feuer und frühstückten, als er in die Senke zu den Rindern ritt. Sie blickten erstaunt auf, als sie Joseph erkannten. »Sie sind früh dran, Boss«, sagte Matt.

»Es gibt einiges zu tun«, erwiderte Joseph.

»Wo ist Charly?«

»Der kommt später.« Er rutschte ungeduldig im Sattel herum. »Worauf wartet ihr noch? Löscht das Feuer und schwingt euch auf eure Pferde! Ich bezahle euch nicht fürs Rumsitzen. Wir machen schon viel zu lange mit den Rindern rum. Vorwärts! Oder wollt ihr, dass ich euch am letzten Tag rauswerfe?«

Matt verstand die Welt nicht mehr. »Aber wir haben uns nichts zuschulden kommen lassen, Boss! Wir haben so schnell gearbeitet, wie wir können. Und wir haben jeden Morgen gewartet, bis Sie und Charly hier waren.« Er wirkte fast beleidigt. »Sie haben doch selbst gesagt, dass wir gute Cowboys wären.«

»Geschenkt«, erwiderte Joseph. »Zur Sommerweide! Über die Hügel nach Südosten!«

Mit zusammengerollten Lassos lenkten sie die Rinder den Bergen entgegen. Barney erinnerte sich wohl an das saftige Gras, das er dort jedes Frühjahr vorgefunden hatte, denn er legte ein flottes Tempo vor. Die verstörten Blicke der beiden Cowboys bemerkte Joseph gar nicht. Der nächtliche Zwischenfall hatte ihn vollkommen aus der Bahn geworfen und ließ ihn nur noch instinktiv reagieren. Auch als er seine Stute auf einem Hügelkamm zügelte und Charly vom Fluss heraufreiten sah, folgte er nur seinem Gefühl, denn sein Verstand hätte ihm niemals gesagt, die Herde zu verlassen und sich unter einem überhängenden Felshang zu verstecken. Er musste sich weit nach vorn beugen, um nicht gegen die Felsdecke zu stoßen.

Wieso er glaubte, sich vor einem Mann verstecken zu können, der gegen die Apachen gekämpft hatte, vermochte er später selbst nicht zu sagen. Schon wenig später erklang Hufschlag. »Wo ist Joseph?«, hörte er Charly die Cowboys fragen.

Matt klang verwundert. »Keine Ahnung. Eben war er noch hier.«

»Hat er irgendwas gesagt?«

»Er war sauer, weil wir noch beim Frühstück saßen, dabei war es noch früh, und er hat neulich selbst gesagt, dass es erst losgeht, wenn Sie hier wären. Er hat gedroht, uns rauszuwerfen, falls wir uns vor der Arbeit drücken.« Für einen Moment war es still. »Ist irgendwas mit dem Boss? Er war so … komisch. Als wäre er gar nicht richtig hier. Und er legt ein solches Tempo vor, dass die Rinder kaum mitkommen. Was ist los mit ihm, Charly?«

»Er hat schlechte Laune, das ist alles. Wartet hier.«

Joseph nahm schnell einen Schluck und verharrte stumm in seinem Versteck. Doch seine Hoffnung, dass Charly an seinem Versteck vorbeireiten würde, zerstob schon wenige Minuten später, als Charly sein Pferd vor dem Felsüberhang anhalten ließ und ihn forschend anblickte. »Was soll der Unsinn, Joseph? Du lässt dich doch sonst nicht so schnell einschüchtern. Warum redest du nicht mit Sarah und mir?«

»Sarah hat einen besseren Mann verdient«, antwortete er, »und du einen besseren Freund.« Er zog seine Geldbörse aus der Tasche und reichte dem Alten zwei Goldmünzen. »Hier … zahl Matt und Phil aus, sobald ihr die Sommerweide erreicht habt. Und sag Sarah, dass es mir leidtut. Sie wird einen anderen Mann finden, einen ehrlichen Burschen, der keiner alten Liebe nachhängt und keine Lügen über eine florierende Ranch erzählt. Ich hätte sie niemals nach Wyoming holen sollen.«

»Wo willst du hin, Joseph? Was soll dieses Versteckspiel?«

Er fühlte neuen Schmerz in seinem Kopf und wartete, bis er nachgelassen hatte. »Ich muss weg«, sagte er. »Auf der Ranch kann ich sowieso nichts ausrichten. Ich bekomme keinen neuen Kredit, weder in zwei Wochen noch in zwei Jahren, und ich denke nicht daran, sie an McSwain zu verkaufen.«

»Du willst sie der Bank überlassen? Du willst kampflos aufgeben?«

»Soll ich einen Weidekrieg gegen McSwain anzetteln? Wir beide gegen einen Großrancher, der sogar das Gesetz auf seiner Seite weiß? Ich tauge nicht zum Märtyrer, Charly. Und ich bin auch kein Billy the Kid, der es mit einer Übermacht von schießwütigen Cowboys aufnehmen kann. Wir kommen gegen den Mann nicht an, oder glaubst du, wir könnten Kennedy umstimmen? Wenn er sich gegen McSwain stellt, ist er genauso erledigt wie wir.«

»Es muss einen Weg geben, Joseph.«

Joseph verließ sein Versteck und hielt neben dem Alten an. »Auf Wiedersehen, Charly. Du warst mir immer ein treuer Freund. Mach's gut!« Er trieb seine Stute an und ritt zum Fluss und zur Wagenstraße nach Westen hinab.

25

Der winzige Ort, den er in den Ausläufern der Granite Mountains erreichte, war ihm völlig unbekannt. Obwohl er schon über zehn Jahre in Wyoming lebte, war er noch nie in dieser Gegend gewesen. Die wenigen Male, die er nach Westen geritten war, bei einem Ausflug mit Ella in den Yellowstone National Park und als Begleiter eines Wagenzugs über den ehemaligen Oregon-Trail, war er stets auf den Karten verzeichneten Trails gefolgt.

Diese Ansammlung von windschiefen Häusern, einem Saloon, einem Laden und drei Wohnhäusern, wirkte wie eine der Geisterstädte, die während des Goldrausches entstanden und danach verfallen waren. Doch aus dem Saloon drang das schräge Klimpern eines Walzenklaviers zu ihm herüber. Diese Kneipe war genauso gut wie jede andere Absteige, um sich volllaufen zu lassen. Das Walzenklavier spielte »The Girl I Left Behind Me«, als Joseph seine Stute vor dem Saloon festband. Das Marschlied vom armen Soldaten, der seine Liebste zurückließ, um in den Krieg zu ziehen, klang fröhlicher, als es der Text vermuten ließ, und hallte wie ein dumpfes Echo auf die Straße hinaus.

Joseph stieg auf den hölzernen Gehsteig vor dem Lokal und betrat den Schankraum. Zwei Petroleumlampen verbreiteten düsteres Licht und warfen lange Schatten auf den Tresen und die vier runden Tische. Über dem Tresen erhob sich ein Regal mit teilweise verstaubten Flaschen und Gläsern. Das verblasste Gemälde einer halbnackten Frau hing dort, wo einst wohl ein Spiegel gewesen war. Von der Pracht, die den Saloon während des Goldrausches ausgezeichnet haben musste, war nichts mehr übrig.

Außer dem Wirt, der gelangweilt am Tresen lehnte, und einer jungen Frau, die rauchend an einem der Tische saß und eine Patience legte, war niemand im Lokal. »Und ich dachte, hier kommt überhaupt keiner mehr vorbei«, begrüßte ihn der Wirt, ein schmächtiger Mann mit misstrauischem Blick. Er hatte seine Hemdsärmel hochgekrempelt. »Was darf's denn sein, Fremder?«

»Haben Sie ein kühles Bier?«

»Whiskey oder Brandy. Wir sind hier nicht in Cheyenne.«

»Dann geben Sie mir eine Flasche von Ihrem Besten«, verlangte Joseph. »Sie haben doch sicher einen besonderen Bourbon unter dem Tresen. Und stellen Sie das verdammte Walzenklavier ab. Der Lärm macht mich nervös.«

Der Wirt kam hinter dem Tresen hervor und brachte das Klavier mit einem heftigen Tritt zum Schweigen. Mit einem besonders schrägen Akkord gab es den Geist auf. Wieder hinter dem Tresen, reichte er ihm eine Flasche des Bourbons, den Joseph auch in seiner Satteltasche stecken hatte. »Zwei Dollar«, sagte er, und als Joseph ihn verwundert ansah: »Import aus St. Louis.«

Joseph zahlte und zog sich mit der Flasche und einem Glas an einen der Tische zurück. In dieser Absteige würde ihn niemand vermuten, dachte er zufrieden, genau der richtige Ort, um alle Sorgen und Probleme zu vergessen und nicht von Charly und Sarah mit lästigen Fragen und Ratschlägen belästigt zu werden. Sein Leben war an einem Wendepunkt angelangt, aber nicht so, wie er und Charly und auch die Witwe Jones es sich vorgestellt hatten. Was hatte er einer Ehefrau schon zu bieten, wenn ihn McSwain daran hinderte, Rinder zu verkaufen und seinen Kredit zurückzahlen zu können? Um irgendwo neu zu beginnen, fehlte es ihm an Geld, und als einfacher Cowboy oder Gelegenheitsarbeiter würde er niemals eine Familie ernähren können.

Er schenkte sich ein und leerte ein Glas, dann noch eins und noch eins. Nach dem dritten Glas machte er sich nicht mehr die Mühe, den Whiskey ins Glas zu gießen, sondern setzte gleich die Flasche an. Dieses Nest, von dem er nicht einmal den Namen wusste, war der richtige Ort für ihn. Eine halbe Geisterstadt, wie aus der Zeit gefallen.

Die junge Frau – der freizügigen Kleidung und ihrer grellen Schminke nach zu schließen eine Prostituierte – schlenderte zu ihm herüber und setzte sich neben ihn. Sie griff nach seiner Hand und sagte: »Spendierst du mir einen Drink, Cowboy?«

»Lass mich zufrieden«, erwiderte Joseph.

»Einen Brandy, nur einen winzigen Brandy.«

»Meinetwegen.« In der Hoffnung, sie auf diese Weise loszuwerden, rief er dem Wirt zu: »Geben Sie ihr einen Brandy!«

Der Wirt brachte den Brandy. »Macht einen Dollar.«

»Einen Dollar?« Joseph war nüchtern genug, um sich zu empören. »Dafür bekomme ich eine ganze Flasche. Das ist Wucher.«

»Die Lady bevorzugt eine besondere Marke.«

Joseph war beinahe sicher, dass sich in dem Glas stinknormaler Brandy befand, hatte aber keine Lust, mit dem Wirt zu diskutieren, und gab ihm den Dollar. Die Frau sah seine gefüllte Geldbörse und rückte näher an ihn heran.

»Ich bin Angel.« Ihre Stimme war rau, wahrscheinlich vom Alkoholdunst und Zigarrenrauch, und wenn sie lächelte, zersprang der Puder auf ihrem Gesicht. Der Ausschnitt ihres Kleides ließ kaum Raum für Fantasie. »Und wie heißt du, Cowboy?«

»Joseph.« Er trank einen Schluck und blickte sie gelangweilt an. »Hör zu, Angel. Ich hab dir einen überteuerten Drink spendiert, aber damit hat es sich auch. Ich habe weder Lust, mich mit dir zu unterhalten noch irgendwas anderes mit dir anzustellen. Ich möchte allein sein. Oder ist das zu viel verlangt?«

Angel, die vermutlich einiges gewohnt war, schien sich nichts aus der barschen Zurechtweisung zu machen. »Schon klar, Cowboy. Du willst deine Ruhe haben, das kann ich verstehen, sonst wärst du bestimmt nicht nach Granite Wells gekommen.«

»Ist mir vollkommen egal, wo ich gerade bin.«

»Du hast wohl Kummer?« Wie jede Prostituierte verstand es Angel, den Männern in die Seele zu blicken. Ihr Lächeln täuschte Mitgefühl vor. »Nach Granite Wells kommen nur Männer, die Probleme haben. Entweder sind sie auf der Flucht vor dem Gesetz, oder eine Frau ist im Spiel.« Ihr Lächeln blieb auch dann, als sie den scharfen Brandy in einem Zug kippte. »Bei dir ist es eine Frau, nicht wahr? Ich sehe dir an, dass es um eine Frau geht. Ist sie dir weggelaufen? Bist du weggelaufen? Manchmal hilft es, darüber zu reden.«

»Ich hab keinen Kummer«, sagte Joseph. »Lass mich zufrieden!«

Sie zauberte eine Zigarette aus einem silbernen Etui – sicher das Geschenk eines Freiers – und riss ein Streichholz auf der Tischplatte an. Das grelle Licht ließ die Falten um ihre Augen deutlich hervortreten. »Mir kannst du's doch verraten, Cowboy. Ich sag's bestimmt nicht weiter. Wem auch?« Sie blickte den Wirt an. »Reuben? Der interessiert sich nicht für mein Gequatsche. Solange hier noch jemand vorbeikommt, ist er nur an den Prozenten interessiert, die ich ihm abgeben muss. Dem alten Hector gegenüber? Der hört inzwischen so schlecht, dass er mich nicht mal verstehen würde.« Ihr Lächeln wurde nachsichtig. »Sag's der guten Angel, und sie hilft dir, alles zu vergessen.«

»Wenn ich dir noch einen Drink spendiere und fünf Dollar für eine halbe Stunde im Hinterzimmer drauflege, hab ich recht? Kein Interesse, Angel. Lass mich einfach hier sitzen und kümmere dich um deine Patience. Bei mir ist nichts zu holen. Ich hab keine Lust, mir dein Mitleid zu erkaufen.«

»Na, wenn das so ist.« Angel wirkte jetzt doch ein wenig beleidigt und zeigte es auch, als sie ihren Stuhl umstieß und an ihren Platz zurückkehrte. Ihr Tonfall änderte sich rapide und klang nun verächtlich, als sie rief: »Wer nicht will, der hat schon. Ertränkst du deinen Kummer eben in Whiskey. Aber gib mir nicht die Schuld, wenn du dir heute Abend die Seele aus dem Leib kotzt.«

Joseph trank einen kräftigen Schluck und beobachtete, wie Angel sich setzte und die Karten aufnahm. In Dodge City hatte er nach dem Tod seines Vaters einige leichte Mädchen kennengelernt und wusste, wie sie vorgingen. Wenn ihre Ausschnitte und knöchelfreien Kleider nicht ausreichten, versuchten sie es auf die mütterliche Tour, besonders bei jungen Cowboys, wie er damals einer gewesen war, und heuchelten Mitgefühl. Einige Männer gingen nur zu Prostituierten, um sich auszuweinen.

Joseph wollte weder Mitgefühl noch trieb es ihn dazu, mit Angel im Hinterzimmer zu verschwinden. Er wollte nur noch vergessen. McSwain, der ihm seine Ranch wegnahm. Die Leute in der Stadt, die sich über ihn das Maul zerrissen. Seinen Freund Charly, der allein viel besser zurechtkam. Und Sarah, die tapfere Lady aus New York, die sich wie ein Greenhorn benommen und nur wenig später dem gefürchteten Großrancher in den Weg gestellt hatte, mit einem Gewehr, von dem sie wahrscheinlich nicht mal wusste, wo hinten und vorn war. Und er hatte sie im Stich gelassen. Stöhnend ließ er den Kopf auf die Tischplatte sinken.

Draußen vor der Tür erklang Hufschlag, und wenig später kam ein untersetzter Mann herein. Er trug eine graue Wollhose mit roten Hosenträgern über seinem löchrigen Hemd und hatte die halblangen Haare nachlässig unter einem formlosen Filzhut versteckt. In seinem Gürtel klemmte ein alter Colt-Revolver. Mit klirrenden Sporen trat er an den Tresen. Der Wirt stellte wortlos eine Flasche Whiskey vor ihn hin.

»Du warst lange nicht mehr hier, Homer«, sagte der Wirt.

»Hatte zu tun«, antwortete der Neuankömmling. Er zog den Korken aus der Flasche und trank ähnlich gierig wie Joseph. Sein Blick fiel auf Angel. »Du bist neu hier, was? Wie wär's mit uns beiden, Herzchen? Gehst du mit mir aufs Zimmer, wenn ich dir einen Drink spendiere?«

Angel dachte nicht daran, sich so billig zu verkaufen. »Für einen Drink? Auf die billige Tour geht gar nichts bei mir, Mister.« Sie taxierte ihn und überlegte wohl, wie weit sie gehen konnte. »Zwei Dollar.«

»Zwei Dollar? Bist du verrückt? Ich geb dir einen halben Dollar. Und das auch nur, weil ich gute Laune hab.«

»Sehe ich wie ein billiges Flittchen aus?«

»Und ob«, antwortete Homer lachend. Er ging auf Angel zu und packte sie am Arm. »Einen halben Dollar und keinen Cent weniger. Komm schon!«

»He, du tust mir weh!«

»Stell dich nicht so an, verdammt!«, schimpfte Homer. Er zerrte Angel vom Stuhl hoch und verpasste ihr eine schallende Ohrfeige. »Und jetzt komm endlich. Ich hab nicht ewig Zeit. Versuch bloß keine krummen Sachen!«

Joseph hatte dem Treiben wortlos zugesehen. Doch als er beobachten musste, wie der Fremde die hilflose Angel ohrfeigte, sprang er wütend auf. »Lass sie los! So behandelt man keine Lady!«

»Lady?« Homer lachte. »Sie ist eine verdammte Nutte!«

»Sie ist eine Frau!«

»Hast du vielleicht ältere Rechte? Hast du für die ganze Nacht bezahlt, oder warum führst du hier so einen Tanz auf? Sie ist eine Nutte, und ich behandle sie wie eine, ob dir das passt oder nicht. Halt dich da raus, Cowboy!«

Homer packte Angel so fest, dass sie zu schreien begann, und zerrte sie quer durch den Raum. Sie wand sich unter seinem festen Griff, biss ihn in den Unterarm und fing sich eine weitere Ohrfeige ein. Nicht mal die dicke Puderschicht konnte ihre glühende Wange verdecken. »Lass mich los!« Sie wehrte sich wie eine Wildkatze. »Du sollst mich loslassen!«

»Hast du nicht gehört?«, sagte Joseph mit kalter, gefährlicher Stimme. »Du sollst sie loslassen.« Er stieß sich vom Tisch ab und ging auf den Fremden zu. »Oder muss ich dir erst Manieren beibringen?«

Homer ließ Angel los und wollte nach seinem Revolver greifen, aber da war Joseph schon heran und schlug ihm seine Faust unters Kinn. Zwei weitere Schläge trieben ihn bis an die Wand zurück. »Und jetzt verschwinde!«

Homer hob beide Hände, als wolle er aufgeben und rappelte sich langsam auf. »Schon gut, schon gut«, sagte er grinsend. Er blutete aus einer Platzwunde am Kinn. »Reg dich ab, du kannst sie haben.«

Joseph drehte sich um und wollte wieder zu seinem Platz zurückgehen. Doch kaum hatte er zwei Schritte getan, spürte er einen heftigen Schlag auf den Hinterkopf.

Er ging zu Boden, prallte mit dem Kopf gegen den Tresen und blieb benommen auf den Sägespänen liegen. »Und nun zu dir, Herzchen!«, hörte er Homer sagen, dann verlor er das Bewusstsein, und es wurde schwarz um ihn.

Er wusste nicht, wie viel Zeit vergangen war, als er wieder

zu sich kam. Stöhnend griff er sich an den pochenden Schädel. Ein Pflaster bedeckte seine rechte Schläfe. Er war bis auf die Unterwäsche ausgezogen und lag auf einer Pritsche, wie man sie von der Armee kannte. Vorsichtig drehte er den Kopf. »Angel?«, flüsterte er verwundert, als er die Prostituierte auf dem Pritschenrand sitzen sah. »Habe ich etwa …«

Angel lachte. »Dazu wärst du gar nicht fähig gewesen, Cowboy.«

Er räusperte sich. »Wie lange bin ich schon hier?«, fragte er mit heiserer Stimme.

»Seit vorgestern.«

»Seit vorgestern?« Erschrocken wollte er den Kopf heben und verzog vor Schmerz das Gesicht. Er rang nach Atem. »So … so lange war … war ich bewusstlos?«

»Du hattest eine Platzwunde am Kopf. Ich musste sie nähen.« Sie sah den Unglauben in seinen Augen. »Keine Angst, ich hab so was schon öfter gemacht.« Sie musterte ihn besorgt. »Du hättest dich nicht einmischen sollen.«

»Ich kann's nicht leiden, wenn man eine Frau beleidigt.«

»Du bist ein Gentleman, was?«

Er lachte spöttisch. »Wohl kaum. Alles andere als das.« Er versuchte sich auf die Ellbogen zu stemmen, doch Angel drückte ihn sanft wieder zurück. »Immerhin hast du dich für mich geprügelt. Für eine Frau, die du gar nicht kennst.« Sie strich ihm sanft, beinahe zärtlich über die feuchte Schläfe. »Das würden sehr wenige Männer tun. Erst recht nicht für eine Hure. Doch«, sagte sie entschieden, »du bist ein wahrer Gentleman.«

Er schloss gequält die Augen. »Du hast ja keine Ahnung.«

»Dann erklär's mir.«

Die Dankbarkeit in ihren Augen beschämte ihn. Gleichzeitig regte sich etwas in ihm, ein Gefühl der Unruhe, das ihn antrieb, aufzustehen, das ihn von hier fortzog. Hastig setzte er sich auf, doch eine Welle der Übelkeit überkam ihn, und er musste würgen.

»Langsam, Cowboy.« Angel stützte ihn. »Geht's um eine Frau? Sarah, nicht wahr?« Als er ihr einen überraschten Blick zuwarf, lächelte sie. »Du hast ein paarmal ihren Namen gesagt.« Sie blickte ihn forschend an. »Deine Frau? Deine Freundin?«

»Weder noch.« Er griff nach seinen Kleidern, die säuberlich gestapelt am Fußende des Bettes lagen. »Aber jemand, den ich im Stich gelassen habe. Was ich niemals hätte tun sollen.« Mit steifen Gliedern schlüpfte er in sein Hemd.

»Soll das heißen, du willst aufstehen?«

»Ich muss los, Angel.«

»Aber du hast vielleicht eine Gehirnerschütterung. Bleib lieber noch zwei, drei Tage liegen, bis du wieder einigermaßen auf dem Damm bist. Ich hab sowieso keine Kundschaft, und Reuben hat nichts dagegen. Der ist froh, dass es neulich keinen Toten gegeben hat. Wenn du willst, brate ich dir ein Steak.«

»Ich muss nach Hause, Angel. Etwas in Ordnung bringen.«

Ihre Blicke begegneten sich, und die Entschlossenheit in seinen Augen schien sie zu überzeugen. »Hier.« Sie reichte ihm seine Stiefel. »Aber erst mache ich dir den stärksten Kaffee, den du je zu trinken bekommen hast.«

26

Die Sonne ging hinter den dichten Wolken auf, die während der Nacht über die Berge gekrochen waren, als Joseph die winzige Stadt verließ. Angel hatte ihm zum Abschied zugewinkt und sogar einige Tränen verdrückt. »Viel Glück, Cowboy! Und wenn dich deine Sarah nicht mehr will … du weißt ja, wo du mich findest!«

Er winkte ihr zu und trieb sein Pferd an. Es drängte ihn nach Hause, zu Charly und auch zu Sarah, auf seine Ranch, die so lange nicht verloren war, wie er noch in der Lage war, Widerstand zu leisten. Der lange Schlaf, die Pflege, die er Angel zu verdanken hatte, und drei Becher Kaffee hatten ihm zumindest einen Teil seiner Kraft zurückgegeben. Er war zu jung, um jetzt schon aufzugeben und sich in die Arme eines »unzuverlässigen« Freundes zu werfen, wie der Pastor den Whiskey mal genannt hatte. Schluss mit der Demütigung, der Erniedrigung. Über ihn würde niemand mehr lachen, erst recht nicht McSwain und seine Cowboys. Wenn er schon unterging, dann erhobenen Hauptes.

Er lenkte die Stute zum Flussufer, zog die Whiskeyflasche aus der Satteltasche und schleuderte sie in den Fluss. Sie zersprang klirrend an einem Felsen. Und weil er schon dabei war, warf er auch seinen Flachmann hinterher, um gar nicht erst in Versuchung zu kommen. Dann trieb er sein Pferd auf den Hügelkamm zurück und ritt weiter, seltsam befreit, als wäre eine schwere Last von ihm abgefallen. Er hatte eine ungefähre Ahnung davon, wie schwer es sein würde, ohne Alkohol durchzuhalten, war aber fest entschlossen, es zu schaffen. Das war er Charly, Sarah und sich selbst schuldig.

Mit dem Wind, der jetzt böig auffrischte, ritt er nach Osten. Düstere Wolken bedeckten den Himmel und überzogen das Land mit bleifarbenem Glanz. Es würde Regen geben, ein Segen vor allem für die Farmer, die sich immer zahlreicher in der Gegend niederließen, aber auch für die Rancher, weil das Gras schneller und saftiger wuchs. Sein Blick wanderte über das weite Land. Diese Weiden waren Regierungsland, die ehemaligen Jagdgründe der Indianer, die dort vor zwanzig Jahren noch den riesigen Büffelherden gefolgt waren, und ein begehrtes Ziel für Familien, die an preiswertes Land kommen wollten …

Um die Mittagszeit rastete Joseph am Flussufer und aß von dem Trockenfleisch, das er in seinen Satteltaschen mitführte. Er hatte keinen großen Hunger und ertappte sich dabei, wie er nach dem Flachmann in seiner Innentasche tastete. Ein Schluck Whiskey hätte ihm jetzt gutgetan. Er verdrängte die Gedanken an die angenehme Wärme, die der Alkohol in seinem Körper verbreiten würde, und tröstete sich mit der Aussicht, bald wieder vertraute Gesichter zu sehen. Er vermisste den alten Charly, und wenn er an Sarah dachte, spürte er eine seltsame Aufregung, die er nicht zu deuten wusste. Fast so, als wäre sie ihm genauso vertraut wie die Freunde und Bekannten, die er seit vielen Jahren kannte.

Er nahm den Umweg über die Sommerweide und hielt vergeblich Ausschau nach dem alten Cowboy. Charly kümmerte sich wahrscheinlich um einige Arbeiten, die wegen des Roundups liegen geblieben waren. Der Koppelzaun musste repariert, die Schweinetränke ausgebessert werden. Oder brachte er Sarah zum Bahnhof zurück? Allein der Gedanke erschreckte ihn und ließ ihn sogar die Rinder vergessen, die zufrieden am frischen Gras der Sommerweide zupften.

Mit einem heiseren Schrei feuerte er seine Stute an. Nicht einmal seine schmerzende Schläfe konnte ihn jetzt noch aufhalten. Im Galopp ritt er zum Flussufer hinab und folgte der Wagenstraße zur Ranch. Der Wind kam jetzt von der Seite und ließ seine Lederjacke und die Mähne des Pferdes flattern. Unter den Hufen spritzten Erde, lose Steine und Grasbüschel hervor.

Unterhalb eines lang gestreckten Hügelkamms zügelte er erschrocken sein Pferd. Beißender Rauchgeruch hing in der Luft, und als er den Horizont absuchte, sah er eine dunkle Rauchwolke zum Himmel aufsteigen. Der Anblick ließ ihn im Sattel erstarren, aber nur für ein paar Sekunden, dann trieb er seine Stute erneut an, diesmal mit so heftigen Stiefeltritten, dass sie aus dem Stand in den Galopp sprang und mit kraftvollen Sätzen den Hügel erklomm.

Was er dort sah, traf ihn so heftig, dass er seiner Stute erneut in die Zügel griff. Starr vor Entsetzen blickte er auf seine brennende Ranch hinab. Wie riesige Feuerzungen leckten die Flammen an den Gebäuden empor. »Verdammt!«, flüsterte er, immer noch unfähig zu reagieren, dann galoppierte er in die Senke hinab und lenkte seine Stute in die dunklen Rauchwolken hinein.

Er sprang aus dem Sattel und zwang die Stute mit einem heftigen Klaps, aus der Gefahrenzone zu verschwinden. Mit der Hand vorm Mund rannte er dem Feuer entgegen. Die Flammen schlugen hoch empor und schleuderten brütende Hitze über den Hof. Er hatte das Gefühl, mitten im Feuer zu stehen, so heiß war es, als er sich den Flammen näherte. So weit er in den dichten Qualmwolken erkennen konnte, brannte nur der Schuppen, aber die Flammen griffen bereits auf den angrenzenden Stall über und prasselten immer lauter.

Die Koppel war leer. Irgendjemand hatte das Gatter geöffnet und die Pferde weggejagt. Einige Hühner rannten im wilden Zickzack vor dem Feuer davon. Die Schweine irrten orientierungslos über den Hof. Bandit bellte die Flammen wütend an, als hätte er einen speienden Drachen vor sich, und suchte jaulend das Weite, als sich ein brennender Balken vom Dach des Schuppens löste und in einem gewaltigen Funkenregen zerplatzte.

Eine Gestalt taumelte ihm aus dem Stall entgegen. Ein dunkler Schatten, in den flimmernden Hitzeschleiern nur vage erkennbar, eine Frau mit einem Eimer, die sich kaum noch auf den Beinen halten konnte. Nach einigen Schritten ließ sie den Eimer fallen und blieb erschöpft stehen, immer noch zu nahe am Feuer, um schon in Sicherheit zu sein. Sie sank entkräftet auf die Knie.

Joseph rannte ihr entgegen, ungeachtet der tobenden Flammen und des beißenden Rauchs, der ihm das Atmen schwer machte. »Sarah!«, rief er. »Weiter, Sarah! Du bist zu dicht am Feuer!« Er zog sie vom Boden hoch und wuchtete sie sich auf die Schulter. Stolpernd brachte er sie aus den Flammen und legte sie vor das Ranchhaus ins Gras. Sie rollte sich zur Seite und hustete stark. »Sarah! Bist du okay? Sag doch was, Sarah!«

Sie blickte ihn verzweifelt an. »Charly! Charly … er ist im Stall.«

Joseph rannte zurück in den dichten Rauch. Die Flammen hatten bereits das Dach des Stalls erreicht, und es würde nicht mehr lange dauern, bis es einstürzen würde. Ohne weiter nachzudenken rannte er auf die Feuerwand zu. Die Doppeltür des Stalls stand offen. »Charly!«, rief er. »Wo steckst du?«

Im Stall standen dichte Rauchwolken. Auf einer Seite und auf dem Dach brachen die Flammen durch und ließen Funken auf ihn herabregnen. Lange würde er in diesem Inferno nicht durchhalten. Er ging ein paar Schritte und sah Charly auf dem

Boden liegen. Die Milchkuh war nicht zu sehen, anscheinend hatte er sie schon freigelassen. Er war benommen, aber ansprechbar und schaffte es sogar, den Kopf zu heben, als er Joseph kommen sah. »Joseph!«, flüsterte er. »Ich dachte … verdammt, du kommst gerade noch rechtzeitig!«

Joseph packte ihn unter den Armen und zog ihn aus dem Stall hinaus. Der Alte spuckte keuchend und hustend rußigen Schleim, doch kaum waren sie aus dem Rauch heraus, konnte er schon wieder auf eigenen Beinen stehen und torkelte dem Ranchhaus entgegen. Als er stolperte und erneut zu fallen drohte, fing ihn Joseph auf und stützte ihn. Er ließ ihn neben Sarah ins Gras hinab, blickte in sein rußverschmiertes Gesicht und sagte: »Tut mir leid, dass ich so spät komme.« Er wandte sich an Sarah. »Ich war ein hirnverbrannter Idiot.«

»Der … der warst du«, antwortete Charly immer noch keuchend. Er war um Haaresbreite an einer Rauchvergiftung vorbeigekommen, erholte sich aber zusehends. Er rieb sich mit dem Handrücken übers Gesicht. »Ohne dich wären wir wohl beide tot.« Er schnaufte. »So heiß wie in dem Stall war's nicht mal in der Arizona-Wüste. Die Hitze hätte sogar Geronimo geschafft.«

Joseph lief ins Haus und holte frisches Wasser. Er ließ die beiden ausgiebig trinken und half ihnen aufzustehen. Als er Sarah unter den Armen ergriff, hatte er für einen kurzen Augenblick das Gefühl, sie wie eine Geliebte in den Armen zu halten, ein angenehmes Gefühl, wie er zugeben musste, das ihn sogar erröten ließ. Doch bevor er es genießen konnte, löste sie sich von ihm und hielt sich am Türrahmen fest. Ihr Gesicht war rußverschmiert und ihre Haare hatten sich gelöst und hingen in verklebten Strähnen bis auf ihre Schultern herab, und doch erschien sie ihm in diesem Augenblick schöner als je zuvor. Ein seltsamer Gedanke im Angesicht eines wütenden Feuers, und doch war es ihm unmöglich, sich dagegen zu wehren. »Sarah!«, flüsterte er kaum hörbar.

Hinter ihm brach der Schuppen in den Flammen zusammen. Auch den Stall hatte das Feuer inzwischen vereinnahmt. Sie konnten froh sein, dass der Wind gedreht hatte und den Rauch vom Ranchhof wegblies. »Geht ins Haus«, sagte Joseph. »Ich glaube, ihr braucht beide ein heißes Bad.«

Während er mit zwei Eimern zwischen dem Brunnen und dem Haus hin- und herpendelte, hatte sich der Himmel weiter verdunkelt, und die ersten Regentropfen fielen auf das Land herab. Selten war ein Unwetter so willkommen auf der Crazy R Ranch gewesen. Joseph nahm seinen zusammengerollten Regenmantel vom Sattel und knöpfte ihn bis zum Hals zu. Immer heftiger entluden sich die dunklen Wolken, als hätte jemand den Regen bestellt, um die Flammen endgültig zu löschen. Als er die letzten Eimer ins Haus trug und in den großen Kessel auf dem Herd schüttete, waren nur noch verkohlte Balken und Bretter vom Schuppen und dem Stall übrig. Übel riechender Qualm stieg aus den Trümmern.

Während das Wasser kochte, stellte Joseph die Blechwanne im Schlafzimmer bereit. Sarah und Charly warteten erschöpft am Esstisch. Beide hatten sich das Gesicht und die Hände gewaschen. »Wer war das?«, fragte Joseph, obwohl er die Antwort schon zu kennen glaubte. Er blieb neben ihnen stehen.

»Keine Ahnung«, erwiderte Charly. Er hatte sich wieder einigermaßen erholt, griff aber ständig nach dem Wasser, um den Hals freizubekommen. »McSwains Handlanger, nehme ich an. Sie wollten dir eine Lektion erteilen.«

»Obwohl er mich längst in der Hand hat?«

»Er wollte eben auf Nummer sicher gehen. Wer weiß, vielleicht gelingt es dir ja doch noch, einen neuen Kredit zu kriegen, und Jason Kennedy ist nicht der einzige Viehaufkäufer im

Westen. Ich würde die Rinder nach Helena und meinetwegen bis nach Chicago treiben, dort kriegen wir sie bestimmt los.«

»Du willst nicht aufgeben, was?« Joseph grinste.

»Du vielleicht?«

»Nicht mehr.«

»Und ich auch nicht«, sagte Sarah seltsam entschlossen. »Wir holen uns diesen Kredit, Joseph. Oder wollen Sie sich von diesem unverschämten Rancher auf der Nase herumtanzen lassen? Charly hat mir alles erklärt. Sie sind im Recht, und selbst wenn sie alle Gebäude niederbrennen, haben Sie immer noch den Grund als Sicherheit.«

»McSwain hat unseren Bankdirektor in der Hand.«

»Es gibt andere Banken.«

Joseph blickte sie verwundert an. Irgendetwas war mit ihr passiert, seitdem er die Ranch verlassen hatte. »So kämpferisch kenne ich Sie gar nicht, Lady.«

»Ich bin keine Lady. Ich bin Sarah«, erwiderte sie trotzig.

Das Blubbern des kochenden Wassers ersparte ihm, etwas darauf zu erwidern. Er nahm den Kessel vom Herd und goss das heiße Wasser zu dem kalten, das er bereits in die Wanne gefüllt hatte. Mit einer Hand testete er die Temperatur. »Ihr Bad ist bereit, Ma'am«, rief er sie in sein Schlafzimmer.

»Meinen aufrichtigsten Dank, Sir«, erwiderte sie lachend.

Wieder im Wohnraum, sagte er zu Charly: »Du musst leider noch etwas warten, Charly. Ruh dich etwas aus, ich kümmere mich inzwischen um die Tiere. Die Pferde und die Milchkuh können nicht weit sein. Um die Schweine und die Hühner fangen wir später ein, die laufen uns bestimmt nicht weg.«

»Das könnte dir so passen, Boss.« Charlys Stimme klang immer noch heiser. »Ich komme natürlich mit. Nach dem Feuer sind die Gäule nicht gerade bester Laune. Die schaffen wir nur mit vereinten Kräften in die Koppel zurück.« Er trank sein Glas leer und stand auf. »Außerdem muss einer auf dich aufpassen. Nicht dass du uns noch mal von der Stange gehst. Wir brauchen dich hier, Mann!«

Wenige Minuten später saßen sie im Sattel. Aus dem Platzregen war ein gewöhnlicher Dauerregen geworden, der wohl bis zum nächsten Morgen anhalten würde, wenn Joseph die Wolken richtig deutete. Beide hatten die Kragen ihrer Mäntel hochgeschlagen und die Hüte tief ins Gesicht gezogen. Joseph war erstaunt, wie gut Charly den Sturz im brennenden Stall weggesteckt hatte, und bekam ungefragt die Erklärung von ihm geliefert: »Im Vergleich zu dem, was ich in Arizona durchmachen musste, war das doch gar nichts. Einmal hatten mich die Apachen erwischt und auf einen Ameisenhaufen in der brennenden Sonne gebunden. Danach wusste ich erst, was Hitze bedeuten kann. Zum Glück fanden mich die Soldaten noch rechtzeitig, sonst hätten die Viecher ein Barbecue mit mir veranstaltet.«

Zuerst fanden sie die Milchkuh. Sie stand am Flussufer im Schatten einer großen Schwarzpappel und wirkte immer noch verstört. Sie brachten das verängstigte Tier zurück und banden es an den Koppelzaun. Die Pferde waren über mehrere Hügel verstreut und ließen sich, wie von Charly vermutet, nur widerwillig einfangen. Zwei Pferde, darunter den Schecken, den Sarah so bewundert hatte, mussten sie sogar am Lasso zurückführen. Die restlichen Tiere trieben sie durch ständiges Anfeuern und Manövrieren in die Koppel zurück. Joseph beugte sich aus dem Sattel seiner Stute, verschloss das Gatter und redete ihnen eine Weile mit sanfter Stimme gut zu, bis sie sich endlich beruhigten.

Während Charly ins Schlafhaus ging und sich dort mit kaltem Wasser wusch, kehrte Joseph ins Haus zurück und war überrascht, Sarah in der Küche stehen zu sehen. Sie hatte ihr neues Calico-Kleid und eine frische Schürze angezogen, die feuchten Haare hatte sie notdürftig mit einem Lederriemen im Nacken zusammengebunden. Das von der Hitze gerötete Gesicht ließ sie wie eine Fieberkranke aussehen, doch ihr Lächeln wirkte frisch und von allen Sorgen befreit, und ihre Bewegungen waren so sanft und weiblich, dass Joseph regelrecht verlegen wurde. »Charly wäscht sich im Schlafhaus«, sagte er, nur um etwas zu sagen. »Er müsste bald hier sein.« Er ließ sich am Esstisch nieder und beobachtete durch die offene Tür, wie sie frischen Kaffee kochte. »Riecht verlockend. Schmeckt der genauso gut wie neulich?«

»Das will ich doch hoffen.« Sie brachte ihm einen Becher, schenkte sich selbst ein und setzte sich zu ihm. »Warum haben sie nur den Schuppen und den Stall angezündet, Joseph? Warum nicht das Ranchhaus hier? Das hätte uns doch viel härter getroffen.« Sie nippte vorsichtig an dem heißen Getränk.

Joseph nahm ebenfalls einen Schluck. In der Tat, er schmeckte, und zwar ganz hervorragend. »Ich nehme an, es sollte nur eine Warnung sein. Warum das schöne Haus niederbrennen, wenn man es später noch verwenden kann.«

»Wenn wir doch gesehen hätten, wer das Feuer gelegt hat. Am helllichten Tag! Aber ich weiß nur noch, wie ich aus dem Fenster blickte und plötzlich die Flammen sah. Ich war in der Küche, hatte gerade einen Brief an meine Freundin Harriet in New York geschrieben, und Charly war mit dem Pritschenwagen im Wald jenseits der Hügel, Brennholz sammeln. Auf die Weise blieb uns wenigstens der Wagen erhalten. Er steht hinterm Haus. Charly hatte Angst, dass die Zugpferde durchgingen. Ich war zu der Zeit schon im Stall und wollte die Milchkuh retten, aber Charly kam mir sofort nach und schickte mich zum Haus zurück. Er wollte sich selbst um die Kuh kümmern.«

»Zum Glück war ich rechtzeitig zurück. Hören Sie, Sarah …«

Sie wehrte ihn mit erhobenen Händen ab. »Sie müssen sich nicht bei mir entschuldigen, Joseph. Sie haben schwere Zeiten hinter sich, und niemand hat das Recht, Ihnen vorzuschreiben, was Sie zu tun und zu lassen haben. Nicht mal Ihre Anzeige oder Ihr Brief verpflichten Sie zu irgendetwas. Wenn Sie wollen, dass ich gehe, packe ich noch heute meine Sachen und verschwinde.«

»Das werden Sie nicht tun, Sarah. Ich will immer noch, dass wir uns näher kennenlernen, und würde mich freuen, wenn Sie blieben.« Er brachte ein schüchternes Lächeln zustande. »Es gibt immer einen Weg, nicht wahr?«

»Ich bleibe gern, Joseph. Aber wo soll ich schlafen?«

Daran hatte Joseph noch gar nicht gedacht. »Sie bleiben, wo Sie sind. Es wird einige Zeit dauern, bis wir einen neuen Schuppen und einen neuen Stall gebaut haben, so lange werde ich bei Charly im Schlafhaus übernachten.« Er grinste plötzlich. »Der Kaffee schmeckt großartig, Sarah. Sehen Sie mal in der Vorratskammer oben links nach? Da müsste noch eine Dose mit den guten Schokoladenkeksen stehen. Die würden wirklich gut zum Kaffee passen.«

»Eine gute Idee«, erwiderte Sarah lächelnd.

27

Am nächsten Morgen wurde Sarah von lauten Hammerschlägen geweckt. Sie blickte aus dem Fenster und sah, dass es immer noch regnete, wenn auch nicht so heftig wie am vergangenen Abend. Obwohl es noch keine fünf Uhr sein konnte, waren Joseph und Charly beide schon angezogen und gerade dabei, den Schweinepferch zu reparieren. In ihren dunklen Regenmänteln und den weit in die Stirn gezogenen Hüten waren sie nur schwer zu erkennen.

Weil Sarah vor dem Abendessen gebadet hatte, wusch sie sich nur flüchtig. Sie zündete ein Feuer an, so wie sie es gelernt hatte, setzte Kaffee auf und wartete geduldig, bis er fertig war. Sie nahm einen Schluck, deckte den Frühstückstisch und trat in ihrem Regenmantel und dem breitkrempigen Hut, den Charly ihr gegeben hatte, in den Regen hinaus. Den Korb für die Eier nahm sie im Vorbeigehen mit. »Guten Morgen«, begrüßte sie die Männer, »in zehn Minuten gibt's Frühstück. Der Kaffee steht schon auf dem Tisch.«

»Howdy«, grüßte Joseph auf Texanisch. »Sie sind früh auf, Sarah.«

»Hab ich von Ihnen gelernt«, erwiderte sie lächelnd.

In den Überresten des Hühnerhauses lagen nur zwei Eier, weitere zehn fand sie über den ganzen Hof verstreut. Was blieb den Hühnern nach dem Feuer auch anderes übrig? Der Hahn zeigte sich an diesem Morgen besonders streitlustig, griff sie mehrfach an und rannte erst davon, als Bandit ihr zu Hilfe eilte und sie laut bellend verteidigte. Zur Belohnung brachte sie ihm, noch bevor sie die Eier in die Pfanne schlug, sein Fressen und frisches Wasser.

Sichtlich zufrieden sah Sarah zu, wie die Männer gut zulangten. Jeden Abend vor dem Einschlafen las sie jetzt in dem Kochbuch, das die Witwe Jones ihr mitgebracht hatte, und beherrschte inzwischen alle einfachen Gerichte. Für den raffinierten Eintopf, wie man ihn im Lokal der Witwe bekam, und einige andere Gerichte würde sie noch fleißig üben müssen. Aber Cowboys, das wusste sie mittlerweile, aßen am liebsten Steaks und Bohnen. In einem Restaurant wie *Delmonico's* wären sie wahrscheinlich verhungert.

»Die Eier schmecken riesig«, sagte Joseph. Ein seltenes Lob aus dem Mund des Mannes, den sie bisher nur sorgenvoll und missmutig kannte, vor allem, wenn er seinen Whiskey nicht bekommen hatte. »Käse unters Rührei zu mischen, da hätten wir schon früher draufkommen können.«

»Und die Biskuits sind auch nicht ohne«, sagte Charly.

»Das sind Scones«, verbesserte ihn Sarah. Immerhin stammte das Rezept von der Mutter der Witwe Jones, und die war aus England nach Amerika gekommen. »So was essen die Engländer zum Frühstück und zum Nachmittagstee.«

»Nachmittagstee … das fehlte noch«, murmelte Charly.

Sarah schenkte Kaffee nach und ließ es sich selbst schmecken, doch es fiel ihr schwer, sich auf das Essen zu konzentrieren. Jedes Mal, wenn sich ihr Blick mit dem von Joseph kreuzte, überfiel sie eine seltsame Unruhe, und sie blickte rasch in ihren Kaffee, ohne verhindern zu können, dass sie errötete wie eine junge Lady auf dem Debütantinnenball im Ballsaal von *Delmonico's*, wenn sie zum ersten Mal mit ihrem Partner auf die Tanzfläche schritt.

Nach dem Feuer erschien ihr Joseph in einem völlig anderen Licht. Seit er dem Alkohol abgeschworen hatte, war aus dem missmutigen Rancher, der sich selbst nicht leiden konnte, ein freundlicher und liebenswerter Mann geworden, so wie vor seinem Verschwinden nur in wenigen Augenblicken. Sie wusste nicht, was unterwegs passiert war und was ihn bewogen hatte, dem Whiskey abzuschwören, hoffte aber, dass er durchhalten würde. Ob der Alkohol schon zur Sucht geworden war, und er mit aller Macht dagegen ankämpfen musste, wenn er allein war, wusste sie nicht. Sie freute sich über den Mann, den sie zu sehen bekam, und der war beinahe so, wie er sich selbst in seiner Anzeige und seinem Brief beschrieben hatte.

Das vernichtende Feuer schien Joseph und Charly wenig ausgemacht zu haben, es wirkte eher, als wollten sie es McSwain jetzt erst recht zeigen. Die Auseinandersetzung erinnerte Sarah an den Skandal in New York, als die Vanderbilts eine kleine Eisenbahngesellschaft mit angeblich unlauteren Mitteln aus dem Geschäft gedrängt hatten. Die Affäre war sogar bei den Frauen ein Gesprächsthema gewesen. Natürlich handelte es sich nur um ein Gerücht, wie vor allem die *New York Times* nachdrücklich betonte, und man konnte den Vanderbilts nichts nachweisen. Ganz im Gegenteil, sie verklagten sogar eine Zeitung, die ihnen Erpressung und Bestechung vorwarf.

Joseph beschloss, die niedergebrannten Gebäude so schnell wie möglich wieder aufzubauen. Charly wollte noch an diesem Morgen in die Stadt fahren, um Baumaterial und neues Werkzeug zu kaufen, außerdem hatte er vor, zwei Männer zu verpflichten, die ihnen beim Bau helfen sollten. »Dafür reicht mein Geld gerade noch, aber dann wird es langsam eng«, sagte Joseph. Für einen Mann, der gestern noch mit dem Schicksal gehadert hatte, weil er angeblich keine Chance besaß, seine Ranch zu retten, war er erstaunlich guter Laune.

Sarah gab Charly den Brief an ihre Freundin und bat, ihn Molly Ryker zu geben, die auch für die Post in Casper verantwortlich war. »Ich habe auch noch einige Ersparnisse«, sagte sie zu Joseph. »Nicht viel, aber …«

Joseph blickte sie ernst an. »Das muss ich alleine schaffen, Sarah. Ich hab Ihnen was von einer florierenden Ranch vorgeflunkert, also werde ich nicht eher ruhen, bis die Crazy R das wirklich ist … oder jämmerlich scheitern.«

»Dann werde ich Ihnen helfen, den Schutt wegzuräumen.«

Während Charly mit dem Pritschenwagen unterwegs war, arbeiteten Sarah und Joseph in den Trümmern. Ihre Aufgabe war es, alles Brauchbare aus den verkohlten Überresten herauszusuchen, vor allem Werkzeuge, Ersatzteile, Nägel und Schrauben. Von den Schaufeln, Hacken und Äxten waren nur die hölzernen Griffe und Stiele verbrannt, aber die Metallteile konnte man noch benutzen. Joseph trieb inzwischen die Schweine in ihren Pferch zurück und zimmerte einen provisorischen Hühnerstall. Sie arbeiteten ohne Unterlass.

»Sie sollten zum Sheriff gehen und Anzeige gegen unbekannt erstatten«, sagte sie, als er mit dem Hühnerhaus fertig war und über die verkohlten Trümmer stieg. »Er könnte wenigstens versuchen, die Brandstifter zu finden.«

Joseph räumte ein paar brauchbare Bretter zur Seite und zog eine Zange heraus. »Der Sheriff wird gar nichts tun. Vor allem wird er sich hüten, die Sache McSwain und seinen Cowboys in die Schuhe zu schieben. Wenn er's täte, würde McSwain dafür sorgen, dass man ihn am nächsten Tag absetzt und zum Teufel jagt. Und in ganz Wyoming würde ihn keiner mehr anstellen.«

Sarah hielt in der Arbeit inne. »Das ist in New York auch nicht anders. Wenn irgendwelche mächtigen Leute nicht wollen, dass jemand Bürgermeister oder Polizeichef wird, dann bekommt er auch nicht die nötigen Stimmen.«

»Mit Politik kommen wir hier nicht weit. Noch vor ein paar

Jahren hätte ich mich mit anderen Kleinranchern und vielleicht sogar mit einigen Farmern verbündet, und es wäre zu einem blutigen Weidekrieg gekommen. Pete Barnard und seine beiden Cowboyfreunde hoffen das wahrscheinlich heute noch. Aber den Gefallen werden wir ihnen nicht tun. Es muss eine andere Möglichkeit geben, sich gegen McSwain durchzusetzen. Wenn ich nur wüsste, bei welcher Bank wir einen Kredit bekommen. Und ob es irgendwo in Wyoming oder Montana einen Viehaufkäufer gibt, der unsere Rinder will.«

»Wir schaffen es, Joseph.« Sie wunderte sich selbst, woher sie plötzlich ihre Zuversicht nahm, und was sie dazu brachte, sich wie eine Ehefrau zu benehmen. »Und wenn nicht, fangen wir irgendwo von Neuem an. Haben Sie nicht selbst gesagt, dass die Zeit der großen Rancher vorbei ist? Dass die Regierung die öffentlichen Weiden, die sie benutzen, zur Besiedlung freigibt?«

»Stimmt, nur hat sich das noch nicht zu McSwain herumgesprochen.«

Sarah schlug die Asche von ihrem Mantel und stieg hustend aus den Trümmern. Die Arbeit war anstrengender, als sie gedacht hatte. Sie kniff die Augen gegen den leichten Regen zusammen, der vom böigen Wind über den Hof getrieben wurde. Selbst Bandit hatte keine Lust, bei diesem Wetter zu jagen und lag auf der windgeschützten Seite des Hauses im Gras. »Ich mach uns was zu essen«, sagte sie. »Sie haben sicher Hunger. Bohnen mit Speck?«

»Bohnen mit viel Speck«, verbesserte er sie lächelnd.

Beim Mittagessen schwand die Verlegenheit, die Sarah noch am Morgen empfunden hatte, und wich einer angenehmen Vertrautheit, als würde sie ihn schon seit vielen Jahren kennen. Er strahlte eine Zuversicht aus, die ihm mit der Trinkerei vollkommen abhandengekommen war. Hatte er noch vor einigen

Tagen wie ein Verlierer gewirkt, der zu feige war, sich den Herausforderungen zu stellen und überstürzt geflohen war, schien er ihr jetzt stark und widerstandsfähig wie die strahlenden Westernhelden in Büchern und Magazinen.

Dass er bei aller Selbstsicherheit schüchtern wie ein kleiner Junge sein konnte, machte ihn nur sympathischer. »Ich bin froh, dass Sie geblieben sind«, sagte er nach einem Schluck Kaffee. »Ich hatte schon Angst, Sie wären nicht mehr hier, wenn ich zurückkomme. Wäre ziemlich einsam auf der Ranch gewesen ohne Sie. Charly kann eine ziemliche Nervensäge sein.«

Sie verriet ihm nicht, dass sie tatsächlich darüber nachgedacht hatte. »Oh, das kann ich auch.« Gegen ihren Willen warf sie einen Blick auf den Schrank, in dem er den Whiskey aufbewahrt hatte. »In New York regen sich die Leute auf, wenn eine Lady ihre Meinung sagt oder sich in Dinge einmischt, die angeblich nur Männer etwas angehen. Ich hab mir sagen lassen, hier ist das anders.«

»Kann schon sein«, erwiderte er, »vor allem, wenn ich mir die ›Liga für Anstand und Sitte‹ ansehe. Die Damen sagen ihre Meinung so laut, dass man sie gar nicht überhören kann. Sie wollen alle Saloons schließen und schreien schon Zeter und Mordio, wenn eine Frau zu viel Knöchel zeigt oder ihr Gesicht pudert.« Auch Joseph warf einen unbeabsichtigten Blick auf den Küchenschrank und biss sich verlegen auf die Lippen. »Die Bohnen schmecken wirklich gut«, lenkte er ab, »die isst man doch bestimmt nicht in New York.«

»Nur wenn der Hummer und die Austern ausgegangen sind«, scherzte sie und verschwieg ihm, dass die meisten Familien auf der Lower East Side schon froh waren, wenn sie überhaupt etwas zu essen auf dem Tisch hatten.

»Und wie schmeckt so ein Hummer?«

Sie spülte einen Bissen mit Kaffee herunter, auch so etwas,

was im Speisesaal ihrer Eltern unmöglich gewesen wäre. Dort trank man Wein oder Wasser zum Dinner. »Nicht übel, wenn man erst mal die Schale geknackt hat und an das Fleisch herangekommen ist. Aber mir sind diese Bohnen, ehrlich gesagt, tausendmal lieber. Die sind leichter zu kochen und einfacher zu essen.«

Sie aßen eine Weile schweigend und hörten dem leisen Plätschern des Regens zu, der vom Wind gegen die Fenster getrieben wurde. Sarah hatte nicht gelogen. Die Bohnen schmeckten ihr tatsächlich, und den starken Kaffee brauchte man, wenn man den ganzen Tag körperlich arbeitete. Wie viel angenehmer war es, einem Mann wie Joseph gegenüberzusitzen, anstatt seine Zeit mit Martin Womack zu vergeuden, der einer Frau nur gestattete, hübsch auszusehen und zu lächeln, wenn er etwas sagte, aber fuchsteufelswild geworden wäre, wenn sie ihre Meinung kundgetan oder ihm gar Kontra gegeben hätte.

»Ich muss Ihnen was gestehen«, sagte Joseph, nachdem sie die Teller abgeräumt und Kaffee nachgeschenkt hatte. Sie blieb in der Küchentür stehen und befürchtete das Schlimmste. »Ich habe mich drei Jahre jünger gemacht.«

Sie blickte ihn überrascht an und musste plötzlich lachen. »Das passt doch. Ich habe mich nämlich auch um drei Jahre geirrt, oder glauben Sie, eine New Yorkerin verrät Ihnen jemals ihr wahres Alter? Sie sind mir doch nicht böse?«

»Wenn das Ihre einzige Lüge ist«, erwiderte er grinsend.

Sie mussten beide lachen. Doch in Sarahs Fröhlichkeit mischte sich der beängstigende Gedanke, wie er wohl reagieren würde, wenn er erfuhr, dass sie keine Kinder bekommen konnte. Die meisten Männer wollten nach der Heirat eine Familie gründen. Bisher war nicht die Rede von einer Heirat gewesen, und sie hatte das Geheimnis für sich behalten – von der Vergewaltigung ganz zu schweigen. Es hieß zwar, dass die

Vergangenheit eines Menschen im Westen keine Rolle spielte, aber wer wusste schon, wie Joseph reagieren würde.

»Es wird Zeit, dass wir wieder an die Arbeit gehen«, sagte er.

»Ich komme nach. Ich wasche nur rasch die Teller ab.«

Am späten Nachmittag kehrte Charly aus der Stadt zurück. Neben ihm auf dem Kutschbock saßen Matt Dolan und Phil Halloran, die beiden Cowboys, die schon beim Roundup geholfen hatten. Sie sahen mitgenommen aus. »Ich musste die beiden aus dem Saloon holen«, erklärte Charly. »Zum Glück waren sie schon pleite, sonst hätte ich sie wohl kaum überreden können.«

»Und ich dachte, du lässt dich erst mal von der Witwe verwöhnen.«

Charly spuckte seinen Priem neben den Wagen. »Wo denkst du hin? Ich weiß, ich sehe ein paar Jährchen jünger aus und bin noch ganz gut in Schuss, aber mit der Liebe will …« Er merkte erst jetzt, dass Sarah in den Trümmern stand, und verschluckte den Rest. »Ich war zum Essen bei ihr, das ist alles.«

»Hast du alles bekommen?« Joseph deutete ein Grinsen an.

»Bis zur letzten Schraube.« Charly drehte sich zum Baumaterial und den Werkzeugen auf der Ladefläche um. Er schien erleichtert zu sein, über etwas anderes reden zu können. »War billiger, als ich dachte. Die Ladenbesitzer sind sauer auf McSwain, weil er gedroht hat, selbst einen Laden aufzumachen, wenn sie nicht mit den Preisen runtergehen. Der erpresst die Leute in Casper genauso wie uns. Höchste Zeit, dass wir was gegen ihn unternehmen.«

Mit den beiden Cowboys ging die Arbeit wesentlich schneller voran. Gegen Abend waren fast alle Trümmer beseitigt, und am nächsten Morgen wuchsen bereits die Wände des neuen Schuppens empor. Sarah konzentrierte sich auf die Hausarbeit und war vollauf damit beschäftigt, für vier hungrige Männer zu kochen. Charly hatte ihr Kaffeebohnen, Zucker, Mehl und einige andere, dringend benötigte Zutaten mitgebracht, darunter auch einige Dosen mit eingelegten Pfirsichen, die sie für einen leckeren Kuchen verbrauchte. Das reichhaltige Essen motivierte die jungen Texaner, vor allem, als sie ihnen am nächsten Morgen einen weiteren Kuchen, diesmal mit wilden Beeren, versprach, wenn sie so fleißig wie am ersten Nachmittag arbeiteten. Eine Kanne mit frischem Kaffee stand ständig auf dem Herd, falls sich die Männer für einen Augenblick von der Arbeit und dem strömenden Regen erholen wollten.

Sarah kam mit ihrer Arbeit kaum nach. Weil die Kleider der Männer jeden Abend vor Dreck strotzten, musste sie öfter waschen als sonst, und inzwischen gehörte es auch zu ihren Aufgaben, Bandit und die Schweine und die Hühner zu füttern. Besonders die Schweine benahmen sich widerspenstig. Beim Melken war sie noch auf Charlys Hilfe angewiesen. Zum Putzen blieb wenig Zeit, und wenn sie abends das Geschirr abgewaschen hatte und auf ihr Bett sank, war sie so müde, dass sie während der ersten beiden Tage in ihren Kleidern einschlief. Es war nur dem kampfeslustigen Hahn und dem hungrigen Bandit zu verdanken, dass sie morgens aufwachte.

Während dieser Zeit blieb kaum Zeit zum Nachdenken. Zu anstrengend war die Arbeit im Haus und auf dem Hof. Keiner sprach über die Drohungen des Großranchers und die schweren Zeiten, die ihnen bevorstanden, falls sie keinen Kredit mehr bekamen. Sie befanden sich nicht in New York, wo man innerhalb einer Stunde eine Finanzkrise auslösen konnte, falls man eine fällige Zahlung nicht rechtzeitig tätigte oder keinen Kredit mehr bekam. In Wyoming, das hatte Sarah längst herausgefunden, brach man nichts übers Knie. Selbst ein Großgrundbesitzer wie McSwain ließ sich Zeit, seine Drohungen wahrzumachen, vielleicht, weil er sich zu sicher und überlegen fühlte. Wer konnte ihm schon etwas anhaben, wenn er selbst das Gesetz auf seiner Seite wusste?

Der Schuppen und der Stall standen schneller als erwartet, und auch ein neues Hühnerhaus erhob sich dicht am Zaun und weit genug von Bandits Schlafplatz entfernt. Die Regenwolken waren weitergezogen, und die Sonne brannte jetzt ungewöhnlich stark auf das Land herab. Am letzten Arbeitstag drang ihnen der Schweiß aus allen Poren, und die Männer standen alle halbe Stunde beim Brunnen und füllten ihre Wasserflaschen auf. Als Sarah ihnen während des Wäscheaufhängens zuwinkte, hockten die jungen Texaner auf dem giebelförmigen Dach des Schuppens und hämmerten die letzten Bretter fest. Joseph nagelte Scharniere an die Eingangstür. Charly hatte den Wagen angespannt und hielt neben ihr. »Wir brauchen Bohnen und Bratkartoffeln«, rief er. »Ich hole frische Steaks aus der Stadt. Heute Abend wird gefeiert. Ich hab versprochen, meine Mundharmonika mitzubringen.«

»Ist das eine gute oder eine schlechte Nachricht?«

»Das mit der Mundharmonika?« Er rieb kichernd über seinen Schnurrbart. »Kommt darauf an, was mein Rheuma macht. Sie können von Glück sagen, dass wir keinen Regen mehr haben, sonst würde ich für nichts garantieren.« Er schob seinen Priem von einer Backe in die andere. »Können Sie singen?«

»Singen? Das überlasse ich den Vögeln, Charly.«

»Aber tanzen können Sie.«

Sie dachte an die steifen Formationstänze, die auf den Bällen in New York gefragt waren, und wagte sich nicht vorzustellen, welche Tänze ausgelassene Cowboys in Wyoming bevorzugten. »Bei der Quadrille war ich recht gut …«

»Quadrille? Ich meine Polka, Walzer, Mazurka.«

»Ich weiß nicht, Charly.«

Er hörte nicht auf sie. »Sie werden eine Menge zu tun bekommen, Sarah. Bereiten Sie sich auf eine lange Nacht vor. Im Feiern sind wir groß. Und vergessen Sie mein Rheuma. Zu einer fetzigen Polka reicht es immer bei mir.«

»Na, das kann ja heiter werden«, erwiderte Sarah, aber da hatte Charly schon die Zügel aufgenommen und lenkte den Wagen vom Ranchhof.

28

Die Männer waren schon am späten Nachmittag mit der Arbeit fertig. Die Scheune und der Stall sahen stabiler als die niedergebrannten Gebäude aus und hatten breitere Türen. Sarah gebührte die Ehre, die Milchkuh in den Stall zu führen, und die Männer strahlten stolz, als sie ihre Arbeit lobte und sagte: »Dafür gibt's heute Abend einen besonders leckeren Nachtisch.«

Das Wetter spielte mit, und der Frühling zeigte sich von seiner besten Seite, als das Fest begann. Die Männer wuchteten den Esstisch und die Stühle auf die Wiese neben dem Haus, während Sarah den Tisch deckte und die frischen Steaks, die Charly mitgebracht hatte, in einer großen Pfanne briet. Sie hatte den ganzen Tag geschuftet und bereits große Schüsseln mit Bratkartoffeln und Bohnen warm gestellt. Dazu gab es Biskuits, diesmal frisch gebacken und noch warm, als sie den Korb auf dem rot-weiß karierten Tischtuch platzierte, und zum Nachtisch stand bereits ein Pfirsichkuchen mit Sahne bereit.

Den Brief, den Charly aus der Stadt für sie mitgebracht hatte, hob sie für später auf. Harriet hatte ihr geschrieben, und obwohl sie nicht mehr am Klatsch der New Yorker Oberschicht interessiert war, war sie begierig darauf, von ihrer Freundin zu hören. Und wenn sie ehrlich war, interessierte es sie auch, wie es ihren Eltern ging. Auch wenn sie sich von ihr losgesagt hatten, waren sie immer noch ihre Eltern.

Gerade noch rechtzeitig, bevor sich der hungrige Charly den ersten Bissen in den Mund schieben konnte, stand Joseph auf und erhob seinen Kaffeebecher. »Liebe Sarah, liebe Freunde«, begann er, »ich gehöre bestimmt nicht zu den größten Rednern, aber ich glaube, heute ist ein Toast fällig. Ich trinke auf Sarah, die sich wieder mal selbst übertroffen hat, und der wir dieses Essen und vor allem diesen wunderbaren Kuchen verdanken, und ich trinke auf uns alle, die wir diese neuen Gebäude in wenigen Tagen aus dem Boden gestampft haben. Wir lassen uns nicht unterkriegen, Leute, auch nicht von einem Großmaul wie McSwain und seinen Wachhunden. Wer uns von dieser Ranch vertreiben will, muss schon stärkere Geschütze auffahren. Wyoming ist jetzt ein Staat, ein zivilisiertes Land, es gibt keinen Wilden Westen mehr.«

Alle applaudierten, auch die jungen Texaner, und Charly sagte: »Ich wusste gar nicht, dass du so viele Wörter kennst. Du solltest dich für den Senat aufstellen lassen oder am besten gleich zum Gouverneur wählen lassen.«

»Ich würde nicht mal zum Bürgermeister taugen.«

Sarah genoss das Picknick, wie man ein solches Essen im Freien in ihrer alten Heimat genannt hätte, und freute sich über den großen Hunger der Männer, besonders der Texaner, die beherzt zugriffen und ihr allein mit ihren strahlenden Mienen das schönste Kompliment machten. Auch ihr schmeckte es. Seit langer Zeit war es ihr nicht so gut gegangen wie an diesem Abend. Sie fühlte sich wohl unter diesen rauen Männern, die viel offener und ehrlicher als die nobel gekleideten Gentlemen in den Villen der Fifth Avenue waren.

Sie tätschelte Bandit, der neben ihr auf dem Boden lag, und warf ihm den letzten Bissen ihres Steaks zu. Seltsam, wie schnell man sich an die andere Lebensweise im Westen gewöhnen konnte. Die Weite des Landes machte einen freier und ungebundener, ein Gefühl, das sie in den Straßen von New York niemals empfunden hatte. Und die Menschen begegneten einem freundlicher und mit weniger Misstrauen, sie gaben einem schnell das Gefühl, ein neues Zuhause gefunden zu haben – McSwain und seine Cowboys ausgenommen.

Nach dem Nachtisch verschwand Matt Dolan und kehrte wenig später mit einer vollen Whiskeyflasche zurück. Er entkorkte sie mit den Zähnen und spuckte den Korken ins Gras. »Nichts gegen Ihren Kaffee, Ma'am«, sagte er zu Sarah, »der schmeckt so, wie ein guter Cowboy-Kaffee schmecken soll, aber jetzt wird's langsam Zeit, dass wir uns was Schärferes gönnen. Cheers!« Er nahm einen großen Schluck und reichte die Flasche an seinen Freund weiter. Auch der trank ausgiebig und wischte sich den Mund anschließend mit dem Jackenärmel ab. »Ah«, sagte er, »das tut richtig gut nach dem Essen.«

Er hielt die Flasche Charly hin, der lieber beim Kaffee blieb und dankend ablehnte, dann war Joseph an der Reihe, der einer alten Gewohnheit folgend danach griff. Er blickte sie wie etwas Liebgewonnenes an, das man schon verloren geglaubt hatte, roch daran und führte sie zum Mund.

Sarah erschrak so sehr, dass sie beinahe geschrien hätte, doch über ihre Lippen kam nur ein verzweifeltes Stöhnen. Ihre entsetzte Miene ließ Joseph innehalten. Er erwiderte ihren Blick und wurde unsicher, bis es ihm dämmerte, dass ihn jeder Schluck weit zurückwerfen konnte. Den letzten Zweifel beseitigte Charly, indem er Joseph die Flasche aus der Hand nahm und sie dem jungen Cowboy zurückgab. »Wir trinken keinen Whiskey mehr«, erklärte Charly. »Mir hat das Zeug noch nie geschmeckt, und unserem Boss hat es der Arzt verboten. Wir trinken Kaffee und hauen lieber beim Kuchen rein.«

Genau das tat Charly dann auch, aber nachdem er sich einigermaßen von der üppigen Mahlzeit erholt hatte, zog er seine Mundharmonika aus der Jackentasche und stimmte ein irisches Trinklied an. Matt und Phil sangen begeistert mit und brachten sich durch lautes Klatschen und einen gelegentlichen Schluck aus der Whiskeyflasche in Stimmung. Der alte Cowboy spielte besser, als sie befürchtet hatte, und seine Melodien berührten sie mehr als die klassischen Weisen des steifen Orchesters im *Delmonico's*, einer Musik, die ihr genauso streng und leidenschaftslos vorkam wie eine Quadrille.

Auf einmal stand Matt vor ihr und forderte sie mit ausgestrecktem Arm auf, mit ihr zu tanzen. Ihr blieb gar nichts anderes übrig, als ihm zu folgen, und bevor sie sich versah, hatte er einen Arm um ihre Hüften gelegt und führte sie in ausgelassenen Polkaschritten über das Gras. Sie hatte keine Ahnung, wie sie sich bewegen sollte und hielt den Blick ständig auf den Boden gerichtet, doch auch er schien seine Schritte eher willkürlich zu setzen und hüpfte wie ein Derwisch herum. Phil Halloran löste ihn ab und bewegte sich ähnlich ausgelassen, wobei er jedes Mal, wenn er sich drehte, einen Jauchzer ausstieß. Schließlich ließ er sich auf einen Stuhl fallen, zu beschwipst, um sich zu bedanken.

Sie setzte sich und trank einen Schluck Wasser. Ungeduldig wartete sie darauf, dass Joseph mit ihr tanzte, egal, ob Polka oder einen anderen dieser verrückten Tänze, doch er zögerte noch, obwohl sie so etwas wie Eifersucht in seinen Augen beobachtet hatte, als sich die Cowboys mit ihr gedreht hatten. In New York hätte sich jeder Tänzer auf ihrer Tanzkarte eintragen müssen, und die Tänze waren so streng und formal, dass man einander kaum berührte.

Charly, der sah, wie Joseph zögerte, half ihm auf die Sprünge. »So, jetzt wird's aber höchste Zeit, dass unser Boss zeigt, wie's mit seinen Tanzkünsten bestellt ist. Den nächsten Tanz widme ich Sarah und ihm und allen Texanern.«

»Yahoo!«, schrien Matt und Phil im Chor, als er »The Yellow Rose of Texas« anstimmte, und sich Sarah und Joseph zögernd von ihren Stühlen erhoben. Beiden schien es peinlich zu sein, plötzlich im Mittelpunkt zu stehen. Obwohl sie auf den festlichen Bällen stets das Gefühl gehabt hatte, von allen Männern im Saal beobachtet zu werden, bekam sie weiche Knie, als Joseph ihr eine Hand entgegenstreckte und sie wie ein schüchterner Junge in den Arm nahm. Ebenso vorsichtig legte sie ihre freie Hand auf seine Schulter. Ein warmer Schauer glitt über ihren Rücken.

Charly spielte den Song wie einen Walzer, den auch Joseph einigermaßen beherrschte und sich mit ihr rhythmisch über den Hof drehte. Sie merkten nicht, wie Bandit versuchte, mit ihnen Schritt zu halten und dabei kläglich scheiterte, sondern hatten nur noch Augen füreinander und scherten sich nicht darum, dass die jungen Cowboys inzwischen miteinander tanzten und Charly ihre Bewegungen spöttisch verfolgte.

In diesem Augenblick gehörte die Welt ihnen, leuchtete die glutrote Abendsonne nur für sie, schien sogar der auffrischende Wind für ein paar Minuten innezuhalten, um ihren Tanz nicht zu stören. Obwohl Joseph kein besonders guter Tänzer war, genoss sie jede noch so geringe Bewegung mit ihm, den sanften Druck seiner Hände, die Wärme seines Körpers, wenn er ihr zu nahe kam, seinen Atem und sein Strahlen, wenn sie ihn ansah und plötzlich fest davon überzeugt war, mit ihrer Flucht aus New York das Richtige getan zu haben. Sie wollte etwas sagen, ihn wissen lassen, wie sehr sie sich über diesen Tanz freute, doch ihr fielen keine passenden Worte ein. »Joseph«, flüsterte sie, »ich glaube, mir wird schwindlig.«

Irgendwann torkelten dann die beiden jungen Cowboys ins Schlafhaus, um ihren Rausch auszuschlafen, und Charly tat etwas, was er in seinem langen Leben nur selten getan hatte: Er räumte den Tisch ab und legte das schmutzige Geschirr in die Waschschüssel.

Weder Sarah noch Joseph sahen, wie er ein Stück von seinem Kautabak abbiss und zu den Pferden in der Koppel ging, um wie jeden Abend vor dem Schlafengehen nach ihnen zu sehen, eine Angewohnheit, die er sich bei der Armee anerzogen hatte.

»Ich muss Ihnen was zeigen«, sagte Joseph. Er trug eine ärmellose schwarze Weste über seinem weißen Hemd und gebügelte Hosen. Seine Stiefel, die er nur zu besonderen Gelegenheiten trug, waren frisch geputzt. »Ist nicht weit.«

Sarah hängte sich bei ihm ein und folgte ihm auf einen abseits liegenden Hügelkamm. Tief beeindruckt von dem Ausblick blieb sie stehen. Vor ihr erstreckte sich hügeliges Weideland bis zum fernen Waldrand, nur unterbrochen von einigen Salbeibüschen, die mit ihrem fremdartigen Duft zur geheimnisvollen Stimmung beitrugen. Über dem Land spannte sich ein weiter Himmel, so farbenprächtig, wie sie ihn an der Ostküste nie gesehen hatte, gemustert mit Wolken, die sich wie dunkle Kleckse gegen das tiefrote Licht der untergegangenen Sonne abhoben. Zwei verstreute Rinder, die von der Sommerweide herabgewandert waren, grasten auf der einsamen Weide.

»Hab ich zu viel versprochen?«, fragte er.

Ihr Gesicht leuchtete im nachlassenden Sonnenlicht. »Einmalig! Wie furchtbar wild dieses Land doch ist, und wie wunderschön. Als hätte sich noch kein Mensch in diese Gegend verirrt.« Als sie den Kopf wandte und ihn anblickte, sah sie die letzten Strahlen der Sonne in seinen Augen. »Ich bin froh, dass ich gekommen bin, Joseph. Mir gefällt das Land und Ihre kleine Ranch, auch wenn sie kein ›florierendes Unternehmen‹ ist.« Sie lächelte. »Und Sie gefallen mir auch.« Sie war froh, dass ihr Gesicht in rotes Licht getaucht war und man nicht sah, wie ihr das Blut ins Gesicht schoss. Die Bemerkung war ihr herausgerutscht, ohne dass sie sich etwas dabei gedacht hatte. Niemals wäre ihr die Idee gekommen, so etwas in New York zu sagen, nicht einmal dann, wenn ihr Traumprinz auf einem weißen Pferd in den Ballsaal geritten wäre. »Sie sind … ganz anders.«

»Als die Männer in New York? Das will ich doch hoffen.« Joseph erwiderte ihr Lächeln, doch auch er wurde von der Magie des Augenblicks ergriffen, und in seine Augen trat ein geheimnisvolles Funkeln, als er sie an den Oberarmen fasste und sanft zu sich heranzog. Seine Stimme klang jetzt belegt. »Ich bin auch froh, dass Sie gekommen sind, Sarah. Ich weiß, ich hab so ziemlich alles falsch gemacht, was man falsch machen kann, und hätte mich nicht beklagen dürfen, wenn Sie Ihre Sachen gepackt hätten und abgereist wären, aber … ich hab einiges hinter mir und konnte nicht anders.« Sein Griff wurde fester. »Wenn Sie ein bisschen Geduld mit mir hätten, vielleicht …«

Sie legte ihm einen Finger auf den Mund und ließ sich von ihren Gefühlen treiben. »Natürlich habe ich Geduld, oder was meinen Sie, warum ich so lange gewartet habe? Andere Frauen in meinem Alter sind längst verheiratet und haben Kinder.« Noch ein Satz, der ihr herausgerutscht war und drohte, das Märchenschloss, das sich vor ihren Augen aufgetan hatte, wieder einzureißen. Auch um ihn die Sorgen in ihrem Blick nicht sehen zu lassen, schloss sie die Augen und spürte im nächsten Moment seine Lippen auf ihrem Mund, ein überwältigendes Gefühl, das sich bis tief in ihre Seele ausbreitete und sie mit sich riss.

Sie ging gern mit ihm auf diese Reise, schwebte in ungeahnte Höhen, als er sie noch näher zu sich heranzog und sie sein großes Verlangen spürte, seinen heißen Atem und seine Hände, die den Weg unter ihre Bluse fanden und ihren nackten Rücken liebkosten. Es machte ihr nichts aus, dass er nach der Asche der niedergebrannten Scheune roch und seine Lippen rau von Wind und Wetter waren, und es störten sie auch nicht die Schwielen an seinen Händen, als er mit den Fingern über ihre Wange strich und etwas flüsterte, das sie nicht verstand. Das Feuer, das er in ihr entzündet hatte, loderte immer stärker empor und ließ sie willenlos mit ihm zu Boden sinken, mit dem Rücken auf dem weichen Gras und über sich sein Gesicht mit den strahlenden Augen, die ihr alles versprachen, was sie sich jemals in ihrem Leben gewünscht hatte.

Er begann an den Knöpfen ihres Kleides zu nesteln. Seine Hände waren rau, aber warm und sanft, und sie war nahe daran, seinen fordernden Liebkosungen nachzugeben, als sie ein böiger Windstoß zur Vernunft brachte. »Joseph«, sagte sie. »Joseph … ich glaube, wir kehren besser um. Wir haben noch so viel Zeit, und ich möchte nicht, dass wir diesen Augenblick auf einer Wiese …« Ihr fehlten die Worte, und es fiel ihr schwer, sein Verlangen auf diese Weise zu enttäuschen. »Ich möchte deinen Ring tragen, wenn es so weit ist, und die erste gemeinsame Nacht wie …« Sie suchte nach Worten. »… etwas ganz Feierliches begehen.«

Er küsste sie sanft auf die Lippen und strich ihr über das offene Haar. Man sah ihm an, wie schwer es ihm fiel, sich von ihr zurückzuziehen. »Du hast recht«, sagte er. »Tut mir leid, wenn ich mich vergessen habe, aber du … du …«

Sie lächelte. »Es braucht dir nicht leidzutun, Joseph. Wir wollten es doch beide, und irgendwie war dieser Abend wie für den ersten Kuss geschaffen.«

Charly lag bereits im Bett, als sie sich vor dem Ranchhaus gute Nacht wünschten. Selbst Bandit hatte sich schon schlafen gelegt und ließ sich nicht einmal durch den frechen Hahn aus der Ruhe bringen, der immer noch wie ein arroganter Pfau über den Ranchhof schritt. Das leise Gegacker seiner Hennen tönte aus dem neuen Hühnerhaus herüber. Die Milchkuh und die Schweine verhielten sich ruhig. Der halbe Mond verbreitete trübes Licht.

Seltsamerweise ließ die Hochstimmung, die sie auf der abendlichen Weide beherrscht hatte, schon bald nach. Sie erledigte sogar noch den Abwasch und holte frisches Wasser für den nächsten Morgen vom Brunnen, bevor sie sich in ihr Zimmer zurückzog. Zu turbulent wirbelten ihre Gedanken durcheinander. Was wäre geschehen, wenn sie sich Joseph auf der Wiese hingegeben hätte? Hätte er gemerkt, dass er nicht der erste Mann in ihrem Leben war? Und was hätte er gesagt, wenn sie ihm gestanden hätte, dass sie von ihrem betrunkenen Verlobten vergewaltigt worden war und ihr Kind bei einem Sturz verloren hatte? Dass sie nicht mehr in der Lage war, Kinder zu bekommen?

Sie mochte Joseph, sogar sehr, und würde bereitwillig mit ihm vor den Traualtar treten, aber bevor sie dieses Wagnis einging, musste er die Wahrheit erfahren. Das einzige Mittel, ihn günstiger zu stimmen, war wohl, die Hochzeit so lange wie möglich hinauszuschieben. In nächster Zeit gab es ohnehin sehr viel Arbeit auf der Ranch. Warum nicht im Winter, an Weihnachten oder Silvester? Wenn sie länger zusammen waren, würden ihr die Worte sehr viel einfacher über die Lippen gehen.

Zuerst mussten sie den Kredit bekommen, sagte sie sich. Zweitausend Dollar betrugen seine Schulden, wusste sie inzwischen, ein besseres Trinkgeld für ihre Eltern und andere wohlhabende Familien in der Fifth Avenue, aber ein halbes Vermögen für einen Kleinrancher wie Joseph Rankin, der höchstens ein paar Hundert Dollar mit dem Verkauf von Rindern, Schweinen und Hühnern im Jahr verdiente und öfter neues Material und Ersatzteile brauchte.

Sie schälte sich aus den Decken und lief unruhig im Zimmer auf und ab. Normalerweise schlief sie nur bei Vollmond schlecht, aber hier schien sie auch der halbe Mond zu ärgern und aus dem Bett zu treiben. In einer hellen Bahn fiel sein Licht zum Fenster herein. Ihre achthundert Dollar, die noch immer in der ledernen Geldbörse lagen, würden ihm vielleicht helfen, und wenn sie den wertvollen Schmetterling verkaufte, konnten sie damit die ganzen Schulden abbezahlen und hätten noch genug übrig, um für das nächste Jahr einzukaufen. Doch tief in ihrem Inneren wusste sie, dass es sein Stolz nicht zulassen würde, ihr Geld anzunehmen. Solange sie nicht verheiratet waren, musste er es allein schaffen, so dachte ein starker Mann wie er.

Sie trat ans Fenster und sah, dass auch im Schlafhaus noch Licht brannte. Anscheinend lag er ebenfalls noch wach. Welche Gedanken ihn wohl bewegten? Ob auch er ihr etwas Wichtiges verheimlichte? Warum waren sie nicht offen zueinander? Setzte wahre Liebe nicht grenzenloses Vertrauen voraus?

Sie drückte ihr Gesicht gegen die kühle Fensterscheibe. »Ich will dich nicht verlieren«, flüsterte sie. »Du sollst der Erste sein. Der erste Mann, der mich wirklich besitzen wird.« In ihren Augen standen Tränen. »Wir werden es schaffen, Joseph. Ganz bestimmt.«

29

Am nächsten Morgen war Sarah früh auf. Ihr erster Gedanke galt Joseph und dem vergangenen Abend, dann sah sie den Brief ihrer Freundin, den sie auf den Nachttisch gelegt hatte, und öffnete ihn neugierig. Sie hatte den neusten Klatsch aus New York zu berichten, schrieb aber auch über Sarahs Eltern, die stets mit Ausreden kamen, wenn jemand nach ihrer Tochter fragte.

Am meisten rührte Sarah, was Harriet über die kleine Clara zu erzählen hatte: »Du glaubst nicht, wie gut sich Clara entwickelt. Sie spricht schon beinahe wieder fließend. Sie fragt fast jeden Tag nach dir und wundert sich, warum du so plötzlich verschwunden bist. Ich habe ihr gesagt, dass du im Westen bist, und seitdem bittet sie mich ständig, mit ihr dorthin zu fahren und dich zu besuchen. Vielleicht klappt es ja tatsächlich mal. Unser Arzt sagt, sie hätte dich als Bezugsperson akzeptiert und würde es bei dir am besten haben. Ich richte ihr einen schönen Gruß von dir aus.«

Seufzend ließ Sarah den Brief sinken. Auch sie hatte die kleine Clara in der kurzen Zeit, die sie im Waisenhaus verlebt hatte, fest in ihr Herz geschlossen. Sie fehlte ihr, doch schnell drängte sie den Gedanken beiseite. Die Arbeit rief.

Noch ungewaschen fütterte Sarah die Schweine und Hühner, brachte Bandit sein Fressen und sammelte die Eier im Hühnerhaus ein. Inzwischen zeigte sich der Hahn großmütiger und hackte nicht mehr auf sie ein. Im Schlafhaus flammte eine Petroleumlampe auf, als sie mit dem vollen Eierkorb den Hof überquerte. Die Pferde in der Koppel wurden unruhig und warteten am Zaun auf Charly, der sie jeden Morgen versorgte und sich mit ihnen unterhielt, so wie es die meisten Cowboys taten.

Nachdem sie das Feuer im Herd angefacht hatte, wusch sie sich über der Waschschüssel in ihrem Zimmer. Ohne es zu merken, verbrachte sie mehr Zeit vor dem Spiegel als an den bisherigen Morgen und cremte sich sogar das Gesicht mit der kühlenden Creme mit Rosenwasser ein, die sie auch zu Hause benutzt hatte. Inzwischen war ihre Haut nicht mehr blass, wie man es von einer vornehmen Tochter erwartete, sondern leicht gebräunt von Wind und Wetter, was man in den besseren Kreisen von New York sicher mit Verwunderung, wenn nicht gar mit Herablassung zur Kenntnis genommen hätte. Doch sie war zufrieden mit ihrem Aussehen und fand es viel natürlicher. Mit einem bunten Seidenband von ihrem Strohhut band sie sich die Haare zusammen, noch eine Veränderung ihres Aussehens, die ihrem Umzug nach Westen geschuldet war. So ließ es sich wesentlich einfacher arbeiten.

Sie hatte das Frühstück bereits fertig, als die Männer erschienen. Rührei mit Speck, dazu Pfannkuchen mit Beerensirup. Das Abschiedsessen für die jungen Texaner, die nach dem Frühstück auf Arbeitssuche gehen würden. Sie hofften natürlich, im Herbst wieder auf der Crazy R Ranch mithelfen zu können. Weil sie gut gearbeitet hatten, rundete Joseph ihren Lohn nach oben auf.

Auch Joseph schien etwas mehr Sorgfalt auf sein Äußeres gelegt zu haben, zumindest hatte er sich rasiert und saubere Nietenhosen und eines seiner besseren Hemden angezogen. Er betrat als Letzter das Haus und hätte sie am liebsten umarmt und geküsst, schämte sich aber vor den jungen Cowboys. Außerdem hielt sie gerade eine Schüssel mit Rührei in der Hand.

Also nahm er nur seinen Hut ab und sagte: »Guten Morgen, Sarah. Du siehst gut aus. Noch besser als sonst, und das will was heißen.« Zu spät merkte er, dass sich Matt und Phil nur mühsam das Grinsen verkniffen, und druckste: »Das war eine wunderbare Feier gestern Abend.«

»Das stimmt«, eilte ihm Charly zu Hilfe, »so gut habe ich das letzte Mal vor zwanzig Jahren gegessen, als ich bei einem Offizier eingeladen war. Damals glaubten sie noch, sie würden den Krieg gegen die Yankees gewinnen.«

Sarah stellte den Kaffee auf den Tisch. »Als ich geboren wurde, war der Krieg schon vorbei. Ich verstehe sowieso nicht, warum damals Amerikaner gegen Amerikaner kämpfen mussten. Als ob wir nicht schon genug Sorgen haben. Mein Vater sagte immer, es ging den Leuten damals allein ums Geld.«

»Und um die Ehre«, ergänzte Charly. »Aber das ist lange her.«

Während des Essens fiel es Sarah schwer, ihre verwirrenden Gefühle zu verbergen. Wenn ihr Blick Josephs kreuzte und sie die Zuneigung in seinen Augen sah, erhellte ein Strahlen ihr Gesicht, und im nächsten Augenblick, wenn sie daran dachte, dass sie nicht ehrlich zu ihm war, wandte sie sich hastig ab und betrachtete ihr Spiegelbild im Kaffee. Doch den Männern fiel ihre Unsicherheit nicht auf. Sie waren hungrig und so mit ihrem schmackhaften Frühstück beschäftigt, dass sie keine Augen für irgendetwas anderes hatten.

Den jungen Texanern packte Sarah einige Sandwiches und eine Dose mit Schokokeksen in die Satteltaschen, bevor sie sich verabschiedeten und nach Norden ritten. Joseph und Charly wollten noch einmal zur Sommerweide hinaus und nach den Rindern sehen, kündigten aber an, am nächsten Tag mit ihr in die Stadt zu fahren, weil Joseph mit dem Bankdirektor wegen des Kredits sprechen wollte. »Wenn er ablehnt, müssen wir uns was anderes einfallen lassen«, sagte er. »Leider hab ich noch keine Ahnung, was wir dann tun könnten. Die Bankleute in Cheyenne kennen uns doch kaum.«

»In Billings soll es einen schottischen Großgrundbesitzer geben«, sagte Charly, »der kauft Ranches in ganz Wyoming auf. Der zahlt sicher auch nicht viel, aber immer noch besser, als bei diesem Ekel von McSwain zu betteln.«

Sarah dachte an ihre achthundert Dollar. »Wir werden niemals betteln müssen, Joseph.«

Bevor sie zur Sommerweide ritten, hielt er noch eine Überraschung für sie bereit. »Sarah! Ich hab was für dich!«, rief er. Sie trat vor die Tür und sah, wie er den gesattelten Schecken an den Zügeln führte. »Ich hab ihn Pinto genannt. Nicht besonders originell, ich weiß, aber ein besseres Pferd findest du in ganz Wyoming nicht. Ein Wallach.« Er hielt ihr die Zügel hin, ein wenig schüchtern wie meist, wenn er seine Gefühle für sie in Worte zu fassen versuchte. »Ich dachte, du könntest ein wenig mit ihm üben, solange wir weg sind. Ich würde …« Er senkte den Kopf wie ein Schuljunge, der das hübscheste Mädchen der Schule ansprach. »… ich würde gern mit dir ausreiten, wenn wir aus der Stadt zurückkommen.«

»Wenn er mich nicht abwirft …« Sie wartete geduldig, bis Pinto ihre Witterung aufgenommen hatte, und tätschelte seinen Hals. Er schien ein sehr sanftes und umgängliches Tier zu sein. »Aber ich denke, wir beide kommen schon zurecht. Nicht wahr, Pinto?« Sie blickte dem Schecken in die großen Augen. Pinto wieherte zustimmend.

Sie beschloss, sofort einen Ausritt zu wagen, und zog sich schnell um. Anders als ihre Reitkleidung in New York, die aus einem langen Rock, verdeckten Reithosen und bis zum Knie reichenden Gamaschen bestanden hatte, war ihr neuer Reitrock im Schritt wie eine Hose geteilt, um ihr zu ermöglichen, wie ein Mann zu reiten. Dazu passten eine gemusterte Bluse und eine braune ärmellose Weste, ihr breitkrempiger Hut und ihre neuen Stiefel. Etwas unsicher auf den Beinen, weil sie die Stiefel nicht gewöhnt war, ging sie nach draußen.

»Bleib, wo du bist, Bandit«, sagte sie zu dem Hund, der aufmerksam verfolgte, wie sie den Schecken losband und ihn von der Haltestange wegführte. »Du bringst mich nur durcheinander. Lass mich machen und jag die Hühner!«

Bandit dachte nicht daran, blieb aber in respektvoller Entfernung stehen und spielte den neugierigen Zuschauer. Anscheinend spürte er, dass Sarah noch nie wie ein Mann auf ein Pferd gestiegen war, denn er verdrehte jaulend die Augen, als wüsste er jetzt schon, dass sie beim ersten Versuch patzen würde.

In New York hatte ihr ein Gentleman in den Damensattel geholfen, und sie hatte während des Reitens große Mühe gehabt, die Balance zu halten. Der Cowboysattel sah wesentlich bequemer aus. Sie hielt sich am Sattelknauf fest, während sie ihren linken Fuß in den Steigbügel stellte und sich nach oben zog, so schwungvoll, dass sie beinahe auf der anderen Seite vom Pferd fiel. Nur mit Mühe schaffte sie es, ihr rechtes Bein über den Pferderücken zu hieven und in den zweiten Steigbügel zu stellen. Etwas ungelenk rutschte sie im Sattel herum. »Schon gut«, rief sie dem winselnden Hund zu, »ich weiß, wie dumm ich mich anstelle. Aber wenn man erst mal oben ist, sitzt man sehr bequem.«

Sie ließ den Schecken im Schritt gehen und drehte eine Runde über den Hof. Pinto war ein intelligentes Pferd, das man ohne Trense hätte reiten können. Es reagierte auf den leichtesten Schenkeldruck und schien im Voraus zu erahnen, was seine Reiterin im Sinn hatte. Sie lenkte ihn vom Hof, ritt einmal um den Schuppen und den Stall und dann um den Brunnen herum. Mittlerweile hatte sie schon einiges über Quarter Horses oder Cow Horses, wie Joseph sie nannte, gehört und machte die Probe aufs Exempel, als sie Pinto auf dem Hof wenden ließ. Quarter Horses waren dafür bekannt, »auf einem Penny« wenden zu können, und tatsächlich drehte er sich so schnell und eng, dass ihr klar wurde, warum sich diese Pferde so gut für die Arbeit mit den Rindern eigneten.

Sarah fühlte sich immer wohler in dem bequemen Sattel, und auch in den Steigbügeln stand man wesentlich besser, als auf einem dieser nervösen Pferde, die sie auf Long Island geritten hatte. Es bereitete ihr keine Schwierigkeiten, sich dem Rhythmus des Schecken anzupassen. Mutig geworden, trieb sie ihn vom Ranchhof und ritt über die sanften Hügel, die sich nach Süden ausbreiteten und irgendwo in der Ferne in die Laramie Mountains übergingen. Eine Gangart nach der anderen probierte sie aus. Trab, Galopp und den rhythmischen Trott, den nur Cowboypferde beherrschten und der einen fest im Sattel sitzen ließ. »Das klappt ja wunderbar!«, rief sie dem Schecken zu. »So wird doch noch ein Cowgirl aus mir.«

Das Wetter war ideal für einen Ausritt, nicht zu warm und nicht zu kalt. Ein lauer Wind strich sanft über das Gras. Der Duft von Erde und Salbei hing in der Luft und begleitete sie über die Hügel. *Meine Eltern würden ihn Ohnmacht fallen, wenn sie mich so sehen könnten*, dachte sie, und Harriet würde sich wahrscheinlich selbst auf ein Pferd schwingen und sie begleiten. Sie vermisste ihre Freundin mehr als alles andere in New York einschließlich ihrer Eltern, die ihr nie das Gefühl gegeben hatten, bedingungslos geliebt zu werden. Sobald wie möglich würde sie ihr einen Brief schreiben.

Im Galopp sprengte Sarah einen Hügel hinauf. Von ihrer Begeisterung für den wunderbaren Schecken getragen, beugte sie sich weit nach vorn, wie sie es bei den Jockeys auf der Rennbahn in Oceanport gesehen hatte, und ließ den Schecken im gestreckten Galopp über die Weide fliegen. Es war ein unbeschreibliches Gefühl, die Muskeln des ungemein schnellen Pferdes unter sich zu spüren und mit dem Wind im Gesicht einem unbestimmten Ziel entgegenzujagen, so ganz anders als die braven Ausritte in den Wäldern um New York. Mit ihrem Reitrock saß sie anders im Sattel und hatte so eine viel bessere Kontrolle über das Pferd als im Damensattel. Sie jauchzte vor Freude und lachte aus vollem Hals, als sie den Schecken bei einigen Felsen zügelte.

Am Stand der Sonne erkannte sie, dass es schon auf Mittag zuging und sie sich langsam an die Arbeit machen sollte. Im gemächlichen Trab ritt sie zurück, brachte Pinto in die Koppel, nahm ihm den Sattel ab und rieb ihn trocken, alles Arbeiten, die ihr auf Long Island ein Pferdeknecht abgenommen hatte. Wider Erwarten machte es ihr aber Spaß, sich um den Schecken zu sorgen, und er bedankte sich mit einem leisen Schnauben. »Das hat Spaß gemacht«, sagte sie, »nächstes Mal reiten wir länger, einverstanden?«

Im Haus gönnte sie sich einen Becher von dem immer noch warmen Kaffee und begnügte sich mit einem Sandwich mit Schinken und Käse. Sie hatte den verwilderten Gemüsegarten hinter dem Haus gesehen, offensichtlich ein Überbleibsel aus Josephs Ehe mit seiner ersten Frau, und beschloss, ihn irgendwann neu anzulegen. Sie hatte zwar genauso wenig Ahnung von der Gartenarbeit wie Joseph und Charly, konnte sich aber mit ihren Fragen sicher an die Witwe Jones wenden. Die wusste bestimmt, wie man Salat, Tomaten und Kartoffeln anpflanzte. Mit einem solchen Garten würden sie viel Geld sparen und immer frisches Gemüse, aber auch Salat und Tomaten für die Sandwiches haben. Zum Abendessen würde es einen herzhaften Bohneneintopf mit Fleischbrocken geben, auch den nach einem Rezept der Witwe Jones und hoffentlich genauso schmackhaft wie der ihrige, dazu aufgewärmte Biskuits, möglichst ohne verbrannte Stellen, mit frischer Butter.

Am frühen Nachmittag war sie bereits dabei, das Fleisch zu schneiden, als sich ein Einspänner dem Ranchhaus näherte. Sie hörte, wie er vor dem Eingang hielt, und öffnete die Tür. Ein Gentleman im dunklen Anzug und mit sorgfältig gebundener Krawatte kletterte aus dem Wagen, eine Aktentasche in der Hand, und verbeugte sich höflich. Sein Gesicht war blass, und der schmale Schnurrbart ließ ihn etwas grimmig aussehen. »Guten Tag, Ma'am. Mein Name ist William K. Tanner. Ich bin der Direktor der Wyoming Bank in Casper und würde gern mit Mister Rankin sprechen. Es ist sehr dringend.«

»Mister Rankin ist leider nicht hier«, erwiderte sie, »aber vielleicht kann ich Ihnen helfen. Sarah Mayfield. Mister Rankin und ich sind … äh, verlobt.«

»Tut mir leid, aber ich müsste mit ihm persönlich sprechen.«

Sarah setzte ein falsches Lächeln auf. »Nun kommen Sie doch erst mal herein, Mister Tanner. Die Männer sind auf der Weide. Bis dorthin ist es ein gutes Stück, und eine Pause tut Ihnen sicher gut. Ich habe frischen Kaffee auf dem Herd stehen.«

Der Bankdirektor ließ sich erweichen und betrat das Haus. Sarah schenkte ihm Kaffee ein und stellte einen Teller mit Keksen auf den Tisch. »Die Männer sind gerade erst mit dem Roundup fertig geworden und wollen überprüfen, ob sie alle Rinder erwischt haben«, sagte sie. Sie setzte sich Tanner gegenüber. »Auf einer Ranch gibt es immer was zu tun, aber das wissen Sie sicher.«

»Natürlich … ich war schon auf einigen Ranches.«

Sarah spürte, dass sich der Bankdirektor unbehaglich fühlte, und schob ihm den Teller mit den Keksen hin. »Probieren Sie, Mister Tanner, die sind wirklich gut. Mit viel Schokolade, die mag Joseph … Mister Rankin … besonders gern.« Sie goss sich selbst Kaffee ein und schenkte Tanner ihr schönstes Lächeln. »Ich nehme an, Sie kommen wegen des Kredits, Mister Tanner.«

»Das stimmt, aber das würde ich doch gern mit Mister Rankin …«

»Ich weiß Bescheid, Sir«, unterbrach sie ihn besonders höflich. Ihr Lächeln war jetzt verbindlicher. »Ich komme aus New York, wie Sie vielleicht gehört haben, und kenne mich ein wenig mit Geschäften aus. Mit meinem Vater war ich oft in der Wall Street.« Das war schamlos gelogen, denn ihr Vater hätte niemals über seine Geschäfte mit ihr gesprochen, aber das brauchte Tanner nicht zu wissen. »Es geht um zweitausend Dollar?«

»Das stimmt«, fühlte er sich bemüßigt ihr zu antworten. Sein Blick war unruhig und sein Schnurrbart zitterte nervös. Anscheinend war er es nicht gewohnt, mit einer Frau über Geschäfte zu sprechen. »Mister Rankin hat letztes Jahr, nach dem Verkauf einer Herde, sechshundert Dollar abbezahlt, schuldet uns also noch vierzehnhundert Dollar. Er würde seinen Kredit gern wieder auf zweitausend Dollar erhöhen, aber ich bin eigentlich gekommen, um ihm mitzuteilen, dass ich leider … aber das bespreche ich wirklich lieber mit ihm.«

»Oh, das hat uns Mister McSwain schon höchstpersönlich mitgeteilt, und damit wir es nicht vergessen, hat er seinen Wachhunden befohlen, unsere Scheune und unseren Stall anzuzünden. Er kann von Glück sagen, das bei dem Brand niemand zu Schaden kam. Er will Mister Rankin zwingen, seine Ranch möglichst billig an ihn zu verkaufen, und dazu ist ihm jedes Mittel recht. Ich will nicht sagen, dass es in New York anders zugeht, aber diese Methoden erinnern mich doch stark an die Schauergeschichten, die man über den Wilden Westen zu lesen bekommt.«

Sie trank einen Schluck Kaffee und hätte am liebsten mit der Faust auf den Tisch gehauen, so wütend war sie plötzlich. »Wissen Sie, was er gesagt hat? Sie würden Mister Rankin den Kredit sowieso nicht verlängern, und unsere Ranch würde für einen Spottpreis an die Bank fallen, wenn wir sein Angebot nicht annähmen. Pest oder Cholera, darauf läuft sein Angebot doch hinaus. Entweder die paar Dollar, die Sie uns verrechnen, oder die armselige Summe, die er uns anbietet.« Sie beugte sich nach vorn. »Ich nehme an, McSwain irrt sich, und Sie verlängern unseren Kredit. Sie würden Mister Rankin die Verlängerung doch nicht verweigern?«

Tanner war noch blasser geworden und nestelte am Verschluss seiner Aktentasche herum. Er holte einige Papiere heraus, nun anscheinend doch bereit, mit ihr über den Kredit zu sprechen. »Nun … eigentlich doch, Ma'am. Mir ist zu Ohren gekommen, dass es keinen Käufer mehr für die Herde Ihres Verlobten gibt, und damit könnte er natürlich die nächste Rate nicht zahlen.«

»Sie haben mit Mister McSwain gesprochen?«

»Er hat ein Konto bei uns.«

Das war keine Antwort auf ihre Frage, bestätigte aber, was ohnehin schon offensichtlich war. »Mister McSwain ist ein mächtiger Mann«, erwiderte sie, »und zur Zeit des Wilden Westens war es sicher ganz normal für einen Mann wie ihn, die Schicksale von Banken und anderen Geschäften zu bestimmen. Aber die Zeiten haben sich geändert. Man hat mir gesagt, dass immer mehr Siedler kommen und sich auf Regierungsland niederlassen. McSwain wird schon bald an Bedeutung verlieren, und Sie werden dann auf die vielen kleinen Rancher und Farmer angewiesen sein. Sie brauchen nicht … wie sagt man? Sie brauchen nicht mehr nach seiner Pfeife zu tanzen, Mister Tanner.«

Der Bankdirektor sprang auf. »Ma'am«, rief er erbost.

Sie schaltete schnell wieder ihr Lächeln ein. »Ich habe mich vielleicht etwas unglücklich ausgedrückt, Sir. Würde es denn etwas ändern, wenn ich ein Konto über … sagen wir, siebenhundert Dollar bei Ihnen eröffne? Außerdem könnte ich als Sicherheit für den Kredit meines Verlobten ein wertvolles Schmuckstück als Pfand in Ihrem Tresor hinterlegen. Würde das reichen?«

Seine Miene hellte sich auf. »Natürlich, Ma'am. Das wäre großartig.«

»Einverstanden«, erwiderte sie. »Dann bereiten Sie doch bitte die entsprechenden Schriftstücke vor. Wir sind morgen sowieso in der Stadt und würden dann bei Ihnen vorbeikommen. Allerdings möchte ich Sie bitten, Mister Rankin nichts von dem Schmuckstück zu erzählen. Sagen Sie ihm einfach, Sie würden fest daran glauben, dass er einen Käufer für sein Vieh findet. Versprechen Sie mir das?«

»Sie können sich auf mich verlassen, Ma'am.«

»Das freut mich, Sir.« Sie reichte dem Bankdirektor die Hand und verwöhnte ihn noch einmal mit einem strahlenden Lächeln. »Hat mich sehr gefreut, Sir.«

30

Joseph spürte, wie es in seinem Magen rumorte, als Charly mit dem Pritschenwagen vor der Bank hielt. Er war lange nicht so zuversichtlich wie Sarah, die fest davon überzeugt zu sein schien, dass Tanner ihnen den Kredit bewilligen würde. Nur zögernd half er ihr vom Kutschbock. Sie klopfte sich den Staub aus den Kleidern.

»Ihr wisst ja, wo ihr mich findet«, rief Charly grinsend, während er weiterfuhr.

In der Bank trat Tanner hinter seinem Schreibtisch hervor. »Guten Morgen, Ma'am. Guten Morgen, Joseph«, begrüßte er sie mit so säuerlicher Miene, als würde er bereits bereuen, sich auf den Deal mit ihr eingelassen zu haben. »Sie sind zeitiger hier, als ich dachte.«

»Wir stehen früh auf«, erwiderte Joseph. Allein der abweisende Gesichtsausdruck des Bankdirektors schien ihm zu sagen, dass er nichts Gutes von ihm zu erwarten hatte. »Sarah ... Miss Mayfield möchte ein Konto bei Ihnen eröffnen, und ich ...« Er hatte seinen Hut abgenommen und drehte ihn nervös zwischen den Fingern. »Ich würde gern noch mal über einen möglichen Kredit mit Ihnen sprechen.«

Die Miene des Bankdirektors hellte sich ein wenig auf. »Oh, den neuen Vertrag habe ich bereits auf meinem Schreibtisch liegen. Kommen Sie.«

»Aber ...« Joseph blickte ihn verblüfft an. »Sie haben es sich anders überlegt, Sir? Ich dachte ... ich meine ... ich kann Ihnen die gewünschten Sicherheiten noch nicht versprechen.«

»Ich weiß die neuen Entwicklungen in unserem Staat wohl zu deuten, Joseph«, erwiderte Tanner vielsagend. »Setzen Sie sich. Mein Angestellter wird inzwischen das Konto für Miss Mayfield eröffnen. Das ist doch in Ordnung so?«

»Natürlich, Sir«, antwortete Sarah. Sie hatte Joseph schon unterwegs erklärt, dass sie ihre Ersparnisse auf der Bank deponieren würde, keine Unsummen und mehr ein Zeichen für Tanner, dass man seiner Bank vertraute.

Tanner hielt sich an sein Versprechen und verschwieg Joseph die wahren Gründe für seinen Gesinnungswandel. Nachdem Sarah ihr Konto eröffnet hatte und die sechshundert Dollar verbucht waren, sagte er: »Ich hoffe, Sie wissen unser Vertrauen zu schätzen, Joseph. Ich wünsche Ihnen sehr, dass Sie gesund bleiben und aus der Ranch wieder ein florierendes Unternehmen machen.« Gleich zwei Giftpfeile, die er sich nicht verkneifen konnte, denn mit »gesund bleiben« meinte er natürlich »dem Alkohol fernbleiben« und »florierendes Unternehmen« hatte er aus der Anzeige in den *Matrimonial News*, die anscheinend jeder in der Stadt gesehen hatte.

Joseph las den Vertrag zweimal durch, als würde er seinen Augen nicht trauen, und unterschrieb. Immer noch überrascht, dass Tanner sich gegen McSwain stellte und den Kredit tatsächlich verlängert hatte, faltete er seine Kopie zusammen und schob sie in die Jackentasche. »Ich bin Ihnen sehr dankbar, Sir«, sagte er. »Und keine Angst, mit der Ranch geht es wieder bergauf. Ich war in letzter Zeit etwas … etwas unpässlich, aber jetzt geht es mir wieder gut. Wir arbeiten sehr hart.«

»Sie haben eine tüchtige, äh, Verlobte«, erwiderte Tanner, als er aufstand und den Vertragsabschluss auch mit Handschlag besiegelte. Er zeigte ein seltenes Lächeln. »Darf ich fragen, wann die Hochzeit stattfinden soll?«

»Das wissen wir noch nicht«, antwortete Sarah für den verdutzten Joseph. »Im Augenblick gibt es sehr viel Arbeit auf der Ranch, und wir haben kaum Zeit für etwas anderes. Aber wir lassen es Sie natürlich rechtzeitig wissen.«

Tanner wurde ernst, und seine Stimme nahm wieder einen geschäftsmäßigen Ton an. »Es ist auch wegen der Konten, die würden wir natürlich zusammenlegen, sobald Sie verheiratet sind. Ich nehme an, das ist in Ihrem Sinne.«

»Natürlich«, sagten beide.

Wieder an der frischen Luft beeilte sich Sarah zu sagen: »Sei mir bitte nicht böse, Joseph. Das mit der Verlobten war nicht meine Idee. Ich nehme an, das hat er von der Witwe Jones. Wie du weißt, ist sie manchmal ein wenig vorlaut. Aber geschadet hat es nicht. Er glaubt wohl, dass du deine Raten pünktlicher zurückzahlst, wenn eine Frau im Haus ist.«

Joseph warf ihr einen argwöhnischen Seitenblick zu, doch sie machte ein unschuldiges Gesicht. »Na, ich weiß nicht«, sagte er. »Wenn das ausreichen würde, um einen Kredit zu bekommen, würden sich alle Rancher und Farmer eine Frau suchen.« Er bot ihr den Arm.

»Vielleicht glaubt er, dass ich als New Yorkerin mehr von Geld verstehe als ein Cowboy.« Sie kicherte. »Oder ich habe ihn mit meinem Liebreiz und meinem Charme überzeugt. Kann doch sein?«

Er warf ihr einen Seitenblick zu und lächelte. »Es würde mich zumindest nicht wundern. Ich an seiner Stelle würde dir sogar den Safe öffnen.«

Sie errötete und lächelte verlegen.

Sie überquerten die Straße und wollten sich gerade auf den Weg zur Witwe Jones machen, als die Pendeltüren des *Wyoming Saloons* aufschwangen, und Randy Miller und Tom Smith auf den Gehsteig traten, die beiden Cowboys, die stets im Schlepptau von McSwain und Pete Barnard aufkreuzten. Sie waren offensichtlich auf einen morgendlichen Whiskey eingekehrt, aber noch nüchtern genug, um sie sofort zu erkennen.

»Sieh an«, ging Miller gleich zum Angriff über. Er trug seinen Revolver in einem Holster wie die Revolvermänner im Wilden Westen. »Der Jammerlappen von Rancher und die Lady, die seine Drecksarbeit erledigen muss. Wo soll's denn hingehen, Rankin? In den Saloon, einen hinter die Binde gießen?«

»Ich hab keinen Durst«, erwiderte Joseph. »Aber du anscheinend, Miller. Und ein Feigling bist du auch, oder warum taucht ihr immer zu zweit auf?«

»Du bist reichlich frech, Rankin. Hast wohl einen Schluck aus deinem Flachmann genommen? Sonst würdest du doch nicht solche Reden schwingen. Wir waren eigentlich auf dem Weg zu dir. Wollten dich daran erinnern, dass unser Boss noch immer auf deine Unterschrift wartet.« Er verzog seinen Mund. »Die zwei Wochen sind bald um, und das Angebot wird nicht besser.«

»Daraus wird nichts«, sagte Joseph. Er hatte seinen Revolver hinterm Gürtel stecken, plante aber nicht, sich mit den beiden Cowboys zu duellieren, wie es ein Mann vielleicht vor zehn Jahren noch getan hätte. »Sagt eurem Boss, dass ich nicht verkaufe und er vergeblich darauf wartet, dass die Bank meine Ranch pfändet. Ich habe gerade einen neuen Kreditvertrag unterschrieben.«

»Du hast was?« Die Nachricht schien Miller zu verwirren, und auch Smith machte ein verdutztes Gesicht. »Der Whiskey ist dir wohl ins Gehirn gestiegen. Die Bank wird sich hüten, dir noch einen Penny zu geben. Jeder weiß, dass du an der Flasche hängst, und wenn die Lady hier das erst mal kapiert hat, kannst du sie auch in den Wind schreiben. Stimmt's, Lady?«

»Sie sind betrunken, Mister«, wies ihn Sarah zurecht.

»Aber immer noch nüchtern genug, um die halbe Portion

neben Ihnen ins Jenseits zu befördern. Und dann nützt ihm auch der größte Kredit nichts mehr.« Er blickte den anderen Cowboy an. »Was meinst du, Tom? Sollen wir ihn kaltmachen?« Er gab vor nachzudenken. »Das heißt, irgendjemand hat behauptet, der Wilde Westen wäre gar nicht mehr wild und selbst in Drecksnestern wie diesem hier hätten sich Recht und Gesetz durchgesetzt. Vielleicht sollten wir ihm nur die Kniescheiben zertrümmern? Auch als Bürger haben wir das Recht, einen flüchtigen Verbrecher mit Gewalt aufzuhalten. Wir könnten sagen, er hätte sich selbst in die Knie geschossen. Wäre ja nicht so abwegig bei dem vielen Whiskey, den der Kerl in sich hineinschüttet. Hier weiß doch jeder, das Rankin ein Säufer ist.« Er lachte. »Du solltest hören, wie die Männer im Saloon über dich reden, Rankin. Die lassen kein gutes Haar an dir. Und die Wetten, dass die Lady bei dir bleibt, stehen noch schlechter.«

»Ich trinke keinen Whiskey mehr«, sagte Joseph. »Ich hab auch keine Lust, mit euch hier eine Zirkusnummer aufzuführen. Lasst euch von Buffalo Bill anstellen, der braucht vielleicht noch zwei Cowboys für seine Show. Obwohl ich bezweifele, dass er sich mit halben Portionen wie euch überhaupt abgibt.«

»Ach ja? Und was ist das hier?« Miller zog blitzschnell seinen Revolver und feuerte rasch hintereinander zwei Kugeln in den Telegrafenmasten, der gleich neben Joseph aufragte. Holzsplitter spritzten nach allen Seiten.

Sarah wich entsetzt zurück und blieb stehen. Ihr Gesicht war blass geworden. Nie im Leben hätte sie daran gedacht, Zeugin einer echten Schießerei zu werden. Immerhin hatte sie schon genug auf der Ranch erlebt, um nicht in Ohnmacht zu fallen. Hilfesuchend blickte sie sich um, nach dem Sheriff oder irgendeinem anderen Mann, der ihr helfen könnte, die Schießerei zu beenden. Joseph konnte unmöglich gegen zwei Männer antreten.

Der Sheriff kam tatsächlich, aber im gleichen Augenblick näherte sich die Postkutsche aus Lander in einer großen Staubwolke und hielt vor Ryker's Store. Zwei Männer stiegen aus. Einer war groß gewachsen und trug einen schwarzen Anzug mit silberner Uhrkette. Sein flachkroniger Hut war mit einer Klapperschlangenhaut verziert, und an seiner Brust steckte das Abzeichen eines U.S. Deputy Marshals, eines Gesetzesbeamten der Regierung, der sich fast ausschließlich um Bundesangelegenheiten kümmerte. Der andere Mann war kleiner und korpulenter, trug einen Maßanzug mit silbergrauer Krawatte und einen Derbyhut. Als er die angetrunkenen Cowboys auf der Straße stehen sah, verzog er sich sofort in den Laden. Der Kutscher und der Begleitfahrer blieben auf dem Kutschbock sitzen und blickten zu ihnen herüber.

Sarah beobachtete, wie der Marshal mit einer abgesägten Schrotflinte auf die Cowboys zuging. »U.S. Deputy Marshal John Wickersham. Was geht hier vor?«, rief er dem Sheriff am Straßenrand zu. »Warum greifen Sie nicht ein?«

»Kein Grund zur Sorge, Marshal«, erwiderte Caine. »Drei Betrunkene, die ein bisschen Dampf ablassen, das ist alles.« Er erhob seine Stimme. »Ist doch so, Miller? Ihr habt nur ein wenig rumgeballert? Ihr wolltet euch doch nicht mit diesem versoff …« Er verschluckte den Rest. »… mit Rankin duellieren?«

»Miller hat auf mich geschossen, Sheriff«, widersprach Joseph. »Etwas weiter nach links, und er hätte Sarah … Miss Mayfield getroffen. Und damit auch das klar ist: Ich bin stocknüchtern. Ich trinke keinen Alkohol mehr.«

»Das Erste, was ich höre.«

»Joseph hat recht«, mischte sich Sarah ein, »die beiden Cowboys sind betrunken und haben wie zwei Wahnsinnige in der Gegend rumgeballert. Sie wollten Joseph die Kniescheiben zertrümmern.« Sie trat zwischen den Sheriff und den Marshal.

»Und wer weiß? Vielleicht haben sie neulich auch das Feuer auf der Ranch gelegt. Wollen Sie die Täter wirklich davonkommen lassen, Sheriff? Oder Sie, Marshal?«

»Reiten die beiden etwa für die Rocking M Ranch von McSwain?«

»Ganz recht«, antwortete Joseph, während der Sheriff die Cowboys festnahm – etwas widerwillig, wie es schien. »McSwain will mich und wahrscheinlich einige andere Rancher und Farmer dazu bringen, an ihn zu verkaufen. Dabei gehört ihm nicht mal alles Land, auf dem seine Rinder weiden.«

»Deshalb bin ich hier«, sagte Wickersham, auch zur Überraschung des Sheriffs. »Im Johnson County hat es Krieg zwischen den großen Ranchern und den Siedlern gegeben, das wollen wir hier unbedingt verhindern. Von dem Feuer höre ich zum ersten Mal. Ich nehme an, es gibt keine handfesten Beweise, aber wenn so etwas noch mal passiert, wird der Gouverneur weitere Deputys und vielleicht sogar die Armee schicken.« Er beobachtete zufrieden, wie Caine den Cowboys die Waffen abnahm und beide Männer abführte.

»Das wurde langsam Zeit«, sagte Joseph, als der Marshal dem Sheriff gefolgt und wieder Ruhe eingekehrt war. »Lass uns zur Witwe gehen. Wenn ich's mir recht überlege, könnte ich auch ein zweites Frühstück vertragen.«

Die Witwe Jones und Charly standen vor ihrem Lokal, der Alte in Strümpfen, aber mit seinem Gewehr in beiden Händen, die Witwe mit wirren Haaren. »Seid froh, dass der Marshal aufgetaucht ist«, sagte die Witwe, »ich befürchte, du hättest die beiden Cowboys erschießen müssen.«

»Und ich hätte ihm dabei geholfen«, bekräftigte Charly.

Die Witwe band ihre Haare mit einem einfachen Lederband aus ihrer Rocktasche zusammen. »Wir brauchen keinen Krieg hier, aber so weit wird es nicht kommen. McSwain ist ein verbohrter alter Mann, aber kein Dummkopf. Er wird den Teufel tun und sich gegen das Gesetz stellen. Wenn er schlau ist, schickt er Pete Barnard und seine Kumpane zum Teufel und begnügt sich mit dem, was er hat. Damit sind andere Großrancher auch schon gut gefahren.«

»Wie wär's mit einem zweiten Frühstück, Witwe Jones?«, fragte Joseph.

»Das wollte ich Charly auch gerade servieren«, antwortete sie, »natürlich erst, wenn er seine Stiefel angezogen hat. Ich kann Männer nicht ausstehen, die halbnackt durch die Gegend laufen.« Sie lächelte verschmitzt. »Eier mit viel Speck?«

»Für mich nur Kaffee«, bat Sarah, »mit viel Milch und Zucker.«

»Ich hab frische Erdbeeren bekommen. Mit Sahne?«

Sarah lachte. »Das ist natürlich was anderes. Ich hab schon eine halbe Ewigkeit keine Erdbeeren mehr gegessen.« Sie setzte sich mit Joseph und Charly an einen der runden Tische und beobachtete, wie der Alte mit gerötetem Gesicht und brennenden Ohren in seine Stiefel schlüpfte.

Die Erdbeeren schmeckten ihr besser als die teuren Desserts, die sie im *Delmonico's* bekommen hatte. Und bei der Witwe Jones waren die Portionen größer und sie sparte nicht an der Schlagsahne, in der kleine Schokoladenriegel steckten, aus der Schweiz, wie die Witwe stolz betonte. Ein Händler aus Cheyenne hatte ihr zehn Tafeln mitgebracht.

Die Tür ging auf und der zweite Passagier der Postkutsche betrat das Lokal. Mit ernster Miene ließ er sich am Nebentisch nieder und blickte immer wieder nervös aus dem Fenster. »Ich hoffe, die Schießerei ist vorüber«, sagte er hoffnungsvoll. Er betrachtete Joseph genauer und erschrak. »Waren Sie nicht dabei?«

»Es war nicht so dramatisch, wie es aussah, Mister. Zwei betrunkene Cowboys, die sich einen Spaß erlaubt haben, weiter nichts. Der Sheriff hat sie ins Gefängnis gesperrt.« Josephs Stimme klang beruhigend. »Joseph Rankin. Ich habe eine Ranch, ungefähr zwei Stunden südlich von hier. Das ist Sarah Mayfield, meine … meine Verlobte, und das Charly Rouse, ein guter Freund.«

»James Curtis. Hier soll es das beste Frühstück der Stadt geben.«

»Und das ist noch untertrieben«, begrüßte ihn die Witwe, »so ein Frühstück gibt es nicht mal in New York. Fragen Sie die junge Lady, die gerade ihre Erdbeeren verspeist. Sie hat ihr ganzes Leben in New York verbracht.«

»Das stimmt, keiner kocht besser als die Witwe Jones.«

»Dann nehme ich das Frühstück und zum Nachtisch vielleicht auch einen Becher Erdbeeren mit Sahne, die sehen einfach köstlich aus.« Er schenkte sich von dem Kaffee ein, den die Witwe auf den Tisch gestellt hatte, und wandte sich an Joseph. »Sie besitzen eine Ranch?«, vergewisserte er sich.

»Herefords«, bestätigte Joseph, »erstklassige Rinder.«

Curtis lächelte zufrieden. »Das trifft sich gut, Mister Rankin …«

»Joseph.«

»Das trifft sich gut, Joseph. Ich arbeite als Viehaufkäufer für die Wind River Reservation, das Indianerreservat hundertfünfzig Meilen westlich von hier. Shoshone und Arapahoe. Wir brauchen ungefähr achtzig Rinder, und das möglichst bis Ende nächster Woche. Meinen Sie, Sie kriegen das hin?«

»Kommt auf den Preis an.«

»Fünfzehn Dollar pro Rind.«

»Das ist wenig.«

»Sie wissen, wie es um das Rindergeschäft bestellt ist seit dem großen Blizzard. Die Zeiten, als man noch sechzig Dollar für ein Tier bekam, sind lange vorbei. Und die Regierung will nicht viel ausgeben für die Indianer.«

»Achtzehn Dollar?«

Die Summe hatte Curtis wahrscheinlich von vornherein eingeplant. Er hielt Joseph lächelnd eine Hand hin. »Einverstanden. Wenn Sie wollen, setzen wir gleich den Vertrag auf. Ich muss nur noch Ihren Namen und den Preis eintragen.« Er zog ein zusammengefaltetes Dokument aus der Innentasche.

Sarah kratzte lächelnd die letzte Sahne aus ihrem Becher. Es gefiel ihr, wie scheinbar beiläufig im Westen selbst dollarschwere Geschäfte abgeschlossen wurden. Mit dem Betrag, den Joseph für die Rinder kassierte, hatte er bereits das Geld für die Hälfte aller Raten eingenommen. Und wenn sie heirateten, würden auch ihre Ersparnisse dazukommen. Sie würden ihr Geld gemeinsam verdienen und gemeinsam ausgeben. Joseph gehörte nicht zu den Männern, die ihre Frauen am Gängelband führten und sie jedes Mal bitten und betteln ließen, wenn sie sich etwas kaufen wollten. Und sie, hatte sie inzwischen herausgefunden, war nicht der Typ, der sich so was gefallen ließ.

»Ich lasse euch Männer am besten mal allein«, sagte Sarah dennoch und bat den Viehaufkäufer, sich auf ihren Platz zu setzen. »Ich habe sowieso noch was mit der Witwe Jones zu besprechen. Haben Sie etwas Zeit für mich?«

»Natürlich, Kindchen«, erwiderte die Witwe und wies ihren Mitarbeiter an, sich um die Gäste zu kümmern. Sie führte Sarah durch die Küche, nahm einen Krug mit Limonade und zwei Gläsern mit und setzte sich mit ihr in einen Nebenraum. »Sie haben ihn vom Whiskey weggebracht«, sagte sie, während sie einschenkte. »Ich dachte, ich sehe nicht recht. Wie haben Sie das geschafft?«

»Das hat er ganz allein geschafft«, sagte Sarah. »Ist er nicht ein wunderbarer Mann, wenn er auf das scharfe Zeug verzichtet? Ich mag ihn sehr, Witwe Jones, und ich hoffe nur, dass er keinen Rückfall bekommt. Sie hätten ihn sehen sollen, als er vorhin den schießwütigen Cowboys gegenüberstand – wie ein wahrer Held, der niemanden zu fürchten braucht.« Sie errötete, als die Witwe lachte. »Ich weiß, ich weiß … er kann sehr verletzlich sein. Er ist ein sehr gefühlvoller Mann, Witwe Jones.«

Die Witwe schmunzelte nun. »Sie haben sich in ihn verliebt.«

»Seltsam, nicht wahr? Ich kannte ihn nur aus dieser Anzeige und seinem Brief, und beides hatte ein anderer geschrieben, aber …« Sie trank einen Schluck Limonade. »Seit ich in seine Augen geblickt habe, bin ich in ihn verliebt. Er ist ein toller Mann.« Sie lächelte eine Weile und wurde schlagartig wieder ernst. »Aber kein Wort zu ihm, sonst bildet er sich noch was auf seine Augen ein. Wie haben Sie gesagt? Man muss die Männer zappeln lassen.«

»Wollten Sie mir das erzählen, Kindchen?«

»Das auch, Witwe Jones. Und dass mir Ihre Rezepte wunderbar geholfen haben. Dass die Männer meinen Kaffee lieben. Das habe ich alles Ihnen zu verdanken, Witwe Jones. Nun ja, und etwas angestrengt habe ich mich auch.«

»Sie geben nicht auf, wenn es schwierig wird. Wie ich früher.«

»Nur zwei Dinge fehlen mir noch zu meinem Glück.«

»Und die wären?«

»Frischer Salat und frische Tomaten.«

31

Auf der Rückfahrt zur Ranch grinste Joseph fast ununterbrochen. Zum ersten Mal seit vielen Monaten verlief sein Leben wieder in geordneten Bahnen, und das war auch Sarahs Verdienst. Sie hatte ihn vom Whiskey weggebracht, und ihr allein war es gelungen, den Bankdirektor zu einer Verlängerung des Kreditvertrags zu überreden. Als hätte sie einen Zauberstab aus New York mitgebracht, mit dem sich alle Probleme aus der Welt schaffen ließen.

Womit er dieses Glück verdient hatte, wusste er selbst nicht. Sie war keine dieser verwöhnten höheren Töchter, über die man manchmal in der Zeitung las, die ein Pferd nicht von einem Maultier unterscheiden konnten und beim Anblick einer Maus vor Angst auf einen Stuhl sprangen. Sie konnte zupacken und hatte während der letzten Tage eindrucksvoll bewiesen, dass sie mit dem anstrengenden Leben auf einer Ranch zurechtkam. Sie war die erste Frau, die einen Vergleich mit seiner geliebten Ella bestand und Gefühle in ihm weckte, die er schon beinahe vergessen hatte. Mit gebräuntem Gesicht sah sie sogar noch besser aus, und wenn er sich daran erinnerte, wie sie sich in seinen Armen angefühlt hatte, lief ein warmer Schauer über seinen Rücken.

»Wir holen die Herde morgen früh und treiben sie zum Sweetwater River«, sagte er, als sie die Ranch erreichten. »Über den Overland-Trail kommen wir am schnellsten nach Lander. Zehn Tage, vielleicht auch nur acht oder neun. Sarah, du kommst als Cookie mit.« Er grinste. »So nennen wir den

Koch auf dem Trail. Leider haben wir keinen Küchenwagen, aber wir sind auch weniger Leute und nicht so lange unterwegs wie damals in Texas. Ein Packpferd reicht vollkommen. Schon weil wir auf die Herde aufpassen müssen, werden wir im Freien schlafen müssen. Nicht gerade ideal für eine Lady, die ihr ganzes Leben in einem bequemen Bett geschlafen hat, aber die Zeit ist zu knapp, um jetzt noch andere Leute anheuern zu können. Einverstanden?«

»Und ob«, erwiderte Sarah, »ich wäre euch ernsthaft böse gewesen, wenn ihr mich nicht mitgenommen hättet. Ich habe immer davon geträumt, mal ein Abenteuer wie dieses zu erleben. Und keine Angst, ich mache nicht schlapp.«

Charly freute sich. »Sie spricht schon wie ein echtes Cowgirl.«

Noch vor dem Abendessen machten sie sich an die Arbeit. Joseph und Charly legten die Ausrüstung bereit und ritten zu einem Farmer, der ungefähr zehn Meilen von ihrer Ranch entfernt auf der anderen Seite des Cow Creek wohnte und sich für ein Rind und ein paar Dollar bereit erklärte, die Schweine, die Hühner und die Milchkuh zu versorgen. Sarah packte den Proviant für das Treiben ein und kochte das Abendessen. »Und Bandit?«, fragte sie, als sie bei Hühnchen mit Kartoffeln am Esstisch saßen.

»Den nehmen wir mit«, sagte Joseph. »Er kann uns helfen, die Rinder im Zaum zu halten, außerdem freut er sich, wenn er sich mal wieder richtig austoben kann. Die Kaninchen auf dem Trail tun mir heute schon leid.«

Am frühen Morgen brachen sie auf. Mit dem schwer beladenen Packpferd und zwei Ersatztieren ritten sie zur Sommerweide. Joseph und Charly stellten eine Gruppe mit achtzig Tieren zusammen und hängten dem erfahrenen Barney eine Glocke um. Er übernahm sofort die Führung, als sie die Herde nach Südwesten trieben. Über die grünen Hügel ging es zum Ufer des Sweetwater River auf den Trail. Die Räder der unzähligen Planwagen, die über diese historische Route gefahren waren, hatten sich tief in die Erde gegraben und waren weithin zu sehen. »Über den Overland-Trail«, erklärte Joseph, als Sarah mit dem Packpferd und den Ersatztieren aufschloss, »zogen die meisten Siedler nach Westen. Damals hieß er Oregon-Trail. Seit ein paar Jahren fährt hier nur noch die Postkutsche, die Overland Stage.«

Joseph freute sich über Sarahs Interesse an der Geschichte des Westens. Es machte ihm Spaß, ihr von der wilden Zeit zu erzählen, als noch Indianer in dieser Gegend lebten, und wagemutige Siedler am South Pass die Rocky Mountains überquerten und im fruchtbaren Oregon eine neue Zukunft suchten. »Den Siedlern ging es genauso wie dir«, sagte er. »Die meisten kamen aus Europa, hatten eine Weile in großen Städten wie Boston oder New York gelebt und keine Ahnung davon, was sie hier im Westen erwartete. An diese Weite muss man sich erst mal gewöhnen, besonders wenn man in einem Planwagen unterwegs ist. Ein Wagentreck kam noch langsamer voran als wir jetzt, und sie sahen oft tagelang dieselben Felsen.«

Sarah hielt sich wacker. Sie hatte sich schnell daran gewöhnt, das Packpferd und die Ersatztiere an einer Leine hinter sich her zu ziehen, und versuchte sich sogar als Cowgirl, wenn sich in ihrer Nähe ein Rind von der Herde löste. Dann ließ sie die Ersatzpferde sofort stehen, nahm ihr aufgerolltes Lasso vom Sattelhorn und versuchte, das Rind zurückzutreiben. Sie stellte sich lange nicht so geschickt wie Joseph oder Charly an, und beim ersten Mal musste ihr Joseph sogar zu Hilfe kommen, aber es klappte immer besser, sodass Joseph ihr einen Gefallen tat und sie für eine Weile mit den Ersatzpferden ablöste. Den Spaß, ihr beim Treiben zuzusehen, war die Pause wert.

»Hey, Sarah«, rief er ihr einmal zu, »bist du sicher, dass du aus New York kommst? Du reitest eher wie ein Cowgirl aus Wyoming oder Montana. Dir glaubt doch kein Mensch, dass du erst seit ein paar Wochen hier bist.«

Sie trieb zwei Rinder zur Herde zurück und drehte sich lachend im Sattel um. »Das glaub ich ja selbst nicht. Mir kommt's so vor, als wäre ich schon immer hier gewesen. Die Berichte über den Westen waren nicht übertrieben. Hier ist alles viel größer und freier, und die Menschen sind netter als in New York.«

»Und du bist noch nicht müde?«

»Ich halte einiges aus, Partner«, imitierte sie seinen Dialekt.

Sie hielten sich etwas abseits des Trails, um den Postkutschen mit den Rindern nicht im Weg zu sein, und kamen zügig voran. Ein wenig mussten Joseph und Charly das Tempo sogar bremsen, damit die Rinder nicht zu schnell wurden und dabei zu viel Fett verloren. Im Vertrag mit dem Viehaufkäufer hatten sie ein Mindestgewicht für jedes Rind ausgemacht, das auf keinen Fall unterboten werden durfte. Jeden Mittag legten sie eine halbstündige Rast ein, um den Rindern die Möglichkeit zu geben, etwas auszuruhen und sich satt zu fressen, und auch abends fanden sie genügend Zeit, am tiefgrünen Gras zu zupfen.

Am vierten Tag lagerten sie zwischen einigen Felsen in den Ausläufern der Granite Mountains, ungefähr eine halbe Meile vom Sweetwater River entfernt. Sie hatten den Fluss am späten Nachmittag mit der Herde durchquert, und die meisten Rinder waren so lange im Wasser gewesen, dass sie gar nicht das Bedürfnis hatten, mehr Flüssigkeit aufzunehmen. Das saftige Gras auf den Hügeln reichte ihnen vollkommen. Während Charly die erste Wache übernahm und singend um die Herde ritt, saßen Joseph und Sarah auf den Sätteln am Feuer und tranken Kaffee aus blauen Emailletassen.

Die Sonne war bereits untergegangen. Der Abendwind wisperte im Gras und spielte mit den Flammen, die unruhig zwischen ein paar Felsbrocken emporzüngelten. Ihr orangefarbene Schein und das tiefe Rubinrot des Himmels gaben Sarahs Gesicht einen eigenartigen Glanz. Joseph musste immer wieder zu ihr hinsehen, senkte aber schnell den Kopf, als sich ihre Blicke für einen kurzen Moment trafen. »Ich weiß nicht, wie ich mich ausdrücken soll«, sagte er leise, »aber du bist wunderschön.« Sogar in ihren Augen spiegelte sich das warme Funkeln.

Sarah lächelte verlegen. »Weil ich gerade sehr glücklich bin. Wir haben die Ranch vor dem Ruin gerettet, der Marshal kümmert sich um McSwain, und ich erlebe ein echtes Abenteuer an der Seite eines Mannes, den ich wirklich mag. In New York bestimmen noch die Eltern, wen man heiratet.«

»Und du warst mit ihrer Wahl nicht zufrieden?«

»So kann man's auch nennen.« Vor ihrem geistigen Auge tauchten Bilder von ihren Ausflügen mit Martin Womack und der schicksalhaften Nacht im *Delmonico's* auf. Sie verdrängte sie, trank einen Schluck vom starken Kaffee und blickte zur Herde hinüber. »Charly hat eine gute Stimme«, sagte sie, auch um sich selbst abzulenken. »Die Rinder scheinen seine Lieder zu mögen.«

»Alle Cowboys singen auf der Nachtwache«, erwiderte er, »ob sie singen können oder nicht. Die Lieder sollen die Tiere beruhigen, deshalb klingen sie auch alle so traurig. Sie hindern die Herde daran, plötzlich durchzugehen. ›Stampede‹ nennt man so was. In Texas haben Charly und ich das oft erlebt.«

»Seid ihr schon lange befreundet?«

»Beinahe fünfzehn Jahre. Wir haben uns in Dodge City kennengelernt. Ich war damals erst sechzehn, durfte aber schon mit auf den Trail. Vier Jahre später, als wir eine Herde mit meinem Vater nach Wyoming trieben, ritt er mit uns, und wäre Dad nicht von einem wilden Stier aufgespießt worden, wäre er wohl auch bei uns geblieben, aber so zog es ihn nach Arizona. Er kämpfte gegen die Apachen und gehörte zu den Soldaten, die Geronimo zur Aufgabe zwangen. Geronimo war der Anführer der Krieger, ein ziemlich wilder Bursche.«

»Ich hab von ihm gehört. In der *New York Times* war ein Foto von ihm.«

»Geronimo? In der *New York Times*?« Joseph traute seinen Ohren nicht. »Charly sagt, er wäre ein witziger Bursche gewesen, nur im Kampf hätte er keinen Spaß verstanden. Nachdem er besiegt war, heuerte Charly bei mir auf der Crazy R an. Er ist auch in seinem Alter noch der beste Cowboy, den ich kenne.«

»Wie ist das mit deinem Vater passiert?«

»Sein Pferd scheute während des Treibens vor einer Klapperschlange und er stürzte aus dem Sattel. Bevor irgendjemand eingreifen konnte, war der Stier bei ihm und spießte ihn mit den Hörnern auf. Damals hatten wir noch Longhorns, und dieser Stier hatte besonders lange und gefährliche Hörner.«

»Das tut mir leid«, sagte sie. Sie hörten eine Weile Charlys beruhigenden Singsang und dem Zirpen der Grillen zu. Über ihnen wölbte sich der weite Himmel mit dem blassen Dreiviertelmond und unzähligen Sternen. »Und deine Mutter?«, fragte sie.

Joseph blickte zu den funkelnden Gestirnen empor und überlegte, ob er ihr von jenem blutigen Morgen erzählen sollte. »Meine Mutter starb 1867«, begann er schließlich, »ich war damals sieben. Wir lebten auf einer kleinen Ranch in der Nähe von San Antonio in Texas. Mein Vater hatte sich den Texas Rangers angeschlossen, einer Polizeitruppe, die in ganz Texas unterwegs war und die Comanchen bekämpfte. Mom bewirtschaftete unsere Ranch allein. Wir hatten damals nur ein paar

Rinder, vier Pferde und eine Milchkuh. Es hieß, die Comanchen würden uns in Ruhe lassen, weil Soldaten in der Nähe von San Antonio stationiert waren und die Indianer es niemals wagen würden, ihnen so nahe zu kommen. Aber die Krieger der Comanchen sind mutiger als alle anderen Indianer und scherten sich nicht darum. Eines Tages erschienen ein Häuptling und fünf Krieger auf unserer Ranch. Der Häuptling hieß Tohweh.«

Joseph sah, wie sich Sarah mit beiden Händen an ihrem Kaffeebecher festhielt und bereits zu ahnen schien, dass seine Geschichte ein besonders grausames Ende nehmen würde. »Meine Mutter nahm ihr Gewehr von den Haken über der Tür und wollte die Tür verriegeln, aber die Comanchen unternahmen nichts und schienen nur mit meiner Mutter reden zu wollen. Der Anführer sprach Spanisch, und wir wohnten so nahe an der mexikanischen Grenze, dass wir ebenfalls Spanisch gelernt hatten. ›Komm raus und rede mit mir, weiße Frau!‹, rief Tohweh. ›Wenn wir dich und deinen Jungen töten wollten, wärt ihr längst tot.‹ Mom überlegte kurz, flüsterte mir zu, mich in dem unterirdischen Versteck in der Vorratskammer zu verstecken, und trat vors Haus. Ihr Gewehr hielt sie mit der Mündung nach unten. ›Was willst du von mir?‹, rief sie. ›Müssen die Comanchen jetzt schon Frauen und Kinder überfallen, um Beute zu machen? Ich dachte, eure Krieger wären besonders tapfer, aber ich habe mich wohl getäuscht.‹ Meine Mom war die mutigste Frau der Welt.«

Joseph schloss für einen Moment die Augen und sah die Szene deutlich vor sich: wie seine Mutter mit wehendem Rock in der Morgensonne stand, furchtlos, das Gewehr in beiden Händen. »›Wo ist dein Mann?‹, fragte Tohweh, und Mom antwortete: ›Er ist in San Antonio und besucht dort einen Freund.‹ Sie konnte ihm schlecht die Wahrheit sagen, sonst hätte man sie sofort getötet. Er erwiderte: ›Kein Mann sollte eine Frau so lange allein lassen. Wenn er nicht zurückkommt, nehme ich dich zur Frau. Wenn die Sonne zum dritten Mal aufgeht, komme ich wieder.‹ Mom antwortete ihm nicht und kehrte mit bitterer Miene ins Haus zurück.«

»Warum hat deine Mutter nicht die Soldaten geholt?«, fragte Sarah.

»Sie hoffte wohl, dass mein Vater rechtzeitig nach Hause käme. Außerdem hatte sie Angst, die Comanchen könnten ihr den Weg abschneiden, das nehme ich jedenfalls an. Doch als die Comanchen zurückkamen, waren wir immer noch allein, und Mom schärfte mir ein, mich in der Vorratskammer zu verstecken und keinen Laut von mir zu geben, bis die Krieger weggeritten wären. Sie trat den Comanchen mit dem Gewehr entgegen. Sie wusste wohl, dass sie sterben würde, ihr war aber auch klar, was die Comanchen mit den meisten geraubten Frauen anstellten und zog es vor, durch einen Pfeil oder eine Kugel zu sterben. Sie kam nicht einmal dazu, das Gewehr abzufeuern.

Als mich die Comanchen entdeckten und aus dem Haus zerrten, sah ich sie mit zwei Pfeilen in der Brust auf dem Boden liegen. Das Kleid hatte man ihr hochgeschoben, und zwischen ihren Beinen …« Er konnte nicht weiterreden und wartete eine Weile, bis er seine Stimme wieder in der Gewalt hatte. Mich nahmen sie in ihr Dorf mit. Tohweh adoptierte mich und erzog mich wie einen Sohn. Er behandelte mich gut. Zwei Jahre später überfielen die Texas Rangers unser Dorf und machten alle Bewohner nieder, auch die Frauen und Kinder. Mein Vater holte mich eigenhändig aus einem Tipi. Es dauerte einige Jahre, bis ich mich wieder in der Welt der Weißen zurechtfand.«

Joseph schob einen Ast ins Feuer und blickte in die Flammen. Er hatte die Geschichte vom Tod seiner Mutter erst zweimal erzählt, nach seiner Befreiung seinem Vater und den Texas Rangers und etliche Jahre später Charly, mit dem ihn ein besonderes Vertrauensverhältnis verband. Einem Impuls folgend, griff er in die Innentasche seiner Lederjacke, als ihm einfiel, dass es auch gegen diese Erinnerung keine Medizin mehr gab und er es durchstehen musste.

»Das ist eine traurige Geschichte«, sagte Sarah nach einer Weile, »aber was hättest du getan, wenn dein Vater dich nicht gefunden hätte? Wärst du mit den Indianern auf den Kriegspfad gegangen und hättest Weiße getötet?«

»Da wäre ich nicht der erste Weiße gewesen.«

»Ohne Federn im Haar bist du mir lieber«, sagte Sarah.

Sarah übernahm die letzte Wache am frühen Morgen, noch bevor sie das Feuer in Gang gebracht und die Kaffeekanne darüber gehängt hatte, und ritt ebenfalls singend um die Herde herum. Sie hatte darauf bestanden, wenigstens eine Wache übernehmen zu dürfen. Joseph hörte, wie sie einige Lieder sang, die man wohl nur an der Ostküste kannte. Eines handelte von einer gewissen Annie Lisle, ein anderes von Bonny Eloise, und beide klangen so melodisch wie die schönsten Cowboylieder. »Den Rindern ist es egal, was ich singe«, hatte Sarah gesagt, bevor sie losgeritten war, »die verstehen doch sowieso nichts. Hauptsache, es lässt sie nicht auf dumme Gedanken kommen.«

Die Rinder schienen die Lieder zu mögen, denn sie verhielten sich vollkommen ruhig, als Joseph aufwachte und Sarah bei der Herde ablöste. »Von dir kann sogar noch ein Cowboy was lernen«, begrüßte er sie grinsend. »Mach den Kaffee schön stark. Wir haben einen anstrengenden Tag vor uns.«

»Woher willst du das wissen?«

»Das Wetter schlägt um«, erwiderte er. Er blickte zum Himmel empor und deutete auf die dunklen Wolken, die über

Nacht aufgezogen waren. »Sieht nach einem Gewitter aus, das Sweetwater Valley ist bekannt für sein extremes Wetter. Die Kutscher sind jedes Mal froh, wenn sie es hinter sich haben.«

»Muss ich irgendwas beachten?«

»Das Packpferd und die beiden Ersatzpferde möglichst nicht verlieren und dich rechtzeitig in Sicherheit bringen, falls es zu blitzen und zu donnern anfängt und die Herde durchgeht. Charly und ich übernehmen die Rinder.«

»Eine durchgehende Herde? Aber das ist gefährlich!«

»Charly und ich haben so eine Stampede schon öfter mitgemacht. Wenn man weiß, was zu tun ist, kann einem gar nichts passieren.« Es sei denn, man stürzt vom Pferd und gerät unter die Hufe, fügte er in Gedanken hinzu. »Keine Angst! Vielleicht zieht das Gewitter ja auch vorbei, und wir haben Glück.«

»Ich mach uns erst mal Frühstück«, sagte sie.

Joseph blickte ihr nach, als sie zum Feuer ging, und bewunderte sie nur noch mehr. Neun von zehn jungen Frauen, selbst wenn sie aus dem Westen kamen, hätten angesichts einer solchen Gefahr wahrscheinlich geweint oder wären in Ohnmacht gefallen. Ihre Hände zitterten nicht mal, als sie das Feuer anfachte, Kaffeepulver und Wasser in die Kanne schüttete und sie übers Feuer hängte.

»Was für eine Frau«, sagte er so leise, dass ihn niemand hörte.

32

Joseph, Charly und Sarah trugen bereits ihre langen Regenmäntel, als sie das Sweetwater Valley erreichten. Die Sonne war hinter dunklen Gewitterwolken verschwunden, und über den Hügeln hingen bleifarbene Dunstschwaden. Der böige Wind schlug lange Breschen in das beinahe kniehohe Gras. Die nahen Granite Mountains waren kaum zu sehen. Einige Antilopen witterten das bevorstehende Unwetter und brachten sich mit weiten Sprüngen in Sicherheit.

Die ersten Blitze zuckten vom Himmel herab, dicht gefolgt von heftigem Donner, der sich als vielfaches Echo in den Bergen verlor. Gleich darauf begann es zu regnen. Der Regen rauschte so heftig auf das Land herab, wie selbst Joseph es selten erlebt hatte, klatschte auf die nackten Rinderleiber und verwandelte den Boden innerhalb kürzester Zeit in eine Sumpflandschaft.

Joseph drehte sich nach Sarah um, die mit dem Packpferd und den Ersatzpferden neben dem hinteren Teil der Herde ritt, den Kragen hochgestellt und den Hut tief in die Stirn gezogen. »Bleib von den Rindern weg!«, rief er. »Bleib hinter der Herde, bis das Gewitter vorbei ist!« Sie schien ihn nicht gehört zu haben. Er wollte zu ihr reiten und es ihr noch mal sagen, doch kaum hatte er sein Pferd gewendet, fegte ein weiterer Blitz über den Himmel und der anschließende Donnerschlag war so laut, dass einige Rinder zur Seite ausbrachen, und er alle Hände voll zu tun hatte, sie zur Herde zurückzutreiben.

»Reißt euch zusammen!«, rief er den Rindern zu. Der stürmische Wind riss ihm die Worte vom Mund. »Ihr werdet euch doch von dem bisschen Regen nicht unterkriegen lassen! Das bisschen Wasser tut euch doch nichts.«

Der Regen wurde immer stärker, getrieben von heftigen Böen, die dichte Wogen über das Tal peitschten. Jeder Windstoß, der Joseph traf, war wie eine Ohrfeige, die ihn aus dem Sattel zu hauen drohte. Er blickte sich nach Sarah um, sah in dem strömenden Regen aber nur ihren Schatten und konnte nicht sagen, ob sie seinen Rat befolgt hatte. Eher nicht, befürchtete er. Sie konnte ein ziemlicher Sturkopf sein, ähnlich wie er, wenn er sich was in den Kopf gesetzt hatte, und wollte sicher mithelfen, die Herde unter Kontrolle zu halten. »Sarah!«, rief er wieder. »Bleib zurück! Weg von der Herde! Hörst du? Spiel nicht die Heldin, Sarah!«

Die Antwort war ein weiterer Blitz, der leuchtend über den Himmel zuckte und irgendwo hinter den Hügeln einschlug. Wieder grollte heftiger Donner von den Bergen herab. Sehr viel länger würden die Rinder nicht ruhig bleiben. Wenn sie durchgingen, gab es nichts, was sie dagegen tun konnten. Zwischen den Felsen, hinter denen sich die Antilopen versteckten, war kein Platz für die Herde, und auch sonst gab es auf der Prärie keinen Unterschlupf. Kein Problem, hoffte er, in Texas hatte er mehrere Gewitter überlebt, ohne ein Rind zu verlieren, und auf der Prärie war es sehr viel einfacher, versprengte Tiere wiederzufinden und zur Herde zurückzutreiben.

Ein Blitz, der sich wie die leuchtende Waffe eines übernatürlichen Riesen in den Boden bohrte, löste die Stampede aus. Von einer Sekunde auf die andere fingen die Rinder an zu rennen. Als sei der Leibhaftige hinter ihnen her, stürmten sie durch den Regen, die Köpfe gesenkt und bereit, jedes Hindernis, das ihnen den Weg versperrte, gnadenlos niederzuwalzen. Wenn Rinder so in Rage waren, konnte nichts sie aufhalten. Bei einem texanischen Treiben hatte Joseph erlebt, wie sie einen Küchenwagen überrannt hatten.

»Stampede!«, drang Charlys Stimme von der anderen Seite herüber.

Joseph, der sich blind mit dem Alten verstand, wusste sofort, was zu tun war. Das einzige Mittel, eine Stampede zu beenden, bestand darin, die Rinder im Kreis laufen zu lassen, bis sie vor Erschöpfung stehen blieben und sich langsam beruhigten. Im gestreckten Galopp ritt er an den Rindern entlang, den Regen im Gesicht, bis er die Spitze der Herde erreicht hatte. »Charly! Wo bleibst du, verdammt?«, rief er. Seine Stimme ging im Trommeln der vielen Hufe unter. Er trieb seine Stute mit den Zügelenden an, verwünschte den alten Cowboy, der noch immer nicht zu sehen war. Doch im nächsten Augenblick tauchte er auf und setzte sich mit seinem Pferd vor den Leitstier.

Dies war der gefährlichste Moment der ganzen Aktion, denn wenn das Pferd stolperte und man aus dem Sattel geschleudert wurde, landete man unter den Hufen der durchgehenden Rinder und wurde zertrampelt. Joseph überlegte nicht lange und ritt neben seinen Partner, zwang den Leitstier, nach rechts auszuweichen und in einen weiten Kreis einzuschwenken. Als hätten sie Scheuklappen auf, folgten ihm die restlichen Rinder und rannten hinter den beiden Männern her, die sich bemühten, den Kreis immer enger zu formen, bis die Tiere zu erschöpft waren, um weiterzulaufen und entkräftet anhielten.

Joseph blickte sich suchend um. »Sarah! Hast du Sarah gesehen?«, fragte er in plötzlich aufkommender Panik. Das Gewitter war weitergezogen, aber es regnete immer noch und das Wasser rann in kleinen Sturzbächen von seiner Hutkrempe. »Ich hab sie nicht mehr gesehen, als es losging. Ich hab Angst, dass ihr was passiert ist.«

Charly wendete sein Pferd, und sie folgten der aufgewühlten Erde, die den Fluchtweg der Herde markierte, zurück nach Osten. Joseph spürte den Regen kaum noch, so groß war seine Besorgnis. Schon jetzt machte er sich Vorwürfe, sie überhaupt mitgenommen zu haben, eine junge Frau aus New York, die erst seit ein paar Wochen im Westen war und noch nie ein Rindertreiben mitgemacht hatte. Ihr durfte nichts passiert sein, nicht Sarah, nicht dieser wunderbaren Frau, die wie ein rettender Engel auf seiner Ranch erschienen war.

Nach einer halben Meile sah er sie im Schlamm liegen, leblos wie eine Puppe zwischen entwurzelten Grasbüscheln, die Augen geschlossen und mit einer blutenden Wunde an der Schläfe. Ihr Hut lag einige Schritte weiter, ihre Haare hatten sich gelöst und hoben sich wie flüssiges Gold gegen die aufgewühlte Erde ab. »Sarah!«, stieß er hervor. Sein schmerzerfülltes Stöhnen kam tief aus seiner Seele und rührte Charly, der sich zuerst aus seiner Erstarrung löste und neben der gestürzten Sarah aus dem Sattel sprang.

»Sie lebt!«, rief der Alte. »Sie ist nur bewusstlos!«

Joseph ritt zu ihm und sprang ebenfalls aus dem Sattel. Er legte zwei Finger an ihre Halsschlagader und seufzte erleichtert. »Gott sei Dank!« Er holte Verbandszeug aus seinen Satteltaschen, nickte dankbar, als Charly das Gesicht der Bewusstlosen mit ihrem Hut gegen den Regen schützte und es ihm leichter machte, notdürftig ihr Gesicht zu säubern und einen festen Verband anzulegen. »Nur eine Platzwunde. Sie hat Glück gehabt.« Er verknotete den Verband und strich ihr mit einer sanften Bewegung den Regen vom Gesicht, obwohl gleich wieder Regentropfen auf ihre Haut schlugen. Auch ihr Hut hielt den Regen nur ungenügend ab. »Ich bringe sie zur Sweetwater Station«, sagte er zu Charly, »bis dahin sind es nur sechs oder sieben Meilen.« Die Sweetwater Station war eine

Pferdewechselstation der Overland Stage. »Sie hat bestimmt eine Gehirnerschütterung und braucht dringend Ruhe. Warte hier auf mich. Spätestens morgen bin ich wieder da.«

Er schob beide Arme unter Sarah und hob sie vorsichtig auf. Mit Charlys Hilfe bestieg er sein Pferd und hielt die Bewusstlose so, dass er mit einer Hand die Zügel aufnehmen konnte. Jetzt rächte sich, dass sie keinen Wagen mitgenommen hatten. Ihren Schecken band Charly mit einer Leine an sein Sattelhorn, den Hut stopfte er in eine ihrer Satteltaschen. Joseph blickte auf Sarah hinab. »Ich hoffe nur, sie hat keine inneren Verletzungen. Das würde ich mir niemals verzeihen, Charly. Sieh nur, wie unschuldig sie aussieht.«

»Du bist verliebt in sie, verdammt«, sagte Charly grinsend, »und jetzt reite endlich los, sonst bekommt sie nie ein Dach über den Kopf. Und bring mir ein Stück von dem Apple Pie mit, den Louise in der Küche stehen hat. Sie backt jeden Tag einen.« Henry und Louise Cardiff bewirtschafteten die Station und fertigten jeden Morgen und jeden Nachmittag eine Kutsche ab.

Joseph machte sich auf den Weg. Der Regen hatte etwas nachgelassen, aber der Boden war morastig und mit Sarah kam er ohnehin nur langsam voran. Es tat gut, sie im Arm zu halten und durch den Regenmantel ihre Wärme zu spüren. Sie war am Leben, ihr Herz schlug, und spätestens in zwei oder drei Tagen würde sie wieder ganz gesund sein, das sagte er sich immer wieder. Schon jetzt regte sie sich stöhnend in seinen Armen, kämpfte sie unbewusst gegen die Schmerzen an, die sie bei dem Sturz erlitten hatte. »Keine Angst«, beruhigte er sie, »dir ist kaum was passiert. Nur eine Platzwunde. Ich bringe dich zu einer Postkutschenstation, dort kannst du dich erholen. Das wird wieder, Sarah.«

Weil er ihr keine Erschütterungen zumuten wollte, ließ Joseph seine Stute im Schritt gehen. Der Schecke behinderte ihn zusätzlich. Der Boden war so nass und tief, dass die Hufe der Pferde schmatzende Geräusche in den Wasserlachen verursachten. Sarah hatte die Augen wieder geschlossen. Joseph hielt sie im Arm, als wäre sie aus Glas, und bewegte sich so vorsichtig, dass sie kaum etwas spüren konnte. Seine Stute schien zu ahnen, was von ihr erwartet wurde, und reagierte schon auf den leichtesten Schenkeldruck. »Es ist nicht mehr weit«, versprach Joseph, als sie durch eine tiefe Talmulde ritten, »gleich kannst du die Station sehen.«

Sweetwater Station bestand aus zwei verwitterten Blockhäusern, einer ausgelagerten Küche, einem Stall für mindestens zehn Pferde und einem Hof, groß genug, um eine Postkutsche samt Gespann wenden zu können. Ein hoher Palisadenzaun, der noch aus den Indianerkriegen stammte, umgab das Anwesen.

Henry Cardiff war gerade dabei, das Gespann der nach Westen fahrenden Kutsche auszutauschen, als Joseph mit der bewusstlosen Sarah in den Hof ritt. »Henry!«, rief er dem Verwalter zu. »Ich hab eine Verletzte hier. Sie hat ordentlich was abbekommen, als unsere Rinder durchgingen. Wir treiben eine Herde nach Lander.«

»Joseph Rankin, ich erinnere mich an Sie. An Sie und den alten Cowboy.« Er hielt nur kurz in der Arbeit inne. »Bringen Sie die Lady ins Haus. Ich sage Louise Bescheid, die freut sich, wenn sie sich um jemand kümmern kann.« Er grinste. »Und ich wette, für Sie ist noch ein Stück Apple Pie übrig.«

Joseph trug Sarah im Laufschritt in eines der Gästezimmer. Behutsam legte er sie aufs Bett und machte sich daran, ihr den Regenmantel auszuziehen. Aus dem Speiseraum drang das Gemurmel der Passagiere, die schon bei Kaffee und Kuchen angelangt waren.

»Lassen Sie mich das machen«, erklang eine Stimme hinter

ihm. Louise Cardiff war noch dicker als die Witwe Jones, eine rege Frau in den Siebzigern mit energischem Kinn und ungebrochenem Arbeitswillen. Sie öffnete vorsichtig den Mantel. »Mein Gott, die Arme ist ja vollkommen durchnässt. Sobald sie wieder auf den Beinen ist, werde ich ihr ein warmes Bad einlassen. Die Kleider hänge ich über dem Ofen zum Trocknen auf.« Sie zog vorsichtig an einem Ärmel. »Aber zuerst müssen wir uns um die Wunde kümmern.« Sie trat an die offene Tür und rief in den Speiseraum: »Haben wir einen Arzt unter den Passagieren? Sie mit der randlosen Brille, Sie sehen wie ein Doktor aus.«

»Ich bin Vertreter für Damenunterwäsche«, korrigierte sie der Mann, »aber Mister Clint Murphy hier, bei ihm habe ich eine Arzttasche gesehen.«

Der junge, gertenschlanke Murphy entsprach so gar nicht dem Klischee des missmutigen Arztes, wie ihn Joseph aus Casper kannte. »Ich bin Tierarzt«, stellte er richtig, »aber so gravierend sind die Unterschiede nun auch wieder nicht. Lassen Sie mal sehen.«

Joseph verfolgte jede Bewegung des Tierarztes, als er den Verband löste und die Wunde untersuchte. Er drehte sich zu Joseph und der Verwalterin um. »Die Wunde muss ich nähen. Keine große Sache, das passende Garn habe ich dabei, aber die Betäubungsmittel in meiner Tasche sind für Pferde und Rinder gedacht und würden sie sofort umbringen. Ich muss es ohne Betäubung machen. Sind nur wenige Stiche, aber Sie müssten die Lady so lange festhalten.«

»Wird es sehr weh tun?«, fragte Joseph.

»Nur ein bisschen. Ich werde mir Mühe geben.«

Sarah hatte das Glück, noch immer bewusstlos zu sein, und den Schmerz nur aus scheinbar weiter Ferne zu spüren. Kaum bäumte sie sich unter der feinen Nadel auf, war die Wunde schon geschlossen. »Was machen Sie mit mir? Was soll das? Joseph! Bist du hier, Joseph?« Ihre Stimme klang belegt.

»Ich bin hier, Sarah«, antwortete Joseph und streichelte ihren Arm, den er eben noch fest gedrückt hatte. »Du bist gestürzt und hast dir eine Platzwunde eingefangen. Doc Murphy hat sie gerade genäht. Nichts Schlimmes, Sarah.«

»Nur eine leichte Gehirnerschütterung«, versicherte ihr der Tierarzt, nachdem er ihre Wunde mit einem Mullpflaster bedeckt und sie eingehend untersucht hatte. »Sie haben Glück gehabt. In spätestens drei Tagen sind Sie wieder auf dem Damm. Und es wird nur eine winzige Narbe zurückbleiben.« Er blickte die Verwalterin an. »Kann Sie hierbleiben?«

»Natürlich. Solange sie will.«

»Dann sorgen Sie doch bitte dafür, dass sie mindestens zwei Tage das Bett hütet, sonst könnte ihr schwindlig werden. Sie soll sich nicht anstrengen.«

»Wird gemacht, Doc.«

»Was bin ich Ihnen schuldig?«, fragte Joseph.

»Eine Flasche Whiskey.«

»Wie bitte?« Joseph blickte ihn verwundert an.

Doc Murphy lächelte. »Ich trinke ganz gern mal einen Schluck, natürlich nur, wenn ich gerade nicht im Einsatz bin.« Er wandte sich an die Verwalterin. »Sie können doch eine Flasche aus Ihrem Vorrat entbehren?«

Die Verwalterin bejahte, und Joseph bezahlte die Flasche. Seltsamerweise hatte er sofort wieder den Geschmack des Bourbons auf der Zunge, als er die Flasche in ihren Händen sah. Er biss sich auf die Lippe und versuchte schnell an etwas anderes zu denken. »Leider sind meine Schmerzmittel alle zu stark«, hörte er den Tierarzt sagen, und gleich darauf antwortete Louise Cardiff: »Ich habe genügend Schmerzmittel im Haus. Keine Angst. Aber zuerst befreie ich die Arme von ihren nassen Kleidern. Wenn ich die Gentlemen bitten dürfte, mich allein mit der Lady zu lassen? Vielen Dank.«

Joseph verließ das Gästezimmer und betrat den Speiseraum. Mit ihm erschien der krummbeinige Kutscher und rief: »Zur Kutsche nach Lander bitte alles einsteigen. Das neue Gespann brennt darauf, Sie ins Indianerland zu bringen.« Er kicherte. »Aber keine Angst, die Rothäute sind alle im Reservat und tun Ihnen nichts mehr. Beeilen Sie sich, in drei Minuten geht es los!«

Joseph registrierte, dass ihm einige der Passagiere neugierige Blicke zuwarfen, und winkte dem Doktor noch mal dankend zu, als er mit den anderen zur Kutsche ging. Exakt drei Minuten später ließ der Kutscher die Peitsche knallen, rief »Wollt ihr wohl laufen, ihr Zwiebelchen?« und lenkte die Kutsche vom Hof. »Einer von der alten Garde, nicht wahr?«, bemerkte Joseph.

»Rusty?« Henry Cardiff brachte ihm ein Stück Apple Pie mit Schlagsahne. »Der hat noch gegen Red Cloud und seine verdammten Mordbrenner gekämpft. Aber lange wird er sich nicht mehr halten können. Es geht das Gerücht, dass die Chicago & North Western eine Strecke nach Lander bauen will. Würde mich nicht wundern, wenn wir die Station schließen müssten.«

Der Apple Pie schmeckte köstlich, und der Kaffee, den er sich aus der bereitstehenden Kanne einschenkte, war zumindest passabel. »Lassen Sie sich's schmecken, Joseph. Ich muss noch mal zu den Pferden raus, die sind vollkommen fertig nach dem Gewitter. Wegen so einem bisschen Regen hält Rusty nicht an. Der steuert seine Kutsche auch durch einen Tornado, wetten?«

Nachdem der Verwalter gegangen war, zog Joseph eine Zeitung, die wohl einer der Passagiere hatte liegen lassen, zu sich heran. Die *New York Times*, ausgerechnet, ungefähr eine Woche alt und vom Regen, der wohl bis in die Kutsche gedrungen war, leicht beschädigt. Neugierig blätterte er darin.

Auf der Titelseite ging es um ein Denkmal, das man William Tecumseh Sherman in einem der Parks setzen wollte, dem legendären General, der sich im Bürgerkrieg durch einen besonders blutigen Feldzug durch Georgia hervorgetan hatte und im Februar in New York gestorben war. Joseph blätterte weiter, überschlug auch die Berichte über die Probleme der New Yorker Börse und den Kriegszug irgendeines europäischen Landes im tiefsten Afrika und wollte die Zeitung schon von sich wegschieben, als er auf der Gesellschaftsseite einen bekannten Namen entdeckte: »William P. Mayfield und Charles Womack gründen gemeinsame Handelsfirma«, lautete die Schlagzeile, und darunter hieß es: »William P. Mayfield, der millionenschwere Besitzer zahlreicher Unternehmen, erweitert sein Reich um eine weitere Firma, die er zusammen mit Charles Womack betreiben wird. Womack, erfolgreicher Besitzer mehrerer Stahlwerke in Pittsburgh, äußerte sich sehr zufrieden über den Abschluss und sprach bereits von der Möglichkeit, mit den Rockefellers im Eisenbahnbau aktiv zu werden. ›Wir würden eine Zusammenarbeit sehr begrüßen‹, sagte Mayfield. Beide Unternehmer gehören zu den regelmäßigen Gästen der Rockefellers, gerieten aber vor einigen Wochen mit einer etwas undurchsichtigen Affäre in die Schlagzeilen, als die Hochzeit von Sarah Mayfield und Martin Womack schon wenige Tage nach der Verkündung ihrer Verlobung abgesagt werden musste. Angeblich hatte sich Womack in letzter Minute gegen eine Hochzeit ausgesprochen. Die Mayfields teilten mit, ihre Tochter leide an einer gefährlichen Krankheit und erhole sich in einer Privatklinik in Europa. Auf Nachfragen reagierten die Familien nicht. Dennoch hielt sich das Gerücht, ihre Tochter sei mit einem Mann unteren Standes durchgebrannt.«

Joseph ließ die Zeitung sinken und starrte auf den ausgestopften Büffelkopf neben dem Spiegel an der Wand. Zum ersten Mal, seitdem er dem Alkohol abgeschworen hatte, sehnte er sich wieder nach einem Schluck Whiskey.

33

Der Artikel steckte gefaltet in seiner Innentasche, als Joseph sich auf den Bettrand setzte und Sarah vorsichtig in die Arme schloss. Er hatte beschlossen, sie nicht darauf anzusprechen – aus Rücksicht auf ihren geschwächten Zustand, aber auch, weil er nicht wusste, ob er die richtige Worte finden würde. »Bist du sicher, dass du allein zurechtkommst?«, fragte er.

Sie konnte schon wieder lächeln. »Ich bin nicht allein, Joseph. Henry und Louise sind bei mir. Und die Wunde ist halb so schlimm. Doc Murphy hat sie gut versorgt. Sobald die Kopfschmerzen nachlassen, geht es wieder.«

»Bis Lander ist es nicht weit. Charly und ich verkaufen die Rinder und kehren gleich wieder um. In spätestens drei Tagen sind wir zurück.« Er küsste Sarah sanft auf die Lippen. »Tut mir leid, dass ich nicht besser auf dich aufgepasst habe. Ich hätte dich niemals allein bei der Herde lassen dürfen. Du weißt, was meinem Vater passiert ist. So eine Stampede ist lebensgefährlich.«

»Das weiß ich doch alles, Joseph«, sagte Sarah. Ihre Stimme klang noch ein wenig schwach. »Dein Vater konnte nichts dafür. Er wusste nicht, dass eine Klapperschlange sein Pferd erschrecken würde. Und ich …« Sie starrte für einen Moment an ihm vorbei. »Ich weiß nicht mehr, wie es passiert ist.«

»Erhol dich gut, Sarah. Ich verlasse dich nur ungern.«

Sie lächelte. »Das ist ein gutes Zeichen, oder?«

Mit einem besonders großen Stück Apple Pie im Gepäck ritt Joseph zur Herde zurück. Charly machte sich heißhungrig darüber her und nickte erleichtert, als er hörte, dass es Sarah schon besser ging. Auch ihm erzählte er nichts von dem Zeitungsartikel, doch der Alte kannte ihn lange genug, um seine Nervosität zu spüren, und sagte: »Du verschweigst mir doch was? Was ist los, Mann?«

Joseph reichte ihm den Zeitungsartikel und zog verwundert die Augenbrauen hoch, als Charly zu lachen begann. »Was ist denn daran so lustig?«

»Das erinnert mich an General Crook«, antwortete Charly. »Der hatte sich nicht gerade mit Ruhm bekleckert gegen die Apachen. Ich war ganz in der Nähe, als sie ihm klarmachten, dass er das Feld zu räumen hatte und gegen General Miles ausgetauscht würde. Und weil die Armee unbedingt ihr Gesicht wahren musste, schob man eine angebliche Krankheit von Crook vor, bevor man ihn nach Osten zurückholte. Bei diesen Wirtschaftsbossen ist es doch ähnlich. Wenn da was schiefläuft, bindet man der Presse einen Bären auf. War bei den Besitzern der YA Ranch in Texas ähnlich. Als die schottischen Geldgeber den alten Vormann zum Teufel jagten, ließen sie verbreiten, er wäre an Lungenentzündung erkrankt und nach Colorado gezogen, weil ihm die frische Bergluft bei der Genesung helfen würde. Alles nur fauler Zauber.«

»Dass sie nicht ernsthaft krank ist, weiß ich auch. Das hätten wir doch gemerkt. Aber was ist mit diesem … wie sagen die? Mann unteren Standes?«

»Alles Blödsinn«, war Charly sicher. »Sie hat sich geweigert, diesen Womack-Burschen zu heiraten, und war den Alten bei ihrer Firmengründung im Weg. Keine Ahnung, ob einen die Eltern in New York deshalb gleich zum Teufel schicken, aber sie kommt aus einer vornehmen Familie, da ist so was schon drin. Ich kenne Leute in Arizona, die haben ihren Sohn weggeschickt und enterbt, weil er eine Mexikanerin heiraten wollte.« Er kaute genüsslich. Offenbar hatte die Nachricht ihm nicht den Appetit verdorben. »Lass dir keine grauen Haare wachsen, Partner. Sie ist in Ordnung, auch wenn sie bis vor ein paar Wochen noch in der Fifth Avenue oder am Broadway gewohnt hat. Und sie hat sich in dich verliebt. Bei dir hat es eine ganze Weile gedauert, aber inzwischen bist du auch ganz vernarrt in sie. Ich brauche dir doch nur in die Augen zu sehen.«

Charly hatte recht, sagte er sich, als sie nach Lander unterwegs waren, ich habe mich tatsächlich in sie verliebt, und es gibt absolut nichts an ihr auszusetzen. Im Gegenteil, wenn sie aus einer dieser superreichen Familien stammte, war es ihr noch höher anzurechnen, dass sie sich so gut auf seiner Ranch eingelebt hatte. Und doch verspürte er ein leichtes Unbehagen. Was meinte die *New York Times* mit einer »undurchsichtigen Affäre«, und warum hatte sie ihm nicht die ganze Wahrheit erzählt? »Sie hätte mir wenigstens sagen können, dass sie aus einer Millionärsfamilie stammt«, sagte er am abendlichen Lagerfeuer zu Charly. »Oder hat sie Angst, dass ich an ihr Erbe will?«

»Falls sie überhaupt noch was kriegt«, erwiderte der Alte. »Wenn die Eltern sie verstoßen haben oder sie heimlich aus New York verschwunden ist, bekommt sie wahrscheinlich keinen Penny.« Wie immer nach dem Essen biss er ein Stück von seinem Kautabak ab. »Hast du ihr denn gesagt, dass die Witwe deine Briefe geschrieben hat? Wusste sie von unserem Krach mit McSwain? Ich glaube, ihr nehmt euch nicht viel. Mach dir keine Sorgen, Mann.«

Der Viehaufkäufer hielt sein Wort und zahlte einen fairen Preis. Er legte sogar noch ein paar Dollar drauf, als er den guten Zustand der Rinder sah. »Sie können mir gern telegrafieren, wenn Sie wieder eine Herde zum Verkauf haben«, sagte er. »Seitdem die Büffel weg sind, sind die Indianer auf die Zuwendungen der Regierung angewiesen. Das steht sogar in den Verträgen.«

Auf dem Rückweg zur Sweetwater Station waren Joseph und Charly guter Dinge. Das Geld würde ihnen helfen, den Kredit zurückzuzahlen und mit der Ranch im Geschäft zu bleiben, und es waren genug Kälber geboren worden, um den Fortbestand und das Anwachsen der Herde zu sichern. Joseph war nicht darauf aus, ein Imperium aus seinem Land zu machen, die Zeiten waren ohnehin vorbei. Ihm reichte es, wenn die Ranch genug zum Leben für sich und seine Familie und natürlich auch Charly erwirtschaftete und dabei vielleicht sogar einen kleinen Gewinn abwarf, der einen Kredit überflüssig machen würde.

Sarah hatte sich gut erholt und saß mit den Cardiffs beim Mittagessen, als Joseph und Charly die Station erreichten. »Joseph!«, rief sie erfreut. Gerade noch rechtzeitig fiel ihr ein, dass es sich nicht schickte, einem Mann in aller Öffentlichkeit um den Hals zu fallen, und auch Joseph hielt mitten in der Bewegung inne. Vollkommen egal, warum sie aus New York weggerannt war, er war hingerissen von dieser Frau und würde sie nicht mehr gehen lassen.

»Wie ich sehe, kommen wir gerade rechtzeitig zum Nachtisch«, sagte Charly, nachdem er den Posthalter und seine Frau begrüßt hatte. »Wenn Sie noch eine doppelte Portion Apple Pie mit Schlagsahne haben, sage ich bestimmt nicht nein. Ich soll sowieso etwas zulegen, sagt … äh, eine Bekannte.«

Es war erstaunlich, wie viel Apple Pie der Alte vertrug. Er verschlang den Kuchen regelrecht, trank zwei große Becher Kaffee dazu und vergaß vor lauter Wohlbefinden sogar, sich einen neuen Priem in den Mund zu schieben.

Am frühen Nachmittag brachen sie auf. Sarah hatte keine Kopfschmerzen mehr und trug nur noch ein kleines Pflaster aus dem Verbandskasten der Cardiffs. Ihre Kleider waren frisch gewaschen und gebügelt, sogar ihr zerbeulter Filzhut hatte wieder einigermaßen Form angenommen. Die Haare hatte sie im Nacken mit einem Lederband zusammengebunden, wie sie es neuerdings immer tat. Joseph nahm an, dass ihr das kunstvolle Hochstecken zu lange dauerte. Ihm gefiel Sarah so, wie sie sich jetzt gab, in Reitrock, Bluse und einfachen Stiefeln, die Haare so frisiert, dass sie einen während des Reitens nicht behinderten. Nur einen neuen Hut könnte sie gebrauchen, vielleicht einen dieser neumodischen hellen Hüte, die es neuerdings zu kaufen gab.

Während des Treibens von Sweetwater Station nach Lander, als sie ohne Sarah geritten waren, hatte er erstmals gemerkt, wie sehr er sich schon an sie gewöhnt hatte. Sie war die Frau, die Ella für ihn ausgesucht hätte, ebenso hübsch und natürlich und genauso wenig auf den Mund gefallen. Keine Frau, die den ganzen Tag am Herd stand und sich nur um den Haushalt kümmerte, sondern eine, die auch bei den Rindern half und etwas erleben wollte. Eine erstklassige Reiterin, nicht so perfekt mit dem Lasso und kein so gutes Cowgirl wie Ella, das würde erst kommen, aber eine Frau, die mit ihrer Leidenschaft nicht hinter dem Berg hielt und ihn beim ersten Kuss vollkommen aus der Fassung gebracht hatte. Ihm wurde schon heiß, wenn er nur daran dachte. Wie aufregend musste es erst sein, mit dieser Frau ein ganzes Leben zu verbringen.

Der Zeitungsartikel in seiner Jackentasche wurde immer unwichtiger, vor allem, wenn er daran dachte, dass sie noch immer nicht wusste, wer seine Anzeige und seinen Brief wirklich verfasst hatte. Aber ihm war auch klar, dass seine Lüge und die Ungewissheit, warum sie New York verlassen hatte, immer zwischen ihnen stehen würden, wenn sie sich jetzt nicht aussprachen. Charly spürte, was ihn bewegte, und entfernte sich am zweiten Abend unter einem Vorwand vom Lager, damit sie in Ruhe miteinander reden konnten.

»Ich muss dir noch etwas beichten«, kam er sofort zur Sache, weil er ahnte, dass er sonst nie etwas sagen würde. »Nicht nur Charly hat mir bei der Anzeige und dem Brief geholfen. Auch die Witwe Jones. Eigentlich ...« Er schluckte. »Eigentlich nur die Witwe Jones. Die Anzeige hat sie heimlich aufgegeben, und den Brief ... den Brief hat sie so geschrieben, wie ich ihn wohl geschrieben hätte, wenn ich so mit Worten umgehen könnte wie sie. Ich hatte Angst, dass du mir nicht antworten würdest. Ich weiß, das hätte ich nicht tun sollen. Es tut mir leid.«

Zu seiner Überraschung lächelte sie. »Ich hab mir schon so was gedacht, Joseph. Die Witwe kann recht überzeugend sein, nicht wahr? Aber du brauchst dich nicht zu entschuldigen. Ich weiß, dass du es genauso gemeint hast, und wenn ich ehrlich bin, hast du es mir noch viel schöner gesagt.« Sie legte einen Arm um seinen Hals und küsste ihn so sanft und verführerisch, dass er den Artikel in seiner Tasche endgültig vergaß und ihren Kuss so leidenschaftlich erwiderte, dass er erst von ihr abließ, als Charly hüstelnd ans Feuer trat.

»Bin ich zu früh gekommen?«, fragte er scheinheilig.

Joseph grinste. »Warte, bis ich dich mit der Witwe erwische.«

Einige Tage nach ihrer Rückkehr gab Joseph vor, zu dem benachbarten Farmer zu reiten, um mit ihm ein Geschäft zu besprechen, aber sobald er außer Sichtweite des Hauses war, bog er nach Norden ab und hielt auf Casper zu. Sein erster Weg führte ihn auf die Bank. Bis auf drei Zwanzig-Dollar-Münzen zahlte er das Geld ein, das er von dem Viehaufkäufer bekommen hatte, und amüsierte sich über die erstaunte Miene des Bankdirektors, der nicht damit gerechnet hatte, schon so früh eine Anzahlung kassieren zu können.

In Ryker's Store wartete er geduldig, bis keine anderen Kunden im Laden waren, und wandte sich wie ein Verschwörer an die Frau des Ladenbesitzers. »Ich möchte einen Verlobungsring kaufen, Molly«, sagte er so leise, als wäre es verboten, einen solchen Kauf zu tätigen. »Irgendwas Schönes, nicht zu teuer, aber auch nicht zu billig. Der Ring soll … was darstellen, wissen Sie?«

Molly Ryker freute sich, als wäre sie selbst die Auserwählte. »Das ist einfach wundervoll, Joseph«, sagte sie. »Ich wusste doch gleich, dass Sarah und Sie gut zusammenpassen. Ich täusche mich da selten. Fred, hab ich zu meinem Mann gesagt, als die zum ersten Mal unseren Laden betrat, das ist die Richtige. Das ist die Frau, die Joseph glücklich machen kann. Mein Gott …«

»Haben Sie denn einen Ring vorrätig?«, fragte er immer noch leise.

»Aber natürlich«, erwiderte die Frau des Ladenbesitzers fröhlich. Sie ging zum Safe in einem Nebenraum und kehrte mit einem offenen Kästchen zurück. Auf schwarzem Samt lagen fünf Verlobungsringe, einer schöner als der andere und mit verschiedenfarbigen Steinen. Der mit dem echten Diamant war so teuer, dass er noch eine weitere Herde verkaufen müsste, aber die vier anderen kosteten alle um die zwanzig Dollar, immer noch ein Vermögen, aber jeden einzelnen Cent wert, wie ihm Molly Ryker versicherte. »Sehen Sie sich nur diesen Rubin an«, sagte sie und deutete auf einen roten Stein. »Ist er nicht wunderschön? Oder dieser Smaragd, ein wirklich außergewöhnlicher Ring.«

Er nahm den Smaragdring zwischen die Finger und ließ den Edelstein im Lampenlicht blitzen. So einen Stein hatte er noch nie an einem Verlobungsring gesehen, nicht einmal in einem der vornehmen Schmuckläden in Cheyenne.

»Ich will Ihnen was sagen, Joseph«, sagte Molly, »ich gebe Ihnen zehn Prozent Rabatt, wenn Sie bar bezahlen, und ein kleines, mit Samt ausgeschlagenes Etui bekommen sie gratis dazu. Na, ist das ein Angebot, Joseph?«

Joseph zeigte sich einverstanden und bezahlte mit einem der Zwanzig-Dollar-Stücke. Er verstaute den Ring in seiner Jackentasche. »Aber sagen Sie es bitte nicht weiter. Ich will Sarah mit dem Ring überraschen. Sie darf auf keinen Fall erfahren, dass ich ihn gekauft habe. Versprechen Sie mir das?«

Molly versprach es, aber selbst Joseph in seiner Aufregung sah ihr an, dass sie das Geheimnis nicht lange für sich behalten würde. Er würde Sarah sobald wie möglich fragen müssen, wenn er sie mit seinem Antrag überraschen wollte. Oder vermutete sie längst, dass er mit dem Gedanken spielte? Schließlich hatte er eine Heiratsanzeige aufgegeben, und sie war mit der Absicht gekommen, sein Angebot anzunehmen. Die meisten Paare, die sich auf diese Weise kennenlernten, ließen sich trauen, bevor sie zur Ranch oder Farm des Mannes fuhren, schon um der »Liga für Anstand und Sitte« keinen Grund zur Klage geben zu müssen. Von Sarah und ihm wusste jeder, dass sie in getrennten Gebäuden schliefen, das hatte die Witwe Jones den verknöcherten Damen der Liga auf unmissverständliche Weise klargemacht. »Glauben Sie mir, meine Damen«, hatte sie gesagt, »die beiden sind anständige Christenmenschen.«

Joseph hatte nicht vor, sich zu lange in der Stadt aufzuhalten. Er wollte so schnell wie möglich wieder bei Sarah und Charly sein, doch den Eintopf der Witwe Jones konnte er sich nicht entgehen lassen. Als er die Straße überquerte, glaubte er, Pete Barnard vor dem *Wyoming Saloon* stehen zu sehen, doch die Mittagssonne blendete so, dass er sich auch getäuscht haben konnte. Mit gemischten Gefühlen betrat er das Lokal der Witwe, die sofort erfreut hinter dem Tresen hervorkam, als sie ihn sah, und einen dampfenden Teller vor ihn hinstellte, während ihr Angestellter eine Kanne Kaffee und zwei Becher brachte. »Bist du ganz allein gekommen? Wo hast du denn Sarah und Charly gelassen?« Sie schenkte Kaffee ein und blickte ihn forschend an. Dann lachte sie. »Hey, du grinst ja wie ein Honigkuchenpferd.«

»Ich musste was besorgen.«

Die Witwe schien ihm tief in die Seele blicken zu können. »Lass mich raten. Du warst auf der Bank, also hast du wahrscheinlich deine Herde losgebracht und bist flüssiger als sonst. Danach warst du bei den Rykers im Laden. Ich bin keine, die ständig am Fenster hängt, aber heute ist wenig los, und das neue *Harper's Weekly* kommt erst morgen raus. Da ich kein Paket bei dir gesehen habe und du auch keinen Wagen dabeihast, muss die Ware, die du gekauft hast, so winzig klein sein, dass sie in deine Jackentasche passt. Dann kann es eigentlich nur ein … Verlobungsring sein!« Die letzten Worte sagte sie so laut, dass Joseph vor Schreck zusammenzuckte.

»Du hättest Detektivin werden sollen«, sagte er.

»Du wirst lachen«, erwiderte die Witwe, »als ich noch jung und schön war, hab ich als Spionin für die Südstaaten gearbeitet. Während des Bürgerkriegs, auf einem Flussdampfer auf dem Mississippi. Aber das ist schon eine ganze Weile her.« Sie beugte sich vor und senkte ihre Stimme. »Worauf wartest du noch? Wann zeigst du mir endlich den verdammten Ring?«

Joseph kramte widerstrebend das Etui aus seiner Jackentasche und klappte den Deckel auf. »Er sieht gut aus, nicht wahr? Ich hab vergessen, wie der Stein heißt, aber er macht ordentlich was her. Glaubst du, er gefällt Sarah?«

»Und wie er ihr gefallen wird«, sagte die Witwe. »Einen schöneren Ring hättest du auch in New York nicht bekommen. Darf ich ihn mal halten?«

»Natürlich.« Joseph reichte ihr das Etui.

Sie strich vorsichtig mit einer Fingerkuppe über den Smaragd und konnte sich gar nicht satt genug an ihm sehen. Immer noch auf den Ring starrend, reichte sie ihm das Etui zurück. »Du bist also endlich vernünftig geworden.«

Joseph steckte das Etui weg und zuckte die Achseln.

»Weißt du was, mein Lieber? Es wurde auch allerhöchste Zeit. Ich dachte schon, du fragst die arme Sarah niemals mehr. Herzlichen Glückwunsch!«

»Vielen Dank«, erwiderte er, doch irgendetwas hinderte ihn daran, sich so bedenkenlos wie die Witwe Jones zu freuen, ein unbestimmtes Gefühl, eine unbekannte Kraft könne sein Glück noch zerstören.

34

Joseph kehrte am frühen Nachmittag auf die Ranch zurück. Das Etui mit dem Verlobungsring brannte in seiner Jackentasche, als würde er etwas Verbotenes mit sich herumtragen. Am liebsten hätte er Sarah sofort gefragt, schon um die trüben Gedanken zu vertreiben, aber die Küche war wohl kaum die passende Umgebung für einen Antrag. Stattdessen umarmte er sie fest und küsste sie wie nach der Rückkehr von einer langen Reise.

Sie erwiderte den Kuss mit der gleichen Hingabe und lächelte verlegen, als sie sich voneinander lösten. Wie selbstverständlich stellte sie ihm einen Becher Kaffee hin. »Ich nehme an, der Farmer hat dich zum Essen eingeladen«, sagte sie.

»Ja … das heißt nein …« Er brachte es nicht fertig, sie zu belügen. »Ich war gar nicht bei dem Farmer. Ich war in der Stadt … was Wichtiges besorgen.«

»Aber wir brauchen gar nichts.«

»Ein Geschenk für dich«, wich er ihr aus. Er konnte ihr nicht in die Augen sehen. »Aber das bekommst du erst in ein paar Tagen. Eine Überraschung.«

»Ich habe doch gar nicht Geburtstag.«

»Meine Mutter sagte immer, die schönsten Geschenke bekommt man weder an Weihnachten noch am Geburtstag. Mein Vater brachte ihr immer was mit, wenn er allein unterwegs war, und wenn's nur was zum Naschen war.«

»Na, da bin ich aber gespannt.«

»Gegessen habe ich bei der Witwe Jones«, fuhr Joseph fort,

froh darüber, endlich das Thema wechseln zu können. Er trank einen Schluck Kaffee. »Aufs Abendessen freue ich mich trotzdem. Du kochst tausendmal besser.«

»Als die Witwe Jones? Von ihr hab ich's doch erst gelernt.«

Den Nachmittag verbrachte Joseph in Sichtweite der Ranch. Auch in den Ausläufern der Laramie Mountains hatte ein Gewitter getobt, und einige Birken am Flussufer waren vom Blitz getroffen und teilweise entwurzelt worden. Joseph fuhr mit dem Pritschenwagen hin, befreite die Bäume von störenden Ästen und verarbeitete die Stämme zu Brennholz für den nächsten Winter.

Auf dem Rückweg begegnete er Charly, der den ganzen Tag bei den Rindern gewesen war. »Hundertvierzig Tiere«, berichtete er. »Wir sollten ein paar Jährlinge und einen jungen Stier kaufen, sonst geht uns der nächste Deal mit dem Käufer in Lander durch die Lappen. Vielleicht sollte ich meine Ersparnisse mal beim Poker setzen.«

»Wer Glück in der Liebe hat … du weißt schon.«

Charly spuckte seinen Priem ins Gras. »Wenn du die Sache mit der Witwe meinst …« Er wischte sich den Mund mit dem Handrücken ab und stützte sich aufs Sattelhorn. Über sein Gesicht huschte ein flüchtiges Grinsen. »Sie meint es ziemlich ernst. Mir würde es ja reichen, alle zwei Wochen mit ihr in die Kiste zu kriechen, aber sie will einen Ring am Finger haben, damit sie sich wie eine Ehefrau aufführen und mir ordentlich die Leviten lesen kann. So wie es aussieht, bleibt mir nichts anderes übrig, als sie zu heiraten.« Er zuckte die Achseln. »Aber wenn sie glaubt, dass ich zu ihr in die Stadt ziehe, hat sie sich geschnitten. Wir werden uns abwechselnd besuchen, das reicht.«

Joseph hätte ihm ebenfalls einiges zu erzählen gehabt, aber das hatte Zeit, bis er Sarah den Antrag gemacht hatte und sie seinen Ring am Finger trug. Es reichte, wenn Molly Ryker in Casper herumerzählte, dass Sarah und er sich verlobt hatten. Der einzige Mensch, dem er außerhalb der Stadt von seinen Plänen berichtete, war seine verstorbene Frau. Noch vor dem Abendessen ging er zu ihrem Grab und blickte lange auf den Stein mit der Inschrift, bevor er sagte: »Ich werde wieder heiraten, Ella. Noch vor ein paar Wochen hätte ich jeden, der mir das vorausgesagt hätte, für verrückt erklärt, aber es ist wirklich wahr. Ich habe eine Frau gefunden, die ich aufrichtig liebe, und mit der ich den Rest meines Lebens verbringen möchte. Es ist Sarah, aber das weißt du sicher längst.«

Joseph war so in sein einseitiges Gespräch mit seiner verstorbenen Frau vertieft, dass er gar nicht merkte, wie Sarah zum Brunnen ging und frisches Wasser im Holzeimer heraufholte. »Unserer Liebe tut das keinen Abbruch, Ella. Auch wenn Sarah und ich verheiratet sind, werde ich jeden Tag dein Grab besuchen, und ich bin ganz sicher, dass Sarah nichts dagegen hat. Wenn du mir damals nicht im Traum erschienen wärst und mir zugeredet hättest, eine neue Frau zu suchen, hätte ich doch gar nicht auf ihren Brief geantwortet.«

Wie immer am Grab hatte er seinen Hut abgenommen und drehte ihn zwischen den Händen. »Ich will dir nicht wehtun, Ella, aber wir wissen beide, dass du keine Kinder bekommen konntest, obwohl wir uns einen Sohn und eine Tochter gewünscht hatten. Der Sohn sollte einmal die Ranch übernehmen, und die Tochter die beste Lehrerin werden, die dieses Land jemals gesehen hat. Warum der Herrgott nicht wollte, dass uns dieser Wunsch erfüllt wurde, wussten wir beide nicht, aber wir haben es akzeptiert, und ich war dir niemals böse deswegen. Warum auch? Du konntest doch nichts dafür.« Er kniete sich hin und strich liebevoll mit der Hand über den Grabstein. »Mit Sarah bekomme ich eine zweite Chance, eine

Familie zu gründen. Vergib mir, Ella, wenn ich damit zu weit gehe.«

Ein lautes Klappern störte sein Zwiegespräch. Sarah hatte den Holzeimer fallen lassen. Hatte sie ihn etwa gehört? »Sarah!«, rief er erschrocken. »Ich hab dich gar nicht gesehen. Hast du das Essen schon fertig? Ich hab einen Bärenhunger.« Immer noch leicht blass, zog er einen vollen Eimer für sie aus dem Brunnen und füllte das Wasser in die Schüssel, die sie mitgebracht hatte. »Gebratenes Huhn mit Kartoffeln?«

Sarah war genauso verstört wie er, doch sie ließ nicht erkennen, ob sie sein Zwiegespräch mit seiner verstorbenen Frau belauscht hatte. »Gebratenes Huhn mit Kartoffeln. Und ich hatte noch Rüben übrig.« Sie blickte auf den Holzeimer. »Das Seil war noch nass vom vielen Regen.«

»Dann wird's wohl Zeit, dass ich's mal austausche.« Er grinste gequält. »Charly hat es einem Rancher in der Nähe von Cheyenne abgekauft. Angeblich sollen er und seine Cowboys drei Viehdiebe damit aufgeknüpft haben.«

Sie blickte ihn groß an. »Das ist nicht dein Ernst.«

»Natürlich nicht«, antwortete er, immer noch grinsend, und erleichtert, dass seine Sorge offenbar grundlos gewesen war.

Beim Abendessen hatten Joseph und Sarah nur Augen füreinander. Auch ein Grund, warum Charly die Spielkarten gar nicht erst aus der Tasche zog und sich schon früher als sonst verabschiedete. Er nahm sich einen Becher Kaffee und einige Schokokekse aus der Blechdose mit. »Ich darf doch?«

Joseph wartete, bis er gegangen war. Von draußen fiel das Licht der tief stehenden Sonne herein und ließ Sarahs Haare verführerisch glänzen. In ihren Augen tanzten Sterne. Sie war eine schöne Frau, selbst mit vorgebundener Kittelschürze und von der Arbeit geröteten Händen, das wurde ihm jedes Mal bewusst, wenn er sie anblickte. Der Herrgott oder wer immer dafür verantwortlich war, dass gerade sie auf seine Anzeige geantwortet hatte, war ihm wohlgesinnt. »Wollen wir über die Hügel gehen?«, fragte er. »Sieht so aus, als bekämen wir heute einen besonders schönen Sonnenuntergang.« Seit er Sarah kannte und erlebte, wie sehr sie die Natur seiner Heimat bewunderte, sah auch er den Westen mit neuen Augen.

Sie stiegen Hand in Hand einen der Hügel hinauf. Der frische Abendwind raschelte in den blassgrünen Blättern des Salbeis und wehte den vertrauten Duft über das Land. Präriehunde blickten neugierig aus ihren Löchern und verschwanden wieder. Die Sonne berührte bereits die fernen Berggipfel.

Während des Aufstiegs sagten sie kein Wort, und auch als sie den Hügelkamm erreicht hatten, hielten sie den Blick in die Ferne gerichtet. Ob aus Verlegenheit oder der Angst, die Leidenschaft könne sie übermannen wie beim letzten Mal, wusste Joseph nicht. Er tastete nach dem Etui mit dem Verlobungsring. *Jetzt wäre ein perfekter Augenblick*, dachte er, *die romantische Stimmung, wir beide ganz allein*. Doch ihr nervöser Blick, als fürchtete sie sich vor seinen Worten, ließ ihn die Hand rasch wieder aus der Tasche zurückziehen, als hätte er sich daran verbrannt.

»Sarah«, begann er.

»Joseph«, erwiderte sie, sprach aber nicht weiter.

»Sarah, ich ...« Er suchte nach den richtigen Worten und fand sie nicht. »Ist es nicht schön hier oben? Als würde man dem Herrgott in die Augen sehen. Den Satz habe ich von meiner Mutter. Den sagte sie immer, wenn sie abends vors Haus trat und der Sonnenuntergang besonders farbenprächtig war.«

»Sie muss eine gute Frau gewesen sein.«

»Das war sie.«

»Sarah, ich ...« Joseph geriet erneut ins Stammeln und errötete sogar, so peinlich war ihm seine Sprachlosigkeit. Was hatte diese Frau, das ihn so hilflos und verlegen machte? Er nahm sie an den Oberarmen und zog sie sanft zu sich heran. »Hör zu, Sarah. Ich bin nicht besonders gut mit so was … ich …«

Leiser Hufschlag erklang und sie lösten sich voneinander. In einiger Entfernung ritten vier Männer über die Wagenstraße. Obwohl die Sonne schon halb hinter den Bergen verschwunden war, erkannte sogar Sarah, wer sie waren. »McSwain!«, erschrak sie. »Das sind McSwain und seine Cowboys!«

Im gleichen Augenblick wurde der Rancher auf sie aufmerksam. Er bedeutete dem Vormann und den Cowboys, auf der Straße zu bleiben, und ritt allein zu ihnen herüber. Im Sattel seines prächtigen Falben, mit der weißen Löwenmähne, die unter seinem Hut hervorquoll, machte er einen stattlichen Eindruck. Er zügelte sein Pferd vor ihnen und sagte: »Glauben Sie ja nicht, dass Sie schon gewonnen haben, Rankin«, sagte er. »Einen Mann wie mich besiegt man nicht, indem man einigen Schollenbrechern erlaubt, auf seinem Land zu siedeln, und einen U. S. Marshal als Aufpasser ruft. Fragen Sie die Indianer, die lecken sich heute noch ihre Wunden. Mag sein, dass die wilden Zeiten vorbei sind und ich Sie nicht mit Gewalt vom Hof jagen kann, aber mächtig genug, um ihnen eins auszuwischen, bin ich allemal. Wir sprechen uns noch, Rankin.«

Joseph machte schützend einen Schritt vor Sarah. »Warum kümmern Sie sich nicht um Ihre eigenen Angelegenheiten, McSwain? Ich hab keine Lust, mich ständig mit Ihnen zu streiten. Mit dem Land, das Ihnen bleibt, brauchen sie meine Wasserlöcher doch gar nicht mehr. Schicken Sie Pete Barnard zum Teufel.«

McSwain brummte nur zur Antwort, zog seinen Falben herum und ritt zu seinen Männern zurück. Joseph und Sarah beobachteten zufrieden, wie sie den Fluss an einer Furt überquerten und hinter den Bäumen am Ufer verschwanden.

Inzwischen war die Sonne untergegangen und mit ihr verschwand die romantische Stimmung, die sie noch vor einigen Minuten beseelt hatte. Im stummen Einverständnis kehrten sie zur Ranch zurück. »Wir holen das nach«, sagte Joseph, als er ihr eine gute Nacht wünschte. Er küsste sie sanft und kehrte zum Schlafhaus zurück. Charly schlief schon, als er sich in seine Koje fallen ließ.

Am nächsten Tag gab es nicht viel zu tun, und Joseph nützte die Zeit, um Sarah auch die restliche Weide zu zeigen. Sarah machte eine immer bessere Figur im Sattel und genoss den langen Ausflug, schien aber angespannt und benahm sich merkwürdig zurückhaltend. »Tut mir leid, Joseph«, entschuldigte sie sich, als sie mittags rasteten, und er sich aus dem Sattel beugte und sie seinen Kuss nur halbherzig erwiderte, »mir geht es heute nicht besonders. Die letzten Tage waren wohl doch etwas viel für mich. Sei mir nicht böse.« Sie lächelte ihm aufmunternd zu. »Wie wär's mit Kaffee und einem Stück von dem Apple Pie, den ich gestern Nachmittag gebacken habe?«

Auch Charly nahm sich einen freien Tag und ritt nach Casper, um dort der Witwe einen Überraschungsbesuch abzustatten. Offiziell fuhr er zum Einkaufen. Bei seiner Rückkehr grinste er über das ganze Gesicht. »So, so«, sagte er, als er mit Joseph allein war, »du hast ihr also einen Ring gekauft. Und warum, zum Teufel, hast du ihr noch keinen Antrag gemacht? Wenn du dich nicht beeilst, erfährt sie es noch von jemandem aus der Stadt, dann würdest du ziemlich dumm dastehen. Gib dir endlich einen Ruck, Mann! Du bist doch sonst nicht auf den Mund gefallen.«

Joseph wunderte sich selbst, dass er so zögerlich war wie ein junger Cowboy, der sich in die Tochter seines Arbeitgebers verliebt hatte. Oder lag es an Sarahs zurückhaltender Art? Doch zwei Tage später war sie schon wieder guter Dinge, und als sie erneut auf den Hügel stiegen, um den Sonnenuntergang zu bewundern, fasste er sich ein Herz.

»Sarah«, begann er zögernd. Als er es wagte, ihr direkt in die Augen zu blicken, sah er Zuneigung darin und auch ein wenig Angst. Trotzdem redete er weiter, nun wild entschlossen. »Du kennst mich, ich kann mich nicht besonders gut ausdrücken, wenn es um so was geht, aber du weißt, dass ich dich … dich liebe und sehr froh darüber bin, dass du zu mir auf die Ranch gekommen bist. Eigentlich hätte ich dich sofort heiraten sollen, so wie dieser Farmer, der seine Frau gleich nach der Ankunft zur Kirche geschleift hat …« Er grinste verlegen und sie antwortete mit einem leichten Lächeln. »… aber ich wollte dir Zeit geben, dich einzuleben, und ich musste mich, ehrlich gesagt, auch erst daran gewöhnen, wieder eine Frau im Haus zu haben. Inzwischen kann ich mir gar nicht mehr vorstellen, ohne dich zu sein, und deshalb …« Er zog das Etui mit dem Ring hervor und wollte den Ring herausnehmen. »… und deshalb bitte ich dich, Sarah Mayfield, meine Frau zu werden.« Er lächelte nervös. »Dieser Ring, Sarah …«

Sie legte ihm rasch einen Finger auf den Mund und brachte ihn mit einem verzweifelten Blick zum Schweigen. »Nichts würde ich lieber tun, als mich mit dir zu verloben, Joseph, aber vorher muss ich dir noch etwas beichten.« Sie griff nach seinen Händen, die Augen voller Tränen. »Ich weiß nicht, wie ich es sagen soll, ohne dir wehzutun, deshalb sage ich es geradeheraus.« Sie hielt inne. Dann fuhr sie mit bebender Stimme fort: »Ich kann keine Kinder bekommen.« Sie atmete tief durch. So, nun war es endlich raus. »Ich komme aus einer sehr reichen und vornehmen Familie in New York. Mein Vater besitzt mehrere Firmen. Um seine Zusammenarbeit mit einem Fabrikbesitzer aus Philadelphia zu festigen, wollte er mich mit dessen Sohn verheiraten. So ist das manchmal in diesen Kreisen. Mein Verlobter war ein eingebildeter Angeber, der glaubte, mich wie eine Sklavin behandeln zu können. Nachdem mein Vater auf einem festlichen Ball unsere Verlobung bekanntgegeben hatte, führte er mich in die Kammer eines Dienstboten und vergewaltigte mich. Als ich das Kind bei einem Sturz verlor, sagten mir die Ärzte, dass ich nie mehr ein Kind bekommen könnte. Mein Vater sah den Ruf der Familie und seine Geschäfte gefährdet und verstieß mich. Ich ging zu meiner Freundin Harriet und half ihr im Waisenhaus, bis ich deine Anzeige las. Ich weiß, ich hätte dir das alles früher sagen sollen, Joseph, aber ich konnte nicht. Ich wusste, dass ich dich enttäuschen würde.«

Joseph starrte sie aus leeren Augen an, unfähig, eine Regung zu zeigen, ohne sie wahrzunehmen. Nur allmählich sickerte die Wahrheit zu ihm hindurch. Ganz ähnlich hatte er reagiert, als Ella diese schreckliche Nachricht vom Arzt erhalten hatte. Wenn sie von der Zukunft auf ihrer gemeinsamen Ranch geträumt hatten, waren immer spielende Kinder auf dem Hof gewesen, ein Sohn, der die Ranch einmal erben, und eine Tochter, die ebenfalls ihren Weg gehen würde. Warum tat der Herrgott ihm dies ein zweites Mal an? Gönnte er ihm nicht das vollkommene Glück? War es schon genug, zum zweiten Mal eine Frau zu treffen, die er lieben konnte?

»Dieser Dreckskerl hat dich vergewaltigt?«, richtete er seinen Zorn auf Sarahs ehemaligen Verlobten. »Warum bist du nicht zur Polizei gegangen?«

»Das hätte mir mein Vater niemals erlaubt.« Sie wischte sich die Tränen aus den Augen. »In den Kreisen, aus denen ich komme, wird so etwas anders gelöst. Es geht immer nur ums Geschäft. Ums Geschäft und den guten Ruf.«

»Hier im Westen hätten sie den Kerl gelyncht.«

»Es tut mir leid, Joseph. Unendlich leid.«

Auf seine Wut folgte tiefe Niedergeschlagenheit. Ohne es zu

merken, ließ er das Etui mit dem Ring wieder in der Jackentasche verschwinden. »Wir werden auch ohne Kinder glücklich, Sarah«, brachte er leise hervor, aber es klang ein wenig lahm, und auch in seinen Augen standen Tränen.

35

Beim Abendessen wurde kaum gesprochen. Sarah und Joseph waren in Gedanken vertieft. Charly, der wohl ahnte, was geschehen war, beeilte sich, ins Schlafhaus zu kommen. Joseph folgte ihm einige Minuten später. Er wusste vor lauter Verlegenheit nicht, was er sagen sollte, und lächelte Sarah lediglich zu, als er sich früher als sonst von ihr verabschiedete.

Sarah flüchtete sich in Routine, räumte den Tisch ab und wusch das Geschirr, weichte sogar noch Bohnen ein und bereitete das Fleisch für den Eintopf vor. Erst als es draußen dunkel wurde, löschte sie die Lampe und verließ die Küche. Sofort kehrten die quälenden Bilder zurück. Josephs verstörte Miene, als sie ihm von der Vergewaltigung berichtete, und seine Enttäuschung, als er erfahren musste, dass sie ihm niemals Kinder schenken würde.

Sie war gerade dabei, ihre Zimmertür zu öffnen, als sie den Lärm hörte. Verwundert eilte sie zum Fenster und blickte hinaus. Zu ihrem Entsetzen beobachtete sie, wie die Tür des Schlafhauses aufging und ein Mann ins Freie stolperte. Er ging ein paar Schritte und blieb torkelnd stehen, eine halb volle Flasche in der Hand. »Joseph«, flüsterte sie entsetzt. »Das wollte ich nicht, Joseph!«

Joseph nahm einen tiefen Schluck aus der Flasche und blickte zu ihr herüber. »Alles in Ordnung, Sarah!«, rief er. Seine Stimme kippte, war für einen Moment nicht zu verstehen und kehrte zurück. »Mach dir keine Sorgen. Mit dem Zeug hier geht's mir bald wieder gut. Kam … kam alles nur ein bisschen plötzlich …« Er blieb schwankend stehen, als müsste er sich sammeln. »Es kam alles so verdammt plötzlich. Wir schaffen … schaffen das auch so, Sarah. Ich … ich bin sowieso schon zu alt, um Kinder großzuziehen … viel zu alt schon.«

Hinter ihm kam Charly aus dem Haus. Er war barfuß und trug seine blassrote Unterwäsche. »Joseph!«, rief er so laut, dass selbst Sarah im Haus zusammenzuckte. »Drehst du jetzt völlig durch? Meinst du vielleicht, Sarah hört dir zu, wenn du wieder säufst? Damit erreichst du gar nichts. Wo hast du die verdammte Flasche überhaupt her?«

»Flasche? Welche Flasche?«

»Die Whiskeyflasche in deiner Hand, was denn sonst?«

»Die?« Er hob die Flasche und blickte sie neugierig an. »Die hab ich einem fahrenden Händler abgekauft. Einem Wunderdoktor. Ist beste Medizin, Charly. Schon nach dem ersten Schluck fühlst du dich wie neugeboren, sagt er.«

»Und nach der halben Flasche liegst du halb tot in der Scheune.« Der alte Cowboy war so wütend wie schon lange nicht mehr. »Und jetzt komm endlich rein, bevor du dich endgültig zum Narren machst. Komm schon, Joseph!«

Charly packte ihn am Oberarm und zog ihn zur Tür, doch Joseph schüttelte ihn mühelos ab. Sein Blick war wieder auf das Ranchhaus gerichtet. »Sei mir nicht böse, Sarah! Wir werden auch so glücklich. Ich liebe dich, Sarah!«

Tiefe Traurigkeit überkam Sarah, legte sich wie ein festes Band um ihre Kehle und schnürte ihr die Luft ab, als sie beobachtete, wie Joseph dem Alten widerwillig ins Schlafhaus folgte. Charly schloss wütend die Tür, nicht ohne noch einmal in ihre Richtung zu blicken, als wollte er sich für Josephs Verhalten entschuldigen. Sie lehnte mit den flachen Händen am Fenster und weinte leise.

In ihrem Zimmer blieb sie minutenlang auf dem Bettrand

sitzen. Dicke Tränen rannen über ihre Wangen und blieben salzig an ihren Lippen hängen. Unfähig, einen klaren Gedanken zu fassen, starrte sie abwesend aus dem dunklen Fenster und suchte dann vergeblich nach einem Taschentuch, um ihre Tränen abzuwischen. Sie nahm den Ärmel und griff heftig schniefend nach dem Handtuch, das neben der Waschschüssel lag, um es sich gegen das Gesicht zu drücken. Ich bin schuld, schoss es ihr durch den Kopf, ich hätte ihm schon in meinem Brief sagen müssen, dass ich keine Kinder kriegen kann. Oder wenigstens einige Tage, nachdem ich hier ankam. Ich hab ihm etwas vorgemacht. Ihn hinters Licht geführt. Wütend warf sie das Handtuch quer durch den Raum und schimpfte und fluchte wie ein Kutscher.

Es dauerte lange, bis sie sich einigermaßen beruhigt hatte und wieder zu sich kam. Sie schöpfte sich mit beiden Händen kaltes Wasser aus der Waschschüssel ins Gesicht, hob das Handtuch auf und trocknete sich ab. Durch das Fenster sah sie, dass im Schlafhaus kein Licht mehr brannte. Charly hatte Joseph wahrscheinlich ordentlich die Leviten gelesen. Sie musste beinahe lachen, als sie daran dachte, wie väterlich der Alte manchmal sein konnte. Er würde Joseph schon wieder hinbekommen, wenn sie die Ranch erst verlassen hatte.

Ihr blieb keine andere Wahl. Wenn sie ihn wirklich liebte, und das tat sie, durfte sie seinem Glück nicht im Wege stehen. Er würde eine andere Frau finden, die ihm die ersehnten Kinder schenkte. In einigen Anzeigen der *Matrimonial News* hatten die Absender angegeben, sich Kinder zu wünschen. Er würde aus seinen Fehlern lernen und es ebenfalls tun. Er hatte schon einmal auf Kinder verzichtet, weil er seine erste Frau wie eine Göttin verehrt hatte, und durfte nicht ein zweites Mal dazu gezwungen werden. Was er ihr unter dem Einfluss des Whiskeys zugerufen hatte, zählte nicht. Sie brauchte nur die

Augen zu schließen, um seine verzweifelte Miene nach ihrem Geständnis zu sehen. Er würde seine Enttäuschung nie überwinden.

Am nächsten Morgen ließ sich niemand etwas anmerken. Weder Charly und schon gar nicht Joseph erwähnte den peinlichen Zwischenfall vor dem Schlafhaus. Joseph wirkte müde und roch nach Whiskey, beinahe so stark wie während der ersten Tage, die sie auf der Ranch verbracht hatte. Sarah tat geschäftig und floh alle paar Minuten in die Küche, angeblich, um sich um den Eintopf zu kümmern, frischen Kaffee aufzusetzen oder die Brötchen aus dem Ofen zu nehmen. Als nichts mehr in der Küche zu tun war, gab sie vor, Bandit füttern zu müssen, obwohl der Hund am frühen Morgen gefressen hatte.

»Wir sehen heute mal nach den Rindern«, sagte Charly, als sie sich verabschiedeten. »Machen Sie keinen Unsinn, solange wir weg sind.« Er lächelte bitter, als ahne er, dass sie vorhatte, der Ranch den Rücken zu kehren. »Das Schlimmste haben wir doch überstanden. Es wird alles gut, Ma'am.«

Joseph sagte gar nichts und küsste sie auch nicht, vielleicht aus Angst, sein Whiskey-Atem könnte sie abschrecken. Er griff sich an die Hutkrempe. »Sarah …«

Sarah wartete, bis sich der Hufschlag ihrer Pferde entfernte, und ließ sich erschöpft auf einen Stuhl fallen. Eine ganze Weile saß sie nur da. Tat sie das Richtige? »Ich möchte dir nicht die Zukunft verbauen«, flüsterte sie endlich, »gerade deshalb muss ich gehen. Verzeih mir bitte, Joseph!«

Pflichtbewusst, wie sie war, erledigte sie noch den Abwasch und deckte den Tisch fürs Abendessen. Ein Teller weniger, stellte sie betrübt fest. Ein letztes Mal kehrte sie die Räume mit dem Strohbesen aus, dann ging sie in ihr Zimmer und packte ihren Koffer, zog säuberlich das Bett ab und legte die gefalteten Laken auf die Matratze, bevor sie sich ein letztes

Mal umsah und in den Wohnraum zurückkehrte. Jeder Handgriff tat ihr in der Seele weh, mit jedem Schritt entfernte sie sich auch von ihrem eigenen Glück. Martin Womack hatte nicht nur einen Keil zwischen ihre Eltern und sich getrieben, sondern auch ihre Zukunft zerstört. »Der Teufel soll dich holen, Martin Womack!«, schimpfte sie. »Ich hoffe, du gehst mit deiner Firma bankrott und beendest dein Leben in einer billigen Absteige auf der Lower East Side!« Sie wusste, dass es anders kommen würde, aber die Vorstellung ließ sie flüchtig lächeln.

Vor der Tür erwartete sie Bandit. Er legte den Kopf schief und blickte sie fragend an. Sarah strich ihm beruhigend über den Hals. »Tut mir leid, aber ich mache dein Herrchen nur unglücklich, wenn ich bleibe. Sei mir nicht böse, mein Lieber.«

Entschlossen holte sie die beiden Zugpferde aus der Koppel und spannte sie vor den Pritschenwagen, der mit der Deichsel nach vorn in der Scheune stand. Sie hatte oft genug dabei zugesehen, wie Charly den Wagen angespannt hatte. Sie parkte ihn vor dem Haus, lud den Koffer auf die Ladefläche und legte ihren Regenmantel auf den Kutschbock, um ein letztes Mal ins Haus zurückzukehren. In ihrem Zimmer fand sie ein Blatt Papier und einen Stift und schrieb eine Nachricht an Joseph: »Liebster Joseph, es tut mir furchtbar leid, dich so enttäuschen zu müssen. Ich hätte dir früher sagen müssen, welches Verbrechen in New York an mir begangen wurde und dass ich keine Kinder mehr bekommen kann. Entschuldige meine Nachlässigkeit, aber ich wusste nicht, wie sehr dir daran gelegen ist, eine Familie zu gründen. Ich hoffe, du findest eine Frau, die dir diesen Wunsch erfüllen kann, und wünsche dir alles nur erdenklich Gute für die Zukunft. Grüße bitte Charly von mir, ich habe ihn als väterlichen und zuverlässigen Freund kennengelernt. Ich liebe dich über alles, Joseph. Bitte verzeih mir. In großer Zuneigung, deine Sarah. PS. Ich nehme den Pritschenwagen und stelle ihn bei der Witwe Jones ab.«

Eine Träne löste sich von ihrem Auge und verschmierte ihre Unterschrift. Sie rieb sich mit dem Handrücken übers Gesicht, faltete den Brief und steckte ihn in einen Umschlag. »Für Joseph« schrieb sie in geschwungenen Buchstaben darauf. Mehr aus Zufall richtete sich ihr Blick danach auf den Spiegel. Die Haare hatte sie nicht hochgesteckt, sondern wie für die Arbeit auf der Ranch im Nacken zusammengebunden, und anstatt ihres Strohhutes mit den bunten Bändern trug sie den zerbeulten Filzhut, wie sonst nur bei Ritten über die Weide. *Warum nicht*, dachte sie, *in Cheyenne kann ich mich immer noch umziehen. Vielleicht kann ich ihn noch brauchen*.

Den Brief legte sie auf den Esstisch und blickte sich noch ein letztes Mal um, bevor sie die Tür hinter sich zuzog und auf den Kutschbock kletterte. Ihre Lederhandschuhe, mit denen sich die Zügel besser greifen ließen, steckten in ihrem Regenmantel. »Hüüüaaah!«, trieb sie die Pferde an. Sie lenkte den Wagen vom Ranchhof, gefolgt von Bandit, der beinahe eine Meile bellend neben ihr herlief, bis er hechelnd aufgab und sie leise jaulend fahren ließ. Über die Wagenstraße lenkte Sarah den Wagen nach Nordosten, der Stadt entgegen.

Die Arbeit mit den Zügeln strengte sie mehr an, als sie vermutet hatte. Sie lagen schwer in ihren Händen und zwangen sie, ihre ganze Kraft in das Lenken des Gespanns zu legen. Die Räder holperten über den harten Boden und ließen sie jeden einzelnen Muskel spüren. Viel lieber hätte sie den Schecken genommen. Sie waren ein gutes Team gewesen und sie würde ihn vermissen.

Nach ungefähr der Hälfte des Weges legte sie eine kurze Pause ein und schlüpfte in ihren Regenmantel. Am Himmel ballten sich dunkle Wolken. Kühler Wind wehte ihr in scharfen

Böen entgegen. Sie stellte den Kragen ihres Mantels hoch und zog den Hut tief in die Stirn. »Höchste Zeit, dass wir nach Casper kommen«, rief sie den Pferden zu. Sie dachte an das Gewitter, das die Herde in Panik versetzt hatte, und nahm die Zügel auf. »Vorwärts! Lauft! Ihr wisst doch, wie die Straße aussieht, wenn wir in ein Unwetter kommen.« Als hätten die Pferde sie verstanden, legten sie sich ins Geschirr.

Die ersten Tropfen fielen, als sie die Stadt erreichte. Vom Wind getrieben, rauschte der Regen über die an diesem Morgen leere Center Street. Sie lenkte den Wagen zum Bahnhof und wandte sich mit triefendem Mantel an den Angestellten hinter dem Schalter. Von ihrer Hutkrempe flossen kleine Wasserbäche. »Verzeihung«, sagte sie, »wann fährt der nächste Zug nach Cheyenne?«

Der Angestellte rückte seine Brille zurecht und blickte sie neugierig an, als er merkte, dass er eine Frau vor sich hatte. »Oh, den haben sie um eine Stunde verpasst, Ma'am«, sagte er. Er lächelte bedauernd. »Der nächste Zug geht morgen früh um zehn Uhr.«

»Morgen früh erst?«

»Möchten Sie eine Fahrkarte kaufen, Ma'am?«

Erst jetzt ging ihr auf, dass sie noch keine Ahnung hatte, wohin sie sich wenden sollte. Nach New York zurück konnte sie nicht, dort würden sich nur die Reporter auf sie stürzen und ihre Rückkehr in einen handfesten Skandal verwandeln. Und ihr Vater würde sich um seine vielen Firmen sorgen müssen. In einer anderen Stadt neu anfangen? Als alleinstehende Frau und ohne einen einzigen Verwandten oder Vertrauten? »Cheyenne einfach«, sagte sie schließlich. Es reichte, wenn sie dort über ihr weiteres Ziel nachdachte.

Der Angestellte händigte ihr das Ticket aus und blickte sie neugierig an. »Verzeihen Sie meine Neugier«, sagte er, »aber sind Sie nicht die Lady von der Crazy R Ranch?« Er erkannte wohl am Ausdruck in ihren Augen, dass er mit seiner Vermutung recht hatte. »Sie benötigen nur ein Ticket? Einfach?«

»Ganz richtig. Wird der Zug pünktlich sein?«

Der Angestellte, der wohl eingesehen hatte, dass jede weitere Nachfrage unverschämt gewesen wäre, antwortete: »Das weiß man bei diesem Wetter nie, Ma'am. Wenn es morgen früh auch noch so heftig regnet, müssen Sie eventuell mit einer Verspätung rechnen.« Er zog fragend eine Augenbraue hoch. »Sie wissen, wo Sie übernachten, Ma'am?«

»Natürlich. Wenn Sie mich jetzt entschuldigen wollen …«

Sie kehrte zum Wagen zurück und stieg auf den Kutschbock. Im strömenden Regen parkte sie in der Seitenstraße neben dem Lokal der Witwe Jones. Die Witwe hatte sie wohl kommen sehen, denn sie riss bereits die Hintertür auf. »Bist du das, Charly? Wenn du glaubst, du könntest …« Sie unterbrach sich mitten im Satz, als sie Sarah erkannte, und rief: »Sarah! Was wollen Sie denn hier, Kindchen?« Sie sah den Koffer auf der Ladefläche liegen und brauchte nicht lange zu rätseln. »Aber kommen Sie erst mal rein! Ich helfe Ihnen mit dem Gepäck.« Sie griff nach dem Koffer und führte Sarah in eines der Gästezimmer. »Ziehen Sie die nassen Sachen aus und setzen Sie sich. Ich hole Ihnen inzwischen einen Becher Kaffee, und dann reden wir.« Ihr strenger Ton ließ keine Widerrede zu. »Ich sage Don, dass er sich um die Gäste kümmern soll.«

Sarah zog den Regenmantel aus und hängte ihn an einen Haken neben der Tür. Ihren nassen Filzhut stülpte sie darüber. Mit dem schlechten Gewissen einer Sünderin, die auf eine Strafpredigt wartete, setzte sie sich an den kleinen Tisch am Kopfende des Bettes. Mit dem Taschentuch, das sie in einer Tasche ihres Calico-Kleides fand, wischte sie sich den Regen vom Gesicht.

»Da bin ich wieder«, sagte die Witwe, als sie mit zwei dampfenden Bechern das Zimmer betrat. Sie schob ihr den Kaffee hin und setzte sich ihr gegenüber. »Lassen Sie mich raten«, sagte sie nach dem ersten Schluck. »Joseph hat Ihnen einen Antrag gemacht, und Sie haben ihn aus irgendeinem Grund abgelehnt und wollen mit dem nächsten Zug nach New York zurückfahren.«

»Ich kann ihn nicht heiraten, Witwe Jones. Ich habe ihn belogen.«

»Belogen oder nur ein bisschen beschwindelt?«

»Belogen«, wiederholte sie und erzählte, was sie Joseph gestanden hatte. Je mehr sie erklärte, desto größer wurden die Augen der Witwe, und als sie ihr verriet, dass sie ihn an Ellas Grab belauscht und erfahren hatte, wie sehr er sich einen Sohn und eine Tochter wünschte, verschluckte sie sich beinahe an ihrem Kaffee und musste den Becher rasch auf den Tisch stellen. »Ich kann ihm keine Kinder schenken, Witwe Jones. Die Ärzte in New York haben mich gründlich untersucht. Eine Folge der Vergewaltigung, sagen sie, aber wenn Sie glauben, dass man diesen Verbrecher zur Rechenschaft gezogen oder sich bei mir entschuldigt hätte, irren Sie sich gewaltig. Im Gegenteil, ich war die Schuldige und wurde von meiner Familie verstoßen. Deshalb bin ich so bereitwillig nach Westen gegangen, Witwe Jones.« Sie starrte ihr Spiegelbild im Kaffee an. »Ich hätte ihm das alles sagen müssen, das weiß ich auch, aber ich habe es nicht getan, und jetzt ist es zu spät. Ich muss ihn verlassen.«

»Und Sie wollen wirklich nach New York zurück?«

»Nicht nach New York«, erwiderte sie. »Inzwischen weiß man sicher längst, dass ich als bestellte Braut nach Westen gefahren bin, und meine Rückkehr würde einen mittleren Skandal auslösen.« Sie nippte an ihrem Kaffee und überlegte eine

Weile. »Ich weiß noch nicht, wohin ich gehe. Ich habe mir ein Ticket nach Cheyenne gekauft, dort kann ich in Ruhe überlegen.«

»Aber Sie lieben Joseph doch!«, rief die Witwe.

»Ja, ich liebe ihn«, gestand sie, »ich liebe ihn sogar sehr, und es tut mir in der Seele weh, ihn verlassen zu müssen. Aber Sie hätten sein Gesicht sehen sollen, als ich ihm das alles gestanden habe. So verzweifelt habe ich noch keinen Mann gesehen. Er hat immer von einer Familie geträumt.«

»Das höre ich zum ersten Mal. Wir wussten natürlich alle, dass Ella keine Kinder bekommen konnte, aber nachdem sie gestorben war, hat er es nie wieder erwähnt.« Sie dachte nach. »Sind Sie denn sicher, dass er so großen Wert auf Kinder legt? Ich hatte drei Ehemänner und hab keinem von ihnen ein Kind geschenkt. Und wissen Sie was? Ich war mit jedem von ihnen auf andere Weise glücklich. Was hätte eine Frau wie ich auch mit einem Baby angefangen?« Sie schüttelte lachend den Kopf. »Vielleicht bilden Sie sich nur ein, dass Sie ihn unglücklich machen. Er liebt Sie, Kindchen, er liebt Sie über alles. Ich habe ein Auge für so was und halte jede Wette, dass er für kein Baby der Welt auf Sie verzichten würde.«

»Er hat wieder zu trinken angefangen, Witwe Jones«, sagte sie beinahe flüsternd. »Gestern Nacht hat er fast eine ganze Flasche Whiskey geleert.«

Die Witwe blickte sie forschend an. »Das hat er getan?«

»Ich hab's mit eigenen Augen gesehen.«

»Das ist übel, Kindchen. Ganz übel. Und dabei dachte ich gerade, er hätte das Gröbste überstanden. Er macht es Ihnen nicht leicht, das ist mal sicher.«

36

Sarah nahm dankend an, als ihr die Witwe Jones anbot, die Nacht in einem ihrer beiden Gästezimmer zu verbringen. In einem Hotel hätte sie die Aufmerksamkeit zu vieler Leute auf sich gezogen. Es reichte schon, dass der Angestellte am Bahnhof von ihren Plänen wusste und vielleicht nichts Besseres zu tun hatte, als die Neuigkeit in der ganzen Stadt zu verbreiten.

Zum Mittagessen gab es Eintopf, diesmal mit Antilopenfleisch, aber Sarah war viel zu niedergeschlagen, um zu essen. Nach wenigen Löffeln gab sie auf. Nicht mal der leckere Pfirsichkuchen konnte sie locken.

Die Witwe musterte sie besorgt. »Das reicht«, sagte sie entschieden. »Schnappen Sie sich Ihren Mantel. Wir machen eine Spazierfahrt.«

»Eine Spazierfahrt? Wohin denn?«

»Irgendwohin«, erwiderte sie in einem Ton, der keine Widerrede erlaubte. »Hauptsache, ich bringe Sie auf andere Gedanken. Kommen Sie, Kindchen!«

Sarah, die selbst wusste, dass sie nur noch mehr grübeln würde, wenn sie tatenlos herumsaß, gab nach und schlüpfte in ihren Mantel. Auch diesmal zog sie den schlichten Filzhut ihrem Strohhut vor. Wie ein Cowgirl, das zu den Männern auf der Weide unterwegs war, stieg sie neben der Witwe in den Einspänner und blickte misstrauisch zum Himmel empor. Der Regen hatte nachgelassen, doch es war immer noch bewölkt, und es nieselte. »Ich könnte mir einen schöneren Tag für einen Ausflug vorstellen.«

Die Witwe schien sich nicht an dem schlechten Wetter zu stören. Auch sie hatte ihren Regenmantel übergezogen. »Das geht vorüber. Oder sind Sie mit Ihren Gedanken schon in New York und sehnen sich nach einem Schirm?«

»Unsinn«, reagierter sie barscher als beabsichtigt. »Sie hätten das Gewitter auf dem Trail nach Lander erleben sollen, als die Herde durchging. So nass bin ich im ganzen Leben nicht geworden. Ich dachte, die Welt geht unter.«

Sie fuhren im Einspänner der Witwe am bewaldeten Ufer des North Platte River entlang, dem ehemaligen Oregon-Trail folgend, über den viele Tausend Siedler nach Westen gezogen waren. Die Spuren ihrer Planwagen hatten sich so tief in die Erde gegraben, dass sie noch immer zu sehen waren. Hier und da sah man verwitterte Holzkreuze mit den Namen der Unglücklichen, die an Krankheiten wie der Cholera oder dem Pfeil oder der Kugel eines Indianers gestorben waren. Schwarzpappeln mit dichten Kronen erhoben sich an beiden Ufern.

»Ich kenne einige Leute, die dieses Land nicht mögen«, sagte die Witwe, nachdem sie ungefähr eine Meile hinter sich gebracht hatten. »Neulich war ein Vertreter aus St. Louis bei mir und wollte mir Weihnachtskekse mit Erdnussgeschmack verkaufen. Weihnachtskekse mitten im Sommer, allein dafür hätte ich ihn zum Teufel jagen sollen. Er behauptete sogar, in einigen Jahren gäb's Erdnussbutter. Aber am meisten hat mich geärgert, dass er ständig über unser Land lästerte. Kommt aus einer Stadt wie St. Louis, wo man vor lauter Häusern den Mississippi nicht sehen kann, und regt sich darüber auf, dass man hier bis zum Horizont blicken kann und es zu wenig Zäune gibt. Auf die Weise verkauft der Kerl hier weder Kekse noch Erdnussbutter.«

Sarah verstand die Botschaft. »Ich mag dieses Land«, sagte sie, »und dass es hier kaum Grenzen gibt, finde ich irgendwie beruhigend.« Sie ließ den Blick über die hügelige Prärie schweifen. »In New York kommen Sie alle paar Schritte an eine Kreuzung, und manche Häuser sind so hoch, dass sie den Himmel verdecken, aber hier … ich habe mich selten so frei und ungebunden gefühlt.«

Sie atmete den Duft der nach dem Regen besonders würzigen Erde ein und schloss die Augen. »Es tut mir weh, dieses Land zu verlassen, Witwe Jones.« Ihre Stimme klang jetzt leise, beinahe sanft. »Und ich werde noch weinen, wenn ich Wyoming längst hinter mir gelassen habe.«

»Vor der Liebe können Sie nicht weglaufen, Kindchen. Die verfolgt einen, bis man nicht mehr weiterkann. Meinem zweiten Mann bin ich über die Rocky Mountains bis zum Pazifik davongelaufen, weil ich Angst hatte, mich ein zweites Mal zu verheiraten, und dann stand ich plötzlich in Los Angeles am Strand. Was soll's, dachte ich. Einige Wochen später hatte er mich eingeholt und wir traten schon am nächsten Morgen vor den Friedensrichter. Oder Charly. Ein Junggeselle, wie er im Buche steht. Schlampig, rechthaberisch, ein Cowboy eben, der seinen Job niemals aufgeben würde, auch wenn ich dreimal so viel wie er verdiene und jeden Tag frisches Essen auf dem Herd stehen habe. Er wird immer bei irgendeinem Roundup mitmachen. Und ich bin inzwischen auch eingefahren, lass mir nichts mehr gefallen und mache, was ich will, und würde den Teufel tun und mein Lokal aufgeben, nicht für viel Geld. Trotzdem werde ich ihn mir angeln, und ich sage Ihnen, noch vor Weihnachten hab ich meinen Ring am Finger und wir werden alle freien Tage miteinander verbringen.« Sie blickte Sarah lächelnd an. »Wenn einen die Liebe in der Mangel hat, gibt's kein Zurück.«

Sarah schob sich den Hut in den Nacken. Der Nieselregen hatte aufgehört und auch der Wind ließ langsam nach. »Das mag alles sein, Witwe Jones, und ich weiß selbst, wie viel Unglück ich über uns bringe, über Joseph und mich. Aber was wäre, wenn ich hierbleiben und ihn heiraten würde? Würde er nicht ständig darüber nachdenken, wie es mit einer anderen Frau geworden wäre und wie seine Kinder ausgesehen hätten? Und würde ich mir nicht mein Leben lang Vorwürfe machen, ihm keine vollwertige Frau zu sein?«

»Das glaube ich nicht«, widersprach die Witwe. »Wenn man sich wirklich liebt, spielen solche Probleme keine Rolle. Dann braucht man nicht mal Kinder, um sein Glück zu finden. Mag sein, dass der Pfarrer und die verknöcherten Alten von der ›Liga für Anstand und Sitte‹ anderer Meinung sind, aber wen stört das? Ich habe mich noch nie darum geschert, was andere sagen.«

»Sie sind eine starke Frau, Witwe Jones.«

»Sie auch, Sarah. Sie auch.«

»Und wie soll ich ihn vom Whiskey wegbringen? Dass er wieder zur Flasche gegriffen hat, zeigt doch nur, wie sehr ich ihn mit meinem Geständnis verletzt habe. Er braucht eine andere Frau, eine Frau, die ihn besser versteht.«

Die Witwe hielt zwischen einigen Bäumen und reichte ihr eine Thermosflasche mit heißem Tee. »Ich kann Sie nicht zwingen, zu ihm zurückzukehren, Sarah. Aber ich weiß, dass Sie diese Entscheidung irgendwann bereuen werden. Joseph ist kein Säufer. Als er noch mit Ella verheiratet war, hat er nie Whiskey getrunken. Erst nach ihrem Tod fing er damit an. Er hat sie sehr geliebt, aber das wissen Sie ja längst. Wir hatten große Angst um ihn, wussten aber auch, dass er keinen Alkohol mehr anrühren würde, falls eine Frau auftauchte, die er genauso sehr oder vielleicht sogar noch mehr liebte als seine Ella. Sie waren diese Frau, Sarah. Ihretwegen hörte er auf mit der Sauferei.«

»Und meinetwegen fing er wieder damit an, ich weiß«, gestand Sarah kleinlaut. »Weil ich nicht so perfekt bin, wie er geglaubt hatte. Wir sind beide nicht perfekt, Witwe Jones, und … und es klappt einfach nicht mit uns. Wenn es eine Möglichkeit gäbe, ihm Kinder zu schenken, würde ich es sofort tun.«

Die Witwe nahm selbst einen Schluck von dem Tee und seufzte enttäuscht. »Und wo wollen Sie hin? Nach New York?«

»In New York will mich niemand haben.«

»Was wollen Sie sonst tun? In einer Kneipe in San Francisco bedienen? In Chicago dreckige Böden schrubben? In St. Louis in irgendeinem Büro hocken? Als alleinstehende Frau werden Sie es nicht leicht haben, Sarah.«

Sie wendete den Einspänner und fuhr langsam nach Casper zurück. Am Himmel zeigte sich zum ersten Mal an diesem Tag die Sonne, wenn auch nur zögernd. »Ich nehme nicht an, dass Sie zu der Sorte Frauen gehören, die sich dem erstbesten Mann an den Hals werfen, nur um ausreichend versorgt zu sein.«

Sarah beobachtete einige Antilopen, die sich über die Sonne zu freuen schienen und in weiten Sprüngen über einen Hügel setzten. »Ich weiß noch nicht, was ich tun werde«, sagte sie nach einigem Überlegen. »Ich weiß ja nicht mal, wohin ich von Cheyenne aus fahren soll. Vielleicht sollte ich nach Kalifornien gehen. Dort soll es wunderschön sein, hab ich mir sagen lassen.«

»Nicht so schön wie hier. Nichts gegen Küsten und weite Strände, aber wirklich frei fühle ich mich nur hier. Überlegen Sie sich das gut, Kindchen.«

Im gemäßigten Tempo fuhren sie in die Stadt zurück. Die Sonne ließ die Häuser nach dem langen Regen in einem besonders warmen Licht erscheinen, sogar die schäbigen Gebäude beim *Wyoming Saloon*. Sarah hatte ihren Hut in die Stirn gezogen, um nicht erkannt zu werden, erspähte aber mit einem verstohlenen Blick drei Pferde, die ihr bekannt vorkamen. Sie waren vor dem Saloon an eine Haltestange gebunden. »Pete Barnard und die beiden Cowboys«, sagte sie zur Witwe. »Sie sind im Saloon. Haben die denn nichts zu tun?«

»Von Rindern haben die sowieso wenig Ahnung«, erwiderte die Witwe, »dafür hat McSwain andere Männer. Pete Barnard und seine Kumpane sind mehr fürs Grobe zuständig. Unliebsame Konkurrenz ausschalten, Angst unter den Farmern verbreiten, damit sie nicht auf Rocking-M-Land siedeln. Aber damit ist es jetzt vorbei. Marshal Wickersham war bei McSwain und hat ihm wohl gedroht, die Armee einzuschalten, falls er nicht mit seinen Wildwestmethoden aufhört. Seitdem lassen sich immer mehr Siedler auf seinen ehemaligen Weiden nieder. Ich hab bereits Gerüchte gehört, dass er den größten Teil seiner Rinder verkaufen will. Wäre nicht der erste Großrancher, der es versäumt hätte, die freien Weiden auf seinen Namen eintragen zu lassen.«

»McSwain und aufgeben?« Sie hatten das Lokal der Witwe erreicht und kletterten aus dem Einspänner. Ein Angestellter kümmerte sich um das Zugpferd. »Ein Mann wie er lässt sich doch nicht einschüchtern.« Sie dachte an Männer wie Vanderbilt und Rockefeller, die sich nie um Recht und Gesetz gekümmert hatten, solange es um ihren Profit ging. »So einer gibt nicht auf.«

Sie gingen ins Haus und legten ihre Mäntel ab. Während die Witwe in der Küche verschwand und sich um das Abendessen kümmerte, zog sie sich in ihr Zimmer zurück und blätterte teilnahmslos in *Harper's Weekly*, ohne wirklich etwas zu sehen, unruhig und angespannt. Sie konnte kaum einen klaren Gedanken fassen. Als sie über die Seiten hinweg aus dem Fenster blickte, sah sie, dass die Sonne verschwunden war und es wieder zu regnen begonnen hatte.

Nach einer Weile kehrte die Witwe mit zwei dampfenden Kaffeebechern zurück. Sie setzte sich zu ihr und knüpfte an die Unterhaltung von unterwegs an: »McSwain ist kein Dummkopf. Der ahnt doch schon länger, dass er die Zivilisation nicht aufhalten kann. Mit der Crazy R hätte er genug Weideland für seine Rinder, aber seine Methoden ziehen nicht bei Joseph, und er bezweifelt wahrscheinlich selbst, dass er ihn noch in die Knie zwingen kann. Ich glaube, er hat längst vorgesorgt. Neulich waren zwei Manager der Firma, die am Casper Mountain nach Öl bohrt, bei mir zum Abendessen, und ich habe gehört, wie sie über McSwain gesprochen haben. So wie es aussieht, will er wohl über die Hälfte seiner Rinder verkaufen und ins Ölgeschäft einsteigen.«

»McSwain im Ölgeschäft?« Sarah musste lachen. »Das würde zu ihm passen. Soweit ich weiß, sind diese Ölleute genauso rücksichtslos wie er. Ich hab meinen Vater über Ölfirmen wie Standard Oil reden hören. ›Die wären noch gnadenloser als die Union Pacific‹, sagte er. Und auf die Eisenbahn haben alle in New York geschimpft.«

Die Witwe trank einen Schluck und stimmte ihr zu. »Zu was die Eisenbahn fähig ist, wissen wir hier in Casper am besten. Es hätte nicht viel gefehlt, und die Chicago & North Western hätte eine andere Route genommen, weil man ihr in einer anderen Stadt mehr geboten hätte. Dann wäre diese Stadt längst tot.« Sie blickte nachdenklich aus dem Fenster. »Ich hoffe nur, dass McSwain die Lust vergeht, auf Joseph einzuhauen. Solange sich Pete Barnard und seine Kumpane in der Gegend rumtreiben, wäre ich mir nicht so sicher. McSwain ist so wütend auf Joseph, dass er vielleicht einen letzten Trumpf ausspielt.«

»Der Marshal behält ihn im Auge«, hoffte Sarah. »Aber es wäre besser, Joseph würde … nun ja, es wäre besser, er würde den Whiskey stehen lassen. Ich war dabei, als McSwain und seine Leute ihn lächerlich gemacht haben. Es war furchtbar. Ein stolzer und starker Mann wie er plötzlich so … so hilflos.«

»Joseph schafft das. Charly hilft ihm dabei. Wir alle helfen ihm.«

Sarah glaubte, einen leisen Vorwurf in ihrer letzten Bemerkung gehört zu haben, über den sie, als sie im Bett lag, noch lange nachdachte. Sie war sich schon längst nicht mehr sicher, ob sie richtig handelte. Tat sie Joseph tatsächlich einen Gefallen, indem sie ihn verließ? War sein Wunsch, eigene Kinder zu haben, wirklich so groß, dass er dafür auf ihre Liebe verzichten würde? Rannte sie nicht vor sich selbst davon? Sie fand keine schlüssigen Antworten auf diese Fragen und warf sich unruhig in ihren Laken hin und her. Warum hatte er die Kinder am Grab seiner toten Frau erwähnt und mit diesem entsetzten Blick reagiert, als sie ihm gestanden hatte, was in New York geschehen war?

Sie stand auf und ging zum Fenster, das auf die Center Street zeigte. Im trüben Licht der Straßenlampen verwandelte sich der leichte Regen in silberne Fäden, die nur undeutlich erkennen ließen, was auf der Straße vor sich ging. Viel war um diese Zeit nicht mehr los. Ein Fuhrwerk kämpfte sich mühsam durch den Schlamm, und der Tierarzt kehrte in seinem Einspänner von einer Fahrt zurück, sicher froh, an den warmen Ofen zu kommen. Aus der Schmiede, die im flackernden Licht des Feuers leuchtete, drangen Hammerschläge. Vor einem der Hotels stand ein Mann und rauchte allein.

Mit Unbehagen beobachtete sie, wie drei Männer in langen Regenmänteln aus dem *Wyoming Saloon* kamen und auf ihre Pferde stiegen. Obwohl sie nur schemenhaft zu sehen waren, glaubte sie, Pete Barnard und seine Cowboys zu erkennen. Die silbernen Sporen des Vormanns blitzten im Licht der beiden Fackeln, die vor dem Lokal brannten, als sie aus der Stadt ritten. Sie verachtete diese Männer. Wie konnte man so tief sinken und sich und seinen Revolver an einen mächtigen Rancher verkaufen, der nur das Unglück anderer Leute im Sinn hatte? Was brachte einen dazu, die Gebäude einer Ranch anzuzünden? *Reitet nach Hause*, rief sie den Männern in Gedanken nach, *kassiert euren Lohn und lasst euch nie mehr in dieser Gegend blicken. Für Männer wie euch ist kein Platz mehr in Casper. Ihr seid miese Verbrecher, das seid ihr!*

Sie kehrte in ihr Bett zurück und verbrachte eine unruhige Nacht. Immer wieder schreckte sie aus ihren Träumen und brauchte lange, um wieder einzuschlafen. Sie stand schon vor sechs Uhr auf, auch weil sie es von der Ranch so gewohnt war, und saß bereits angezogen auf dem Bettrand, als die Witwe mit dem Frühstück kam. »Sie sind schon auf?«, fragte sie verwundert.

Das Frühstück verlief schweigsam. Sarah, die sich im Klaren darüber war, dass jedes Wort von ihr falsch sein würde, starrte die meiste Zeit in ihren Kaffee, und die Witwe Jones, die genau zu wissen schien, was in ihr vorging, wollte sie nicht bedrängen. »Ich bringe Sie zum Bahnhof«, sagte sie erst, als Sarah sich mit dem Koffer in der Hand von ihr verabschiedete – in Regenmantel und Filzhut für die Stadt gekleidet.

Auf dem Weg zum Bahnhof fühlte sie sich von der ganzen Stadt beobachtet. Hoch auf dem Kutschbock des Pritschenwagens war sie für jeden weit sichtbar. Es hatte aufgehört zu regnen, und zahlreiche Menschen waren auf den Gehsteigen unterwegs, vor allem Frauen mit Einkaufskörben. Kinder spielten im Schlamm, sehr zum Missfallen ihrer Mütter, die auch Angst hatten, dass ihre Sprösslinge unter eines der Fuhrwerke gerieten. Sarah klappte ihren Kragen hoch und zog den Hut tief in die Stirn, um nicht erkannt zu werden.

Sie hatte sich weder von Molly Ryker noch von anderen Bekannten verabschiedet, auch nicht vom Bankdirektor. Sie würde ihm einen Brief schreiben und ihn bitten, ihre Ersparnisse auf eine Bank in Cheyenne zu überweisen. Dort würde sie einige Tage bleiben, bis sie entschieden hatte, wohin sie ihr Weg führen würde. Sie hatte nicht die geringste Ahnung, wohin sie sich wenden sollte – in eine Großstadt wie Chicago? In eine Kleinstadt am Schienenstrang? Sollte sie von Cheyenne nach Westen oder nach Osten fahren? Sie fluchte leise, doch der Witwe entging es nicht. Die sagte nichts, sondern blickte sie nur fragend an und machte sich wohl ihren eigenen Reim.

Am Bahnhof angekommen stiegen sie vom Kutschbock und betraten den Bahnsteig. Es war kurz vor zehn, und der Angestellte, der ihr das Ticket verkauft hatte, war bereits aus dem Schalterraum getreten. Er blickte ungläubig zu ihr herüber, als könnte er nicht fassen, dass sie tatsächlich gekommen war.

Aus der Ferne drang das Schnaufen der Lokomotive, die sich ächzend über die Hügel quälte. Die dunkle Rauchwolke, die fast den ganzen Zug einhüllte, kam rasch näher. Immer lauter wurde das Rattern der Räder. Als der Lokführer die Glocke betätigte, und die schwere Dampflok zischend in den Bahnhof fuhr, trat Sarah unwillkürlich einen Schritt zurück und setzte den Koffer ab. Als würde sie das Ausmaß ihrer Entscheidung erst jetzt erkennen, blickte sie ungläubig auf den einfahrenden Zug und begann leise zu weinen.

37

Unfähig, auch nur einen Schritt zu tun, blieb Sarah auf dem Bahnsteig stehen und machte keine Anstalten, nach ihrem Koffer zu greifen. Sie blickte weder nach links noch nach rechts, als der Heizer die Lokomotive abkoppelte und der Lokführer sie ans andere Ende des Zuges rangierte. Beinahe zehn Minuten dauerte dieses Manöver, während dessen sie in Gedanken weit entfernt zu sein schien und auch nicht reagierte, als der Schaffner rief: »Nach Cheyenne alles einsteigen bitte!« Fragend blickte er sie an. »Das gilt auch für Sie, Ma'am. Wir müssen weiter.«

Endlich löste sie sich aus ihrer Erstarrung und brachte sogar ein Lächeln zustande. »Ich hab's mir anders überlegt, Mister. Ich bleibe hier. Ich glaube, ich werde noch gebraucht.«

»Wenn Sie meinen, Ma'am. Bitte zurücktreten!« Er hob eine Hand und signalisierte dem Lokführer mit einem schrillen Pfiff, dass es weitergehen konnte. Erst als ein Ruck durch die Wagen ging, sprang er auf ein Trittbrett.

Sarah sah, wie die Witwe zufrieden grinste. »Sie wussten, dass ich nicht mitfahren würde, nicht wahr? Sie wussten es die ganze Zeit, geben Sie's zu.«

»Natürlich, oder meinen Sie, ich hätte Sie ohne eine Thermoskanne Kaffee und eine Dose mit meinen weltberühmten Keksen fahren lassen? Sie lieben Joseph. Um das zu wissen, braucht man nur in Ihre Augen zu blicken. Wie sagt man so schön? Die Liebe hat ihre eigenen Gesetze. Eines der wichtigsten lautet, dass man vor ihr nicht davonlaufen kann. Hab ich Ihnen ja schon erzählt. Schön, dass Sie bleiben.«

Gemeinsam warteten sie, bis der letzte Wagen an ihnen vorbeigefahren war, und nur noch das sich schnell entfernende Schnaufen und Rattern des Zuges zu hören war. Der Lokführer verabschiedete sich mit einem durchdringenden Pfeifen von den Einwohnern. Hunde bellten, und ein Maultier, das solchen Lärm noch nicht gewohnt war, keilte in panischer Angst aus. Im frischen Morgenwind zog der Qualm in zerfetzten Schleiern über die Schienen.

Sarah machte keine Anstalten zu gehen, als wüsste sie, dass jemand hinter dem schwindenden Vorhang aus Rauch und fliegendem Ruß auf sie wartete. Die Umrisse eines Reiters zeichneten sich gegen das Grau ab, und sie beobachtete, wie er sein Pferd über die verlassenen Schienen trieb und wenige Schritte vor ihr hielt.

»Joseph!«, flüsterte sie.

»Sarah!«, erwiderte er ebenso leise.

Nur für einen Augenblick hatte sie Angst, er könnte gar nicht ihretwegen gekommen sein und würde nicht wollen, dass sie zu ihm zurückkehrte. Dann stieg er aus dem Sattel, kam langsam näher und zog sie mit dem rechten Arm zu sich heran. Weder bei ihm noch bei ihr herrschte stürmische Wiedersehensfreude. Es war eher die stille Genugtuung, den anderen wieder in der Nähe zu wissen, die sie beide erfüllte. In diesem Moment genügte es ihr, die Wärme seines Körpers zu spüren und sein Herz pochen zu hören.

»Sarah! Ich wollte nicht, dass du gehst.« Er zog sie noch fester zu sich heran und ließ sie seinen warmen Atem im Nacken spüren. »Wir beide werden auch ohne Kinder glücklich, das musst du mir glauben.«

»Ich konnte nicht einsteigen«, erwiderte sie, »ich konnte einfach nicht. Ich gehöre hierher, hier im Westen ist mein neues Zuhause, bei dir, Joseph, bei Charly und der Witwe Jones.

Was soll ich in New York oder irgendeiner anderen Stadt, in der mich niemand kennt? Bring mich nach Hause, Joseph. Ich gehöre auf die Crazy R.« Sie sah erst jetzt, dass sein linker Arm verbunden war und schlaff nach unten hing. »Was ist mit deinem Arm, Joseph? Bist du verletzt?«

Joseph löste sich von ihr. »Halb so schlimm. Ich hab ihn mir verstaucht. Ist draußen auf der Weide passiert, als ich einen Bullen zur Herde zurücktreiben wollte. Der Bursche wollte nicht gehorchen und ging sofort auf mich los. Kein Cowboy der Welt hätte sich bei einem solchen Angriff im Sattel gehalten. Meine Stute reagierte viel zu plötzlich. Zum Glück war Charly nur ein paar Schritte entfernt und konnte den Bullen rechtzeitig vertreiben.«

»Warst du beim Arzt?«

»Charly hat frisches Verbandszeug und ein Schmerzmittel besorgt. Ich war schon schlimmer dran.«

Sie blickte besorgt auf seinen verletzten Arm. Verstauchungen konnten schmerzhaft sein, das hatte sie als junges Mädchen am eigenen Leib verspürt. Während des Eislaufens war sie gestürzt und hatte sogar einige Tage im Krankenhaus verbracht. Umso dankbarer war sie, dass er die Strapazen eines langen Ritts auf sich genommen hatte. »Ich bin sehr froh, dass du gekommen bist«, sagte sie. »Ohne dich …« Sie suchte nach den passenden Worten. »Ohne dich wäre alles so leer gewesen.«

»Zur Not wäre ich dir bis New York nachgeritten«, erwiderte er lächelnd. »Ich wette, die Leute hätten mächtig gestaunt, wenn ein Cowboy über die Fifth Avenue oder den Broadway geritten wäre.«

»Sie hätten gedacht, du würdest zu einem Zirkus oder einer dieser Wildwestshows gehören.« Sie musste grinsen. »Und die Polizei hätte dich eingesperrt.«

Sie war versucht, ihn erneut zu umarmen, doch eine unsichtbare Kraft hielt sie zurück. Als wäre es noch zu früh, ihren Gefühlen freien Lauf zu lassen. Auch er bewegte sich nur zögernd auf sie zu und berührte sie an der Wange. Er öffnete den Mund, um etwas zu sagen, schwieg aber und lächelte nur. Doch in seinem sanften Lächeln lag mehr Zuneigung als in jedem Liebesschwur.

Aus dem Schatten beim Bahnhofsgebäude trat die Witwe Jones hervor. Sie hatte sich höflich im Hintergrund gehalten und machte auch jetzt keine großen Worte. »Dann will ich mal wieder nach Hause gehen. Wird höchste Zeit. Und sagt Charlie, er soll sich mal wieder blicken lassen. Oder hat er sich eine Neue gesucht? Ich glaube kaum, dass es noch eine Frau gibt, die ihn erträgt.«

»Das glaube ich auch nicht«, sagte Joseph grinsend. »Ich werde ihm mal ordentlich Dampf unterm Hintern machen. Höchste Zeit, dass du ihn dir angelst.«

Joseph band sein Pferd an den Wagen, half Sarah auf den Kutschbock und kletterte selbst hinauf. Sie wollten beide so schnell wie möglich nach Hause. Unterwegs hielten sie nur einmal für eine kurze Rast an. Der Kaffee in seiner Thermosflasche war noch heiß genug, um sie bei dem kühlen Wetter zu wärmen. Nur stellenweise wagte sich die Sonne zwischen den Wolken hervor und dann auch nur so zögerlich, dass man sie kaum zu sehen bekam.

Sarah atmete die frische Luft tief ein und genoss den würzigen Duft des Salbeis, der nach langen Regenfällen so intensiv war, dass man die weiten Ebenen von Wyoming selbst mit geschlossenen Augen erkannt hätte. Es tat gut, bis zum fernen Horizont zu blicken, ein Fest für ihre Augen, die selbst auf der Fifth Avenue in New York niemals so viel Schönheit erblickt hatten.

Als sie eine Stunde später auf den Ranchhof abbogen, begrüßte sie Bandit so überschwänglich, als hätte er nur darauf gewartet, dass sie es sich anders überlegte und auf die Ranch zurückkehrte. Bellend sprang er am Kutschbock empor. Sie kletterte herunter, schloss ihn sofort in die Arme und kraulte ihn zwischen den Ohren. »Da staunst du, Bandit, was? Du hast ja recht, es war dumm von mir, euch alle im Stich zu lassen. Auch dich hätte ich in der Fremde vermisst, weißt du das, Bandit?«

Vom Stall kam Charly herüber und schüttelte ihr erfreut die Hand. »Willkommen zu Hause!«, begrüßte er sie. »Ich wusste, dass Sie uns nicht im Stich lassen würden.« Er tätschelte eines der Zugpferde. »Habt ihr mit der Witwe gesprochen? Ich werde wohl morgen in die Stadt reiten und um gut Wetter bitten müssen. Ich hab die Gute in letzter Zeit etwas vernachlässigt.«

»Der Meinung war sie auch«, erwiderte Sarah. »Sie hatte schon Angst, Sie hätten sich eine Neue gesucht.«

»Wen denn? Die schöne Waldfee? Nein, ich weiß, was ich an meiner Witwe hab. Eine andere Frau würde es gar nicht bei mir aushalten. Von allem anderen ganz abgesehen.«

»Allem anderen?«

»Ach nichts. Ich bringe Ihnen Ihr Gepäck ins Zimmer und stell den Wagen ab.« Er schnappte sich einen Koffer. »Ich bin wirklich froh, dass Sie wieder hier sind.«

Im Wohnraum ließ sich Joseph auf der Couch nieder. Vor ihm auf dem Tisch standen das Fläschchen mit dem Schmerzmittel und eine angebrochene Flasche Whiskey. Das Fläschchen war noch randvoll. »Nimm lieber das Schmerzmittel«, sagte sie so beiläufig wie möglich, »das wirkt wesentlich besser als dieses Zeug hier.«

Sie nahm die Whiskeyflasche, ging vor die Tür und goss den Inhalt ins Gras. Bandit leckte daran und verzog sich jaulend. Die leere Flasche warf sie in die Abfalltonne.

Anschließend kehrte sie ins Haus zurück, hob einige Zeitschriften und Papiere auf, die auf dem Boden herumlagen, und brachte sie zum Rollschreibtisch ins Schlafzimmer. Dort fand sie zwei weitere Flaschen Whiskey, die sie unter ihrem Mantel verborgen zu Charly brachte. »Hier, verstecken Sie das Zeug so gut, dass er's nicht findet. Die heben wir für die Cowboys auf, die uns beim Herbst-Roundup helfen.«

Sie legte lächelnd eine Hand auf seinen linken Unterarm. »Vielen Dank für alles, Charly. Wir wüssten beide nicht, was wir ohne Sie anfangen sollten. Bis zum Abendessen. Ich nehme an, es sind noch genug Vorräte für einen Eintopf da.«

Charly freute sich über das unerwartete Lob. »Die Wurst, die ich bei einem fahrenden Händler aus Louisiana gekauft habe, müsste noch in der Vorratskammer liegen, und die eingeweichten Bohnen stehen auf dem Herd.« Er blickte zur Koppel hinüber. »Ich versorge die Pferde und reite mal wieder die Zäune ab. Nichts für ungut.«

Sarah wartete, bis er den Hof überquert hatte, bevor sie ins Haus zurückkehrte. Weil sich schon wieder dunkle Wolken vor die Sonne geschoben hatten, zündete sie die Petroleumlampe auf dem Tisch an. Sie hängte ihren Mantel über einen Stuhl, warf ihren Hut darauf und wandte sich zu Joseph um. »Wie wär's mit einem Becher Kaffee?«

»Gute Idee«, erwiderte er und lächelte sie an.

Sie ging in die Küche und fachte das Feuer an, das die Männer wohl schon am Morgen im Herd angezündet hatten. Den lauwarmen Kaffee, der sich noch in der Kanne befand, brauchte sie gar nicht zu probieren. Sie merkte schon am Geruch, dass er nicht schmeckte. Schon komisch, dachte sie, während sie das Pulver in die Kanne schüttete, als ich hier ankam, mussten beide spucken, als sie meinen Kaffee probierten, und jetzt zeige ich ihnen, wie man ihn am besten kocht. Während das Wasser brodelte, holte sie die Wurst aus der Proviantkammer, probierte eine Scheibe und rang nach Luft, so scharf war sie. Mit weiteren Gewürzen würde sie vorsichtig sein müssen.

Mit einem Becher des fertigen Kaffees ging sie in den Wohnraum zurück. Joseph war eingeschlafen und schnarchte leise vor sich hin. Sie stellte den Kaffee auf den kleinen Beistelltisch und beobachtete ihn eine Weile. Dass er im Schlaf öfter lächelte, empfand sie als gutes Omen. Er würde dem Whiskey nicht mehr verfallen, daran hatte sie keine Zweifel.

Während Joseph schlief, bereitete sie das Abendessen vor. Charly hatte recht, die scharfe Wurst war wahrscheinlich genau das Richtige, um Joseph den Whiskey vergessen zu lassen. Sie schmeckte den Eintopf mehrmals ab und ließ das Feuer im Herd bewusst herunterbrennen, damit er möglichst lange bei geringer Hitze köcheln konnte. Zum Nachtisch würde es Dosenpfirsiche geben.

Für den Abwasch, den Joseph und Charly offensichtlich vergessen hatten, holte sie frisches Wasser vom Brunnen. Während sie den Holzeimer aus der Tiefe zog, beobachtete sie Bandit, der bei seiner Jagd auf die Hühner keine Pfütze ausließ und jedes Mal mit triefendem Fell den Kürzeren zog. Aus dem Stall meldete sich die Milchkuh.

Auf dem Weg zurück ins Haus fiel ihr Blick auf Ellas Grab und sie blieb stehen. Einer Eingebung folgend trat sie vor den Grabstein und sagte: »Hab keine Angst um ihn, Ella. Ich werde ihn glücklich machen, das verspreche ich dir. Ich bleibe bei ihm, in guten wie in schlechten Tagen.«

Joseph schreckte hoch, als sie ins Haus zurückkehrte und die Tür ins Schloss fallen ließ. Verwirrt blickte er sich um und streckte die Hand nach ihr aus. Sie ging zu ihm und nahm sie. »Du bist wieder hier. Gott sei Dank.« Er lächelte schwach. »Ich habe geträumt, du wärst doch in diesen Zug gestiegen.«

Sie strich ihm über die Wange. »Bist du sicher, dass du es mit einer Frau aushältst, die keine Kinder kriegen kann? Bist du dir wirklich ganz sicher, Joseph?«

Er lächelte schwach. »So wahr ich Joseph Adolphus Rankin heiße.«

»Adolphus?«

»Mein letztes Geheimnis«, eröffnete er ihr. »Kannst du damit leben?«

»Mrs Joseph Adolphus Rankin. Klingt doch nicht übel.«

38

Als Sarah am nächsten Morgen auf den Hof trat, um die frischen Eier einzusammeln und Bandit sein Fressen zu bringen, kam es ihr so vor, als wäre sie nie weg gewesen. Die Ranch war ihr jetzt schon vertrauter als die heimatliche Villa an der Fifth Avenue. Mit breitem Lächeln blickte sie in die Sonne, die über den schroffen Gipfeln der Berge emporkletterte.

Zurück in der Küche brachte sie das Feuer im Herd in Gang und holte Brötchen und Speck aus der Vorratskammer. Anschließend verließ sie erneut das Haus, diesmal mit einem Eimer, um frisches Wasser für den Kaffee und den Abwasch zu holen. Insgeheim hatte sie damit gerechnet, vielleicht sogar gehofft, Joseph am Brunnen zu treffen, doch als sie ihn dort stehen sah, wie er sich mit der gesunden Hand einen Eimer kaltes Wasser über den Kopf und den nackten Oberkörper schüttete, erschrak sie dennoch und blieb stehen, beeindruckt von seinem männlichen Körper, den ausgeprägten Muskeln, die sich deutlich unter seiner Haut abzeichneten, als er sich abtrocknete. Sein verletzter Arm schien ihm kaum etwas auszumachen, nicht mal das Gesicht verzog er. Dort stand kein Säufer, kein Schwächling, der seinen Kummer im Whiskey ertränkte, sondern ein willensstarker Mann, dem ein paar Stunden Schlaf gereicht hatten, um wieder auf die Beine zu kommen.

»Und ich dachte schon, ich hätte alles nur geträumt«, sagte Joseph, als sie neben ihn trat. In seinen Augen war ein Rest von Unsicherheit zu erkennen. »Dass du zurückgekommen bist, ist fast zu schön, um wahr zu sein.« Er knüllte das Handtuch zusammen und legte es auf den Brunnenrand. »Hör zu, Sarah. Ich hab mich wie ein Idiot benommen. Ich hätte dich niemals gehen …«

Sie legte rasch einen Finger auf seinen Mund. »Hör auf, dich zu entschuldigen, Joseph. Ich war genauso dumm wie du. Erst die Witwe Jones hat mir die Augen geöffnet. Vor der Liebe kann man nicht weglaufen, hat sie gesagt.«

»Und sie muss es wissen.«

»Wie geht es deinem Arm?«

»Er wird wieder.«

»Aber du hast sicher Schmerzen.«

Joseph blickte sie grinsend an und legte die Hände um ihre Hüften. »Und wann hörst du endlich auf, Unsinn zu plappern und gibst mir einen Kuss?«

Sarah spürte, wie er sie mit dem gesunden Arm zu sich heranzog, und ließ es bereitwillig geschehen. Sein Kuss war fordernd und leidenschaftlich, als wäre sie nicht nur einen Tag, sondern Monate weg gewesen, und als sie die Augen schloss und voller Sehnsucht ihren Körper gegen seinen drängte, spürte sie, wie stark sein Verlangen war und wie schwer es ihm fallen musste, es nicht zum Äußersten kommen zu lassen. Er hob sie mit einem Arm auf den Brunnenrand, stieß dabei gegen den leeren Holzeimer, der polternd in die Tiefe fiel, und drängte sich zwischen ihre Beine, um ihr mit der Hand den Rock und die Schürze nach oben zu schieben, stieß aber mit dem verbundenen Unterarm gegen den Brunnen und schrie auf vor Schmerz.

Er löste sich von ihr und hielt sich den Arm. »Oh, verdammt!«, fluchte er leise, lächelte aber tapfer.

Mit geröteten Wangen rutschte sie vom Brunnenrand und strich ihren Rock glatt. »Du solltest dich lieber etwas schonen.«

Ihre Brust hob sich unter heftigen Atemzügen. »Höchste Zeit, den Kaffee aufzusetzen.«

Immer noch atemlos von der stürmischen Umarmung, holte sie einen Eimer Wasser aus der Tiefe und schleppte ihn zum Haus. Ihre Lippen brannten leicht. Aus den Augenwinkeln entdeckte sie Charly bei den Pferden in der Koppel, gab aber vor, ihn nicht zu sehen und verschwand rasch in der Küche. Ein kräftiges Omelett mit Käse und Speck würde die Männer aufmuntern. Sie hatte den Tisch bereits fertig gedeckt, als sie kamen und sich setzten.

»Ich bin wirklich froh, dass Sie zurückgekommen sind«, sagte Charly nach dem ersten Schluck. »Ohne Sie hätten wir hier ziemlich auf dem Trockenen gesessen. Jetzt müssen Sie nur noch meinen Boss zur Vernunft bringen.«

»Schon dabei«, erwiderte sie siegessicher.

Aber sie hätte sich denken können, dass Joseph nicht zu den Männern gehörte, die wegen eines verstauchten Arms der Arbeit fernblieben. »Du weißt doch, wie Ärzte übertreiben«, sagte er, als sie ihm einen Nachschlag servierte, erfreut über seinen guten Appetit. »Wenn's nach dem Doc ginge, würde ich zwei Wochen auf der faulen Haut liegen und Charly die ganze Arbeit machen lassen. Kommt gar nicht infrage.«

Sarah versuchte erst gar nicht, ihn zur Vernunft zu bringen, duldete aber auch keine Widerrede, als sie ihm anbot, selbst bei der Arbeit zu helfen. Zumindest jeden zweiten Tag ritt sie nun mit den Männern auf die Weide hinaus, reparierte Zäune und trieb versprengte Rinder auf die Sommerweide zurück. Sogar auf das Windrad kletterte sie, um die Kurbelwelle zu ölen, und als ein Rad am Pritschenwagen gewechselt werden musste, sprang sie für Joseph ein, der sich schwertat, aber seinen Platz nur widerwillig räumte, und verrichtete die Arbeit mit Charly allein. Auch mit dem Lassowerfen klappte es bei ihm noch nicht, denn als er eines der widerspenstigen Kälber einfangen wollte und sein Pferd sich zur Seite drehte, griff er mit der Hand des verstauchten Arms instinktiv nach dem Sattelhorn und schrie schmerzerfüllt auf.

Sarah fiel es schwer, alles unter einen Hut zu bringen, und war erleichtert, als Joseph endlich wieder voll einsatzfähig war, obwohl ihr die Arbeit auf der Weide riesigen Spaß gemacht hatte. »Glaubt ja nicht, dass ihr mich los seid«, sagte sie zu den Männern, »bevor ich mich zu Hause langweile, reite ich lieber mit euch. Ich bin eine Ranchersfrau, kein Hausmütterchen.« Und auch keine dieser vornehmen Damen in New York, deren größter Verdienst darin bestand, einen reichen Mann geheiratet zu haben und die niemals eine Küche von innen gesehen hatten, dachte sie.

Von Verlobung war einige Wochen später keine Rede mehr. Sie wollte ihn nicht bedrängen, und er schien etwas Zeit zu brauchen, um wieder Mut zu fassen und die richtigen Worte zu finden. Ausgerechnet Charly und die Witwe Jones sorgten dafür, dass es endlich zu dem überfälligen Antrag kam, als sie Sarah und Joseph beim Mittagessen in der Stadt mit der Nachricht überraschten, dass sie heiraten würden. »Was sagt ihr dazu?«, fragte die Witwe und hielt ihnen ihre linke Hand mit dem funkelnden Verlobungsring hin.

»Der muss ein Vermögen gekostet haben«, staunte Joseph.

»Keinen Penny musste Charly dafür blechen«, lachte die Witwe, »oder meint ihr, für vier Hochzeiten will ich immer einen neuen Ring? Den hat mein erster Mann bezahlt, Gott hab ihn selig. Und seitdem hab ich ihn bei jeder Hochzeit getragen. Zum Kochen kann ich ihn sowieso nicht brauchen.«

Wenige Tage später ritten Sarah und Joseph zusammen aus, und obwohl beide schon vorher wussten, dass sie als Verlobte zur Ranch zurückkehren würden, waren sie aufgeregt wie selten und wechselten kaum ein Wort, als sie am Ufer des Cow Creek entlangritten. Das Wetter war lange nicht so schön wie beim letzten Mal, und als plötzlich heftiger Wind aufkam und dunkle Wolken über die Weide trieb, hätten sie eigentlich zurückreiten müssen, aber der Gedanke, den feierlichen Augenblick noch einmal verschieben zu müssen, behagte beiden nicht und ließ sie den wenigen Sonnenstrahlen folgen.

Doch an diesem Abend hatte sich beinahe alles gegen sie verschworen, und der Regen erwischte sie gerade, als sie an einer scharfen Flussbiegung über die offene Weide abkürzten. Kein Gewitter, eher ein heftiger Wolkenbruch, der ihnen kaum Zeit ließ, in die Regenmäntel zu schlüpfen. Durchnässt bis auf die Haut zügelten sie ihre Pferde unter den Bäumen am Flussufer. Hier waren sie wenigstens einigermaßen gegen das Unwetter geschützt. Sie stiegen von den Pferden und schüttelten das Wasser von ihren Hüten und aus den Haaren.

Beide mussten lachen, doch es war eher ein schüchternes Lachen. Erst druckste Joseph einige Zeit herum, bis er sich endlich ein Herz fasste und sagte: »Irgendwie hab ich's mir anders vorgestellt, in einem teuren Lokal in Cheyenne oder auf einer bunten Blumenwiese im Sonnenschein, aber ich denke, wir haben lange genug gewartet, und es wird langsam Zeit, dass ich dir sage, dass ich dich … nun ja, dass ich dich liebe und … verdammt, ich bin so nervös, dass mir nicht mehr einfällt, was ich noch sagen wollte …« Er griff in seine Manteltasche, zog die leeren Hände wieder heraus, öffnete den Mantel und holte das Kästchen mit dem Verlobungsring aus seiner Jackentasche. »Willst du mich heiraten, Sarah? Glaubst du, du könntest es ein Leben lang bei mir aushalten? Ich würde dir immer ein guter Mann sein und ich …«

»Jetzt rede dich nicht um Kopf und Kragen, Joseph. Natürlich will ich dich heiraten. Auch wenn es komisch aus dem Mund einer New Yorkerin klingt: Ich kann mir nichts Schöneres vorstellen, als mit dir auf dieser Ranch zu leben. Und jetzt steck mir endlich den verdammten Ring an und küss mich!«

Der Kuss, mit dem sie ihre Verlobung besiegelten, war der schönste Liebesbeweis, den Sarah in ihrem bisherigen Leben bekommen hatte. Ein leidenschaftlicher und doch sanfter Kuss, in dem seine ganze Zuneigung lag, eine Berührung voller Gefühl und Zärtlichkeit, die sie vom Boden abheben ließ und in einen Schwebezustand versetzte, wie man ihn sonst nur in einem angenehmen Traum erlebte. Sie spürte kaum, wie sie beide zu Boden sanken, in ihren langen Regenmänteln im nassen Gras lagen und alles vergaßen, was um sie herum geschah, bis dumpfer Hufschlag sie hochfahren ließ. Hastig sprangen sie auf.

Gerade noch rechtzeitig, denn Clarence McSwain ritt in einem gelben Regenmantel über die Weide, diesmal allein. Auch er hatte sie längst gesehen und lenkte seinen Falben in ihre Richtung.

»Das trifft sich gut, Rankin«, begrüßte er sie mit jenem arroganten Lächeln, das Sarah schon von seinem ersten Besuch kannte. »Ich wollte gerade zu Ihnen.« Er musterte Sarah. »Tut mir leid, wenn ich Sie bei irgendetwas störe, aber bei diesem furchtbaren Regen wollten Sie sicher nach Hause reiten.«

»Was wollen Sie, McSwain?«, fragte Joseph.

McSwain ließ sich nicht einschüchtern. »Ich dachte, Sie wären nach New York zurückgefahren, Ma'am«, sagte er zu Sarah, das Lächeln wie eingefroren im Gesicht. »Anscheinend hat man mich falsch informiert.« Er blickte auf ihre linke Hand. »Wie ich sehe, haben Sie sich verlobt. Herzlichen Glückwunsch.« Sein Blick wanderte zu Joseph zurück, der sich nur mühsam beherrschte. »Ein Grund mehr, sich mein Angebot noch einmal zu überlegen.«

»Ich dachte, das hätte sich inzwischen erledigt«, sagte Joseph. »Soweit ich weiß, haben sich schon etliche Siedler auf Ihrem Land niedergelassen und Sie sind bereits dabei, einen Käufer für die Hälfte Ihrer Rinder zu suchen. Ich glaube kaum, dass Sie mein Wasser dann noch brauchen. Oder reicht es nicht, dass Ihre Handlanger meine Ranch angezündet haben? Wenn ich nur den geringsten Beweis hätte, wären Sie und Ihre Wachhunde längst im Gefängnis.«

»Ich habe Ihre Ranch nicht angezündet, Rankin. Falls es meine Männer waren, was ich nicht glaube, haben sie nicht in meinem Auftrag gehandelt.«

»Das glauben Sie doch selbst nicht.«

»Wie Sie schon sagten, Rankin, die wilden Zeiten sind vorbei, und ich habe es nicht nötig, mit solchen Mitteln zu kämpfen. Es stimmt, ich bin im Begriff, meine Herde zu verkleinern, und beabsichtige, einige dieser Schollenbrecher auf mein Land zu lassen, aber mit Ihrer Ranch hätte ich freien Zugang zum Fluss und könnte die Herde sogar aufstocken.« Sein Lächeln wurde freundlicher, sollte wohl gönnerhaft wirken. »Ich will Ihnen was sagen, wir vergessen unseren dummen Streit, und ich zahle Ihnen den Betrag, den ich Ihnen ursprünglich angeboten habe. Ist das ein faires Angebot? Sie könnten mit Ihrer Braut in die Stadt ziehen, vielleicht sogar nach Cheyenne, und dort einen Laden eröffnen. Mit dem Rindergeschäft geht es sowieso bergab. Männer wie ich werden immer überleben, wir sind zum Herrschen geboren, und daran kann auch dieser Marshal Wickersham nichts ändern. Außerdem habe ich mir ein zweites Standbein im Ölgeschäft geschaffen. Überlegen Sie es sich noch mal, Rankin. Bald wird es hier von Ölleuten wimmeln. Das ist alles eine Nummer zu groß für Sie, glauben Sie mir.

Nehmen Sie mein Geld und bringen Sie sich mit Ihrer Braut in Sicherheit, bevor noch ein Unglück passiert.«

»Ein Unglück?« Joseph lachte höhnisch. »Wollen Sie Ihre Wachhunde auf mich hetzen? Sollen Sie noch einmal meine Ranch anzünden? So dämlich sind nicht mal Sie, McSwain. Wickersham ist kein Dummkopf. Soweit ich weiß, hat er einige der gefährlichsten Verbrecher des Westens verhaftet oder erschossen. Meinen Sie, der lässt sich von einem Emporkömmling wie Ihnen auf der Nase herumtanzen?«

McSwain lief rot an und trieb seinen Falben an, bis er dicht vor Joseph stand. Sarah wich unwillkürlich einen Schritt zurück, aber Joseph blieb stehen und blickte dem Rancher furchtlos in die Augen. »Seit wann haben Sie so ein freches Maul, Rankin? Meinen Sie, weil Sie mal zwei oder drei Tage ohne Whiskey auskommen, könnten Sie hier den wilden Mann markieren? Täuschen Sie sich nicht. Ich habe bisher immer alles bekommen, was ich wollte.«

»Nicht von mir. Machen Sie, dass Sie wegkommen!«

»Große Worte, Rankin … für einen Säufer.«

»Lassen Sie uns allein!«

»Schon gut, Rankin, schon gut.« McSwain wendete sein Pferd und ritt davon, ohne sich noch einmal zu ihnen umzudrehen. Sein hämisches Lachen war noch zu hören, als er längst hinter den Hügeln verschwunden war.

»Dieser Dreckskerl!«, fluchte Sarah leise.

»Ich werde mich bei Marshal Wickersham über ihn beschweren«, sagte Joseph. »Der wird sich McSwain und sein Pack vorknöpfen. Noch mal trauen die sich nicht zu uns. Hab keine Angst, Sarah. Ich passe auf dich auf.« Er zog sie an sich.

»Solange du bei mir bist, habe ich keine Angst, Joseph.« Sie gab ihm einen Kuss auf die Wange und klimperte mit den Wimpern. Er lachte.

»Mich bedrückt was ganz anderes«, sagte sie dann. »Ich muss dringend aus diesen Kleidern raus, sonst hole ich mir noch eine Erkältung und du musst deinen Kaffee wieder selbst kochen.«

»Dann sollten wir uns beeilen«, sagte er grinsend.

39

Als Joseph und Sarah hörten, dass Charly und die Witwe im Dezember heiraten wollten, beschlossen sie, ihren Hochzeitstermin ebenfalls in die Weihnachtszeit zu legen. Sie würden ein rauschendes Fest feiern und alle Freunde und Bekannten einladen. »Jetzt haben wir so lange gewartet«, sagte Sarah, als er sie stürmisch küsste, »da machen die paar Monate auch nichts mehr aus.«

Joseph war anderer Meinung, wollte ihr aber nicht widersprechen. Er hätte sie am liebsten sofort und in aller Stille geheiratet und anschließend drei Tage und Nächte in einer einsamen Hütte verbracht. Doch damit waren weder der Pfarrer, der sie unbedingt in seiner Kirche sehen wollte, und die Freunde und Bekannten einverstanden, die mit den beiden Brautpaaren feiern wollten. Als die Witwe versprach, ein Festessen zu veranstalten und ihr Lokal für die Feier zur Verfügung zu stellen, war auch er einverstanden, erst recht, als er die Vorfreude in Sarahs Augen sah. »Du könntest deine Eltern einladen«, schlug er vor. »Das wäre doch eine gute Gelegenheit, sich wieder mit ihnen zu versöhnen.«

»Ich glaube kaum, dass sie kommen werden«, erwiderte Sarah, »aber ich will's versuchen. Meinst du, ich sollte meine Freundin Harriet einladen? Sie würde sicher gern kommen. Ich würde ihr ein Ticket schicken, dafür reichen meine Ersparnisse. Meinst du, sie könnte ein paar Tage bei uns wohnen?«

»Solange wir keinen Cowboy für sie finden müssen.«

»Nicht jeder hat so viel Glück wie ich.«

Joseph genoss die neue Zweisamkeit und freute sich jedes Mal, wenn er den glitzernden Ring am Finger seiner Verlobten sah. Er hatte das Gefühl, dass seine Liebe zu Sarah jeden Tag mehr wuchs und ihm zusätzliche Kraft gab. Er brauchte keinen Whiskey mehr, blickte nicht mehr jeden Morgen auf den Küchenschrank, in dem die Flasche gestanden hatte, und hielt sich lieber an Kaffee und Limonade. Dass die jungen Cowboys, die ihm beim Roundup halfen, heimlich darüber lachten, machte ihm nichts aus. Nirgendwo stand geschrieben, dass man nur ein ganzer Mann war, wenn man Whiskey trank.

Mit Sarah hatte er einen Glücksgriff getan. Wahrscheinlich war er der einzige Mann im Westen, der über eine Anzeige in den *Matrimonial News* eine so hübsche Frau gefunden hatte, die unter den Anforderungen des Ranchlebens nicht zusammengebrochen war. Über die vielen bestellten Bräute, die ihren Bräutigam schon nach wenigen Tagen verlassen hatten und heulend an die Ostküste zurückgekehrt waren, stand in den *Matrimonial News* natürlich nichts, aber er hatte in einer anderen Zeitung darüber gelesen. Sarah war anders. Obwohl sie in einer stinkreichen Familie in New York aufgewachsen war und niemals einen Finger gerührt hatte, fühlte sie sich im Westen zu Hause. Und in ihrem Blick und der Art, wie sie ihren Körper während des Küssens an ihn schmiegte, lag ein so großes Versprechen, dass er den Hochzeitstermin und die anschließende Nacht kaum noch erwarten konnte. Niemand hätte etwas gemerkt, wenn sie die Hochzeitsnacht vorgezogen hätten, und sie waren keine großen Kirchgänger, aber Sarah konnte ihre strenge Erziehung nicht vergessen und bestand darauf, und er respektierte ihre Einstellung. »Sei mir nicht böse«, sagte sie einmal, »aber ich muss immer noch an das denken, was der Mistkerl mir in New York angetan hat. Ich will den Kopf frei haben, wenn wir uns lieben, und ich will, dass es für mich so ist, als wäre es das erste Mal. Ich liebe dich, Joseph.«

Er nahm McSwain nicht auf die leichte Schulter. In Caspar ging bereits das Gerücht, er würde sich ausschließlich auf das Ölgeschäft konzentrieren, nachdem er bei einer Börsenspekulation einen Riesengewinn erzielt hatte, und Pete Barnard und seine beiden Kumpane waren schon so lange nicht mehr in Casper aufgetaucht, dass man glaubte, sie wären nach Texas zurückgeritten. Aber es war immerhin möglich, dass McSwain aus reiner Gehässigkeit einen Anschlag auf ihn plante.

Wie wichtig es gewesen wäre, McSwain noch ernster zu nehmen, erfuhr Joseph nach dem Herbst-Roundup. Während des Zusammentriebs war er noch guter Dinge. Charly hatte diesmal nur einen jungen Cowboy aufgespürt, der einigermaßen mit Rindern umgehen konnte, doch auf eine solche Gelegenheit schien Sarah nur gewartet zu haben. »Kein Problem«, sagte sie eine Woche vor dem Roundup, »ich wollte diesmal sowieso dabei sein. Inzwischen kann ich sogar einigermaßen mit dem Lasso umgehen, und vor den Bullen hab ich auch keine Angst mehr. Ich bin ein Cowgirl. Einverstanden?«

Charly konnte sich ein Grinsen nicht verkneifen. »Ich hab sie gestern beim Üben beobachtet«, sagte er, »außer dem einen Mal, als sie Bandit erwischte, traf sie jedes Mal ins Ziel. Ich glaube, wir könnten sie gut brauchen. Und das Essen könnte sie über dem Lagerfeuer zubereiten, so haben es die Köche in Texas immer gehalten. Stell dir vor, immer ihr guter Kaffee in Reichweite.«

»Einverstanden«, schlug Joseph ein.

Charly hatte nicht übertrieben. Sarah war ebenso gut im Reiten wie der junge Cowboy, und als sie ein Kalb mit dem Lasso einfing und zur Herde zurücktrieb, schnalzte sogar Joseph anerkennend mit der Zunge. »Und Sie wollen in New

York gewohnt haben, Lady Sarah?«, rief er lachend. »Das glaube ich nicht. Oder hatten Sie auf der Fifth Avenue auch Rinder zum Üben?«

»Nur lahme Ackergäule und aufgetakelte Hunde«, erwiderte sie.

Joseph war stolz auf seine Verlobte, die sich auch nicht zu schade war, ein Kalb beim Bränden festzuhalten oder dem Tier selbst das Brandeisen aufzudrücken. Jede andere New Yorkerin wäre dabei wahrscheinlich in Ohnmacht gefallen.

Am letzten Tag des Roundups jedoch blieb Sarah zu Hause. Zum feierlichen Abschluss des Zusammentriebs wollte sie ein Festmahl für die Männer zubereiten. Den wilden Truthahn, den Joseph beim Zusammentreiben der Rinder geschossen hatte, mit einer Füllung aus Brot, Nüssen, reichlich Butter und Salbei und einer Soße aus wilden Preiselbeeren, dazu Kartoffelbrei und Gemüse. Schon als sich Joseph von ihr am frühen Morgen verabschiedete, lief ihm das Wasser im Mund zusammen, wenn er nur an das köstliche Festessen dachte. »Und zum Nachtisch gibt's Apple Pie«, versprach sie. »Ich liebe dich, Joseph.«

Ihren zärtlichen Kuss spürte Joseph noch, als er mit Charly und dem jungen Cowboy zum Ranchhaus zurückkehrte. Schon aus der Ferne strömte ihnen der verlockende Duft des Truthahns entgegen. Ihre Vorfreude war riesengroß, und entsprechend gut gelaunt ritten sie auf den Ranchhof. Alles war wie sonst. Bandit sprang an Joseph hoch und wartete ungeduldig darauf, dass er ihn zwischen den Ohren kraulte, die Hühner stoben ängstlich zur Seite, und im Pferch grunzten die Schweine.

Nur Sarah war nirgendwo zu sehen.

»Sarah!«, rief Joseph. »Sarah! Wo steckst du denn?« Als sie nicht wie sonst vor die Tür trat, stieg Unruhe in ihm auf. Schnell sprang er aus dem Sattel und lief ins Haus, doch Sarah war weder in der Küche noch in der Vorratskammer oder im

Wohnraum zu finden. Seine Unruhe wuchs. War sie plötzlich krank geworden? Hatte sie einen Schwächeanfall erlitten und lag irgendwo hilflos auf dem Boden? Mit hämmerndem Herzen riss er die Tür zum Schlafzimmer auf. Auch dort war sie nicht.

In der Küche zog Charly gerade den Truthahn aus dem Ofen. »Der ist schon überfällig«, sagte er und stellte ihn zur Seite. Die Kartoffeln und das Gemüse standen noch nicht auf dem Herd. Er wischte den Qualm aus dem Backofen mit der Hand weg. »Sie ist sicher im Stall.«

»Was will sie denn um diese Zeit bei der Milchkuh?«

»Oder bei den Hühnern. Komm!«

Sie liefen nach draußen und suchten den ganzen Hof nach ihr ab, riefen dabei ständig ihren Namen, doch es kam keine Antwort. Sie erweiterten die Suche, rannten zum Zaun, zum Flussufer, doch sie war nirgendwo zu sehen. Ihr Schecke stand in der Koppel, auch keines der anderen Pferde fehlte.

Sie blieben ratlos am Koppelzaun stehen.

»Hast du irgendwas gesagt?«, fragte Charly. »Etwas, das sie in den falschen Hals bekommen haben könnte? So wie die Sache mit den Kindern?«

»Und sie ist zu Fuß abgehauen? Ohne Pferd und Wagen?«

»Frauen sind manchmal komisch.«

Joseph wischte sich mit dem Ärmel übers Gesicht. »Ich hab langsam den Verdacht, es steckt etwas ganz anderes dahinter. Clarence McSwain. Vielleicht haben wir den verdammten Burschen unterschätzt, und sein Vormann und die beiden Cowboys sind noch immer hier und haben sie … sie entführt.«

»Entführt? Um dich zu zwingen, an ihn zu verkaufen?«

»Und um sich an mir zu rächen. Er hat in letzter Zeit ordentlich einstecken müssen und kann es nicht ertragen, dass ich ihm auch noch eins auswische. Ich würde am liebsten meinen

Colt umschnallen und ihm eine Kugel in den Pelz brennen. Dieser elende Dreckskerl!«

»Dafür würdest du nur in den Knast wandern«, erwiderte Charly, »und das ist der Bursche nicht wert. Außerdem bezweifle ich, dass er so dumm ist, eine unschuldige Frau zu entführen. Dafür kann er lebenslänglich bekommen.«

»Ein Mann wie er ist zu allem fähig.« Joseph schwang sich auf sein Pferd und lenkte es herum. »Du bleibst hier und passt auf die Ranch auf«, rief er dem jungen Cowboy zu. »Dafür zahle ich dir einen Extralohn. Zu essen hast du genug, der Truthahn gehört dir. Falls Sarah zurückkommt, bleibst du bei ihr und lässt sie nicht aus den Augen, verstanden? Und vergiss nicht, den Hund und die Schweine und die Hühner zu füttern, falls wir morgen früh noch nicht zurück sind. Das Futter steht in der Vorratskammer. Alles klar?«

»Aye, Boss«, erwiderte der Cowboy.

»Charly und ich reiten inzwischen nach Casper und sagen dem Marshal oder dem Sheriff Bescheid. Ich hoffe, ich kann mich auf dich verlassen?«

»Natürlich, Boss.«

Joseph und Charly ritten zur Wagenstraße. Eiskalter Wind blies ihnen entgegen. Es war bereits Spätherbst, und der Winter kündigte sich mit fallenden Temperaturen an. Wahrscheinlich schneller als befürchtet würden die ersten Schneestürme über das Land brausen. Das Wetter auf den Ebenen wechselte manchmal so schnell, dass einem kaum Zeit blieb, sich in Sicherheit zu bringen.

Es war schon dunkel, als sie die Stadt erreichten. Sie banden ihre Pferde vor dem Lokal der Witwe an und betraten den Schankraum. Die Witwe war gerade dabei, zwei Männer aus der Stadt zu bedienen. »Was wollt ihr denn hier?«, fragte sie erstaunt, als sie hinter den Tresen trat. »Hattet ihr Sehnsucht nach meinem Eintopf? Ich denke, ihr seid noch draußen beim Roundup.«

»Sarah ist verschwunden!«, platzte Joseph heraus.

»Weggelaufen? Schon wieder?«

»Das dachten wir auch zuerst«, erwiderte Joseph, »aber es fehlt weder der Wagen noch ein Pferd. Wenn, dann ist sie zu Fuß geflohen. War sie bei dir?«

»Wie denn? Zu Fuß?«

Der ruhigere, besonnenere Charly schob sich nach vorn. »Joseph hat Angst, dass McSwain sie entführt hat und ihn erpressen will. Ich weiß, es klingt ziemlich weit hergeholt, aber dass uns mal einer die Ranch über dem Kopf anzündet, hätten wir auch nicht gedacht. Hast du McSwain gesehen? Oder Pete Barnard und seine Kumpane? Könnte doch sein, dass McSwain seinen Vormann noch gar nicht gefeuert hat. Hast du was gehört?«

»In meinem Lokal wird viel geredet, und einige Cowboys haben tatsächlich mal Barnard erwähnt, aber ich kann mich auch verhört haben.« Sie schüttelte ungläubig den Kopf. »McSwain wäre doch verrückt, wenn er Sarah entführen würde.« Sie blickte Joseph an. »Entführung ist beinahe so schlimm wie Mord, dafür könnte man ihn hängen. So dumm wird er doch nicht sein. Er braucht die Wasserlöcher doch längst nicht mehr. Habt ihr nicht gehört? Er hat an der Börse spekuliert und viele Tausend Dollar gewonnen. Und er gehört zu den Teilhabern der größten Ölfirma am Salt Creek. Er verdient in einer Woche mehr als mit seiner Ranch in einem Jahr.«

»Und wo soll Sarah dann sein?«, fragte Joseph. In seiner Stimme schwang Panik mit. »Ich habe ihr keinen Grund gegeben wegzulaufen. Jemand muss sie gezwungen haben. Wenn nicht McSwain, dann irgendein Verrückter.« Er schüttelte den Kopf, als die Witwe ihm einen Becher Kaffee zuschob. »Keine Zeit. Ich muss sofort zum Marshal. Weißt du zufällig, wo er ist?«

»Ich hab ihn ins Sheriffbüro gehen sehen. Vor einer halben Stunde.«

»Dann geh ich gleich mal rüber. Charly, du siehst dich in der Stadt um. Im *Wyoming Saloon* wissen sie bestimmt, ob Barnard noch in der Gegend ist. Wir treffen uns, sobald ich mit Wickersham und Caine gesprochen habe.«

Er stürmte nach draußen, ohne sich von der Witwe zu verabschieden, und lief über die Straße zum Sheriffbüro. Eisiger Wind fegte über die Straße und brachte Schneeflocken von den Rocky Mountains mit. Die Temperatur fiel noch immer, eigentlich ein Warnsignal, das ein Rancher wie er selten übersah, aber seine Sorge um Sarah war zu groß. Nur von der panischen Angst beseelt, ihr könnte etwas passiert sein, stieß er die Tür zum Sheriffbüro auf.

Sheriff Caine und U.S. Deputy Marshal Wickersham zuckten zusammen. »Ich nehme an, Sie haben einen triftigen Grund, hier so hereinzustürmen«, sagte der Sheriff. Er saß hinter seinem Schreibtisch und studierte Steckbriefe.

»Sarah ist verschwunden«, hielt Joseph sich nicht lange mit Vorreden auf. »Sarah Mayfield, meine Verlobte. Als Charly Rouse, der junge Cowboy, der uns beim Roundup half, und ich von der Weide zurückkehrten, stand das Essen im Backofen, als wäre sie nur mal kurz rausgegangen, aber sie war nicht zu Hause. Keines der Pferde fehlte, und ihre Sachen waren auch noch alle da.«

»Das ist doch kein Grund, in Panik zu geraten«, erwiderte der Marshal. »Vielleicht sammelt sie Beeren oder Kräuter im Wald, das machen Frauen gern. Haben Sie die ganze Gegend nach ihr abgesucht?«

»Natürlich haben wir das getan. Charly und ich. Sie ist weg.«

Der Sheriff ließ die Hand mit den Steckbriefen sinken und blickte ihn abschätzend an. »War sie nicht schon mal davongelaufen, Joseph? Wenn ich mich recht erinnere, hatte sie sich schon ein Ticket nach Cheyenne besorgt.«

»Eine Kurzschlusshandlung. Die hatte private Gründe.«

»Hatten Sie Streit mit ihr, Joseph?«

»Ich weiß, was Sie denken, Sheriff, aber so war es nicht. Das können Charly und der Cowboy bestätigen. Wir waren ein Herz und eine Seele. Wir sind verlobt, Sheriff, im Dezember wollen wir heiraten. Außerdem hätte sie ein Pferd genommen, wenn sie mir weglaufen wollte, und ihre Kleider hätte sie auch nicht zurückgelassen. Ich glaube, sie wurde entführt … von McSwain.«

»Das ist eine schwerwiegende Anschuldigung«, sagte der Marshal. »Sie wissen, dass ich nicht besonders gut auf den Rancher zu sprechen bin, aber ich glaube kaum, dass er so dreist wäre. Gerade in letzter Zeit hat er sich ausgesprochen ruhig verhalten. Kein Ärger mehr mit Farmern, keine bösen Briefe an die Regierung, die den armen Ranchern ihre Weiden wegnehmen will. Wie kommen Sie darauf?«

Joseph berichtete ihm in wenigen Sätzen, was McSwain während ihrer letzten Begegnung gesagt hatte. »Er hat es auf mich abgesehen, Marshal. Er würde sonst was tun, um mir zu schaden. Er hat es auf mich abgesehen.«

»Wir leben nicht mehr im Wilden Westen.«

»Den Satz habe ich in letzter Zeit häufig gehört«, erwiderte Joseph. »Nur glaube ich nicht, dass McSwain auch so denkt. Verhaften Sie ihn, Marshal!«

»Sie wissen, dass ich das nicht darf.«

»Dann werde ich ihm auf den Zahn fühlen«, sagte Joseph wütend und verließ den Raum. Bevor ihn der Marshal zurückhalten konnte, ritt er davon.

40

Die Rocking M Ranch lag in einer weiten Senke an einem schmalen Fluss, der jetzt im Herbst allerdings kaum noch Wasser führte. Ein zweistöckiges Steinhaus mit einer breiten Veranda, das eher an eine mexikanische Hazienda erinnerte, bildete den Mittelpunkt eines herrschaftlichen Anwesens, das größer als manche Städte war. Es gab etliche Scheunen, Schuppen und Ställe, ein Schlafhaus für die Cowboys, eine Schmiede, eine Werkstatt und eine Koppel mit zahlreichen, teilweise sehr edlen Pferden. In einem Seitenflügel des Haupthauses waren wohl die vielen Bediensteten untergebracht.

Lampen und Fackeln verbreiteten geheimnisvolles Licht, als Joseph auf den Ranchhof ritt, wachsam, die Nerven bis zum Zerreißen gespannt. Hühner stoben gackernd zur Seite und ein schwarzer Jagdhund riss wütend an seiner Kette und signalisierte den Bewohnern mit seinem Bellen, dass sich ein Fremder näherte. Er zügelte seine Stute und wartete.

Nach einer Weile sprang die Tür des Schlafhauses auf, und einige Cowboys traten heraus. Alle trugen Revolver, entweder in umgeschnallten Waffengurten oder hinter den Gürteln, und stellten sich so weit auseinander, dass Joseph sie unmöglich alle im Blick behalten konnte. Im flackernden Licht der Lampen und Fackeln wirkten ihre Gesichter beinahe dämonisch, selbst die beiden Männer, die nur mit ihrer orangefarbenen Unterwäsche bekleidet waren.

Wie immer zelebrierte Clarence McSwain seinen Auftritt. Gleich einem Feldherrn, der sich seinen Untergebenen zeigt, trat er vor die schwere Holztür seines Hauses. Er war einfacher gekleidet als auf der Weide, trug schwarze Hosen und eine Weste über seinem bestickten Hemd, wirkte aber allein schon durch seine Löwenmähne imposant, die sich ohne einen Hut kaum bändigen ließ. »Joseph Rankin«, rief er. »Wissen Sie, wie spät es ist?«

»Wo ist Sarah?«, fragte Joseph mit kalter Stimme.

»Sarah? Ihre Verlobte? Woher soll ich das wissen?«

»Sie haben sie entführt.«

McSwain schüttelte lachend den Kopf. Er trug keine Waffe, doch die Hand des einen oder anderen seiner Männer wanderte in Richtung Revolver, bis McSwain mahnend die Hand hob. »Wie kommen Sie denn darauf? Für eine solche Bemerkung könnte ich Sie verhaften und einsperren lassen, das wissen Sie doch, oder?«

»Sie haben sich die Hände natürlich nicht selbst schmutzig gemacht«, erwiderte Joseph. »Dafür haben Sie Handlanger wie Pete Barnard und seine Kumpane. Wie heißen sie noch? Randy Miller und Tom Smith. Diese Witzfiguren haben vor ein paar Wochen auch unsere halbe Ranch niedergebrannt, und ich bin mir ziemlich sicher, dass Sie den Auftrag dazu gegeben haben.«

McSwain tat, als würde ihn diese Beschuldigung amüsieren. »Die arbeiten nicht mehr für mich«, sagte er, »ich habe ihnen gekündigt. Vor ein paar Tagen schon. Ihr Charakter gefiel mir genauso wenig wie Ihnen. Solche Männer kann ich in meiner Mannschaft nicht brauchen.« Sein Lächeln wirkte beinahe arrogant.

»Und ihr letzter Auftrag war es, meine Frau zu entführen.«

»Wenn sie es getan haben, was ich nicht glaube, habe ich nichts mit der Sache zu tun. Ich lasse keine unschuldigen Frauen entführen.« Sein Tonfall war immer noch betont höflich. »Könnte es nicht sein, dass Ihre Verlobte ausgeritten ist? Am Cow Creek soll es im Herbst sehr schön sein.«

»Dann hätte eines der Pferde gefehlt.«

»Vielleicht ist sie zu Fuß unterwegs.«

»Das glauben Sie doch selbst nicht.«

McSwain befahl seinen Männern mit einem Kopfnicken, ins Schlafhaus zurückzukehren, dann wandte er sich wieder an Joseph. »Also hier ist sie jedenfalls nicht, das ist mal sicher.« Er lud Joseph mit einer Handbewegung ein, ihm ins Haus zu folgen. »Aber wollen wir uns nicht vor dem Kamin weiter unterhalten? Hier draußen geht ein frischer Wind, und ich möchte nicht, dass man mir nachsagt, ich würde meine Nachbarn in der Kälte stehen lassen.«

Obwohl es Joseph in den Fingern kribbelte, nach Sarah zu suchen, folgte er dem Rancher ins Haus. Er durfte auf keinen Fall die Nerven verlieren. Wenn er durchdrehte, ließ ihn McSwain von der Ranch jagen, und er erfuhr gar nichts mehr. Selbst wenn es stimmen sollte, dass Barnard und seine Kumpane weggeritten waren, war er beinahe sicher, dass McSwain seine Finger im Spiel hatte. Der Rancher wusste, wo Sarah sich aufhielt. Leider hielt er auch alle Trümpfe in der Hand, ein Blatt, bei dem er gar nicht verlieren konnte.

»Wo Sie schon mal hier sind, sollten wir uns auch über etwas anderes unterhalten«, sagte McSwain, als sie die imposante Eingangshalle betraten. Die handgefertigten Möbel und die kostbaren Teppiche hatte er aus Mexiko importieren lassen, die ausgestopften Trophäen an der Wand, darunter der Kopf eines riesigen Wasserbüffels, stammten von einer Safari durch Afrika.

McSwain bat ihn zu einer Sitzecke mit dunklen Ledersesseln und trug einem Hausmädchen auf, ihnen Kaffee zu bringen. Sein scheinbar freundliches Lächeln schien Joseph zu verhöhnen. »Ich spreche von dem Kaufvertrag, den ich Ihnen schon seit vielen Monaten anbiete. Ich habe ihn bereits durch meinen Anwalt aufsetzen lassen, und mein Angebot noch einmal erhöht. Einen Augenblick bitte.« Er verließ die Eingangshalle und kehrte einige Minuten später mit dem Vertrag zurück. »Wenn Sie ihn noch einmal durchlesen möchten? Ich bin gerne bereit, den einen oder anderen Passus zu ändern, falls Sie einen besonderen Wunsch haben.«

Joseph nahm den Vertrag und warf ihn ungelesen auf den Tisch. »Sie wissen, dass ich mein Land nicht verkaufe. Für kein Geld der Welt. Und ich denke gar nicht daran, mich von Ihnen einschüchtern zu lassen. Warum geben Sie sich nicht mit den Millionen zufrieden, die Sie an der Börse verdienen?«

»Weil ich Sie nicht mag, Rankin!« McSwain zeigte endlich sein wahres Gesicht: die arrogante Miene eines mächtigen Mannes, der es gewohnt ist, jeden Widerstand mit Gewalt zu brechen. »Und weil Ihnen gar nichts anderes übrig bleibt, als den Vertrag zu unterschreiben, wenn Sie nicht in Ihr Unglück stürzen wollen.« McSwain schob ihm den Vertrag hin. »Ihr Leben könnte eine dramatische Wendung nehmen, wenn Sie sich weigern, Rankin.«

Joseph wurde blass und gleich darauf hochrot im Gesicht. Voller Wut stürzte er sich auf den Rancher und packte ihn am Kragen. »Sie mieser Dreckskerl! Sie wollen mich erpressen! Sie haben meine Verlobte entführt! Sagen Sie mir sofort, wo sie ist, oder ich schwöre Ihnen, ich bringe Sie um!« Er drückte McSwain die Kehle zu. »Wo ist sie? Wo haben Sie Sarah versteckt?«, fuhr er den röchelnden Rancher an. Im gleichen Augenblick wurde er von zwei starken Händen gepackt und auf den Teppich geworfen. Ein Leibwächter, anscheinend ein ehemaliger Berufsboxer, bedrohte ihn mit einer Waffe.

Joseph, der bereute, seinen Revolver in der Satteltasche gelassen zu haben, hob die Hände. »Sagen Sie mir, wo Sie Sarah versteckt haben, McSwain! Sofort!«, sagte er mit heiserer Stimme.

McSwain griff sich an die Kehle und kam langsam wieder zu Atem. »Ich habe nicht gesagt, dass Sarah bei mir ist. Selbst wenn ich sie entführt hätte, wäre ich bestimmt nicht so töricht, sie hier im Haus zu verstecken. Nein, ich habe sie nicht.« Er trank einen Schluck von dem inzwischen lauwarmen Kaffee. »Ich kann allerdings nicht ausschließen, dass Pete Barnard und seine Männer auf eigene Faust gehandelt haben. Sie waren sehr wütend auf Sie, als ich sie das letzte Mal traf. Gut möglich, dass Pete nur darauf wartet, dass Sie unterschreiben, und Ihre Verlobte erst dann zurückschickt, wenn in der Zeitung steht, dass ich Ihr Land gekauft habe. Pete Barnard war sehr loyal.«

»Ich dachte, Sie hätten ihm gekündigt?«

»Sagen wir mal so, er passte nicht zu uns. Aber ich habe ihn mit einer großzügigen Abfindung getröstet, und es kann durchaus sein, dass er sich dadurch verpflichtet fühlt. An Ihrer Stelle würde ich den Vertrag unterschreiben. Oder wollen Sie sich Ihr Leben lang Vorwürfe machen, weil Ihnen ein kleiner Flecken Land wichtiger als Ihre Verlobte war? Unterschreiben Sie!«

Joseph musterte den Rancher. »Ich verstehe«, sagte er langsam. »Sehr schlau.« Er stand auf und lief zur Tür. »Gnade Ihnen Gott, wenn Sarah nur das Geringste passiert!«

Er stürmte aus dem Haus und stieg in den Sattel seiner Stute. Ohne sich noch einmal umzublicken, galoppierte er vom Hof, so von Wut beseelt, dass er erst am Ende der langen Auffahrt hielt, seinen Revolver aus der Satteltasche kramte und hinter den Gürtel schob. Er war auf alles gefasst.

Er war gerade dabei, die Tasche zu verschließen, als Hufschlag hinter ihm erklang. Selbst ohne den Mond und die

Sterne, die hinter Wolken verborgen lagen, erkannte er einen Cowboy. »Was wollen Sie?«, fragte er den Mann.

Der Cowboy, ein junger Bursche, wirkte verstört. »Sind Sie Rankin?«

»Joseph Rankin. Was gibt's?«

»Curly«, erwiderte er. Sein gelocktes Haar erklärte seinen Spitznamen. »Ich arbeite erst seit ein paar Wochen für McSwain. Ich habe mitbekommen, dass er Sie von Ihrem Land vertreiben will. Nichts Besonderes, dachte ich. Der Rancher in Montana, für den ich letztes Jahr geritten bin, war genauso.«

»Kommen Sie zur Sache, Curly.«

Der Cowboy drehte sich verstohlen um, als hätte er Angst, belauscht zu werden. »Ich war gestern den ganzen Tag in einem unserer Außencamps. Zäune abreiten und reparieren, so ziemlich die langweiligste Arbeit, die man als Cowboy bekommen kann. Es wurde schon dunkel, da hab ich Pete Barnard und seine beiden Freunde gesehen. Sie fuhren mit einem Pritschenwagen auf die Granite Mountains zu, und ich hätte schwören können, dass sie jemand auf der Ladefläche liegen hatten. Nun ja, ich bin nicht doof und kann zwei und zwei zusammenzählen. Ich gehe jede Wette ein, dass sie mit Ihrer Verlobten durch die Gegend fuhren. Ich hab natürlich die Klappe gehalten, aber besonders wohl war mir nicht dabei. Deshalb bin ich hier.«

»Woher weiß ich, dass Sie mich nicht belügen?«

»Da, wo ich herkomme, entführt man keine Frauen, Sir.«

Joseph schüttelte dem Cowboy die Hand. »Vielen Dank, Curly. Falls Sie mal einen Job brauchen, und es gibt mich noch, melden Sie sich auf der Crazy R.«

»Ich werde mich daran erinnern, Sir.«

Joseph wartete, bis der junge Cowboy verschwunden war, und ritt weiter. Was für ein widerlicher und gemeiner Dreckskerl dieser McSwain doch war. Wie tief musste man sinken, um

Verbrecher wie Pete Barnard anzuheuern und eine wehrlose Frau entführen zu lassen? Ein Mann, der im Geld schwamm und seine kleine Ranch gar nicht nötig hatte, sich nur an ihm rächen wollte, weil er es gewagt hatte, sich ihm zu widersetzen. Aber damit würde er nicht durchkommen, schwor Joseph. Er hatte lange genug wie ein König über die freie Weide geherrscht.

Mit geballten Fäusten ritt er weiter. Jetzt wusste er wenigstens, wo er suchen musste. Die Zeit, um den Marshal und den Sheriff oder Charly als Verstärkung zu holen, war zu knapp. Er musste das Versteck der Entführer allein finden. In den Granite Mountains gab es einige Hütten aus der Zeit, als noch Büffeljäger über die Prärie gestreift waren. Sein einziger Trost war, dass Sarah nichts passieren würde, solange er den Vertrag nicht unterschrieben hatte. Aber er musste sich beeilen.

Joseph ließ sich weder durch das schwache Licht noch durch den eisigen Wind abschrecken. Heftige Böen fegten über das Land und brachten den ersten Schnee von den Rocky Mountains mit. Winzige Flocken und Eiskristalle, die ihn an den tragischen Winter vor drei Jahren erinnerten, als es bereits im Oktober zu den ersten Schneestürmen gekommen war. Das Wetter in Wyoming konnte unberechenbar sein, eine Lektion, die man schnell lernte.

Im Schutz eines Hügels hielt er an und schnallte seinen Regenmantel vom Sattel. Er knöpfte ihn bis zum Hals zu und stellte den Kragen hoch. Aus einer Satteltasche holte er seinen wollenen Schal. Ohne sich um den stürmischen Wind zu kümmern, ritt er weiter auf die Granite Mountains zu, die sich als dunkle Schatten gegen den Himmel abzeichneten. Besonders groß konnte der Vorsprung der Entführer nicht sein, ein paar Stunden vielleicht, und er war fest entschlossen, ihr Versteck so bald wie möglich zu finden. Darüber, wie er sich gegen drei

Männer durchsetzen könnte, würde er nachdenken, wenn es so weit war.

Das Schneetreiben wurde stärker, trieb in wogenden Schleiern über die Hügel wie der weite Mantel des Wintergeistes, vor dem die Indianer solche Angst hatten. Wenn er so früh kam, war er besonders begierig darauf, den Menschen und Tieren Böses anzutun. Joseph ließ sich nicht abschrecken. Den Hut tief in der Stirn gezogen und den Schal fest um den Hals gewickelt, ritt er in den aufkommenden Sturm hinein. Seine Stute gehorchte ihm, versuchte nicht mal, sich gegen ihn aufzulehnen. Sie spürte, dass Joseph nichts Unmögliches von ihr verlangen würde. Ein verhaltenes Schnauben, eher ärgerlich als widerwillig, war ihr einziger Kommentar. Sie ahnte wohl instinktiv, dass bei diesem Ritt viel von ihrem Durchhaltevermögen abhing.

Stunden vergingen, ohne dass Joseph den Bergen auch nur eine Meile näher zu kommen schien. Es kam ihm beinahe so vor, als würde er vergeblich gegen den Wind ankämpfen. Seine Angst um Sarah wuchs. Der Gedanke, sie in der Gewalt eines Mannes wie Pete Barnard zu wissen, erschreckte ihn, und es fiel ihm schwer, sich nicht von seiner Wut übermannen zu lassen. Doch er musste ruhig und besonnen bleiben. Selbst wenn der ehemalige Vormann den Auftrag hatte, ihr nichts anzutun, konnte man bei einem Mann wie ihm nie wissen. Sarah war eine ausgesprochen hübsche Frau, und die Versuchung war sicher groß. Sich vorzustellen, was eine Frau durchmachte, die in New York von ihrem Verlobten vergewaltigt worden war, und einige Monate später erneut einem Vergewaltiger in die Hände fiel, war kaum zu ertragen.

Weit nach Mitternacht entdeckte er ein Feuer in der Ferne. In dem heftigen Schneeregen war es kaum zu erkennen. Ein Lagerfeuer, das vermutlich im Schutz eines überhängenden

Felsens oder in einer Höhle brannte. Er befand sich bereits in den Ausläufern der Granite Mountains, einem zerklüfteten Land mit zahlreichen Felsen und vereinzelten Schluchten, in das sich selbst erfahrene Reiter nur bei Tageslicht wagten. Hier konnte er seine Stute nur noch im Schritt gehen lassen, wenn er nicht riskieren wollte, dass sie in einer Felsspalte hängenblieb. Zögernd hielt er auf das flackernde Feuer zu. Gut möglich, dass er die Entführer und Sarah vor sich hatte, obwohl wahrscheinlicher war, dass sie sich in einer der verlassenen Blockhütten einquartierten.

Als er nur noch knappe hundert Meter vom Feuer entfernt war, stieg er aus dem Sattel. Mit dem Revolver in der Hand schlich er näher heran. Zwei Männer lagen unter einem Felsvorsprung, ein bärtiger alter Cowboy und ein junger Mann. Einige Schritte weiter waren ihre Pferde angebunden. »Hallo, dort am Feuer«, machte er sich frühzeitig bemerkbar, wie man es im Westen tat, wenn man nicht von einem nervösen Zeitgenossen erschossen werden wollte.

Die Männer am Feuer schreckten hoch, und der Bärtige hatte sofort einen Revolver in der Hand. »Zeigen Sie sich, Fremder! Was wollen Sie von uns?«

»Wie wär's mit einem Schluck Kaffee?« Joseph hatte seinen Revolver weggesteckt und verließ langsam seine Deckung. Seine Stute zog er an den Zügeln hinter sich her. »Tut mir leid, wenn ich Sie erschreckt habe. Ich bin Joseph Rankin von der Crazy R.« Er deutete auf die Kaffeekanne. »Darf ich?«

»Bedienen Sie sich«, sagte der Alte. Er ließ seinen Revolver verschwinden. »Ich bin Ben Langley, und das ist mein Neffe Jimmy. Wir wollen nach Cheyenne, uns einen Job suchen.« Er wartete, bis Joseph sich eingeschenkt hatte, und bot ihm einen Platz auf ihrer Decke an. »Normalerweise sind wir nicht so nervös, aber in letzter Zeit treibt sich hier allerlei Gesindel rum.«

»Deswegen bin ich hier«, erwiderte Joseph. »Ich bin drei Männern auf der Spur. Sie haben eine junge Frau entführt. Ihr Anführer trägt ein großes rotes Halstuch, wie ein Zirkus-Cowboy, die anderen beiden sehen wie gewöhnliche Cowboys aus. Sind Sie den Männern zufällig begegnet?«

Der Alte blickte seinen Neffen an. »Hab ich dir nicht gesagt, dass mit den Typen was nicht stimmt?« Er wandte sich wieder an Joseph. »Wir haben die Männer tatsächlich gesehen, allerdings nur durch unser Fernglas. An das rote Halstuch kann ich mich genau erinnern. Sie hatten einen Pritschenwagen dabei, auf dem jemand lag, so genau war das nicht zu erkennen, aber ich war mächtig froh, dass die Burschen nicht näher kamen, das sage ich Ihnen. Sie sahen gefährlich aus, und ich habe einige Jährchen auf dem Buckel und weiß genau, wenn was faul ist. Ich war bei der Kavallerie, als wir gegen die Indianer kämpften, und der Captain wollte mich bei jedem Palaver dabeihaben. Ich sah einem Indianer an der Nasenspitze an, ob er was im Schilde führte.«

»In welche Richtung sind die Männer gefahren?«, fragte Joseph.

»Nach Südosten. Direkt in die Berge rein.«

»Dann weiß ich wenigstens, wo ich suchen muss.« Joseph trank den restlichen Kaffee aus und stellte den Becher vors Feuer. »Danke für den Kaffee.«

»Sie wollen weiter? Bei dem Sauwetter? Sind Sie 'n Sheriff oder so was?«

Joseph schwang sich in den Sattel. »Die Frau ist meine Verlobte.«

41

Sarah konnte von Glück sagen, dass sie ihren Regenmantel übergezogen hatte, als sie zu den Schweinen gegangen war. Vor dem Pferch hatten Pete Barnard und die beiden Cowboys auf sie gewartet. Der Vormann schlug sie mit dem Revolverkolben bewusstlos, bevor sie auch nur den Versuch machen konnte, sich gegen ihn zu wehren.

Als sie aus ihrer Bewusstlosigkeit erwachte, glaubte sie sich in New York. Martin Womack hatte sie vor wenigen Minuten vergewaltigt, und sie kehrte nicht in den Ballsaal zurück, sondern wurde in einer Kutsche zum nächsten Krankenhaus gebracht. »Das ist nicht meine Tochter«, hörte sie ihren Vater rufen, immer wieder, bis sie wieder einigermaßen klar denken konnte und merkte, dass sie auf der Ladefläche eines Pritschenwagens lag. Sie war an Händen und Füßen gefesselt unter mehreren Wolldecken. In ihrem Kopf hämmerte es, und sie fühlte etwas Warmes und Klebriges an ihrer Schläfe. Die Cowboys hatten sie entführt! Sie hatten sie auf einen Wagen gepackt und brachten sie an einen Ort, an dem Joseph sie nicht finden würde!

Sie versuchte ihre Hände zu bewegen, doch die Fesseln waren eng und ließen kaum Spielraum. Mit ihren Füßen war es nicht anders. Panik ergriff sie. Ihr Herz raste. Der Gedanke, sich in der Gewalt dieser zu allem bereiten Männer zu befinden, bereitete ihr fast körperliche Schmerzen. Nur mühsam gelang es ihr, wieder ruhiger und gleichmäßiger zu atmen und ihre Panik unter Kontrolle zu bekommen.

Es war bereits dunkel, als der Wagen hielt, und Pete Barnard die Decken von ihr räumte. »Howdy, Ma'am«, empfing er sie, »nicht gerade bequem da hinten, was? Aber Sie hätten bestimmt nicht die Klappe gehalten, wenn uns jemand begegnet wäre. Wir durften kein Risiko eingehen, das verstehen Sie doch, oder?« Er grinste spöttisch. Am liebsten hätte sie ihn angeschrien und mit üblen Schimpfwörtern beleidigt, wagte es aber nicht. »Sie bedeuten bares Geld für uns, Ma'am.«

Heftiger Schneeregen hatte eingesetzt und der stürmische Wind ließ ihre Haare flattern. Ihren Hut musste sie auf dem Ranchhof verloren haben. Sie hatte keine Ahnung, wo sie sich befanden, sah nichts außer dem dunklen Himmel und dem feixenden Gesicht ihres Entführers. Zu ihrer Überraschung zerschnitt er ihre Fesseln und zog sie hoch. Dabei geriet sie mit ihrem Gesicht so dicht an seines, dass sich beinahe ihre Nasen berührten. Sie fuhr erschrocken zurück. »Warum tun Sie das? Vergreifen Sie sich neuerdings auch an Frauen?«

Barnards Hand zuckte in die Höhe, als wolle er ihr eine runterhauen, doch dann senkte er sie wieder. »Wir führen nur Befehle aus, Ma'am«, sagte er stattdessen. »Unser Boss bezahlt uns dafür. Keine Bange, Ihnen passiert nichts. Wir bringen Sie in eine Hütte in den Bergen, und sobald Rankin den verdammten Vertrag unterschreibt, lassen wir Sie frei.« Sein Grinsen kehrte zurück. »Sie werden zu Fuß gehen müssen, aber das lässt sich nicht ändern, Ma'am. Bis zur Kutschenstraße brauchen Sie keine zwei Tage.«

»Und wenn er nicht unterschreibt?«

»Dann werfen wir Sie den Geiern vor und Sie werden Ihren Verlobten niemals wiedersehen.« Aus seinem Mund klang die Drohung so beiläufig, als würde er einen Kaffee bestellen. »Aber so dumm wird Rankin nicht sein.«

»Wenn man Sie erwischt, bekommen Sie lebenslänglich.«

»Wir lassen uns nicht erwischen«, erwiderte Barnard. »In Colorado drüben sollten wir sogar schon mal hängen, und der Sheriff war mit einem riesigen Aufgebot hinter uns her, aber so leicht trickst uns niemand aus. Wir kennen Verstecke, da würden uns nicht mal die Indianer finden. Stimmt's, Randy?«

»Und ob«, kam die Antwort von einem der Cowboys.

Barnard packte sie am Kragen und drückte sie auf den Kutschbock. »Genug gequatscht«, sagte er. »Wir wollen heute noch zur Hütte kommen, oder wollen Sie bei dem Dreckswetter im Freien übernachten?« Er setzte sich neben sie und nahm die Zügel auf. Sein Pferd hatte er an die Heckklappe gebunden. »Vorwärts!«, rief er den Zugpferden zu. »Randy! Tom! Ihr reitet voraus und sucht nach dem einfachsten Trail.«

Auf der Ladefläche hätte Sarah die Fahrt nur unter größten Schmerzen durchgestanden, denn jetzt fuhren sie direkt in die Berge hinein und folgten versteckten Indianertrails, die kaum breit genug für den Wagen waren. Die Hütte lag ungefähr noch eine Meile entfernt, erfuhr sie aus den Wortwechseln der Männer, und dass es schon eine Weile her war, dass sie dort gewesen waren.

»Wir sollten den verdammten Wagen zurücklassen«, rief Randy, »den brauchen wir sowieso nicht mehr. Ich würde ihn in die nächste Schlucht werfen.«

Barnard hatte wohl schon selbst an diese Möglichkeit gedacht und überlegte noch, als sich das Wetter auf Sarahs Seite schlug. Oder antwortete Gott auf die Gebete, die sie unter den Wolldecken zu ihm geschickt hatte? Auf normalem Wege wäre sie ihren Entführern niemals entkommen, das wusste sie selbst. Sogar ungefesselt stellte sie kaum eine Gefahr für sie da. Gegen drei bewaffnete Verbrecher, die alle schon etwas auf dem Kerbholz hatten. wäre nicht mal ein unerschrockener Westernheld wie Buffalo Bill angekommen.

Die Ungeduld des Wintergeistes rettete sie. Er stieg so plötzlich und entschlossen von den Bergen herunter, dass ihnen keine Möglichkeit zur Gegenwehr blieb. Innerhalb weniger Sekunden waren sie von wirbelnden Flocken eingehüllt, und der Wind tobte und wütete und traf sie mit solcher Macht, als hätte man ihm aufgetragen, sie zu vernichten. Wütend drückte er gegen den Wagen, der sich gerade auf einem steilen Felshang befand und mit zwei Rädern in der Luft hing.

Sarah klammerte sich mit beiden Händen an die Sitzlehne und beobachtete schreckerfüllt, wie der Wind die beiden Cowboys aus den Sätteln hob und gegen einen Felsen trieb. Ihre Pferde wurden vom Blizzard verschluckt. Die ängstlich wiehernden Zugpferde ihres Pritschenwagens knickten mit den Vorderhufen ein, rutschten auf dem feuchten Felsboden zurück und brachten den Wagen aus der Spur. Nur schemenhaft erkannte Sarah, wie Pete Barnard vom Kutschbock gerissen wurde und im Flockenwirbel verschwand, dann neigte sich der Wagen zur Seite, und sie stürzte selbst zu Boden. Vergeblich versuchte sie, einen Halt zu finden, doch es war, als würde sie der riesige Schlund des Wintergeistes verschlucken. Aber sie blieb auf den Beinen, lief ein paar Schritte, knickte ein, rappelte sich wieder auf und wurde vom Wind den Hang hinabgedrückt. Sie rannte mit dem Wind, bis sie zwischen einigen Felsen ein wenig Schutz fand. Ächzend vor Schmerz zog sie sich noch weiter in die Nische zurück und wartete zusammengekauert, bis der Blizzard nachließ und der Wind langsam ruhiger wurde.

Sie hatte keine Ahnung, was mit Pete Barnard und seinen Cowboys passiert war und wie weit sie von ihr entfernt lagen, hörte aber plötzlich die Stimme des ehemaligen Vormanns. »Randy! Tom! Seid ihr okay?«, rief er.

»Tom hat sich den Arm gebrochen«, antwortete Randy erst

nach einiger Zeit. Seine Stimme klang gequält. »Bei mir ist's der Knöchel. Die Pferde … keine Ahnung, was mit ihnen ist.«

»Die Zugpferde sind hin, und der Wagen ist Schrott. Mein Gaul ist angeschlagen. Ich hoffe, er macht es noch, bis ich einen neuen finde.« Er stöhnte laut, wohl als er sich aus dem Schnee grub. »Seht ihr die Frau irgendwo?«

»Nee. Aber es ist scheißdunkel.«

»Verfluchtes Miststück! Ich schätze, sie hat's erwischt.«

»Und wenn schon«, erwiderte Randy. »Wir haben unsere Kohle, also können wir genauso gut verschwinden.« Er ächzte, vielleicht vor Schmerz, und atmete ein paarmal tief durch. »Der Marshal war sowieso schon hinter uns her. Wird höchste Zeit, dass wir woanders anheuern. Ich geh nicht in den Knast, schon gar nicht wegen so einer beschissenen Entführung. Dafür könnten sie uns sogar hängen, Mann! Lass uns die Kleine vergessen und nach Texas reiten.«

»McSwain hat uns einen Bonus versprochen.«

»Scheiß drauf. Und wenn es schiefgeht, schwört er Stein und Bein, dass wir auf eigene Faust gehandelt hätten und er nichts damit zu tun hat. Ich kenne die Sorte. Wenn's darauf ankommt, verkaufen sie dich an den Nächstbesten. Oder hast du schon mal einen dieser reichen Bosse hängen sehen?«

Sarah schöpfte wieder Hoffnung und hielt so lange in ihrem windgeschützten Versteck aus, bis Pete Barnard und seine beiden Cowboys verschwunden waren. Barnard hatte sein Pferd erschießen müssen und ritt bei Randy Miller mit. Sie hielten auf die Kutschenstraße zu und hatten vor, sich irgendwo neue Pferde zu besorgen, auf legalem Weg, um nicht aufzufallen. Wenn sie behaupteten, vom Blizzard überrascht worden zu sein, würde ihnen niemand beweisen können, gegen das Gesetz verstoßen zu haben.

Sie erhob sich ächzend und klopfte den Schnee von ihrem

Mantel. Zum Glück hatte sie auch ihre Handschuhe angezogen. Doch ihr Gesicht und ihre Ohren brannten vor Kälte, und jeder Schritt tat weh. Sie verließ ihr Versteck und kniff die Augen gegen den Schnee zusammen. Der Wind hatte stark nachgelassen, und es war lange nicht mehr so kalt wie während des Blizzards. Wie viel Uhr war es wohl? Weit nach Mitternacht, schätzte sie. Und wohin sollte sie sich wenden? Der Sturm hatte alle Spuren verwischt, und sie hatte nur eine vage Ahnung, wo sie sich befand. Sie waren nach Südwesten gefahren, daran erinnerte sie sich, also waren dies die Granite Mountains. Bei schönem Wetter brauchte man mit einem Pferd ungefähr zwei Stunden zur Ranch.

Doch sie war zu Fuß, es war dunkel und der Schnee ließ sie kaum vorwärtskommen. Sie versuchte es dennoch, verließ ihr Versteck und wandte sich nach Nordosten. Sie durfte ihren Entführern auf keinen Fall in die Arme laufen und die Kutschenstraße erst erreichen, wenn keine Gefahr mehr bestand, von ihnen entdeckt zu werden. Zehn Meilen durch unwegsames verschneites Land? Vielleicht sogar zwanzig Meilen? Durch diese Gegend waren sie mit ihrer Rinderherde gezogen, doch damals hatte die Sonne geschienen und sie waren nicht so dicht an die unwegsamen Berge herangekommen.

Der unbedingte Wille, die Ranch zu erreichen und Joseph in die Arme zu schließen, trieb sie vorwärts. Leicht gebückt, um besser gegen den Schneeregen geschützt zu sein, stapfte sie durch den Schnee, der in hohen Verwehungen zwischen den Felsen lag und sie zu weiten Umwegen zwang. Erst jetzt merkte sie, wie sehr ihr die Ereignisse der letzten Stunden zugesetzt hatten: der Schlag auf den Kopf, die Fahrt auf der harten Ladefläche, der Sturz vom Wagen. Obwohl von dem Schlag nur eine Beule übriggeblieben und sie nicht ernsthaft verletzt war, tat ihr jeder Muskel und Knochen weh.

Nachdem sie eine Weile gelaufen war, ließ der Schmerz etwas nach, aber ohne den Schutz der Felsen war auch der Wind wieder stärker, und sie hatte nicht mal ihren Hut dabei, um sich gegen den Schneeregen zu schützen. Der Indianerpfad, über den sie gekommen waren, lag unter einer Schneeschicht verborgen, und selbst die Wagenspuren waren nicht mehr zu erkennen. Nächtliche Finsternis umgab sie, ließ sie daran zweifeln, jemals wieder Tageslicht zu sehen. Der Schnee schimmerte blass und verlor sich am fernen Horizont.

Mehrmals war sie versucht, sich auf einen Felsbrocken zu setzen und auszuruhen, doch jedes Mal ging sie weiter. Sie war hundemüde, so müde, dass ihr während des Laufens die Augen zufielen, doch aus den Erzählungen der Cowboys wusste sie, dass es den Tod bedeuten konnte, wenn man in eisiger Kälte einschlief. »Joseph!«, flüsterte sie. »Joseph! Wo bist du?« Doch um sie herum herrschte gähnende Leere, nachdem sie die Ausläufer der Berge hinter sich gebracht hatte und die Prärie erreichte.

Umgeben von dunkler Nacht, Schneeregen und den weiten Ebenen waren das leise Heulen des Windes, der wieder böig auffrischte, und das Knarren ihrer Schnürschuhe im Schnee die einzigen Geräusche, die sie auf ihrem Marsch begleiteten. Sie war allein, so allein wie lange nicht mehr, und je länger sie durch den Schnee stapfte, desto größer wurde ihre Angst, in dieser grenzenlosen Einsamkeit zu sterben und Joseph niemals wiederzusehen. Der Gedanke erschreckte sie so, dass sie zu weinen begann und für einen Moment den Mut verlor.

Nach einigen Stunden war sie so erschöpft, dass sie kaum noch wahrnahm, wie der Schneeregen endlich nachließ und am östlichen Horizont der Morgen graute. In der klaren Luft des beginnenden Winters stieg die Sonne empor und umspülte die abziehenden Wolken mit rötlichem Licht. Die ersten Sonnenstrahlen weckten noch einmal die Lebensgeister in Sarah und entlockten ihr sogar ein Lächeln, sodass sie schneller und entschlossener ausschritt, bevor sie erkennen musste, dass sie die Kutschenstraße verpasst und sich in der endlosen Weite der Prärie verirrt hatte. Enttäuscht sank sie auf die Knie. Mit der Hoffnung auf eine baldige Rettung schwanden auch ihre Kräfte und sie erkannte zu ihrem Schrecken, dass sie am Ende ihres Weges angelangt war.

Benommen blieb sie sitzen, eine traurige Gestalt im langen Regenmantel und mit flatternden blonden Haaren, die Augen voller Tränen. »Joseph!«, flüsterte sie verzweifelt und, wie sie glaubte, ein letztes Mal, als leiser Hufschlag an ihre Ohren drang, und sie eine Gestalt auf den fernen Hügeln entdeckte. Ein Reiter, der sich verschwommen gegen die aufgehende Sonne abhob und rasch näher kam.

Sie rieb sich die Tränen aus den Augen. Der Reiter sah wie ein Cowboy aus. Ein stattlicher Mann, der sich trotz des kühlen Wetters kerzengerade im Sattel hielt und eine Selbstsicherheit ausstrahlte, die nichts mit der Arroganz der reichen Männer in New York zu tun hatte. Er war groß und stark und breit in den Schultern, und als er aus dem Sattel stieg und für einen Augenblick die Sonne verdeckte, sah sie jenes magische Funkeln in seinen Augen, das sie schon bei ihrer ersten Begegnung verzaubert hatte. »Joseph!«, flüsterte sie. »Bist du es wirklich?«

»Sarah!«, sagte er lediglich, als er ihr vom Boden aufhalf und sie erleichtert in die Arme schloss, doch selbst ihr Name klang aus seinem Mund wie eine Liebeserklärung, und seine Umarmung und seine sanften Küsse waren ein einziges Versprechen auf eine wundervolle Zukunft. »Sarah! Du lebst! Ich wusste doch, dass dich diese Verbrecher nicht kleinkriegen können.« Er löste sich von ihr, küsste sie noch einmal und betrachtete die Beule an ihrem Kopf. »Das kriegen wir alles wieder hin. Die

Farm der Willards liegt nur eine halbe Meile von hier hinter den Hügeln. Sie leihen uns bestimmt ihren Wagen.«

Kein Rancher mochte Farmer, weil sie mit ihren Pflügen das kostbare Weideland aufrissen, aber die Zeiten hatten sich geändert, und Sarah und Joseph wurden wie gute Freunde von den Willards empfangen. Vielleicht auch, weil Joseph sich stets offen gegen McSwain gestellt und auch die kleinen Farmer gegen den Rinderkönig verteidigt hatte. »Kommen Sie rein«, forderte der Farmer ihn auf, »und legen Sie die Frau auf unser Bett im Schlafzimmer.«

»Ich mache das schon«, sagte die Farmersfrau und jagte die Männer in den Wohnraum zurück. »Zuerst reiben wir Ihre Schrammen mit meiner Spezialsalbe ein, und wenn Sie meine heiße Brühe getrunken haben, haben Sie bestimmt keine Schmerzen mehr. Harry, bring mir die Limonade!«

Das Blockhaus war in zwei kleine Räume unterteilt und nur notdürftig eingerichtet. Über dem Herd hing Wäsche zum Trocknen. Auch Joseph bekam Limonade zu trinken und musste natürlich berichten, was geschehen war. Der Farmer hatte sich eine Pfeife gestopft und hörte atemlos zu – wahrscheinlich war dies seine einzige Abwechslung seit Wochen.

Sie blieben einen Tag und eine Nacht. Die Farmersfrau pflegte Sarah wie ihre eigene Tochter, und Joseph revanchierte sich, indem er dem Farmer beim Reparieren seines Zaunes half.

Als sie am frühen Morgen nach Casper aufbrachen, schlug sich die Farmersfrau mit der flachen Hand gegen die Stirn. »Da fällt mir ein«, rief sie, »als wir vor einigen Tagen in Casper waren, bekam ich in Rykers Laden mit, dass Molly ein Telegramm für Sie entgegengenommen hätte. Von einer Frau in New York … wie hieß sie noch? Harriet, glaube ich. Sie würde mit einem kleinen Mädchen nach Westen kommen.«

Sarah war so überrascht, dass sie zu keiner Erwiderung fähig war.

»Einem kleinen Mädchen?«, fand Joseph als Erster die Sprache wieder. »Etwa die kleine Clara, von der du mir erzählt hast? Das Waisenmädchen aus New York?«

»Clara!« Sarah konnte es noch immer nicht fassen. »Harriet hat mir geschrieben, dass sich das Mädchen nach mir die Augen ausweint und am liebsten hätte, dass ich sie zu mir nehme. Weißt du noch? In ihrem letzten Brief. Und ich habe ihr geantwortet, dass ich sie gern mal wiedersehen würde. Ich konnte doch nicht ahnen …«

»Warum denn nicht?« Josephs Augen begannen zu leuchten. »Aber das wäre doch … wundervoll! Wir wünschen uns ein Kind, und Clara sehnt sich nach neuen Eltern. Wir könnten sie adoptieren. Das wäre einfach …«

»Wundervoll!«, vollendete Sarah den Satz und lächelte ihn an.

In Casper angekommen, führte sie ihr erster Weg schnurstracks zu Molly Ryker. Die Ladenbesitzerin war überglücklich, sie zu sehen, aber Sarah ließ sie gar nicht zu Wort kommen und fragte gleich nach Harriet und Clara. »Sind sie schon hier? Sie wüssten doch sicher, wenn sie schon angekommen wären, oder?«

Molly Ryker blickte sie erstaunt an. »Nein, noch nicht.«

»Zeigen Sie mir das Telegramm. Wann kommen sie an?«, rief Sarah ungeduldig.

Zerknirscht zog Molly eine Schublade auf und nahm das Telegramm heraus. »Hier, Sarah. Sie sind mir doch hoffentlich nicht böse, dass ich es geöffnet habe? Ich hab gedacht, falls es was Dringendes ist …«

Sarah hörte gar nicht hin und las das Telegramm. KOM-

ME MIT CLARA – STOP – ANKUNFT SAMSTAG ODER SONNTAG – HOLST DU MICH AB? – STOP – FREUE MICH, HARRIET. Sie las es noch einmal und blickte Molly an. »Samstag … das ist heute!«

»Sicher. Sind Sie okay, Sarah?«

»Dann kommen sie mit dem Mittagszug«, sagte sie zu Joseph. Sie blickte auf die Wanduhr. »In zwei Stunden.«

Sie beschlossen, bis zur Ankunft des Zuges im Lokal der Witwe zu warten. Dort erwartete sie ein ungewohnter Anblick: Charly, der in seinem Sonntagsanzug am Tresen stand.

»Und ich dachte, ich hätte schon alles gesehen«, staunte Joseph. »Haben wir irgendwas verpasst?«

»Oh nein«, erwiderte die Witwe, »wir haben nur noch auf euch gewartet. Die Kunde, dass ihr alles gut überstanden habt, ist längst bei uns angekommen. Charly und ich heiraten heute. Warum bis Weihnachten warten, wenn gerade die Sonne so schön scheint? Wir haben schon mit dem Pfarrer gesprochen. Nach der Hochzeit feiern wir alle zusammen in meinem Lokal. Es gibt Antilopensteaks mit Kartoffeln und zum Nachtisch den besten Apple Pie, den ich jemals gebacken habe.«

Joseph rannte davon.

»Joseph! Wo willst du denn hin?«, rief Sarah ihm nach.

»Die Ringe besorgen. Warum bis Weihnachten warten?«

»Und mein Kleid?«

»Hat Molly Ryker längst auf Lager«, sagte die Witwe, »da bin ich ganz sicher. Wir treffen uns in einer Stunde vor der Kirche, abgemacht?«

Sarah strahlte. »Ja … warum eigentlich nicht?«

Sarah trug bereits ihr Brautkleid, als sich der Mittagszug mit lautem Pfeifen und Läuten ankündigte und in den Bahnhof fuhr. Einige Geschäftsleute und ein paar Farmer stiegen aus und musterten sie neugierig. Aus dem vorletzten Wagen half der Schaffner ihrer Freundin und der kleinen Clara auf den Bahnsteig. Beide blickten sich suchend um und winkten erfreut, als sie Sarah sahen.

»Harriet!«, rief Sarah freudestrahlend und umarmte ihre Freundin so fest, dass sie beide kaum noch Luft bekamen. Sie hob Clara auf den Arm und tippte ihr mit dem Finger an die Nasenspitze. »Und du bist ja mächtig groß geworden. Du wirst sehen, es wird dir bei uns gefallen.« Sie setzte das Mädchen ab und blickte Harriet an. »Ihr kommt gerade rechtzeitig.«

»Das sehe ich«, erwiderte Harriet und musterte Sarah lächelnd. »Du siehst wundervoll aus in deinem Brautkleid.« Sie zwinkerte ihr zu. »Dann muss er wohl wirklich so kühn und edel sein, wie es in seiner Anzeige stand.«

Sarah führte die beiden zur Kirche. »Und ob! So einen Mann gibt es an der ganzen Ostküste nicht! Aber jetzt muss ich mich beeilen, sonst glaubt er noch, ich will mich drücken.«

Mirja Hein

Australia – Goldzeit

Roman

Zwei Familien – in Liebe und Hass verbunden

Australien, 1853: Die junge Vicky Stewart kann ihrer neuen Heimat Melbourne nichts abgewinnen. Doch als sie den attraktiven Goldgräber Jonathan Boyle kennenlernt, erstrahlt der Rote Kontinent plötzlich in leuchtenden Farben. Vicky will ihr Leben mit ihm verbringen und verspricht, ihm treu zu bleiben. Aber während Jonathan auf den Goldfeldern von Ballarat bis zum Umfallen schuftet, drohen die Intrigen von Vickys Familie gegen den mittellosen Glückssucher die beiden für immer zu entzweien …

Band 1 der Serie
544 Seiten, kartoniert mit Klappe
€ 9,99 [D]
ISBN 978-3-8025-9568-4